QUI ES-TU, CHYNA ?

MICKIE B. ASHLING

QUI ES-TU, CHYNA ?

MICKIE B. ASHLING

Publié par
DREAMSPINNER PRESS

5032 Capital Circle SW, Suite 2, PMB# 279, Tallahassee, FL 32305-7886 USA
www.dreamspinnerpress.com

Édition e-book en français : 978-1-64080-868-3
Édition imprimée en français : 978-1-64080-869-0
Première édition française : juin 2018
v 1.0

Édité aux États-Unis d'Amérique.

Remerciements

Je tiens à remercier mon petit groupe de bêta-lecteurs (Sharon, Lynn, Anne, et Jason) pour leur patience et leurs commentaires. Merci du fond du cœur à ma très chère amie, Jeannie, qui corrige mes manuscrits avec dévouement depuis 2009.

J'aimerais aussi remercier tout spécialement Erika Orrick, mon éditrice chez Dreamspinner. Elle travaille très dur pour faire ressortir ce que j'ai de meilleur, comme elle le fait avec tous les auteurs ayant eu la chance de tomber sous son aile. Merci de votre dévouement.

Enfin, j'aimerais remercier tous les lecteurs de la série Perspective. Vos commentaires enthousiastes et votre soutien sont une véritable source d'inspiration. Merci !

NOTE DE L'AUTEUR

SELON L'INTERSEX Society of North America, « l'intersexuation [1] » est un terme générique utilisé pour différentes situations dans lesquelles une personne naît avec une ambiguïté sexuelle, c'est-à-dire un appareil reproducteur ou une anatomie qui ne correspond pas aux normes de « femme » ou « homme ». Par exemple, un aspect extérieurement féminin avec des organes internes masculins, ou des organes génitaux sensiblement différents (fille avec clitoris important, ou sans vagin, ou garçon avec pénis sensiblement petit, ou scrotum divisé qui forme des lèvres, etc.) Il existe aussi des cas de gènes mixtes, certaines cellules ayant des chromosomes XX et d'autres des XY.

Je ne suis ni scientifique ni médecin. Néanmoins, en tant qu'écrivain, je me sens obligée d'en apprendre autant que possible sur les personnages que je crée. De mes recherches sur l'intersexuation, je garde une horreur profonde du calvaire enduré par les personnes dans cette situation. Depuis toujours, le corps médical préfère minimiser leur problème plutôt qu'admettre l'existence d'êtres qui ne correspondent pas aux normes. L'histoire de Chyna est ma façon d'aborder le sujet et de faire partager à mes lecteurs une tragédie dont on parle rarement. J'ai choisi la série Perspective pour mettre en valeur mon personnage intersexué, car les hommes de cet univers ont tous l'esprit ouvert.

---

1 A remplacé « intersexualité », qui faisait indûment référence à la sexualité.

I
UN GARÇON ET UNE FILLE

I

Début septembre, une vague de chaleur inattendue frappait l'Illinois. Sur le terrain de sport, l'humidité et les températures étouffantes aggravaient la tension des entraîneurs et des joueurs. Dans de telles conditions, le dernier entraînement avant le match du lendemain serait difficile.

Quand le jeune Luca Dilorio apparut avec un œil au beurre noir et un tee-shirt à manches longues au lieu de son débardeur habituel, tous les regards se braquèrent sur lui.

Pendant l'échauffement, la sueur coula sur son dos, plaquant contre sa peau le tissu de son tee-shirt et ajoutant à son supplice. Son œil qui palpitait au rythme des battements de son cœur le démangeait terriblement. Dès que les joueurs eurent une pause pour se désaltérer, Luca arracha son tee-shirt avec un soupir de soulagement. Malheureusement, l'entraîneur Taggart aperçut alors les griffures sur ses bras et l'attira derrière les gradins pour un interrogatoire au troisième degré. Luca l'avait déjà vu utiliser cette technique sur d'autres joueurs, mais sans trop y prêter attention. Jamais il n'avait donné à son coach une raison de le prendre à part. Aujourd'hui, cependant, c'était différent.

— Tu mens ! jeta l'entraîneur après avoir écouté ses explications laborieuses. Dis-moi la vérité ou je mènerai mon enquête.

— J'ai juste reçu un coup de coude, Coach. C'était un accident.

— Je ne te crois pas, Dilorio.

Pour ne pas empirer son cas, Luca ravala une dénégation indignée. Il tentait seulement de ne pas faire un drame de son coquard et ne comprenait pas du tout le scepticisme de son entraîneur. Jusqu'à ce jour, tous les adultes de son entourage avaient toujours cru en sa parole. Sans doute son visage était-il révélateur, car Luca ne savait pas mentir. Chaque fois qu'il s'y risquait, il devenait rouge comme une pivoine. Et Taggart n'avait rien d'un imbécile.

— Avoue, ou j'appelle ton père.

— Ils sont tous deux à l'étranger.

— Tu es chez ta mère ?

— Non, elle est aux Philippines avec mes grands-parents, mon beau-père et ma petite sœur. Ils reviendront dans trois semaines.

— Alors qui te garde, bon sang ?

— J'ai presque quinze ans, s'offusqua Luca. Je n'ai pas besoin d'être *gardé*.

— Je ne disais pas ça au sens littéral.

—Ah…

— J'ai simplement du mal à croire que tes parents t'aient laissé seul pendant un mois sans la supervision d'un adulte.

— Je suis chez mes oncles.

— Lesquels ? insista Taggart.

— Clark Stevens et Jody Williams.

Le visage de l'entraîneur s'illumina. Il avait reconnu le nom de la star des Bears – l'équipe de football de Chicago.

— Sans blague ?

— Oui.

— Bon à savoir. Revenons-en à notre problème.

— Il n'y a pas de problème, protesta Luca.

Il tourna la tête vers le parking, qui était séparé du terrain d'entraînement par un grillage. Taggart suivit son regard et aperçut un adolescent dégingandé dont le visage était partiellement recouvert par le capuchon de son sweat gris.

— N'est-ce pas Chip Davidson ?

— Si.

— Pourquoi ne s'est-il pas inscrit dans notre équipe ?

Luca haussa les épaules.

— Pourquoi ne pas lui poser la question ?

— Je croyais qu'il était ton meilleur ami.

— C'est vrai, depuis que nous nous sommes rencontrés quand j'avais dix ans.

— Il a joué pendant des années dans les minimes de la ligue Pop Warner, alors je trouve vraiment étrange qu'il ne continue pas à l'école secondaire. J'aurais bien besoin de lui. Il surveillait bien tes arrières.

— Je sais.

—Alors, pourquoi ce revirement ?

— Ce n'est pas à moi de le dire.

Taggart grogna.

— Peuh !

— C'est vrai, quoi ! marmonna Luca.

— Tu t'es battu, reprit l'entraîneur. Je veux savoir d'où te vient ce coquard.

— Je ne me suis pas battu, je suis seulement intervenu dans une… dispute pour tenter de les séparer.

— Personne ne t'a appris que c'est toujours le bon Samaritain qui finit cabossé ?

Le silence buté de Luca sembla énerver son entraîneur.

— Tu es certain qu'il ne s'agit pas d'un problème avec les autres ?

— Oui, sûr et certain.

— Ils ne t'ont pas charrié sur les gays ? insista Taggart.

Luca leva les yeux au ciel. Puis il maîtrisa sa frustration et répondit les dents serrées, en petites phrases saccadées :

— Vous aurez peut-être du mal à le croire, Coach, mais la guéguerre hétéro vs homos, ça date un peu. Je me demande bien pourquoi tout le monde me demande si j'ai été agressé par un homophobe chaque fois que j'ai un genou écorché ou un coquard ! Les ados se querellent pour tout et n'importe quoi. Et je vous assure que les autres sont bien plus ouverts d'esprit que vous semblez le penser. Ils se fichent bien de qui couche avec qui, tant que ça reste discret.

— Change de ton, jeune homme.

Luca toisa les yeux gris foncé qui le regardaient sévèrement. À un mètre quatre-vingt, il avait la même taille que son entraîneur et ne se sentait pas intimidé.

— Alors, on fait quoi ? jeta-t-il avec arrogance. J'écope d'une punition ou je reprends l'entraînement ?

— Tu vas me faire cinq tours du terrain au pas de course, suivi de trente-cinq pompes. Et à la prochaine insolence, tu restes sur la touche demain.

— Oui, m'sieur, dit Luca, qui détalait déjà.

TAGGART ÉTAIT un peu surpris par cette rébellion. En son for intérieur, cependant, il admirait le gamin de lui avoir tenu tête. Bien entendu, il ne pouvait pas laisser passer l'incident sans le sanctionner. Il connaissait Luca depuis plusieurs années, mais il ne lui avait accordé son attention qu'à partir du moment où le gamin était devenu quaterback de la ligue Pop Warner. Au cours du dernier match de la saison, Taggart avait été impressionné par son jeu audacieux qui, contre toute attente, avait réussi à faire gagner son équipe. Cette brillante stratégie de dernière minute avait valu au jeune Luca bien des accolades, mais aussi une certaine notoriété auprès des entraîneurs d'écoles secondaires présents dans les tribunes.

Russell « Rock » Taggart avait donc été ravi quand Luca s'était présenté dès le premier jour à l'entraînement, peu après son entrée à Barrington High. Avec Luca dans l'équipe, l'entraîneur avait de grands espoirs et envisageait déjà plusieurs saisons victorieuses. Dès l'an prochain, il avait l'intention de lancer son jeune quaterback dans le jeu universitaire comme nouveau suppléant après que le titulaire actuel eut obtenu son diplôme. Bien sûr, Luca était grand pour son âge et en excellente forme physique, mais Taggart s'intéressait tout particulièrement à la force sous-jacente qu'il devinait sous cette façade décontractée. Après tout, politiquement correct ou pas, le gosse avait grandi en apprenant à surmonter des obstacles monumentaux. Être élevé par deux pères gays et avoir deux oncles tout aussi homos qui assistaient à tous ses matchs n'étaient pas si facile à vivre, même dans le monde actuel.

Parler de tolérance et vanter les vertus du mariage homosexuel, c'était une chose, mais vivre le quotidien de Luca était tout à fait différent. Régulièrement pris à partie par des mentalités bornées qui refusaient tout ce qui sortait de l'ordinaire, Luca réussissait en général à apaiser la situation. Après quelques rencontres, on ne pouvait pas s'empêcher d'apprécier le gamin. Il avait parfaitement accepté son pool génétique et prouvé avoir les couilles de surmonter la plupart des écueils. Cependant, il venait d'entamer une nouvelle aventure : l'école secondaire. Deux mots qui évoquaient toutes sortes de scénarios redoutables.

L'entraîneur Taggart tenait à s'assurer que le garçon avait pris un bon départ. Il sortit son smartphone et appela la conseillère d'orientation de Luca. Dès qu'une voix familière lui répondit, il jeta :

— Annie, que se passe-t-il avec mon quarterback de première année ?

— *Luca ?*

— Oui.

— *Pourquoi cette question ? Je ne suis au courant de rien.*

— Il s'est battu et refuse d'en parler, mais je parierais que ça concerne le petit Davidson.

— *Chip ?*

— Oui, bien sûr ! Il n'y a pas d'autre Davidson !

— *Si, Chip a une sœur.*

— Oublie la sœur, je te parle de Chip, merde !

— *Calme-toi*, murmura Annie.

— Excuse-moi, enchaîna Taggart. Je déteste ne pas savoir ce qui trouble mes joueurs.

— *Écoute, je vois Luca demain après le déjeuner. Je tenterai d'en savoir plus.*

— Bonne chance !

— *Peut-être une approche plus subtile aura-t-elle de meilleurs résultats.*

— Peut-être. En tout cas, il cache quelque chose et je veux savoir ce que c'est avant que ses performances sur le terrain en soient affectées.

— *Et c'est tout ce qui t'importe, pas vrai ?*

— C'est mon job, Annie. Je dois m'assurer que mes joueurs ont la tête au jeu.

— *D'après ce que j'ai vu jusqu'ici, Luca a une tête solide.*

— Alors, essaie de savoir pourquoi on dirait qu'il a été attaqué par des chats sauvages. Il a les bras tout griffés et un sacré coquard.

— *Je ferai de mon mieux.*

— Tiens-moi au courant.

— *Tu sais très bien que mes conversations avec les élèves sont confidentielles.*

— Comment diable puis-je aider Luca si j'ignore ce qui se passe ?

— *Essaie d'être patient et...*

— Non, coupa Taggart.

Il raccrocha rageusement et retourna sur le terrain. Luca courait toujours, il ne paraissait pas essoufflé. Et les pompes feraient partie de son échauffement – et il en ferait le double. Avant la fin de la séance, il aurait encore le temps de faire des lancers de ballon. Du coin de l'œil, Taggart remarqua Chip, qui continuait à surveiller Luca.

Même si l'entraîneur détestait porter un jugement non étayé sur un élève, Chip avait cependant un comportement étrange depuis la rentrée, quatre semaines plus tôt. Taggart se souvenait que le jeune garçon, dans la ligue Pop Warner, avait été un excellent tackle gauche. S'il s'était inscrit dans l'équipe de première année, il aurait été un atout, mais il avait annoncé préférer se consacrer à son travail, parce que de bonnes notes comptaient plus que le jeu. Comme Chip envisageait de faire médecine, il craignait sans doute que le football fasse chuter son GPA [2]. Quelle ironie vraiment que Chip, contrairement à la majorité de ses condisciples, se préoccupe davantage de son avenir que d'une éventuelle admission dans l'équipe junior ! En général, les « première année » comprenaient mal l'importance de leurs notes avant la réception de leurs premières évaluations : ce jour-là, ils retombaient dans la dure réalité. Mais Chip paraissait plus mûr.

Taggart se demanda s'il ne devait pas appeler Grier, quitte à le déranger pendant ses vacances. Il lui serait facile de décrocher le téléphone et d'expliquer au père la situation de son fils. Le problème, c'était que ça ferait de lui un mouchard… et Luca pourrait ensuite lui en vouloir. Taggart refusait de courir ce risque.

Il était jadis à école secondaire avec Grier Dilorio et Jack Davidson, le père de Chip. Tous trois jouant dans la même équipe pendant quatre ans, ils avaient été amis, puis perdu contact une fois diplômés. Les retrouvailles avaient eu lieu bien des années plus tard, quand Grier avait inscrit son fils dans la ligue Pop Warner. C'était cinq ans plus tôt.

Taggart avait été plus qu'un peu surpris de découvrir que son ancien camarade était gay. Il se souvenait d'avoir dragué les cheerleaders avec lui et échangé des blagues salaces dans les douches. À l'époque, personne n'avait envisagé que Grier puisse s'intéresser à la nudité de ses coéquipiers. De plus, il avait bien évidemment couché avec Jillian, sinon Luca n'existerait pas… Alors, pourquoi avait-il viré de bord ? C'était un mystère que personne ne tenait à explorer, mais bien des mâchoires étaient restées béantes en voyant Grier arriver avec son partenaire au premier jour d'entraînement. Les langues s'étaient vite déliées en apprenant que les deux hommes étaient mariés. Très vite, les rumeurs s'étaient propagées comme un nuage toxique.

Quand Grier avait proposé d'aider l'entraîneur, il avait fallu du cran – et le soutien discret de Clark Stevens, un Chicago Bear ouvertement gay – pour rassurer certains parents d'esprit étroit, sinon franchement homophobes. Certains nouveaux venus pensaient qu'un gay ne connaissait rien au foot, d'autres avaient cherché à l'expulser en parlant d'une mauvaise influence sur les enfants, mais les anciens coéquipiers du quaterback avaient serré les rangs, sidérés par l'hostilité mobilisée contre lui. Grier, qui se considérait simplement comme un père désireux de donner le meilleur

---

2 *Grade Point Averages*, évaluation d'un étudiant américain en fonction de ses notes, chaque matière étant pondérée selon le choix d'orientation.

à son fils, était conscient d'avoir le savoir-faire nécessaire et l'expérience du terrain. Il avait failli perdre son calme le jour où quelques gamins, sans doute influencés par leurs parents, s'en étaient pris à Luca pendant un match et l'avaient fait trébucher. En apprenant que son fils s'était aussi fait traiter de pédé, Grier avait vu rouge. Il avait réussi à se maîtriser de justesse, grâce à la poigne de fer de Clark et aux supplications de Lil.

De plus, Luca avait été la voix de la raison, exhortant son père à le laisser mener seul ses batailles. Peu à peu, il avait conquis ceux qui l'avaient insulté et pris la tête de son équipe. Luca était un athlète né et Taggart détestait l'idée qu'on ternisse son étoile.

Après l'entraînement, il se rendit dans son bureau et consulta le dossier de Luca, cherchant ses contacts en cas d'urgence : il trouva les noms et numéros de téléphone de Clark Stevens et du Dr Jody Williams. Sur une impulsion, il décida de confier ses doutes à Clark. Il s'empressa de taper son numéro de téléphone sans se donner le temps de changer d'avis. Peut-être n'y aurait-il personne…

— *Stevens,* gronda une voix rauque.

— Salut, Clark. Ici Rock Taggart.

— *Je vous connais ?*

— Je suis l'entraîneur de Luca à l'école.

— *Désolé,* dit Clark, semblant embarrassé. *Je n'ai pas reconnu votre nom.*

— Pas de souci, lui assura Taggart. Voilà, je vous appelle parce qu'il y a eu un incident impliquant Luca et j'ai pensé que mieux valait que vous soyez au courant. D'après ce qu'il me dit, ses parents sont tous à l'étranger.

— *Oui, ils ne rentreront pas avant un mois.*

— Je voulais savoir de qui Luca tient son coquard.

— *Comment ?* aboya Clark. *Il s'est fait cogner ?*

— Je ne connais pas les détails. Il prétend être intervenu dans une dispute et refuse de me dire qui était impliqué.

— *Et le match de demain ? Il va pouvoir jouer ?*

— Bien sûr. Il n'est pas réellement blessé.

— *Je dois aller le chercher d'ici une heure chez Chip Davidson. Peut-être me parlera-t-il plus librement qu'à vous.*

— À propos du petit Davidson, enchaîna Taggart, vous le connaissez bien ?

— *Il me semble être un gentil garçon.*

— Je réserve mon jugement.

— *Si vous avez des choses à dire, allez-y. Je suis responsable de Luca* *ce mois-ci, je ne veux pas de coup fourré. Ça va déjà être suffisamment* *stressant comme ça !*

— Vous gardez Luca tout le mois ?

— *Bien sûr. Et ça ne nous dérange pas, bien entendu. Luca est un* *gamin génial, mais je prends mes responsabilités au sérieux et je tiens à* *couvrir toutes les bases.*

— Je vous comprends, répondit Taggart, je suis dans le même cas.

— *Alors, que reprochez-vous à Chip ?*

— En toute franchise, je ne sais pas. Il y a juste quelque chose de pas net chez ce gosse.

— *Coach, j'ai besoin de faits.*

— Très bien, vous serez le premier informé dès que j'en aurai.

— *D'accord, merci pour votre appel.*

— De rien.

DU POUCE, Clark coupa la connexion et reposa son téléphone. Cet appel inattendu le surprenait. Quand Grier et Lil, désireux de partir en Italie, leur avaient demandé de garder Luca, Clark avait été certain que ce serait une simple formalité. Le gamin était bien élevé et facile à vivre. Tout le monde l'aimait ! Il était aussi irrésistible qu'un hamburger bien garni. Alors, l'imaginer recevoir un coup de poing était presque impossible. De plus, Luca savait se défendre, son père lui avait appris à se battre. Clark aussi. Luca avait la stature et l'entraînement nécessaires pour relever un défi. Que s'était-il donc passé ?

Rien de grave. Du moins Clark l'espérait-il fortement. Dans le cas contraire, il n'hésiterait pas à déranger Grier, même si ce dernier était parti bien déterminé à laisser ses responsabilités derrière lui pour consacrer à Lil tout son mois de septembre. L'atmosphère était un peu tendue depuis mars dernier, date à laquelle l'architecte avait eu quarante-cinq ans. Comme chaque année, il avait fait une nouvelle crise d'angoisse liée à son âge, Grier y était plus ou moins habitué. Sauf que cette fois-ci, Lil n'avait toujours pas retrouvé le moral six mois plus tard. Il s'était absorbé dans son travail pour oublier cette peur déraisonnable qui le hantait : que son jeune partenaire le quitte un jour. Lil était de plus en plus conscient que Grier avait douze ans de moins que lui et qu'il recevait constamment des propositions d'hommes attirants et de femmes séduisantes. Lil était donc certain que Grier cèderait un jour ou l'autre à la tentation, et rien ne pouvait l'en faire démordre. Grier, qui n'avait jamais été plus amoureux, ne comprenait pas cette angoisse et il en devenait fou. Il avait tout tenté pour le rassurer, lui accordant même une opération de chirurgie plastique à laquelle Lil tenait éperdument. En vain. L'architecte avait refusé et jeté dans un tiroir la documentation concernant la procédure, des descriptifs qu'il avait pourtant collectés avec un soin obsessionnel.

Clark et Jody s'inquiétaient eux aussi de cette dépression prolongée. Aussi, quand Grier leur avait annoncé avoir convaincu son compagnon de partir avec lui en vacances, avaient-ils été aussi soulagés de la solution qu'honorés de recevoir Luca chez eux. Ils étaient enthousiasmés à l'idée de devenir un mois durant les pères de substitution du gamin le plus génial qui soit. Étant parmi les meilleurs amis de ses deux pères, ils connaissaient et aimaient Luca depuis sept ans et avaient eu le privilège de le voir grandir. Le conduire à l'école ou à ses entraînements n'avait rien d'une corvée, d'autant plus que Clark était actuellement sur la touche à la suite d'une blessure qu'il s'était faite au camp d'été des Bears. S'occuper de Luca lui évitait de ressasser sa carrière, ou plutôt d'envisager sa retraite anticipée, un sujet délicat qui revenait régulièrement entre Jody et lui depuis des mois. Clark préférait se concentrer sur le défi d'assurer à Luca la meilleure entrée possible dans son équipe de première année.

L'adoption devenait plus facile pour les couples homosexuels – même si certains optaient pour en avoir via des mères porteuses –, mais à l'époque où Clark et Jody s'étaient rencontrés, c'était loin d'être le cas. Ou peut-être y avait-il déjà eu des solutions qu'ils avaient manqué, trop intéressés l'un dans l'autre pour y réfléchir vraiment. Souvent, Clark se demandait ce que ce serait d'avoir des enfants à la maison. Il avait quitté sa famille depuis des années et le passage du temps avait effacé les mauvais souvenirs qu'il en gardait. Oubliant les misères que lui avaient fait subir ses aînés et son père qui se moquaient de ses troubles de l'attention, Clark gardait de son enfance le souvenir de jeux partagés et sa complicité avec ses quatre frères, en particulier les jumeaux, Jason et Mike. Tous deux, récemment mariés, attendaient leur premier enfant. Clark aurait aimé que ses frères vivent près de Chicago afin de mieux connaître leurs familles. Il aurait voulu accompagner régulièrement ses neveux – ou d'autres enfants – à droite et à gauche, à des matchs, des entraînements. Il avait espéré que ses chiens combleraient le vide qu'il ressentait parfois, mais ce n'était pas pareil, aussi bons compagnons soient-ils.

Il était convaincu que Jody et lui seraient de bons parents, mais à ce stade, une adoption était-elle encore possible au cas où ils décidaient de sauter le pas ? En attendant, avoir Luca à la maison leur donnerait un petit aperçu de la vie dans les tranchées. Après tout, Clark n'avait que trente-cinq ans, âge auquel beaucoup commençaient à fonder une famille. En revanche, Jody en avait quarante-cinq, aussi l'idée risquait-elle de le faire renâcler, même si son père l'avait eu assez tard et s'en était plutôt bien sorti. Peut-être Jody ne ferait-il pas trop de difficultés, finalement.

Clark décida de parler à Luca avant d'appeler Grier. Inutile d'ajouter aux soucis de son ami tant qu'il ignorait ce qui se passait. En cas de véritable problème, il serait toujours temps de chercher une solution.

II

SON VISAGE la brûlait. Chyna était certaine que l'empreinte de la main de sa mère devait être marquée en rouge sur sa peau pâle, comme un honteux tatouage. Prendre une claque pareille était déjà choquant, mais en plus, l'atmosphère tendue avait franchement dégénéré quand Chip et Luca avaient fait irruption au salon pour tenter d'interrompre la dispute. Le pauvre Luca avait récolté un œil au beurre noir et de multiples égratignures aux bras.

Chyna s'était enfermée dans sa chambre, ignorant les supplications déchirantes de celle qui venait de lever la main sur elle pour la première fois en quinze ans. Pour ne plus entendre sa mère, Chyna brancha son iPod et s'enfonça les écouteurs dans les oreilles. Ironiquement, le premier air choisi par l'algorithme aléatoire fut *Born This Way* – *je suis née comme ça* – de Lady Gaga. Chyna leva les yeux au ciel. Que savait la chanteuse des mutants, hein ? Elle changea de titre et soupira de soulagement en entendant la voix d'Adam Lambert : *Whataya Want From Me*. *Qu'attends-tu donc de moi ?* Sérieusement. Voilà qui pourrait être sa devise.

Dans un mug posé sur son bureau, Chyna prit un marqueur noir indélébile, puis elle souleva son tee-shirt et se mit à écrire MONSTRE sur son ventre. Elle savait écrire à l'envers, un talent qu'elle avait perfectionné des années plus tôt, après avoir réalisé qu'être gauchère lui faisait souvent faire des taches sur ses cahiers. Mais tout était résolu en retournant le papier et en écrivant à partir de la droite. Donc, la solution idéale était d'écrire à l'envers, de sorte que le texte ne soit lisible qu'une fois le papier inversé. Bien entendu, elle attirait les regards et chaque fois qu'elle agissait ainsi, on la croyait dérangée, mais l'opinion changeait une fois le travail fini. Et elle devenait un génie ! Personne d'autre, à sa connaissance, ne possédait ce même talent.

En revanche, elle avait beaucoup d'autres atouts pour justifier sa demande à faire partie du Club des Dérangés Notoires. D'abord, elle était vraiment grande pour une fille, presque un mètre quatre-vingt. Si elle mettait des bottes avec des talons, elle dépassait d'une tête tous les autres étudiants. Chip, son jumeau, avait la même taille, mais comme c'était un garçon, chez lui, c'était normal. Et personne ne le regardait. En fait, non, ce n'était pas vrai. Quand les jumeaux entraient dans une pièce, tout le monde les regardait. Tous deux étaient roux, une rareté, certes, mais surtout dans leur école. Parmi tous les élèves, Chip et Chyna étaient les seuls roux. Pour une fois, Chyna avait eu de la chance : ses gènes lui donnaient des cheveux raides et une peau pâle. Le pauvre Chip, par contre, était le rouquin type avec des boucles serrées et un milliard de taches de rousseur. Malgré cela, il était si adorable que toutes les filles s'accrochaient à lui à la moindre occasion. En revanche, les garçons évitaient Chyna comme si elle avait de l'herpès ou une autre maladie honteuse. Elle se demandait ce qui les maintenait à l'écart : sa taille ou la menace très réelle d'un frère qui la surveillait comme un berger allemand ? En tout cas, elle était toujours seule. Tant mieux, sans doute. Le seul garçon qui l'intéressait – Luca, le meilleur ami de Chip – la traitait en sœur. Ils se connaissaient depuis cinq ans et Luca la voyait toujours comme la morveuse qui, des années durant, avait traîné derrière eux, sans paraître remarquer l'adolescente enamourée qu'elle était devenue.

Les longs cheveux de Chyna lui descendaient jusqu'à la taille. Ils étaient sa fierté et sa joie, mais ils l'empêchaient d'écrire correctement, se coinçant dans les fermetures Éclair ou s'emmêlant dans les capuches de ses sweats. En plus, il lui fallait une éternité pour les faire sécher. Malgré tout, le désir envieux qu'elle voyait dans les yeux des autres filles compensait ces petits soucis. Elle prit ses mèches à pleines mains, les rassembla et les tordit en chignon qu'elle fit tenir avec un crayon planté dans leur masse soyeuse au sommet de sa tête. C'était à cause de ses cheveux qu'elle se retrouvait à gribouiller son ventre. Ce soir, alors qu'elle revenait de l'école, un inconnu l'avait arrêtée dans la rue pour lui demander si elle avait déjà pensé à devenir mannequin.

Elle savait que c'était dangereux de se laisser accoster par un étranger, mais l'homme lui avait remis une carte professionnelle et s'était présenté comme étant Dan Watson, propriétaire/photographe d'une agence appelée Elite Plus. Autour du cou, il avait un appareil Nikon avec un long zoom. Cela aurait pu n'être qu'un accessoire, bien sûr. D'après ce qu'elle avait entendu dire, pédophiles et détraqués sexuels avaient beaucoup d'imagination quand il s'agissait de capturer une proie. Photographe amateur, Chyna en connaissait un bout sur les appareils-photo, et ce Nikon n'avait rien d'une copie. Il valait des milliers de dollars. Un addict désespéré était-il prêt à autant dépenser pour faire authentique ?

Après lui avoir débité son laïus, Dan avait insisté pour que Chyna garde sa carte et vérifie ses dires sur Google. Il lui avait également conseillé d'appeler le BBB – *Better Business Bureau* – pour obtenir d'autres renseignements. Il s'était ensuite mis à énumérer les raisons susceptibles d'inciter Chyna à envisager une carrière de modèle. Elle était grande, avait-il fait remarquer, et très mince. Les vêtements de marque lui iraient parfaitement. En plus, elle avait un teint parfait. Chyna sourit. Elle savait avoir une belle peau, mais se l'entendre confirmer par un parfait étranger était agréable. Il avait insisté sur le fait que ses cheveux rouges et son visage immaculé rendraient parfaitement sur papier glacé. Pointant ensuite la poitrine de la jeune fille, Dan avait admis qu'elle manquait de volume, mais que cela ne remettait pas en cause sa proposition. Si Chyna attirait l'attention de gens influents, qui savait jusqu'où ils seraient prêts à aller pour la lancer ? Son agence paierait éventuellement pour une chirurgie mammaire… après signature du contrat, bien entendu.

À ce moment-là, elle s'était *vraiment* mise à l'écouter.

Depuis bientôt un an, Chyna réclamait une chirurgie plastique, mais sa mère refusait, évoquant des difficultés financières. Et jamais l'assurance maladie ne couvrirait une procédure qui ne présentait pas de nécessité médicale. C'était d'autant plus rageant que Chyna avait une solution de secours : réclamer la somme nécessaire à son père. Pour un cadre supérieur, sept mille dollars ne représentaient certainement pas la mer à boire. Pourtant, Jack Davidson ne versait à son ex-femme que le strict montant de la pension alimentaire convenue au moment du divorce. Il considèrerait cette dépense comme une frivolité, il faudrait le supplier de faire un effort et Lisa s'y refusait, même pour complaire à sa fille.

En vérité, Lisa était aussi têtue qu'indépendante. Elle s'obstinait à ne jamais adresser la parole à son ex-mari, ce que Chyna trouvait bizarre. Le couple s'était séparé des années plus tôt, quand les jumeaux étaient bébés. Depuis lors, Lisa évitait son ex. Quant à Jack, il assistait en général aux matchs de foot de Chip, mais pas aux fêtes qui s'ensuivaient. Il donnait à ses absences répétées les raisons les plus ineptes : d'autres engagements, craindre de créer un conflit avec sa seconde famille, se sentir indésirable, risquer de contrarier maman, et ainsi de suite. Pourquoi refusait-il de reconnaître qu'il s'intéressait peu à son fils ?

Quant à sa fille… Lorsque Chyna était plus jeune, son père l'acceptait plus ou moins, mais depuis qu'elle avait tellement grandi, il paraissait avoir du mal à la regarder dans les yeux. Elle en connaissait la raison… tout en préférant ne pas y penser. C'était sa belle-mère, Sherry, qui gérait les week-ends bimestriels que les enfants du premier lit passaient chez leur père, des journées en général consacrées aux activités de leurs deux demi-sœurs, Dana et Sara, petites brunes de taille moyenne, plutôt gentilles, mais sans imagination. En d'autres termes, des filles banales, mais normales – et donc très différentes de leur aînée. Les trois filles de Jack n'avaient strictement rien en commun.

Quand Chyna était rentrée chez elle après son entretien avec Dan, Lisa avait refusé de l'écouter. Le mannequinat ne l'intéressant nullement, elle avait jeté la carte sur le sol et conseillé à sa fille de se concentrer sur des sujets plus importants. Chyna avait été prise de court. Qu'y avait-il pour elle de plus vital que son avenir ? Lorsqu'elle avait rappelé à sa mère que les quatre prochaines années seraient pour elle un enfer si une solution n'était pas rapidement trouvée, Lisa s'était contentée de croiser les bras et de prôner la patience. Mais Chyna avait insisté pour agir maintenant, sans attendre ses dix-huit ans. Devant l'attitude inflexible de sa mère, elle avait perdu la tête.

Après des mois passés à se ronger d'anxiété, elle avait libéré sa fureur en une tirade venimeuse qui avait trouvé le défaut dans l'armure de sa mère. Même en voyant Lisa s'effondrer, Chyna avait continué à crier. Elle avait ignoré les exhortations au calme de sa mère qui craignait une intervention extérieure. Lisa avait fini par tendre la main vers elle. Alors, Chyna s'était écartée d'un bond et avait renversé le verre de vin que sa mère sirotait à son arrivée. Le Merlot avait éclaboussé le tapis, le marquant d'une horrible tache sombre et sans doute indélébile. Sans paraître le remarquer, Lisa avait pris Chyna par les bras et s'était mise à la secouer pour la faire taire, geste qui n'avait fait qu'empirer la situation.

Chyna ne supportait plus d'être un monstre. Elle en avait assez. Devenir modèle serait enfin sa chance de briller et elle doutait fort que Dan ait la patience d'attendre que Lisa change d'avis. En désespoir de cause, elle avait averti sa mère qu'elle gagnerait l'argent de son opération, quitte à tailler des pipes au centre commercial. En entendant cela, Lisa l'avait giflée. Sous la force du coup, Chyna avait senti sa tête partir en arrière. Elle avait poussé un hurlement strident qui avait attiré Luca et Chip. Mais au moment où ils avaient cherché à intervenir, mère et fille étaient devenues folles.

Par-dessus tout, Chyna rêvait de trouver sa place parmi les enfants de son âge. Elle aurait tout donné pour être aussi banale que ses demi-sœurs ou aussi adorable que Chip. Malheureusement, elle avait reçu à la naissance une donne pourrie. Puisque la vie lui avait donné des citrons, pourquoi ne pas suivre le vieux dicton et en faire de la limonade ? Si elle devenait mannequin, plus personne ne se moquerait de sa taille et de ses cheveux rouges. Elle deviendrait une idole que les paparazzis traqueraient sans relâche afin de la prendre photo. Peut-être Luca finirait-il par la voir autrement que comme la sœur de Chip.

Elle ne se souvenait pas du jour exact où ses sentiments pour le meilleur ami de son frère avaient commencé à changer, mais c'était au cours du dernier mois. Depuis, sa perception de lui était radicalement différente. Autrefois, Luca faisait simplement partie du paysage. Désormais, c'était pour lui qu'elle traînait près du terrain de football. Quand il lui souriait, elle en avait des papillons dans le ventre ou l'étrange envie de croiser les jambes et de presser les cuisses, une sensation vraiment nouvelle et bizarre. Et Luca tenait aussi un rôle vedette dans ses fantasmes.

Elle pourrait être sa Gisele Bündchen et il deviendrait le prochain Tom Brady [3]. Ils sortiraient ensemble. Devenue championne de la fellation, elle le séduirait et lui enverrait des selfies. Sans coucher avec lui, elle resterait la séduisante sirène vierge qui alimenterait ses rêves érotiques et le pousserait à se masturber fébrilement. Il ne pourrait pas lui résister, bien entendu, et finirait par lui demander sa main. Ils auraient le plus beau mariage de tous les temps. Ensuite, Luca la ferait monter dans son jet privé pour la conduire dans une île paradisiaque des Caraïbes. La débarrassant de ses vêtements de marque, il poserait la bouche sur ses seins refaits et lui dirait qu'elle était la femme la plus désirable du monde. Il l'emporterait jusqu'à un lit sur une estrade et drapé de moustiquaires comme celui des publicités *Sandals Resort*. Il l'appellerait sa glorieuse Amazone, sa reine guerrière, sa merveilleuse épouse, puis il lui enlèverait ses vêtements et…

Le conte de fées se transformerait en cauchemar.

Car si Luca la mettait en pièces, tous les jurys de la terre lui trouveraient des circonstances atténuantes. C'était évident. Tomber sur une queue quand on s'attendait à une fente féminine était le meilleur des motifs pour tuer sa femme.

Chyna baissa les yeux sur son ventre et vit qu'elle avait dessiné des flèches de différentes tailles qui pointaient toutes dans la même direction. La bosse qui déformait l'avant de son slip rose la mit encore plus en colère.

3 Joueur de football américain, quarterback pour les Patriots de Nouvelle-Angleterre.

Elle dessina de grands X noirs sur son bas-ventre, marquant l'endroit de son anatomie qui la rendait différente. Mais qui serait assez bête pour ne pas remarquer cette anomalie ?

Lorsqu'elle se lassa de profaner sa peau et ses sous-vêtements, elle tomba à plat ventre sur son lit, le visage enfoui contre son oreiller, et se mit à hurler. C'était ça ou céder à son désir de s'ouvrir les veines.

III

LUCA QUITTA le terrain de football en tirant son sac de sport derrière lui, sur l'herbe. Il s'arrêta quelques mètres plus loin en voyant l'inquiétude qui creusait les traits de son meilleur ami.

— Qu'est-ce qu'il y a ? demanda-t-il.

— Ton coach, il t'a parlé ?

— Euh…

— Je suis désolé.

Ils furent interrompus par un son tonitruant – *Teenage Dream* de Katy Perry – qui émanait du sac de Luca, annonçant l'arrivée d'un texto.

— Attends, dit-il.

Il sortit son téléphone d'une poche latérale sur son sac. C'était Clark. Appelle-moi.

— Merde ! grogna-t-il.

— Quoi ?

— C'est mon oncle. Je vais subir un interrogatoire en règle.

— Ne réponds pas, conseilla Chip.

— Je ne peux pas faire ça.

— Tu n'es pas obligé de toujours faire ce qu'on attend de toi.

— Si, dans le cas présent.

Il s'appuya contre la clôture et pressa un bouton.

— *Stevens.*

— Tito Clark ?

Il parlait d'un ton un peu hésitant, usant du terme philippin, « Tito », variante de « Tio », qui signifiait « oncle » avec une connotation honorifique. Ayant accordé ce titre à Jody et Clark dès le premier jour, Luca avait gardé cette habitude, même s'il le regrettait parfois.

— *Salut, gamin. Tu te sens prêt pour le match de demain ?*

En réalisant que Clark parlait avec naturel, Luca poussa un soupir soulagé. Ainsi, Taggart n'avait pas prévenu son oncle de son coquard.

— Oui, l'entraînement s'est bien passé. Tu passes toujours me chercher ?

— *Oui, je serai chez Chip dans une demi-heure.*

— D'accord.

— *Tu as une voix bizarre. Tout va bien ?*

Merde, peut-être l'entraîneur l'avait-il bel et bien appelé.

— Oui, bien sûr.

— *Si tu avais un souci, tu m'en parlerais, j'espère ?*

— Oui, Tito, et ce n'est pas le cas. À plus.

Luca glissa le téléphone dans son sac et remit les sangles par-dessus son épaule.

— Allons-y, ajouta-t-il, en sortant du parking.

Chip s'élança derrière lui et le bloqua.

— Qu'est-ce qu'il t'a dit ?

— Rien. Il n'a pas parlé de mon œil.

— Dieu merci !

— Ça finira par s'arranger entre ta mère et ta sœur. Je l'espère du moins.

Chip fronça les sourcils.

— Tu n'as qu'à ne pas t'en mêler la prochaine fois ! grogna-t-il.

— Et tu aurais pu me prévenir qu'elles se disputaient autant ! rétorqua Luca, accusateur.

— J'en parle rarement. C'est privé.

Luca en fut blessé.

— Hé, je ne suis pas le premier venu !

— Oui, je sais. Excuse-moi.

— Je ne comprends pas. Je pensais que nous étions amis.

— C'est la vérité.

— Alors, plus de secrets entre nous, d'accord ?

Avec un soupir, Chip cessa de marcher et se mit à donner des coups de pied contre l'asphalte, abîmant encore plus ses Nike éculées.

— Si je ne t'ai jamais dit qu'elles se disputaient, c'est que je trouve ça… gênant.

Luca en resta bouche bée.

— Pourquoi ? Tu sais tout sur moi et ma famille.

— Tu as une famille normale ! répliqua Chip avec chaleur.

Luca ouvrit de grands yeux incrédules.

— Non, mais ça va pas la tête ? La plupart des gens nous traitent de tarés, je le sais très bien. Je te rappelle que ma demi-sœur est aussi ma cousine germaine, parce que ma mère a épousé le frère de mon père. C'est peut-être *normal* quand on vit dans une caravane dans le sud du pays, mais pas ici, à Barrington, Illinois, où on attire des regards suspicieux même quand on sort son pit-bull sans lui mettre de laisse.

Chip eut un bref ricanement.

— La famille, c'est parfois d'un chiant !

— J'aime bien la mienne, reconnut Luca. Je reproche seulement à mes pères et oncles de péter un câble chaque fois que je rentre avec une égratignure. Ils me demandent constamment si j'ai été agressé par un groupe de fanatiques homophobes. Coach Taggart a eu exactement la même réaction en voyant mon œil au beurre noir. J'ai deux pères gays, et alors ? Nous sommes au vingt et unième siècle, quand même !

— Taggart est de la vieille école, mec.

— Je sais. D'ailleurs, c'est vrai qu'il y a parfois des rixes anti-gays, mais pas dans l'équipe. La plupart des gars sont cool avec moi, ils ne craignent pas d'être contaminés.

— Si l'un d'eux te regarde d'un mauvais œil, je me charge de lui régler son compte, grogna férocement Chip.

— Peuh ! Tu ne peux rien faire si je suis sur le terrain et toi, dans les gradins. Pourquoi diable tu ne t'es pas inscrit cette année ? J'avais l'habitude que tu protèges mes arrières, Chip, je me sens perdu sans toi. Y as-tu seulement pensé en prenant ta noble décision ?

Chip cligna des yeux comme pour retenir ses larmes.

— Non, reconnut-il. Je suis désolé.

Luca ne répliqua pas, ayant remarqué les yeux noyés de son ami. Il lui passa un bras sur les épaules.

— Tu peux encore changer d'avis, tu sais, remarqua-t-il.

— Oui, je sais.

— L'entraîneur te fera entrer dans l'équipe si je le lui demande.

— Je ne suis pas si important, marmonna Chip.

— Peut-être, mais Taggart semble croire que *moi*, je le suis. Si je lui dis que tu me protégerais, il sera d'autant plus enclin à t'accepter.

— Et moi qui croyais que tu t'en sortirais sans moi ! Je ne sais pas ce qui m'a pris !

— Je m'en sortirais, et tu le sais très bien, mais je préfère quand même t'avoir derrière moi. Laisse-moi retourner là-bas et parler à Taggart.

— Maintenant ? s'étonna Chip.

— Pourquoi pas ?

— Je n'ai pas le temps d'aller aux entraînements en plus des cours et de tout le reste.

Luca resserra son bras sur Chip.

— Arrête ! Je sais que tu essaies de réconcilier ta mère et ta sœur, et je t'aiderai de mon mieux, maintenant que je suis au courant. Tu peux m'en parler. Te priver de jouer ne fera que te rendre encore plus malheureux.

— Je préférerais ne pas t'impliquer dans nos querelles de famille.

— Trop tard, coupa Luca.

— C'est tellement nul ! se plaignit Chip.

— Idiot ! Il n'y a rien de nul à partager ses soucis avec un ami, au contraire. Parler aide à mieux réfléchir. Est-ce que tu ne parles jamais à Chyna ?

— Elle est trop prise dans ses conneries pour être raisonnable.

Luca poussa Chip d'un coup d'épaules.

— Allez, que s'est-il passé pour les séparer comme ça, elle et ta mère ? Elles m'ont toujours paru si proches.

Chip haussa les épaules.

— Je crois que Chyna a des problèmes avec les autres filles.

— Pourquoi n'est-elle pas parmi les cheerleaders cette année ?

Chip haussa de nouveau les épaules. Sans répondre.

— Encore des secrets ? insista Luca.

— Non, mais qui sait ce qui se cache dans la tête d'une fille de quinze ans ?

— Les filles sont bizarres, ça, c'est sûr, affirma Luca avec conviction.

— Chyna veut devenir adulte le plus vite possible, déclara Chip. Je n'ai jamais rencontré quelqu'un d'aussi obsédé. Ça doit être un problème d'hormones.

Luca lui jeta un regard de côté.

— Sois sérieux, Chip. Qu'est-ce qui se passe avec ta sœur ?

Chip se mit en colère :

— Je n'en sais rien ! Je te l'ai déjà dit.

— Tu ignores pourquoi ta mère et elle se disputaient ?

— Une histoire de mannequinat.

Luca parut surpris.

— Pardon ?

— Chyna aimerait devenir mannequin et maman pense que c'est idiot.

— Pourquoi tu me l'as jamais dit ?

— Je ne sais pas.

— Que me caches-tu d'autre ? insista Luca.

Chip parut encore plus mal à l'aise. Luca l'attrapa et le secoua.

— Dis-moi ! ordonna-t-il.

— Ma sœur est folle de toi.

Luca en reçut un choc.

— Qu… quoi ?

— Ne lui répète surtout pas que je te l'ai dit !

— Oh, merde, tu n'aurais pas dû. Et tu te trompes… C'est sûrement pas vrai !

— Allez, mec. Toutes les filles te font les yeux doux, tu dois bien le savoir.

— Mais Chyna est ta jumelle !

Luca rougit et se détourna. Chip imita la voix de sa sœur et se mit à déclamer :

— *Il a une si belle peau, si bronzée ! Les bruns, c'est tellement plus exotique et attirant que les roux. Je préfère les gènes philippins au sang écossais.*

Luca ricana.

— Elle me trouve mieux que toi ? Elle a raison. Au moins, je n'ai pas de taches de rousseur. Être rouquin, c'est une malédiction, pas vrai ?

Chip se renfrogna.

— Ne recommence pas. J'en ai ras la frange que les filles me demandent tous les quatre matins si je suis roux… *partout !*

Luca éclata de rire.

— Je ne te crois pas. Elles ne font pas ça !

Chip parut outragé.

— Si ! Elles ne manquent pas d'air, ces garces !

Luca riait si fort que les larmes coulaient sur ses joues. Il finit par se calmer et chercha à reprendre son souffle.

— J'ai regardé *The Talk* l'autre jour, annonça-t-il. De nos jours, les étudiantes sont sexuellement aussi agressives que les garçons et la romance est passée de mode. Imagine un peu ce que ce sera dans quelques années, quand nous irons à l'université ? Nous aurons besoin d'une pleine valise de préservatifs.

— Comment as-tu pu regarder un talk-show qui passe pendant la journée ?

— Tito Clark l'a enregistré.

22

— Sérieusement ?

— Oui, pourquoi ?

— Mec, c'est tellement…

— Gay ?

Chip parut embarrassé. C'était probablement ce qu'il pensait, mais Luca ne tenait pas à entamer un débat sur ce qu'un homme était censé regarder à la télé. Il tapa sur la tête rousse.

— Clark est le premier à admettre qu'il adore les émissions féminines !

— Waouh ! J'ai du mal à imaginer un Viking d'un mètre quatre-vingt-dix s'intéresser aux recettes et aux potins de stars.

En son for intérieur, Luca s'avoua être du même avis. Aussi préféra-t-il ne pas insister.

— Tu veux que je te raconte ce que j'ai appris ou pas ?

Chip acquiesça.

— Bon, reprit Luca, les jeunes femmes actuelles pensent surtout à trouver de bons emplois. Autrefois, l'université était pour elle le moyen de trouver un mari, mais plus maintenant. Oh, elles cherchent aussi à baiser autant que possible, mais elles savent qu'avec un diplôme, elles gagneront leur vie sans dépendre d'un homme.

— C'est vrai ?

— Oui. Voilà pourquoi elles sont devenues aussi agressives.

— Merde.

— Je parlerai à maman dès son retour. Je lui conseillerai de ne pas laisser Gemma aller à l'université.

— Tu ne réussiras jamais à enfermer Gemma ! déclara Chip. J'en sais quelque chose. Les sœurs grandissent et font ce qu'elles veulent.

— Je ne la laisserai pas mal tourner, affirma Luca, déterminé. Ces filles interviewées, elles parlaient comme des mecs, elles s'affirmaient en droit d'explorer leur sexualité sans s'en cacher ou en avoir honte. C'est une forme de pouvoir, affirmaient-elles, et plus on a d'expérience, meilleur c'est. Jamais ma famille n'accepterait ça !

— Ces filles étaient probablement ivres mortes quand elles se sont jetées sur leurs conquêtes.

— C'est vrai, l'une d'elles a admis que l'alcool l'aidait à libérer ses inhibitions. Sobres, elles sont moins tentées de se montrer aguicheuses. Pourtant, déclara Luca avec sérieux, elles feraient mieux de se méfier. Le sexe sans restriction, c'est dangereux.

Chip lui lança un regard sceptique.

— Pourquoi ?

— À cause des MST ! Hé, je suis peut-être puceau, mais j'en connais un bout sur la question ! Crois-moi, ces vraiment dégoûtant ces trucs-là ! À donner des cauchemars !

— Je vois, ricana Chip en secouant la tête. C'est Lil ! Il t'a collé sous les yeux son iPad avec les pires photos qui soient.

Luca leva les yeux au ciel.

— Oui, j'ai vu des sexes infectés de toutes les tailles, formes et couleurs. C'était traumatisant ! Et papa en a aussi profité pour m'asséner un sermon.

Cette fois, Chip éclata de rire.

— Tes pères sont tous les deux bizarres, mais hyper cools à leur façon ! Dis-moi, t'ont-ils aussi parlé du sexe gay ?

— Oh, oui ! confirma Luca avec un hochement de tête. Ils ont couvert toutes les bases, au cas où. Merde. Je suis certain qu'ils l'ont fait exprès ! Après un choc pareil, je suis bon pour rester puceau plusieurs années !

Chip eut un soupir.

— Non, certainement pas.

— Pourquoi dis-tu ça ?

— Parce que tout le monde te court après.

Luca sourit.

— Comment le sais-tu ?

— Ne cherche pas les compliments ! le rabroua son ami.

Luca se jeta sur lui.

— Si ! Je veux savoir ! Dis-moi !

Chip lui donna un coup d'épaule.

— Tu as déjà la grosse tête, inutile d'en rajouter une couche.

— Tu dis ça, mais Ashley m'a traité de connard.

— Laquelle, Smith ou Morris ?

— Ashley Morris, la cheerleader.

— Ouille, grimaça Chip.

— D'après ce que j'ai entendu dire, souffla Luca, elle est douée.

Chip arrêta de marcher et fronça les sourcils.

— Dans quel domaine ?

— Un gentleman sait rester discret.

— Qui t'a sorti une connerie pareille ? s'esclaffa Chip.

— Lil. Il dit qu'on ne clabaude pas sur les baisers qu'on reçoit.

Chip attrapa Luca par son tee-shirt, si fort qu'il faillit le déchirer.

— Attends un peu ? Tu as embrassé Morris et tu ne m'as rien dit ?

— Tu ne m'as pas raconté ce que tu fricotais avec Megan ! protesta Luca.

— Ah, c'est vrai. Nous voilà quittes, alors.

Luca se dégagea.

— Allez, viens, enchaîna-t-il.

— Elle t'a aussi taillé une pipe ?

— La ferme !

— Cette fille est une vraie pute qui passe d'un mec à l'autre ! Tu ferais mieux d'aller voir un toubib, mec.

Luca prit l'air horrifié.

— Non !

— Si, j'ai entendu les gars parler d'elle l'autre jour.

— Oh, merde ! geignit Luca.

— S'il te plaît, dis-moi que tu n'as rien fait avec elle ! insista Chip.

Il grimaçait, le nez plissé de dégoût comme si une odeur pestilentielle lui agressait les narines.

Luca soupira.

— Non, j'ai refusé sa pipe. C'est d'ailleurs pourquoi elle m'a traité de tous les noms. D'après elle, aucun garçon sensé ne refuserait une proposition pareille.

— La prochaine fois que tu te sentiras tenté, viens m'en parler, reprit Chip. Je te donnerai de bons conseils.

— Pourquoi, tu tiens des fiches sur toutes les filles disponibles ?

— Non, mec, mais je veille sur toi. Tu es bien trop naïf.

— Absolument pas !

— Si, tu traites les filles comme des princesses, alors que ce sont des garces la plupart du temps. J'en sais quelque chose !

Luca lui lança un regard oblique.

— Je m'en doute.

En voyant l'expression de Chip changer, il ressentit un élan de culpabilité.

— Je ne voulais pas dire ça, reprit-il vivement.

— Bien sûr que si ! grogna Chip. Salaud !

Luca serra son ami contre lui.

— Non, je ne sais même pas pourquoi j'ai dit ça. Excuse-moi.

Chip le repoussa et partit en courant comme un dératé. Il jeta par-dessus son épaule :

— Le dernier arrivé devra ramasser les merdes du chien !

— Quoi ?

Luca se rua derrière lui.

IV

EN ARRIVANT devant chez Chip, Luca jeta un coup d'œil à la maison de plain-pied et laissa tomber son sac à l'ombre d'un des arbres de la rue. Il s'assit sur la pelouse, les jambes croisées, pour attendre Clark.

— Tu ne veux pas venir prendre un verre ? proposa Chip.

— Non, merci.

— Écoute…

— Je ne le sens pas trop après ce qui s'est passé, le coupa Luca.

Chip s'accroupit à côté de lui et ramassa une poignée d'herbe qu'il jeta en l'air. La douce brise emporta les brins comme des confettis. Après une minute de réflexion, Chip se tourna vers Luca.

— Que vas-tu dire à ton oncle s'il te demande pour ton œil ?

Luca haussa les épaules.

— Je ne sais pas encore. Je mens si mal !

— Dis-lui que c'est moi qui t'ai frappé par accident. C'est presque la vérité.

Luca lui jeta un coup d'œil oblique.

— Il voudra des détails.

— Tu ne peux pas tout lui raconter, dit Chip, catégorique. Ça causerait toutes sortes de problèmes.

Luca passa le bras autour des épaules de son meilleur ami.

— Et si ça se reproduit ? La prochaine fois, je ne serai peut-être pas là pour protéger Chyna.

Chip ferma les yeux et laissa échapper un grand soupir. Lorsqu'il les ouvrit et se tourna vers Luca, les larmes assombrissaient ses cils auburn et noyaient ses prunelles bleues, leur donnant une teinte indigo.

— Promets-moi de rien dire, Luca. Tu n'aurais jamais dû t'en mêler.

— Je sais, je suis profondément désolé.

— Dis à Clark que nous nous sommes disputés pour une cheerleader, rien d'autre.

Luca hocha la tête.

— D'accord. Je ferai de mon mieux pour être convaincant.

Il examina la grande pelouse qui s'étendait de chaque côté d'une grande maison de l'autre côté de la rue. C'était un beau quartier, comme celui dans lequel il vivait. L'air résonnait du grondement des tondeuses à gazon et des aboiements de chiens. Tout était normal à présent, sans les hurlements hystériques qu'il avait entendus émerger de la maison de Chip juste avant l'entraînement. Aussi choqué et surpris, il s'était retrouvé propulsé dans un ouragan émotionnel qu'il n'avait pas su gérer. Il se fichait bien de son coquard, le pire traumatisme était surtout mental.

Du coup, Luca était presque soulagé que ses pères soient absents. Jamais, même pour préserver le secret de Chip, il n'aurait pu fixer Lil et Grier dans les yeux et proférer un mensonge. En revanche, il était à peu près certain que Clark et Jody prendraient son explication boiteuse pour argent comptant. Luca les aimait beaucoup. C'étaient des oncles géniaux, mais ils ne le connaissaient pas aussi bien que ses parents. Lil, en particulier, était capable de deviner que Luca mentait rien qu'en le regardant.

D'un autre côté, Luca aurait aimé que ses pères soient là, car ils auraient sans doute trouvé une solution à son problème. La plupart des enfants de son âge se méfiaient de leurs parents, mais pas lui. Au contraire. Il avait tendance à tout leur raconter parce que Lil et Grier étaient étonnamment ouverts d'esprit. Rien de ce qu'il pouvait faire ou dire ne semblait les choquer, du moins jusqu'à ce jour. Ce dernier incident déclencherait peut-être de l'inquiétude, mais ses pères sauraient comment gérer la situation. Peut-être la vérité finirait-elle par éclater. Luca, maintenant qu'il connaissait l'ambiance explosive chez les Davidson, comprenait mieux que son meilleur ami ait décidé de ne pas s'inscrire cette année dans l'équipe de football. En fait, il s'étonnait même que Chip ait envie de travailler. À sa place, Luca n'aurait pas aussi bien réagi. Plus il y pensait, plus il réalisait que Chip était un garçon fiable, solide, génial. Mettre sa vie entre parenthèses pour aider sa sœur à traverser une phase devait être difficile. À moins que l'incident ne soit réellement qu'un cas isolé ?

Curieux, Luca demanda :

— Ta mère et ta sœur se battent-elles souvent ?

Chip secoua la tête.

— Non, c'est récent.

— Que s'est-il passé ?

Chip n'eut pas le temps de répondre, car un coup de klaxon retentit. Luca leva les yeux et vit une Chevy Suburban noire se garer le long du trottoir. Quatre huskies d'Alaska occupaient la banquette arrière. Ils reconnurent Luca et se mirent à aboyer joyeusement. L'un d'eux, Croc-Blanc, lui appartenait. La cacophonie atteignant un niveau insoutenable, Clark mit les doigts dans sa bouche et siffla. Aussitôt, les chiens se calmèrent.

Peu après, Luca s'asseyait près de son oncle dans la voiture. Après s'être remis en route, Clark lui jeta un coup d'œil.

— Sacré coquard !

Luca détourna la tête et regarda à travers sa vitre.

— Oui, Chip m'a mis un coup de genou. C'était un accident.

Clark l'examina avec attention avant de reporter les yeux sur la route.

— Vraiment ?

— Euh, oui.

— Si tu avais un problème sérieux, tu m'en parlerais ?

— Bien sûr, répondit Luca sans tourner la tête.

Il sentait le poids du regard de Clark sur l'arrière de son crâne, comme s'il cherchait à forer un trou dans son cerveau pour savoir la vérité. Peut-être son oncle n'était-il pas aussi crédule que prévu. Ou plus probablement, Luca mentait si mal que même Clark s'en apercevait.

Ils étaient presque arrivés, ce qui sauva Luca de justesse : il s'apprêtait à tout dévoiler, les mots déjà sur le bout de sa langue. En reconnaissant les lieux, les chiens se remirent à aboyer. À peine Clark s'était-il garé dans l'allée circulaire que Luca descendait pour ouvrir le hayon, libérant les chiens. Ils bondirent et se ruèrent gaiement sur l'immense pelouse que protégeait une clôture invisible, installée par Clark et Jody des années plus tôt. Les chiens avaient été dressés à rester dans les limites d'un terrain de jeu dont ils connaissaient les moindres détails.

Clark sortit de la voiture avec précaution, l'essentiel de son poids porté par la canne qu'il utilisait encore pour se déplacer. Sa fracture était guérie, mais il restait prudent et n'avait pas encore reçu de son médecin l'autorisation de rejoindre son équipe. Cette mise sur la touche commençait à affecter sa bonne humeur, aussi Luca espérait-il fermement voir son oncle reprendre le sport avant la fin de la saison. Ce serait dommage que Clark se transforme cet hiver en un vieil ours grincheux.

— Va ranger ton sac et reviens m'aider avec les chiens.

Luca fut heureux d'avoir un répit.

— D'accord.

Il prit l'escalier deux marches à la fois et jeta son sac dans « sa » chambre. Depuis son enfance, il avait toujours dormi dans cette pièce récemment rénovée. Disparu le papier peint Disney, les murs affichaient maintenant des affiches de chanteurs populaires : Taylor Swift, OneRepublic et le favori actuel de Luca, Macklemore. Dès la première fois où il avait entendu le rappeur de trente ans chanter *Same Love*, Luca avait su qu'il devait l'ajouter à sa playlist. Cette chanson dédiée à l'amour homosexuel était devenue l'hymne de plusieurs groupes de la communauté LGBT et Luca n'hésitait jamais à aborder les droits des gays et des familles alternatives.

Ironiquement, il ne connaissait pas vraiment son orientation. Ses amis se demandaient sans doute s'il préférerait les garçons aux filles sans oser lui poser la question. Pour être franc, Luca n'en savait rien. De temps en temps, en regardant Chip, il ressentait une étrange sensation au fond des tripes. Mais là encore, il se sentait attiré par les deux sexes, car cela le flattait qu'on flirte avec lui. Peut-être était-il bisexuel...

Apparemment, son corps se développait plus vite que son cerveau et avait des érections incongrues – tout à fait normales, d'après ses deux pères, à ce stade de sa croissance. Lil et Grier assuraient à Luca qu'il n'avait pas à en avoir honte. « Cela nous arrive à tous, disaient-ils. Je présume que tu sais quoi faire, hmm ? »

Pardon ? C'était horriblement gênant ! Il existait des mots que Luca préférait ne jamais prononcer à haute voix... parce qu'ils paraissaient trop salaces. Et pourtant, comment un acte aussi jouissif que la masturbation pouvait-il être répréhensible ? Et ne serait-ce pas encore meilleur à deux ? Pourquoi Luca devrait-il choisir entre homo et hétéro ? Était-ce une obligation ? Contrairement à lui, la plupart des gens savaient sans doute s'ils étaient attirés par les hommes ou les femmes...

Luca avait l'habitude de voir deux hommes s'embrasser, mais il connaissait aussi les démonstrations d'affection conjugale entre sa mère et Tito Ali. Les unes et les autres de ces situations lui semblaient également naturelles. Il avait neuf ans de différence avec sa demi-sœur, Gemma, aussi les filles lui restaient-elle un peu mystérieuses. Effectivement, il avait tendance à les traiter comme de précieux ornements de Noël susceptibles de se briser en cas de pression. Chip ne s'était pas trompé en l'accusant d'être d'une extrême délicatesse envers les filles de l'école. Les rares dont il s'était approché lui avaient semblé douces et fragiles, pas du tout des démons. Il n'avait pas vu de cornes cachées sous leurs longs cheveux épars. Peut-être Chip était-il jaloux. Serait-il gay par hasard ? Lui arrivait-il de se masturber en pensant à son meilleur ami ? *Seigneur !* pensa Luca. *Quelle plaie de grandir !* Il aurait aimé avoir déjà dix-huit ans pour ne plus douter autant.

Son téléphone sonna. Sans regarder, il sut que c'était son père, qui l'appelait tous les jours à la même heure pour avoir de ses nouvelles.

— Salut, papa.

— *Hé, Luca. Comment va ?*

— Super.

— *Prêt pour le match ?*

— Bien sûr.

— *Pas trop nerveux, j'espère ?*

— Non…

— *Ne sois pas trop arrogant, sinon tu finiras sur la touche…*

— Certainement pas !

— *Luca…*

Luca se mit à rire.

— Arrête de flipper, papa. Où est Lil ?

— *Il est sorti marcher.*

— Comment va-t-il ?

— *Mieux.*

— C'est vrai ?

— *Oui. Il n'a eu qu'une crise d'angoisse depuis notre arrivée ici.*

— Dis-lui qu'il me manque, mais que je suis content qu'il aille mieux. Et la nourriture italienne, c'est comment ?

— *Nous avons pris une pizza au déjeuner. Bonne, mais ça ne valait pas celles de Malnati. Je transmettrai ton message à Lil, Luca. Je t'embrasse.*

— Moi aussi, papa.

Luca raccrocha, puis se souvint qu'il était censé descendre aider Clark. Lorsqu'il arriva, son oncle distribuait déjà un mélange de croquettes et de pâtée dans les gamelles individuelles des chiens. Luca déposa rapidement chacune d'elles sur un tapis en caoutchouc, le long du mur. Il remplit ensuite d'eau les bols et sortit appeler les chiens. Ils se précipitèrent dans la cuisine et engloutirent leur nourriture comme s'ils jeûnaient depuis des années. Ils ressortirent ensuite dans le jardin faire leurs besoins.

Finalement, Luca et Clark purent s'asseoir et se détendre en attendant le retour de Jody.

— Qu'est-ce qu'on mange ? demanda Luca.

— Du poulet frit, mais sans avoir à le préparer. Tito J s'arrêtera à KFC.

— Super ! À la maison, nous ne mangeons jamais de friture parce que Lil prétend que c'est mauvais pour le cœur.

— Il a raison, mais une fois de temps en temps, ça ne te tuera pas. Il faut simplement éviter d'en abuser.

— D'après Papa, Lil va beaucoup mieux.

— Vraiment ? Tant mieux !

— Sans doute avaient-ils tous les deux vraiment besoin de vacances.

— Eh bien, ils les ont prises. Au fait, je me disais que nous pourrions aller manger une pizza demain, après le match.

— Chip peut venir avec nous ?

— Bien sûr, invite qui tu veux.

— Je demanderai qui veut nous accompagner. Dis, Chip peut aussi rester dormir ? Nous n'avons pas école le lendemain.

— Si ses parents sont d'accord, pas de problème. Tu es très proche de ce gamin, on dirait.

— Oui.

— Il jouait avec toi dans la ligue Pop Warner, hein ?

— Oui.

— Pourquoi ne s'est-il pas inscrit dans l'équipe cette année ?

— Il veut se consacrer à ses cours, maugréa Luca.

— Les tests d'évaluation n'ont pas encore commencé !

— Il avait peur de ne pas être admis, alors il a préféré ne pas tenter le coup.

— C'est une attitude de perdant ! gronda Clark. Moi, j'étais nul à l'école à cause de mon TDA, mais j'aimais suffisamment le football pour persévérer malgré tout. Chip ne doit pas y tenir assez.

— Il a d'autres raisons, marmonna Luca.

— Ah, oui ? Lesquelles ?

Luca sentit ses joues s'enflammer en réalisant qu'il était sur le point de rompre sa promesse et de trahir un secret qui ne lui appartenait pas. Par chance, Jody entra au même moment avec d'énormes sacs. Luca se précipita pour l'aider, échappant ainsi à l'interrogatoire. Sauf que Jody aperçut son œil meurtri. Après tout, il était à la fois médecin et responsable de Luca pendant l'absence de ses parents.

— Que t'est-il arrivé ?

Les mains encombrées, il pointait du menton le coquard.

— Rien, rétorqua Luca, sur la défensive. J'ai déjà expliqué à Tito C que Chip n'a pas fait exprès. Dans la bousculade, je…

Jody fronça les sourcils.

— Pardon ? Que faisiez-vous au juste ?

— Pas ce que tu penses ! protesta Luca, écarlate.

— Comment sais-tu à quoi je pense ? rétorqua Jody, avec un sourire amusé.

— Chip est mon *meilleur* ami, pas mon *petit* ami.

— Je vois.

Jody versa les morceaux de poulet dans un plat qu'il posa sur la table, ainsi que des petits pains et de la sauce. Comme légumes, il avait pris de la purée de pommes de terre et des épis de maïs rôtis. Il sortit trois assiettes et en tendit une à Luca.

—Assieds-toi et sers-toi.

Jody attendit que Luca ait pris quelques bouchées pour reprendre ses questions.

— Si je ne me trompe pas, Chip est ce rouquin avec lequel tu traînes depuis des années ?

— Oui.

— Et tu trouves normal qu'il te poche un œil ?

— C'était un accident.

— Et tu me certifies qu'il n'est pas ton… amant ? insista Jody, un peu mal à l'aise.

Luca cessa de manger.

— Mais c'est pas vrai ! Pourquoi tout le monde réagit aussi bizarrement à un simple coquard ?

— Parce que tu as l'air coupable, Luca, répondit doucement Jody. Tu mens et ça se voit. Le mieux serait de vider ton sac. Si tu nous disais que Chip est ton petit copain, ou que vous êtes battus pour une fille, nous l'accepterions et ne parlerions plus de cet incident.

— Ta première réaction est quand même de me croire gay !

— Certainement pas. Je veux simplement savoir ce qui s'est passé.

— Et si je te disais que je suis gay ? insista Luca

— Dans ce cas, nous devrions en parler. J'avoue que cette révélation me surprendrait, vu que Grier et Lil ne nous ont jamais parlé de ton orientation, mais quoi que tu fasses, nous te soutiendrions à cent pour cent.

— Même si j'étais bisexuel ?

Du même geste, Clark et Jody baissèrent leurs couverts. Deux paires d'yeux fixèrent Luca avec intérêt. Le silence retomba.

— C'est le cas ? finit par demander Clark.

Luca soupira.

— Je ne sais pas. Peut-être.

— N'en as-tu pas parlé à tes pères ? demanda Jody.

Il paraissait plus curieux qu'inquiet.

— Non, ils avaient suffisamment d'emmerdes ces derniers mois. Je n'ai pas voulu leur en rajouter une couche.

— Le sujet est important, souligna Jody. Je suis certain qu'ils auraient pris le temps de répondre à tes questions. D'ailleurs, Clark et moi sommes également prêts à te transmettre toute l'expérience que nous avons glanée au fil des ans.

— Seriez-vous déjà sorti avec une femme, l'un ou l'autre ?

— Oui, répondit Clark. J'ai eu une copine pendant plusieurs années,

Les yeux de Luca s'arrondirent de surprise.

— Alors, tu es bisexuel ?

Clark secoua la tête.

— Non, pas vraiment. J'étais plutôt un homosexuel dans le déni. Les choses étaient différentes à l'époque, Luca. Il m'a fallu beaucoup de temps pour accepter mon orientation et plus longtemps encore pour la reconnaître publiquement. J'ai toujours été gay, mais j'ai longtemps manqué de courage.

— C'était si difficile de faire son coming-out ?

— Pour moi, oui, reconnut Clark. C'est ce que j'ai vécu de pire.

— Luca, intervint Jody, tu as la chance d'être né dans un monde plus ouvert. La société change peu à peu, les esprits deviennent plus tolérants. Ceci dit, il existe encore des irréductibles, aussi mieux vaut rester prudent et ne pas faire de vagues. Respect et discrétion restent de rigueur.

— Ça me fait quand même bien plaisir de savoir que vous me soutiendriez.

— Bien entendu, affirma Clark. N'en doute pas.

— Maintenant, raconte-nous la vérité, insista Jody. Comment as-tu pris ce coup ? Qu'est-ce qui a déclenché ce combat ?

— Il ne s'agissait pas d'un combat, Tito J. J'ai seulement été au mauvais endroit au mauvais moment. Il faut que tu me croies. J'ai promis Chip de ne rien dire et je tiens à tenir parole.

— D'accord, céda Jody. Mais je compte sur toi pour nous appeler à l'aide si la situation se complique, compris ?

— Oui, promis.

Sur ce, Luca fourra dans sa bouche un petit pain tout entier.

V

CHIP SE glissa à pas feutrés dans la maison. En trouvant sa mère en pleurs sur le canapé, il faillit tourner les talons et s'enfuir. Elle entendit la porte, leva la tête et se rua sur lui. Il la reçut dans ses bras, reculant d'un pas sous l'impact, et la berça gentiment pendant qu'elle continuait à sangloter sur son épaule. Quand elle parut se calmer, il s'écarta et demanda :

— Où est-elle

— À ton avis ?

Il soupira lourdement.

— Je m'en occupe.

— Merci, chéri.

Il se dégagea des bras de sa mère et se dirigea vers la chambre de sa sœur. Il frappa… aucune réponse. La porte restait verrouillée. Il recommença à frapper selon un code que tous deux avaient mis au point.

— Poupée, c'est moi. Ouvre.

Chyna vint lui ouvrir et le laissa entrer, puis elle retourna vers son lit en titubant. La chambre empestait une odeur chimique : celle des marqueurs indélébiles. Chip comprit qu'une fois de plus, Chyna s'était acharnée à se gribouiller dessus. Il la regarda, avec ses longs cheveux dramatiquement étalés autour d'elle comme une aura de feu sur la blancheur de l'oreiller. Sa toison était un flamboyant mélange de cuivre, d'or, de henné et de brun. Les gens l'arrêtaient parfois dans la rue pour la féliciter de sa teinte. Elle secouait la tête et répondait avec fierté que la couleur était naturelle, attirant ainsi d'autres cris de stupeur et d'admiration. Contrairement aux boucles carotte de Chip, les longues mèches droites de Chyna étaient plutôt auburn, une teinte riche et sensuelle que beaucoup auraient rêvé pouvoir trouver dans un salon. Chyna avait établi une interminable liste de ce qu'elle aurait aimé modifier dans son apparence, et ses cheveux n'en faisaient pas partie.

Elle roula sur le dos et demanda :

— Où est maman ?

Les yeux étaient gonflés et la joue gauche marquée d'une meurtrissure nécessiterait une bonne dose d'arnica le lendemain pour que sa sœur puisse aller à l'école sans attirer l'attention.

— Dans le salon.

— T'a-t-elle au moins expliqué la raison de notre dispute ?

— La même que d'habitude, je présume.

— Il y a du nouveau, dit-elle.

Elle se redressa et croisa les jambes sous elle, regardant son frère avec des yeux bleus identiques aux siens. Il lui prit la main et lui serra doucement les doigts.

— Raconte.

Sans se faire prier, elle relata sa conversation avec Dan, le photographe pendant que Chip se contentait de hocher la tête de temps à autre. Quand Chyna eut terminé, elle leva sur lui des yeux pleins d'espoir.

— Alors, qu'en dis-tu ?

— Mieux vaudrait t'en tenir au plan. Tu n'as pas le choix.

— Je ne peux pas attendre trois ans de plus ! gémit Chyna.

— La loi, c'est la loi, lui rappela Chip. Avant dix-huit ans, tu ne peux rien faire sans le consentement des parents.

— Mais pourquoi ne m'ont-ils pas opérée dès la naissance ? demanda-t-elle d'un ton plaintif.

C'était une question qu'elle avait déjà posée cent fois à Jack et à Lisa, recevant toujours la même réponse. « Nous préférons que tu aies conscience des implications avant de te soumettre à une procédure irréversible. »

Chip s'assit auprès d'elle pour la serrer dans ses bras.

— Pourquoi as-tu tellement flippé ?

Elle le repoussa avec brusquerie.

— Ça me manque de plus être cheerleader, répondit-elle. Mes amies me manquent aussi.

Elle sauta du lit et commença à faire les cent pas.

— Tu aurais dû t'inscrire dans l'équipe, répondit son frère.

Elle retira son tee-shirt et le lui lança à la tête. Puis elle désigna ses seins plats.

— Vraiment ? Et comment expliquer ça, hein ? La plupart des filles de mon âge ont déjà de la poitrine ! Moi, je ressemble à mon jumeau.

Chip essuya son visage avec le tee-shirt.

— Maman t'a acheté un nouveau soutien-gorge avec de la mousse. Ça te fait une poitrine très authentique.

— Non, c'est bidon.

— Alors, choisis un sport où tu n'as pas à te déshabiller devant les autres.

36

— Je préfèrerais que les parents me paient des implants mammaires ! Pour le reste, d'accord, j'attendrai d'avoir dix-huit ans. Ce n'est pas une exigence déraisonnable, Chip. Pourquoi ne peux-tu pas être de mon côté pour une fois ?

Il lui renvoya le tee-shirt et quitta le lit à son tour.

— Ne dis pas n'importe quoi ! J'ai *toujours* été de ton côté. Ma vie est presque aussi foirée que la tienne. Tu sais très bien que je préférerais faire du football avec Luca plutôt que rester planté là à me demander quelle connerie tu vas encore inventer. Et arrête de t'en prendre à maman !

— Elle m'a giflée ! D'ailleurs, c'est sa faute si je suis comme ça. Si elle m'avait laissé devenir ce que la nature avait prévu pour moi, je ne serais pas aussi fâchée contre elle.

— C'est bien le problème, gamine. Mère Nature a déconné.

— Je ne suis pas un monstre ! hurla-t-elle.

— Hé, ce n'est pas ce que j'ai voulu dire. Je…

Chyna s'effondra contre son frère, secouée de sanglots désespérés. Un scénario qui devenait familier, hélas, et chaque épisode était pire que le précédent. Au début, Chip avait cru que sa sœur traversait une phase, puis il avait compris que le problème était sérieux en la voyant renoncer à son seul plaisir : être cheerleader ! Depuis ses six ans, elle adorait les pompons et les lancers de pied. De ce fait, la voir refuser d'intégrer l'équipe de l'école secondaire n'était pas seulement surprenant, mais terrifiant.

Chip avait observé les sautes d'humeur de Chyna avec une inquiétude croissante. Lui aussi voyait son corps changer. Outre sa pilosité nouvelle au visage et au pubis, sa voix devenait plus grave et il avait des rêves érotiques qui le poussaient le matin à se réveiller dans une flaque humide embarrassante. Dieu merci, sa mère avait décrété qu'à son âge, il pouvait s'occuper de son linge. Quand elle lui avait demandé pourquoi il lavait si souvent ses draps, il n'avait pas trouvé d'explication plausible. Par la suite, il avait opté pour la solution classique : se masturber dans une chaussette. Elle avait cessé de le harceler, mais son regard était éloquent. Dieu, qu'elle était coincée ! Parfois, il se demandait comment Chyna et lui avaient été conçus.

Malheureusement, il connaissait l'histoire, ne l'ayant entendue que trop souvent en quinze ans. Et qu'il soit également la victime du fiasco causé par sa mère le dégoûtait. Pourquoi lui était-il interdit de vivre normalement sous prétexte que Lisa avait choisi d'élever en fille son fils intersexué ?

Après une fécondation in vitro, les échographies prénatales avaient annoncé deux jumeaux à Lisa et Jack Davidson, un garçon et une fille. Leurs noms avaient été choisis bien avant la naissance : Charles pour le garçon et Chyna pour la fille, parce que Lisa avait toujours été fan du groupe Wilson Phillips. Des petits vêtements en rose et bleu s'agglutinaient dans les armoires. Malheureusement, le fantasme qu'avait Lisa d'une famille parfaite s'évanouit lorsque les médecins informèrent les parents que les jumeaux étaient en réalité un fils en parfaite santé et un autre né avec le syndrome des canaux de Müller persistants. En clair, l'enfant avait des organes reproducteurs à la fois mâles et femelles, un utérus et des trompes de Fallope, mais aussi un pénis et un scrotum. Il existait un mot pour décrire cet état : intersexuation. En général, on considérait qu'un intersexué était de genre masculin à cause de ses chromosomes XY.

Quand Jack avait commencé à appeler son deuxième fils Chandler, Lisa s'y était formellement opposée. Elle avait espéré deux enfants de sexe différent et refusait d'y renoncer. Elle était incapable de concevoir naturellement, c'était sa quatrième tentative in vitro et il n'y en aurait pas d'autres. À son angoisse personnelle s'ajoutait un problème financier, car même si l'assurance avait couvert la majorité du coût des procédures, les suppléments s'élevaient quand même à plus de vingt mille dollars. Les Davidson n'avaient plus les moyens de continuer.

Lisa affirmait que Chyna mènerait plus facilement une vie de femme puisque tous ses organes internes semblaient opérationnels. En revanche, en tant qu'homme, il resterait stérile. Et quelle femme l'accepterait pour époux dans ces conditions ? D'après ce que Chip en savait, les médecins avaient formellement réfuté ces arguments, sans néanmoins pouvoir assurer à la mère éplorée que Chandler aurait une virilité normale. L'intersexuation n'avait rien d'une science exacte et chaque nouveau cas était différent. Le pédiatre des nouveau-nés informa cependant les Davidson que presque tout le corps médical s'accordait sur au moins un point : pour une intervention chirurgicale reconstructrice, mieux valait attendre la majorité du patient, quand son orientation sexuelle était fermement établie. Après une ablation des organes génitaux externes, aucun retour en arrière ne serait possible. Un acte prématuré risquait de provoquer de graves problèmes mentaux allant jusqu'à l'automutilation et le suicide.

Certains parents désiraient « rectifier » chirurgicalement la situation le plus tôt possible afin de retrouver une vie normale, mais c'était contraire aux intérêts de l'enfant intersexué. Le pédiatre préconisait donc une approche plus conservatrice et les Davidson tombèrent d'accord avec lui sur ce point. Il fallait cependant attribuer un « genre » à l'enfant, l'État-civil l'exigeait. Laisser la case en blanc sur son extrait de naissance n'était pas possible.

Jack céda aux exigences hystériques de Lisa et abandonna Chandler. Chyna fut déclaré de sexe féminin. Dorénavant, c'était sans appel.

Chip se souvenait de son étonnement, étant enfant, lorsqu'il avait constaté que sa « sœur » avait les mêmes organes sexuels que lui. Ses parents avaient vaguement tenté de leur expliquer la situation, mais que pouvaient comprendre des bambins à des termes comme « chromosomes » ou « intersexuation » ? D'ailleurs, même en prenant de l'âge, le concept restait difficile à intégrer. Les jumeaux avaient néanmoins compris une chose : le secret de Chyna avait séparé leurs parents.

Chip savait que son père avait presque aussitôt regretté d'avoir permis à Lisa de déclarer Chyna comme étant une fille, alors que l'élever comme un garçon aurait été tellement plus simple. Personne n'aurait remarqué des organes internes comme un utérus ou des trompes de Fallope, mais un pénis était sacrément difficile à cacher.

De son côté, Lisa s'obstinait à prétendre avoir pris la bonne décision, rappelant que le médecin affirmait que Chandler serait stérile, mais que Chyna avait une chance de devenir une « vraie » femme. Suite à ses problèmes d'infertilité, Lisa accordait à la conception des proportions épiques et elle projetait ses insécurités sur sa fille. Pourquoi causer dans les années à venir à Chyna un terrible chagrin qui pouvait être évité ?

Les disputes s'étaient intensifiées, surtout après que Jack eut refusé de changer Chyna. Le couple avait divorcé peu après le premier anniversaire des jumeaux. Lisa se plaignait régulièrement de ce qui s'était passé entre elle et Jack avant la séparation, et jamais elle ne pardonnerait à son ex d'avoir abandonné sa famille. Financièrement parlant, Jack s'était montré plutôt généreux, mais ses rapports avec Lisa restaient tendus.

Les sanglots de Chyna se calmant enfin, elle s'écarta de Chip à contrecœur. Elle paraissait triste et vaincue.

— Excuse-moi.

— C'est bon, la rassura Chip. Tu peux pleurer sur moi chaque fois que tu en as besoin.

— Peut-être est-il temps qu'ils reconnaissent avoir fait une erreur.

— Attends, qu'est-ce que tu veux dire ?

Elle détourna la tête pour cacher sa grimace malheureuse.

— Je commence à avoir des doutes.

— À quel propos ?

Elle répondit d'une voix si basse que Chip dut se pencher pour l'entendre.

— Maman aurait dû me laisser être un garçon.

Il lui releva le menton et la regarda fixement.

— Tu plaisantes ?

Elle se laissa tomber à plat ventre sur le lit, les deux mains sur le ventre, et se remit à pleurer. En regardant les épaules de sa sœur trembler sous la force des sanglots qui échappaient à leur prison émotionnelle, Chip se sentit lui aussi brisé.

Il la secoua doucement.

— Chyna, retourne-toi. Parle-moi.

Elle obtempéra, le visage tout crispé. Elle ne ressemblait plus du tout à la princesse confiante dont il avait l'habitude. Manifestement à bout, elle avait besoin d'aide.

— Je voudrais avoir des implants pour me sentir plus normale, Chip. Je veux être comme les autres filles… j'en ai terriblement envie. Mais si c'est impossible, peut-être vaudrait-il mieux enterrer Chyna.

— L'intérêt d'attendre était justement de garder toutes tes options ouvertes !

— Je sais, mais ne se rendent-ils pas compte que c'est dix fois pire ? Si j'avais été opérée étant bébé, je n'aurais pas eu à me poser la question. Maintenant, je dois prendre une décision et j'ai peur.

— Pourquoi *maintenant* ? Qu'est-ce qui t'a fait changer d'avis ?

— Luca.

— Merde…

Elle se redressa et reprit son tee-shirt pour essuyer la morve et les larmes qui lui maculaient le visage.

— Et si en plus, j'étais gay ? Sinon, explique-moi pourquoi je bande chaque fois qu'il est dans les parages ? Comment fait-on pour contrôler *ce truc* ? ajouta-t-elle en baissant la voix.

Elle désignait son bas-ventre – son pénis. Chip fronça les sourcils. Il se voyait mal expliquer à sa sœur qu'une queue n'en faisait qu'à sa tête et qu'apprendre à la maîtriser demandait du temps et de la volonté. Quant à évoquer la masturbation… non, il aurait préféré se taper une bonne centaine de pompes qu'aborder le sujet !

— Tu n'étais pas censée prendre des médicaments ?

— Oui, des œstrogènes qui m'empêchent d'avoir des poils, une grosse pomme d'Adam et une voix d'homme. Personne ne m'a rien dit concernant ces érections ! s'écria-t-elle, de plus en plus paniquée. Et si ça m'arrive pendant que je danse avec lui, hein ? Comment trouver une explication ?

Elle se remit à pleurer et Chip la reprit dans ses bras. Après quelques minutes, elle se redressa, l'air déterminé.

— Si j'arrête d'avaler ces saloperies d'hormones, je deviendrai vite comme toi. J'aurai des boutons et du poil au menton, et ma voix va muer, et nous serons enfin de vrais jumeaux. J'en ai marre de vivre dans le mensonge ! J'en ai marre de prétendre être une fille alors que ce n'est pas vrai !

Il prit le beau visage entre ses deux paumes.

— Chyna, as-tu jamais souhaité être un garçon ?

Elle secoua la tête

— Non, reconnut-elle, découragée.

Chip parut pensif.

— C'est bien le problème. Arrêter de prendre ton traitement ne fera pas de toi un garçon. Tu deviendras plus masculin, d'accord, mais au fond, tu resteras une fille. Tu as toujours adoré ce qui était féminin ! Et là, d'un coup, tu prétends te mettre au football parce qu'il t'arrive de bander ? Ça ne marche pas comme ça.

Elle passa ses doigts délicats dans ses cheveux, divisa leur lourde masse en deux et s'en servit pour cacher sa poitrine plate. Malgré ses seins inexistants, elle était ainsi plus féminine que toutes les cheerleaders de l'école avec sa peau claire presque translucide, et son cou renflé à la pomme d'Adam à peine marquée. Les jumeaux se ressemblaient, certes, mais Chyna avait toujours été plus délicate. Même son pénis tant décrié était différent. Les jumeaux ne prenaient plus leurs bains ensemble depuis des années, mais étant enfant, Chip se rappelait avoir souvent demandé à son père pourquoi le « kiki » de Chyna était plus petit. N'ayant jamais reçu de réponse satisfaisante, il avait peu à peu cessé d'en parler. Même si sa sœur abandonnait son traitement et laissait sa puberté suivre son cours, Chip doutait fort qu'elle devienne comme lui. C'était impossible.

— Je veux être normale, affirma-t-elle, catégorique, et si je dois être gay, je suis prête à l'accepter et à affronter la discrimination plutôt que continuer à prétendre être la fille que maman voulait tant.

41

— Chyna, je ne suis pas encore docteur. J'ignore complètement ce qui se passe dans ta tête ou dans ton corps, je te l'accorde, mais je sais au moins que tu étais destinée à être une fille !

— Tu crois ?

— J'en suis certain.

Elle baissa la tête et fit semblant de gratter un bouton sur sa jambe.

— Je devrais peut-être me tuer. Au moins, j'aurais la paix.

— Regarde-moi.

Chip la prit par le menton et lui fit relever la tête. Elle se laissa faire. En croisant ses yeux noyés, Chip sentit son cœur se briser.

— Jure-moi que tu ne feras jamais ça !

— Ta vie deviendrait beaucoup plus facile.

— Chyna, bon sang ! Ce n'est certainement pas la solution et ma vie serait foutue si tu faisais une connerie pareille. Je finirais sans doute dans une cellule capitonnée.

— Tu m'aimes, Chip ?

— Chyna, allez...

Elle rampa sur ses genoux et lui demanda de la câliner, comme il le faisait depuis des années.

— Je t'aime, frangin.

— Moi aussi.

VI

CHYNA PASSA la plus grande partie de la nuit à pleurer, aussi ressemblait-elle à un crapaud le lendemain au réveil. Elle s'examina dans la glace, puis décida que ses paupières bouffies et ses lèvres à la Nicki Minaj n'étaient que des broutilles. Son pire problème se dressait entre ses jambes ! Comment allait-elle pouvoir s'habiller et dissimuler cette horreur ? Ces érections épouvantables lui arrivaient de plus en plus souvent et troublaient sa routine matinale. Elle hésitait à régler le problème d'une main preste, puis se ravisa. Si elle se masturbait comme un garçon, cela ne ferait-il pas d'elle un garçon ? Elle se frappa brutalement au bas-ventre et... se plia en deux avec un hurlement de douleur. Son pénis se recroquevilla comme un escargot effrayé et disparut. Ensuite, Chyna entama le processus fastidieux de son habillage-camouflage.

Elle sortit d'un tiroir une gaine spéciale qui avait coûté une fortune à sa mère, et repoussa ses organes génitaux vers son anus. Le renflement disgracieux disparut, comprimé par le spandex très serré.

C'était à sa mère qu'elle devait cette habile technique de dissimulation. Pour lui faciliter la vie, Lisa avait consulté des sites gays sur Internet, cherchant les meilleures astuces des travestis. Peu de temps auparavant, Chyna était rentrée à la maison en larmes, car son professeur de sport s'était étonné de lui voir utiliser des serviettes hygiéniques plutôt que des tampons. En fait, elle avait remarqué une bosse et supposé que Chyna avait ses règles.

Lisa était furieuse qu'on parle si peu de l'intersexuation sur Internet. Les mentalités évoluaient peut-être, mais les personnes nées avec un appareil génital ambigu ou mixte étaient encore considérées avec suspicion, soit on les cachait comme un secret honteux, soit on les exposait comme un phénomène de foire. Autrefois, on les appelait des hermaphrodites, mais le mot était passé de mode. La communauté scientifique préférait désormais parler d'intersexués. Un mot qui avait une consonance cool, mais que personne ne connaissait. Les travestis ou les transsexuels étaient mieux acceptés, mais les gens comme Chyna ? Pas vraiment. C'était sur le site de RuPaul que Lisa avait fini par trouver comment aider sa fille à cacher ses attributs masculins.

La solution de la gaine en spandex fonctionnait à condition d'éviter d'avoir une de ces foutues érections. De plus, ce n'était pas facile pour Chyna d'aller aux toilettes. Trouver un endroit sûr où elle pouvait prendre son temps pour tout remettre en place après une miction était toujours un challenge. Bien sûr, les portes des toilettes des filles avaient en principe un verrou, mais arrêterait-il vraiment un voyeur ou un mauvais plaisantin ? Un jour ou l'autre, Chyna pouvait se faire des ennemis et Dieu savait quelles vengeances on chercherait à exercer sur elle !

Sa bulle de sécurité se désintégrait depuis que ses amies avaient entamé leur puberté et que son corps lui aussi s'était mis à changer. Sachant qu'elle ne pouvait pas cacher sa différence une fois déshabillée, Chyna affichait une pudeur excessive et s'enfermait pour se changer. Du coup, les autres filles se moquaient d'elle et la traitaient de coincée. C'était en partie pourquoi elle avait renoncé à être cheerleader. La vérité sur son état finirait par éclater au grand jour dans un vestiaire où toutes les filles traînaient à moitié nues. Ces derniers temps, Chyna s'astreignait à peu boire pour éviter de passer aux toilettes. C'était très pénible quand il faisait chaud, parce qu'elle rêvait d'étancher sa soif avec un soda frais, mais l'alternative était nettement pire, aussi endurait-elle son calvaire en attendant de rentrer chez elle.

Bon, après la gaine, elle avait à enfiler cet épouvantable soutien-gorge « miracle ». Comme tous les matins, Chyna le prit avec une grimace et fixa les bonnets pointus censés lui donner des seins. Quelle foutaise ! De loin, ça faisait peut-être illusion, mais de près, jamais un garçon n'y croirait.

Ce matin-là, elle se maquilla avec plus de soin que d'ordinaire… au cas où elle croise à nouveau le photographe, Dan. Elle espérait réussir à passer un essai sans avoir besoin de consentement parental. Pourquoi affronter à nouveau sa mère s'il s'avérait que Chyna n'était pas photogénique ? Ça arrivait, même à des personnes superbes. Et si c'était son cas ? Elle en doutait, car la plupart des photos qu'elle avait d'elle étaient plutôt bonnes, mais quand même, mieux valait s'assurer qu'elle avait une chance de réussir dans le mannequinat. Une fois qu'elle aurait la confirmation d'un professionnel, elle se sentirait mieux armée pour remonter au créneau et réclamer ses implants. Si elle avait une belle poitrine, Luca la remarquerait peut-être la prochaine fois qu'elle s'exhiberait devant lui. Avec un peu de chance, il en aurait les yeux qui lui sortiraient de la tête et commencerait à penser à elle comme à une femme désirable, oubliant enfin la gamine qui traînait depuis des années derrière son jumeau.

Si l'incroyable devait se produire, si Chyna obtenait le physique de ses rêves, Luca l'inviterait à sortir avec lui. Il serait tenté de la draguer, de la caresser... et s'il décidait de lui tâter les seins, elle n'aurait pas à paniquer. Au contraire, elle s'empresserait d'enlever son soutien-gorge et... La suite dépassait les limites de son imagination. Elle avait quinze ans, elle était vierge, elle n'avait jamais été embrassée, elle n'avait jamais osé se masturber. Ses anciennes amies cheerleaders pratiquaient des fellations à gauche et à droite, mais pas elle.

Chyna n'avait jamais été touchée. Ce n'était pas seulement embarrassant, c'était pitoyable.

Elle s'examina dans la glace. La meurtrissure causée par la gifle de sa mère était à peine visible sous une épaisse couche de fond de teint. Les yeux bleus entourés d'ombre à paupières gris foncé et d'un épais trait de mascara noir paraissaient plus grands, plus adultes, et les cils alourdis de khôl bleu marine lui donnait l'air mystérieux et sexy. Elle compléta son maquillage d'un coup de blush abricot sur les joues et d'un brillant à lèvres assorti. Elle mit ensuite un jean skinny, des sandales à talons compensés et un tee-shirt moulant. Elle avait hésité à enfiler un débardeur pour exhiber ses abdos, mais son ventre gardait des traces de la nuit dernière. L'encre « indélébile » n'était que partiellement partie avec du dissolvant. En revanche, ses cheveux auburn se répandaient sur ses épaules comme une souple toison et si cela ne suffisait pas à attirer l'attention du photographe, rien d'autre n'y parviendrait.

En sortant de sa chambre, Chyna trouva Lisa et Chip qui bavardaient dans la cuisine. Ils cessèrent de parler en la voyant. Sans doute s'attendaient-ils à une répétition de la veille. Chyna lut la peur dans les yeux de sa mère. Elle les surprit tous les deux en embrassant la joue de Lisa.

— Désolé, maman, dit-elle à mi-voix.

Lisa soupira de soulagement et la serra dans ses bras. Elle atteignait à peine le menton de Chyna, pourtant, elle semblait plus grande. Sa détermination féroce devait la grandir, d'une façon ou d'une autre. Chyna était certaine que sa mère aurait donné sa vie pour son enfant intersexué, mais cette folle décision de l'élever en fille n'avait fait que lui compliquer la vie. Tout aurait été tellement plus simple pour elle si Lisa avait choisi l'autre option ! Cependant, sa mère s'obstinait à dire qu'elle avait bien choisi et que si c'était à refaire, elle agirait de la même façon.

C'était intéressant, cette certitude maternelle. La plupart du temps, Chyna se sentait fille. Elle aimait les couleurs vives, les talons hauts, les frous-frous, la dentelle et la soie. Elle adorait se maquiller et possédait plus de produits que nécessaire. Elle était essentiellement féminine, mais le côté masculin de sa nature s'éveillait de temps à autre. Chyna devenait alors agressive, revendicatrice et prête à défier quiconque se mettrait sur son chemin. De nos jours, différencier les traits de personnalité spécifiquement masculins ou féminins était plus difficile, aussi Chyna avait-elle peu d'exemples auxquels se comparer. Elle sentait simplement une différence marquée dans sa façon de penser quand elle était en mode mâle. La veille, par exemple, pendant la dispute, elle ne s'était pas souciée de faire pleurer sa mère, la poussant même délibérément à bout pour marquer sa victoire. Ce matin, redevenue douce et câline, Chyna avait besoin de se sentir aimée et du contact des bras maternels autour d'elle. C'était difficile à expliquer, mais elle était accoutumée aux variances de sa nature à la fois Dr Jekyll et M. Hyde.

On frappa à la porte. Chyna se précipita pour aller ouvrir, sachant très bien qui elle trouverait sur le seuil.

Luca Dilorio lui offrit un sourire espiègle.

— Salut, gamine. Ça boume ?

Il n'avait que quelques centimètres de plus qu'elle, mais en sa présence, elle se sentait fragile et délicate. Pas aussi large d'épaules que Chip, Luca était néanmoins solide, avec des bras et des jambes bien musclés. Mieux encore, il exsudait une force intérieure qui rassurait Chyna. De sa mère philippine, Luca avait hérité de ses cheveux noirs et soyeux, d'une peau olivâtre et de ses yeux en amande, mais c'était à son père qu'il devait sa haute taille et sa stature. Les Dilorio étaient italo-américains depuis plusieurs générations.

Devant son sourire rayonnant, Chyna sentit son cœur palpiter. Du bout du doigt, elle effleura l'œil meurtri de Luca et fit la moue.

— Je suis tellement désolée.

— T'inquiète, c'est bon pour ma réputation ! Je vais passer pour un dur !

— Et tu préfères ça à être un bon Samaritain ?

Amusé, il lui tira les cheveux.

— Ce qui s'est passé ne regarde personne.

Dieu, qu'il est gentil ! Chyna évoqua toutes les fois où Luca lui avait prêté une oreille attentive ou une épaule pour pleurer au cours des cinq dernières années. Il avait le don rare de toujours écouter les deux versions au cours d'une dispute. Contrairement à la plupart des gens, il ne sautait jamais aux conclusions faciles ni ne portait de jugement hâtif, ce qui faisait de lui un confident idéal. Pourquoi Lisa ne lui ressemblait-elle pas ? Au lieu de s'opposer d'office à la proposition de Dan, elle aurait pu écouter Chyna et dire qu'elle y réfléchirait, non ? Était-ce la culpabilité qui la rendait aussi intransigeante ?

Depuis toujours, Chip se considérait comme le garde du corps de Chyna, mais quand il n'était pas libre, il transmettait ce rôle à Luca. Ce dernier comprenait parfaitement sa mission. Sa petite sœur était encore une enfant, aussi n'avait-elle pas encore besoin de « surveillance ». Néanmoins, Luca trouvait très normal de protéger une fille. Quant à Chyna, elle était flattée de parcourir les couloirs de l'école flanquée de son jumeau et/ou du quarterback de première année. Quand Chip et elle étaient enfants, on les surnommait parfois Tic et Tac – comme les deux écureuils des dessins animés –, mais maintenant qu'ils avaient grandi et que Chip avait forci, plus personne n'osait le leur dire en face.

Luca examina le visage et la tenue de Chyna avec curiosité.

— Tu es superbe ! Pourquoi tous ses efforts ? Aurais-tu un rendez-vous galant ?

Elle leva les yeux au ciel.

— Comme si on osait m'inviter avec vous deux toujours à mes basques !

— Justement ! Si un garçon a le courage de s'y risquer, tu sauras que c'est le bon.

— Vous pourriez lui donner au moins une chance de passer votre ligne de défense.

Avec un grondement menaçant, Luca leva les deux bras et afficha la position d'un bodybuilder. Chyna en eut des papillons dans l'estomac. Soudain, sa culotte en spandex la serra beaucoup trop. Elle se sentit rougir et se tourna vers sa mère. Notant ses joues enflammées, Lisa afficha un sourire entendu. Chyna gardait secret son béguin pour Luca, mais sans doute sa mère et son frère l'avaient-ils depuis longtemps deviné.

Lisa s'affaira et distribua aux jumeaux des sacs repas. Depuis qu'ils avaient quitté le primaire, ils lui avaient demandé de cesser de le faire, mais elle s'y refusait, prétendant que déjeuner quotidiennement à la cafétéria était cher et peu recommandé pour la santé. En vérité, elle aimait à préparer leur repas, cela lui permettait de se sentir utile et de croire que ses enfants dépendaient encore d'elle. Depuis leur naissance, elle était mère au foyer et vivait de sa pension alimentaire. Elle préférait se passer du superflu que de les mettre à la garderie. Entre l'hypothèque de la maison et les frais courants, il ne restait pas grand-chose à Lisa à la fin du mois. Pendant des années, ses journées avaient exclusivement été consacrées aux jumeaux et Lisa avait beaucoup de mal à admettre qu'ils grandissaient et s'en iraient bientôt à l'université.

Une fois devenus adolescents, Chip et Chyna avaient affirmés avoir l'âge et la maturité de rester seuls à la maison, et insisté pour que leur mère se remette à sortir, à fréquenter des amis, ou même à trouver du travail à temps partiel... pas tant pour l'argent supplémentaire que pour avoir d'autres centres d'intérêt. À trente-neuf ans, elle était encore en âge de trouver un mari, ou un petit ami. Mais Lisa préférait penser que sa vie sexuelle était terminée. Elle avait formellement refusé de changer de mode de vie, affirmant ne pas avoir besoin d'argent et préférer rester disponible au cas où ses enfants aient besoin d'elle.

— Que comptez-vous faire en sortant de l'école ? demanda Lisa.

Elle voulait savoir à quelle heure les attendre.

— Je dois passer à la bibliothèque, répondit Chip. Je ne rentrerai pas avant dix-huit heures trente.

Lisa se tourna vers Chyna.

— Et toi ?

— Pareil. Je rentrerai à peu près à la même heure. Je dois rendre un devoir la semaine prochaine.

Elle mentait. Elle comptait retrouver Dan et lui extorquer une séance photos sans déclencher une alerte enlèvement.

— D'accord, bonne journée, lança Lisa.

VII

Le trio se sépara en arrivant à l'école, chacun partant dans une direction différente. Chyna fila sans laisser à Luca le temps de lui donner rendez-vous pour déjeuner. En la regardant se diriger vers le gymnase, il se demanda pourquoi elle était si pressée. Sur le passage de Chyna, la meneuse des cheerleaders, Ashley Morris, fit une remarque qui provoqua chez ses acolytes une explosion de rires railleurs. Luca les entendit et s'inquiéta concernant Chyna. Il essaya de se rappeler s'il avait entendu, au cours de l'été la rumeur d'une brouille parmi les filles. Voilà qui expliquait peut-être pourquoi Chyna ne s'était pas inscrite cette année pour soutenir l'équipe de football sur le terrain. Luca n'était pas le seul joueur que l'absence de la jolie rousse avait beaucoup surpris.

Dire que Chyna avait des problèmes et qu'il n'avait pas pris la peine de vérifier ! Il prit mentalement note de lui en parler dans les prochains jours. Il y avait sans doute une explication toute simple et il se faisait du souci pour rien. D'un autre côté, il était évident qu'elle ne traînait plus avec ses amies de primaire. Pourquoi ? Qu'est-ce qui avait changé ? Avec un peu de chance, Luca obtiendrait rapidement des réponses.

Il aurait aussi bien aimé savoir pourquoi son regard était resté rivé sur les fesses de Chyna pendant qu'elle traversait le parking.

Jusqu'à ce jour, il pensait à elle comme une sœur, mais pas ce matin, pas quand elle lui avait ouvert la porte. Elle était magnifique ! Décontenancé, il n'avait vu de son visage que les yeux bleus qui se détachaient sur la peau pâle. Son corps avait réagi de façon inattendue à ce regard de prédateur. Son sang avait déserté son cerveau pour se ruer dans son hémisphère sud et provoquer une érection traîtresse. Comment était-ce possible, et aussi brutalement, alors que Luca n'avait jamais encore été sensible à la beauté de la sœur de Chip ? Pire encore, cette prise de conscience remettait en cause les sentiments ambigus qu'il éprouvait pour son meilleur ami. Presque convaincu la veille encore qu'il était gay, Luca ne savait plus que penser aujourd'hui. S'il faisait une telle fixation sur les fesses de Chyna, peut-être était-il finalement hétéro, non ?

Il passa l'essentiel de sa journée dans le brouillard, tout en participant de son mieux aux cours auxquels il assistait. Même l'entraînement au football ne suffit pas à effacer de son cerveau enfiévré les idées folles qui y erraient.

L'entraîneur Taggart finit par remarquer son air absent et entraîna une fois de plus Luca derrière les gradins pour l'interroger.

— Que se passe-t-il, Dilorio ?

— Rien, Coach.

— Tu sembles distrait aujourd'hui.

— Non, pas vraiment.

— Aurais-tu des ennuis ? Avec d'autres élèves, peut-être ?

Surpris, Luca cligna des yeux.

— Non. Pourquoi cette question ?

Taggart haussa les épaules.

— Parce que ton coquard attire l'attention. La plupart de tes amis connaissent ta dynamique familiale, je le sais bien, mais pas les nouveaux. Tu es certain que cet œil au beurre noir ne vient pas d'une dispute ?

— Sûr et certain.

— Alors, c'est quoi ton problème ?

— À part vous, Coach, je ne vois pas ! aboya Luca.

Taggart fronça les sourcils devant l'agressivité de cette riposte, mais il n'insista pas et laissa les joueurs partir assez tôt. Une fois libéré, Luca refusa de rester avec Chip en prétextant que ses oncles l'attendaient. Sans même prendre une douche, il se changea, attrapa son sac à dos et se dirigea vers l'endroit où il avait garé son vélo. La maison de Clark et Jody se trouvait à deux kilomètres environ, aussi se rendait-il en vélo à l'école quand personne n'était libre pour l'accompagner. En plus, cela lui faisait faire un peu plus d'exercice. Il n'était pas encore en âge de conduire, mais de toute façon, pourquoi se donner le mal de chercher une place dans le parking encombré quand il avait une autre option ?

En passant les grilles, il aperçut Chyna qui s'entretenait avec un inconnu. En tout cas, Luca ne l'avait encore jamais vu. L'homme portait autour du cou un appareil photo sophistiqué et poussait Chyna vers un bouquet d'arbres. Bien qu'elle semble le suivre de son plein gré, Luca préféra néanmoins la garder à l'œil. D'un côté, il aurait voulu intervenir et savoir qui était cet étranger. D'un autre, il ne voulait pas embarrasser Chyna par une intervention malvenue. Peut-être était-ce un journaliste local qui écrivait un article sur les élèves de première année ?

Il eut beau tenter de se cacher, Chyna le remarqua et lui adressa un sourire éblouissant – que Luca reçut comme un coup de poing dans l'intestin. Que diable se passait-il ? Certes, elle paraissait différente aujourd'hui, plus mûre, plus séduisante. S'était-elle habillée pour cette séance photo ou bien sa nouvelle garde-robe correspondait-elle à ce que portait une fille de quinze ans à l'école secondaire ? Seigneur, Chip aurait été furieux s'il avait vu le photographe tirer sur le tee-shirt de Chyna pour dénuder son épaule et lui faire prendre la pose d'une bimbo de Hooters [4]. D'ailleurs, Luca n'appréciait pas davantage ces familiarités, aussi se rapprocha-t-il. Il voulait entendre ce que l'homme avait à dire. Après plusieurs minutes et une centaine de photos, à en juger par le vrombissement de l'appareil, l'homme recula et commença à ranger son matériel.

— Vous êtes faite pour le papier glacé ! s'exclama-t-il. Je suis impatient de montrer ça à mon associée.

Chyna rayonnait, ridiculement enchantée de ces compliments dithyrambiques.

— Sera-t-il intéressé ? Et si c'est le cas, dans combien de temps aurez-vous sa réponse ?

— C'est *une* associée et je vous préviendrai par texto dès que nous aurons pris une décision.

Il s'éloigna peu après. Dès que Chyna fut seule, Luca s'approcha.

— Qu'est-ce que tu fabriquais avec lui ? demanda-t-il.

— Il pense que je peux devenir mannequin.

— Qui est ce type ?

Tout en avançant avec Luca vers la sortie, Chyna lui expliqua comment elle avait rencontré Dan et ce qu'il faisait dans la vie.

— Mannequin ? Quel genre au juste ? insista Luca, suspicieux.

Chyna eut l'air surpris.

— J'ignorais qu'il existait plusieurs genres, reconnut-elle.

— J'en connais au moins quelques-uns. Tu as les filles qui marchent sur les estrades dans les défilés de mode, celles à moitié à poil sur les pubs de *Sports Illustrated* ou les couvertures de magazines, ou encore les jolis visages qui présentent du maquillage et des trucs du même genre. Il y en a certainement d'autres, mais j'ai oublié.

Chyna paraissait songeuse.

---

4 Chaîne de restaurants américains où le service est assuré par des jeunes femmes en mini short orange et débardeur échancré.

— Oh. Dan ne m'a rien dit de particulier.

— Tu dois te renseigner avant d'aller plus loin, conseilla Luca. Qu'est-ce qui se passe, Chyna ? Pourquoi as-tu tellement changé ?

Tous deux s'arrêtèrent de marcher et elle se tourna vers lui. Luca fut surpris de voir des larmes dans les grands yeux bleus.

— Qu'est-ce que tu racontes ?

— Pourquoi n'es-tu plus cheerleader ?

— Ça ne m'intéresse plus.

— Ne me raconte pas de craques. Tu t'es disputée avec Ashley ou une autre des garces qui traînent avec elle, c'est ça ?

Chyna eut un rire amer.

— Pourquoi dis-tu ça ?

Il pencha la tête.

— Allez, Chyna. Parle-moi.

— Je suis sur leur liste noire.

Luca ne cacha pas sa curiosité.

— Ah, bon ? Depuis quand ?

— Elles me traitent de prude et de coincée parce que le but de mon existence n'est pas me taper la moitié de l'équipe de football.

— Encore heureux ! Sinon, Chip te tuerait, et s'il ne le faisait pas, je m'en chargerais.

Elle sourit, manifestement enchantée par sa remarque.

— Serais-tu jaloux ?

Mal à l'aise, Luca ne sut quoi dire. Il ne savait pas trop ce qu'elle attendait de lui.

— Je suis simplement soulagé que tu ne sois pas une garce, Chyna. Si tu savais comment les gars parlent des filles faciles !

— La seule chose qui m'intéresse, c'est ce que tu penses, Luca, dit-elle lentement. Baiser sans amour, ça te paraît normal ?

— Hein ?

— C'est actuellement monnaie courante. La plupart des gens le font.

— Je ne suis pas la plupart des gens ! déclara Luca.

— Alors, d'après toi, ce n'est pas bien ?

— Certainement pas pour une première fois ! Il faut commencer avec quelqu'un qu'on aime.

Chyna acquiesça.

— Je suis bien d'accord, C'est pourquoi je ne vois plus les autres filles. Elles me trouvent naïve, idéaliste et vieux jeu.

Luca lui passa le bras autour des épaules et l'attira à lui.

— Tu as des principes et tu t'y tiens, je suis fier de toi ! Et Chip te dirait la même chose.

— Même s'il couche avec Megan ?

Luca, qui n'était pas au courant, ne put s'empêcher de ressentir un bref élan de jalousie. Ainsi, son meilleur ami avait découvert le sexe… mais pas avec lui ? Il repoussa rapidement cette pensée irréaliste et tenta d'en savoir davantage.

— Tu crois ?

Elle le poussa du coude.

— Allez, tu le sais.

Coincé, il se contenta de hausser les épaules et chercha une excuse boiteuse.

— Pour un garçon, c'est différent.

— Peuh ! dit Chyna avec dégoût. Les filles agissent de plus en plus comme les garçons, comme si c'était leur droit de découvrir le sexe autant que possible et le plus vite possible.

— Et la romance ? demanda Luca.

Il n'y connaissait pas grand-chose, certes, mais d'après lui, l'amour existait encore. Ses pères en étaient le meilleur des exemples, ils ne cessaient de s'offrir des bouquets, de s'écrire des cartes ou de se faire des surprises enrubannées. Et leur plaisir mutuel prouvait combien ils appréciaient tous les deux ces attentions.

— Ça ne compte plus, déclara Chyna. C'est en tout cas l'opinion d'Ashley.

— Je ne suis pas d'accord. Et si Ashley le prétend, c'est sans doute parce qu'elle ne reçoit jamais de fleurs.

Chyna éclata de rire.

— Tu as certainement raison.

Luca lui fit un signe de tête complice.

— À demain, d'accord ?

— Bien sûr.

VIII

— JE SUIS rentré ! cria Luca.

Il laissa tomber son sac à dos sur le sol à côté des Nike qu'il venait d'enlever et suivit jusqu'à la cuisine le délicieux arôme du pain fraîchement sorti du four. Il se jeta goulûment sur le plateau encore chaud.

— Tu vas te brûler, annonça Jody.

Comme un jongleur, Luca fit passer son morceau de pain et d'une main à l'autre, espérant le refroidir, mais la faim fut la plus forte et il le porta à sa bouche. Il mâcha avec un soupir d'extase. Se sentant observé par son oncle, il avala et reconnut :

— C'était trop tentant, je n'ai pas pu attendre.

Jody secoua la tête et sourit.

— Lave-toi les mains et nous pourrons passer à table. Tout est prêt.

Luca était encore devant l'évier quand Clark entra dans la cuisine, suivi par sa meute de huskies. Les chiens repérèrent Luca et l'accueillirent en aboyant avec excitation. Clark s'approcha et l'embrassa sur la joue.

— Salut, gamin. Tu es là depuis longtemps ?

— Non, je viens de rentrer.

Les chiens lui sautaient dessus, cherchant à attirer son attention. Clark eut un petit rire.

— À les voir, on croirait que tu es parti depuis un mois.

— Ils m'aiment bien.

Luca eut un joyeux sourire quand Croc-Blanc le lécha au visage.

— Bien entendu, répondit Jody, tu es un garçon très attachant. Qui pourrait ne pas t'aimer ? Comment ça s'est passé à l'école ?

Luca tapota une dernière fois la tête de son chien, puis s'installa à table à sa place habituelle.

— Comme d'hab. Enfin non, pas vraiment.

Son commentaire attira instantanément l'attention et deux paires d'yeux anxieux se fixèrent sur lui. Luca soupira et son regard passa de l'un à l'autre de ses oncles.

— Pas de panique. Je me sens juste… un peu paumé.

Jody poussa un soupir soulagé et jeta un coup d'œil à Clark, qui se détendait lui aussi.

— C'est normal, répondit-il. Grandir est assez perturbant, si je me souviens bien.

Luca mit dans son assiette plusieurs morceaux de poulet frit et une énorme louche de purée, puis ajouta prudemment trois haricots verts. Il croqua dans un pilon, mâcha et avala. Après avoir goûté à sa purée, il émit un « humm » de satisfaction. Ses oncles le fixaient, attendant ses explications sans pour autant le presser, sachant qu'il préférait se remplir l'estomac avant de parler. Luca avait toujours eu un bel appétit et sustenter ses quatre-vingts kilos réclamait beaucoup de calories. Une fois son assiette vide, il la repoussa, but un verre de lait et s'essuya la bouche avec une serviette en papier.

— En fait, je suis peut-être hétéro, lança-t-il.

Clark et Jody attendirent la suite sans cacher leur intérêt. Sous leurs regards attentifs, Luca sentit ses joues devenir brûlantes. Il baissa la tête et se mit à tripoter la nappe.

— Luca ? finit par dire Jody.

Luca releva les yeux, soudain très embarrassé. Clark et Jody étaient plutôt cools, mais pouvait-il évoquer devant eux des érections inattendues ? C'était peut-être pousser le bouchon un peu loin. Il préféra jouer la sécurité.

— Vous vous souvenez de Chyna, hein ?

— Bien sûr, la rouquine dégingandée qui traînait toujours derrière Chip et toi.

— Il doit y avoir un moment que tu ne l'as pas revue ! s'exclama Luca avec enthousiasme. Elle est devenue magnifique.

— La dernière fois, c'était l'été dernier, admit Clark. Et elle était déjà magnifique. Au fait, pourquoi n'est-elle pas cette année dans l'équipe des cheerleaders ?

— Justement ! continua Luca. Je lui ai posé la question aujourd'hui même et ça l'a mise dans tous ses états.

— Pourquoi ?

— Elle refuse de coucher avant d'être amoureuse, ce qui la singularise des autres… et si j'ai bien compris, le groupe le lui fait payer.

— Waouh ! s'exclama Clark. Il faut un sacré courage pour prendre ce genre de position !

Luca hocha la tête.

— C'est vrai ! De nos jours, tout le monde couche sans discernement.

— Toi aussi ? demandèrent en même temps Jody et Clark.

— Bien sûr que non ! répondit Luca à mi-voix. Vous le savez très bien.

— Effectivement, mais s'en assurer ne coûte rien, dit Clark. Où veux-tu en venir, Luca ?

— Je croyais ne pas m'intéresser aux filles, Tito, mais quand j'ai vu Chyna aujourd'hui, j'ai... hum, ressenti quelque chose. C'est normal ?

— Précise un peu ce « quelque chose » ? demanda Clark.

Écarlate, Luca baissa la tête et marmonna :

— Tu veux vraiment que je te fasse un dessin ?

— Non, bien sûr que non, s'empressa d'intervenir Jody. Réagir aux deux sexes n'a rien d'inhabituel, surtout à ton âge. Rien n'est figé avant que tu établisses toi-même tes propres limites.

— Je sais que Tito Clark était bisexuel autrefois.

— Non, précisa Clark. Rappelle-toi ce que je t'ai dit : j'étais dans le déni. C'est tout à fait différent.

— Ça peut être mon cas puisque je ne connais rien au sexe, affirma Luca. Tu crois que je devrais essayer... les deux ? Pour vérifier ?

Clark fronça les sourcils.

— Les deux en même temps ? Je doute que ce soit sage. Tâter le terrain, pourquoi pas, ça te permettrait de mieux te connaître, mais certainement pas simultanément. As-tu envie de sortir avec Chyna ?

— Oui, mais si je découvre ensuite que je suis gay ? Si je la largue pour un mec, elle risque d'en souffrir, non ?

Jody secoua la tête.

— Tout d'abord, tu es beaucoup trop gentil pour la « larguer » dans le sens que tu sembles donner à ce terme. Un couple peut se séparer à l'amiable sans causer d'irréversibles dégâts.

— Tu crois ? s'inquiéta très honnêtement Luca. À mon avis, une rupture est toujours traumatisante.

— C'est vrai, reconnut Clark, surtout si cette jeune fille a des sentiments pour toi. Je te suggère donc de rester envers elle aussi neutre que possible, pour ne pas risquer de lui envoyer des signaux ambigus.

Luca hocha la tête.

— D'accord.

— Voyons, déclara Jody, il ne peut tout de même pas la laisser lanterner indéfiniment.

— Je n'ai jamais suggéré qu'il le fasse, répondit Clark, mais nous devons aussi ménager les sentiments de Luca. S'il rompt avec une Chyna follement amoureuse de lui, qui peut prédire comment elle réagira ?

— Tu as raison.

Jody se tourna vers Luca et ajouta :

— Vas-y très prudemment, petit.

— Tu nous parlais récemment d'un garçon qui t'intéressait, reprit Clark. Comment réagirait-il en découvrant que tu vires de bord ?

Luca secoua la tête.il aurait souhaité voir un gouffre s'ouvrir devant lui et l'engloutir. Il se voyait mal annoncer à ses oncles que c'était son meilleur ami qui le faisait bander, surtout parce que Chip était aussi le frère de Chyna. Aussi tolérants que soient Jody et Clark, n'allaient-ils pas le juger immature, sinon franchement malsain ? Même Luca trouvait que désirer les deux jumeaux à la fois était *border line*.

— Je ne pense plus à lui, mentit-il.

— Dans ce cas, tout va bien, déclara Clark. Passe plus de temps avec Chyna, invite-la au cinéma et tu verras bien comment ça évolue entre vous.

— D'accord, dit Luca.

Pour clore le sujet, il se leva et commença à débarrasser la table.

BIEN PLUS tard, alors que tous s'étaient retirés pour la nuit, Luca repensa à cette conversation durant le dîner. Existait-il vraiment un moyen facile de découvrir s'il était gay sans avoir à draguer un garçon ?

Son attirance pour Chip avait commencé lorsque les deux garçons avaient douze ans, un après-midi où ils s'étaient mutuellement dénudés pour comparer leurs anatomies. Luca était désireux d'exhiber ses poils pubiens et d'admirer le buisson ardent de Chip. Riant comme des fous, les deux amis avaient mesuré leurs verges avant de se masturber. Luca avait un pénis de taille normale au repos, qui s'allongeait une fois érigé, tandis que celui de Chip était très long, immense même flaccide, et ne faisait que durcir sous l'effet de l'excitation. Au final, leur taille « active » était pratiquement la même et tous deux produisaient la même quantité de sperme à l'éjaculation. Cette expérience aussi hilarante que salissante n'avait jamais été renouvelée.

Pourtant, Luca ne l'avait jamais oubliée. C'était son fantasme préféré pendant qu'il se masturbait. Il avait bien tenté d'imaginer un autre mec, ou même une fille, mais cela ne fonctionnait jamais et Chip lui revenait toujours durant l'apothéose. Luca s'enflammait en évoquant le long sexe rose et épais, niché dans son buisson de boucles rouges. Peu à peu, il s'était persuadé être gay.

Et pourtant, ce matin, il avait indéniablement réagi en regardant les fesses de Chyna. Pas question de rester la tête dans le sable et de le nier. D'autant que cela le soulageait infiniment : n'étant pas gay à cent pour cent, il pouvait envisager de fréquenter une fille. Dorénavant, il se sentirait libre de refuser les avances d'une cheerleader sans être sur la défensive. S'il sortait avec Chyna, les autres filles cesseraient de se frotter à lui en espérant une réaction de sa part. Bien sûr, il lui faudrait d'abord en parler à Chip, c'était la moindre des choses. Et puis, il était certain que son meilleur ami ne s'y opposerait pas sous certaines conditions : que Luca respecte Chyna et veille à ne pas lui faire de peine.

AU FOND du couloir, dans la chambre principale, Clark zappait d'une chaîne à l'autre. Il finit par choisir ESPN, baissa le volume et attira l'attention de son partenaire d'un coup de coude.

— Tu ne crois pas que nous devrions appeler les tourtereaux et leur raconter ce qui se passe ?

— Justement, il ne se passe rien.

— Nous ne sommes pas équipés pour gérer les questions existentielles d'un ado. Il a certainement besoin de ses pères, tu ne crois pas ?

— Non, répondit gravement Jody. Lil et Grier ont d'autres soucis à régler et je préférerais les laisser tranquilles le plus longtemps possible. Lil était dans un sale état ces derniers temps.

— Mais Grier a dit à Luca qu'il allait beaucoup mieux !

— Il a sans doute voulu le rassurer, rétorqua Jody.

— Dans ce cas, pourquoi ne pas lui passer un coup de fil ?

— Pour ne pas les alarmer inutilement.

— Le gamin sait-il seulement mettre un préservatif ?

Sa voix qui montait indiquait un début de panique.

— Bien entendu ! Tu connais Lil : il a dû lui graver cette leçon dans le cerveau avant de le laisser mettre un pied dehors.

— Les hormones empêchent parfois de réfléchir, grommela Clark.

Jody se tourna vers lui avec un sourire.

— J'ai confiance en Luca, je le sais capable d'utiliser ses deux têtes... la petite et la grande

— Et si je lui rappelais qu'il doit sortir couvert, hein ? Juste au cas où…

— Ce serait sans doute prématuré. D'après ce qu'il nous a dit ce soir, Chyna ne compte pas coucher avec le premier venu. Pourquoi créer des problèmes avant l'heure ?

— J'essaie de m'imaginer à la place de Luca… penser aux préservatifs ne serait pas ma priorité.

— Une chance que tu n'aies pas engrossé cette fille avec laquelle tu traînais ! lança Jody, mi-figue, mi-raisin.

— Jo, je trouve seulement ce gamin très innocent pour son âge. Moi, à quinze ans, je m'étais déjà tapé la moitié des cheerleaders de notre équipe.

— Tous les ados ne sont pas aussi actifs que toi, mon bel étalon.

— Arrête ! protesta Clark. Je ne cherchais pas à me vanter, c'est juste que je m'inquiète pour lui. Après tout, je suis son oncle.

— Ça te rassurerait de mettre Grier au courant ? Tu veux que je l'appelle ?

Clark fit la grimace.

— Non. Il risque de paniquer et de sauter dans le premier avion.

— Exactement ! Jamais il ne restera tranquille s'il pense que Luca affronte un problème potentiel.

— De quand date le dernier appel de Lil ?

— D'un certain temps. Le téléphone devrait sonner d'une minute à l'autre.

— Tu crois ? Avec le décalage horaire, l'aube n'est pas encore levée en Italie !

— Lil est insomniaque, répliqua Jody, il appelle souvent aux aurores.

— Mieux vaut ne rien lui dire.

Jody acquiesça.

— Oui, laissons un peu d'espace à Luca.

— Je suis d'accord, grommela Clark.

Le téléphone sonna. Jody se pencha et vit le nom de Lil apparaître sur l'écran.

— Tu vois ? Il est plus prévisible que la chaîne météo.

Clark posa la main sur son bras, l'empêchant de décrocher.

— Ne lui dis rien.

— C'était mon intention, répondit Jody.

II
EN VOYAGE

IX

LIL S'ASSIT dans son lit avec un cri étouffé. Arraché au sommeil par le féroce tambourinement de son cœur, il avait l'impression que ses poumons ne fonctionnaient plus : il ne réussissait pas à reprendre son souffle. Il s'empara du verre d'eau posé sur la table de nuit et en but quelques gorgées, espérant que se désaltérer l'aiderait à mieux respirer. *Encore une attaque de panique*. La moitié rationnelle de son cerveau cherchait à rassurer l'autre, terrorisée, et à surmonter ce flux d'anxiété aiguë. *C'est dans ma tête*, se répétait Lil, *une crise éphémère qui finira par passer*. Malheureusement, son laïus intérieur ne suffisait pas à le calmer. La peur était comme un boa, elle continuait à l'enserrer dans ses anneaux mortels, ce qui le terrifiait d'autant plus.

Grier n'avait pas bougé, bienheureusement inconscient de son agitation. Oh, il se lèverait volontiers pour aider son amant, mais Lil préférait le laisser dormir. Le réveiller ne ferait qu'ajouter la culpabilité au cocktail émotionnel qui le bouleversait déjà. Les deux hommes s'étaient couchés seulement quatre heures plus tôt, vers minuit. Lil refusait de priver son compagnon d'un sommeil mérité.

Il se glissa hors du lit, attrapa le peignoir éponge qui traînait sur le fauteuil près du lit et se dirigea en silence vers la porte. Il n'avait pas besoin d'allumer, connaissant suffisamment les aîtres pour ne pas se heurter aux meubles. Une fois dans le couloir, il resserra sa ceinture autour de sa taille et avança vers l'escalier en colimaçon, à l'autre bout. Ses pieds nus ne faisaient aucun bruit sur la moquette. La villa était aussi silencieuse qu'une tombe. Lil frémit, car cette image le renvoyait, une fois encore, vers la mort et de la décadence. Son état d'esprit morbide était mal accordé à cette magnifique résidence d'été perchée sur les falaises surplombant la Méditerranée.

On ne pouvait pas rêver d'un plus beau cadre que Positano, pittoresque village de la côte d'Amalfi. Quand un bon client leur avait offert de leur sous-louer la villa quelques semaines, Lil et Grier avaient sauté sur l'occasion d'échapper au rythme effréné de Chicago pour aider Lil à retrouver sa légendaire *joie de vivre* [5]. Il l'avait perdue progressivement sans même s'en rendre compte.

Une fois dans la cuisine, Lil versa une dose de grains de café français dans une Keurig et attendit que sa tasse soit remplie à ras bord. Il appréciait beaucoup ce nouveau modèle qui offrait des *lungos* en plus des *expressos*. Il aimait le café, mais pas en dose homéopathique. Il avait décidé d'acheter la même machine dès son retour aux États-Unis.

Il s'assit devant la grande table en bois qui occupait la plus grande partie du coin-repas de la grande cuisine. La table devait avoir au moins cent ans, mais les chaises Breuer qui l'entouraient étaient modernes et confortables. Lil s'y adossa et attrapa son iPhone. Il y avait sept heures de décalage horaire entre l'Italie et Chicago, donc, il n'était que vingt et une heures dans le Midwest. Jody et Clark n'étaient certainement pas encore couchés. Il tapa le numéro et attendit.

Jody a répondu à la troisième sonnerie.

— *Lil ?*

— Salut.

— *Que se passe-t-il ?*

— Comme d'habitude. Je n'arrive pas à dormir. En fait, j'ai du mal à respirer, j'ai l'impression d'étouffer. Merde ! Toujours les mêmes conneries !

— *Oh, Lil...*

— J'en ai marre.

— *Tu as pris ton Valium ?*

— Non

— *Hein ? Mais pourquoi ?*

— Ça met mes neurones en compote, Jodes.

— *Le manque de sommeil le fera encore plus sûrement. Prends un comprimé et retourne te coucher.*

Les dents serrées, Lil écouta Jody lui expliquer de cette voix crispante que prennent si facilement les médecins, que suivre son traitement valait mieux que finir aux urgences, surtout à l'étranger quand on ne parlait pas la langue locale. Comment ferait Lil pour expliquer son cas aux urgentistes ?

Agacé, Lil coupa court au monologue de son meilleur ami.

— Et Luca, comment va-t-il ?

— *Bien.*

5 En français dans le texte original.

— Tant mieux pour lui.

— *Prends un somnifère, sinon, tu nous feras une vraie dépression.*

— Au revoir, Jodes.

— *Merde, Lil...*

Lil raccrocha sans laisser à Jody le temps de reprendre son sermon. Son ami avait raison et il le savait bien. Il était au bord du gouffre depuis sa première attaque de panique, quand il s'était retrouvé aux urgences du nouveau centre de traumatologie de l'hôpital de Barrington, que Jody Williams dirigeait.

Après une auscultation et divers examens, Jody avait pris la main de Lil pour le rassurer : non, il n'était pas sur le point de mourir.

— Ce n'était pas d'une crise cardiaque, Lil, ça va passer.

Affolé, Lil s'était cramponné au bras de Jody.

— Pourquoi mon foutu cœur bat-il aussi fort alors ? J'ai eu l'impression qu'il allait exploser, Jodes ! Aide-moi, je ne peux plus respirer !

Pour l'aider à réguler sa respiration, Jody lui avait placé un masque à oxygène. Et il avait continué ses explications.

— Tu n'en as pas besoin, mais parfois, ça apaise une attaque de panique.

— Une d'attaque de panique ? Putain ! C'est ce que j'ai ?

Jody avait hoché la tête.

— Oui. Les symptômes ressemblent un peu à ceux d'un infarctus, mais je suis certain que ton état n'est ni grave ni irrémédiable, Lil. Néanmoins, je vais te garder quelques jours pour te rassurer et je te ferai un bilan de santé pour mettre toutes les chances de notre côté.

— Je suis malade, avait grommelé Lil, c'est évident. Tu le verras par toi-même.

— J'en doute fort.

Comme d'habitude, il avait eu raison. Très mortifié, Lil avait longuement examiné les résultats du laboratoire qui confirmaient le diagnostic de son ami et médecin. Pour un homme de quarante-cinq ans, il était en parfaite santé et s'il suivait son régime actuel – repas sans matières grasses et riches en fibres, et intenses exercices en chambre –, il pouvait parfaitement devenir centenaire.

— Si ça peut te rassurer, avait lâché Jody, ta prostate et ta pression artérielle sont celles d'un trentenaire.

Lil avait esquissé un sourire penaud.

— Je le dois sans doute à mon beau partenaire.

— Ne te sous-estime pas, mon pote. D'après ce que j'en sais, tu donnes autant que tu reçois.

— Grier aurait-il encore trop parlé ?

Jody avait paru réfléchir à la question.

— C'est plutôt qu'il tient à partager avec Clark chaque nouvelle et sublime expérience. Ces deux-là n'ont aucun secret l'un pour l'autre, tu le sais bien. Et Clark réclame ensuite que nous le tentions aussi, bien entendu ! Personnellement, je ne m'en plains pas.

Lil en était resté sidéré.

— Tu es sérieux ?

— Bien sûr. Tu n'étais pas au courant ?

— Je savais que Grier et Clark étaient très proches, mais j'ignorais qu'ils échangeaient aussi des histoires salaces.

— Ça dure depuis des années. Et ça a commencé à cause de toi !

— Ah, bon ? Comment ça ? s'était étonné Lil.

Jody avait ricané.

— Rappelle-toi ce qui s'est passé peu avant votre mariage, quand tu as voulu épicer notre vie sexuelle ?

Lil n'avait pas pu s'empêcher d'éclater de rire.

— Je me souviens d'une séance assez chaude dans votre bain à remous.

— Exactement ! Et depuis, nos jeunes partagent leurs expériences.

Lil s'était renfrogné.

— Je suis d'accord, tant qu'ils ne partagent pas davantage. J'aime beaucoup Clark, mais s'il touche à Grier, j'en ferai de la charpie.

— Waouh, du calme, mon pote ! Qu'est-ce qui te prend ?

Lil avait poussé un soupir découragé.

— Jodes, nous approchons de la cinquantaine et ça me terrorise. As-tu jamais pensé que Clark pourrait s'intéresser à un homme plus jeune ? Moi, je tremble constamment à l'idée que Grier me quitte pour quelqu'un de son âge.

Jody avait paru exaspéré.

— Au nom du ciel ! T'a-t-il déjà donné une raison de t'inquiéter ?

— Non, jamais.

— Alors, pourquoi crains-tu que ça arrive ?

Lil avait haussé les épaules.

— Nous sommes ensemble depuis sept ans… un cap difficile, tu le sais très bien.

— Ne sois pas idiot ! Je n'ai jamais vu d'homme plus amoureux que Grier.

— Oui, mais quand on s'attend au pire, on n'est jamais déçu.

— Et moi qui je te prenais pour un incurable optimiste ! De quand date ce changement ?

— Depuis que je vieillis.

— Ne recommence pas.

— Je parle sérieusement ! Luca entre à l'école secondaire, c'est pratiquement un adulte. Quand je l'ai connu, il parlait à peine. Je me demande comment le temps a pu passer aussi vite, Jodes ! Santino est mort, ma mère aussi. Avant-hier, j'ai appris que mon ami Alex avait du diabète et risquait de perdre une jambe. Qui sera la prochaine victime ?

Frustré, Jody avait passé une main dans ses cheveux.

— Ton beau-père a profité d'une vie longue et merveilleuse, et il était prêt à rejoindre sa femme dans un monde meilleur. D'ailleurs, Grier a mieux accepté sa disparition que toi. Pourquoi ne pas changer de disque ? La mort nous attend tous au bout du chemin, Lil. Nous vieillissons, nous nous affaiblissons et nous mourons.

— Justement, s'était entêté Lil, c'est une question de temps. Quand je serai grièvement malade, sinon invalide, Grier couchera avec mes aides-soignants, tous plus jeunes et beaux les uns que les autres.

— Tu racontes n'importe quoi ! l'avait réprimandé Jody. Je ne vois pas l'intérêt de s'inquiéter pour des conneries qui n'existent que dans ton imagination. Personne ne connaît l'avenir !

— Je sais, mais mon putain de cerveau a buggé, avait rétorqué Lil.

— C'est un symptôme classique de dépression.

— Oui, et alors ?

— Je vais te mettre sous antidépresseurs.

— Non ! avait refusé Lil, catégorique.

— Pourquoi ?

— Parce que j'ai entendu dire que ça rendait impuissant.

— C'est effectivement un des effets secondaires, mais…

— Et tu t'imagines que ça me rassure ? avait gémi Lil. Je ne ferai que paniquer plus encore.

— Je refuse de rester les bras croisés et te regarder partir en vrille. Je veux t'aider.

— Ça finira par passer, c'est toi qui l'as dit.

— Ça fait maintenant six mois que je te vois flipper.

Lil avait souri à son vieil ami.

— *Flipper* ? Voilà un terme bien rétro !

Jody avait refusé de se laisser distraire.

— Grier est très inquiet.

— Je vois, il a encore cafté ?

— Pourquoi ne prendriez-vous pas des vacances ? Vous pourriez partir à l'étranger…

— Nous en avons parlé, juste en passant. Luca vient d'entrer à l'école secondaire, il est quaterback dans son équipe. D'après Grier, ce n'est pas le moment de le laisser tomber.

— Il semble oublier – et toi aussi – que vos très bons amis seraient tout à fait prêts à se charger de lui, avait déclaré Jody, soulignant l'évidence. Clark peut encadrer l'entraînement de Luca les yeux fermés.

— Accepterait-il de le faire ?

— Bien sûr ! Ça l'empêcherait de ressasser. Lui aussi se prend pour un vieillard handicapé.

— Comment va sa jambe, au fait ?

— La guérison avance, mais même dans le meilleur des cas, une fracture du tibia exige un repos de plusieurs mois. J'ai été très soulagé de voir que Clark restait à l'écart jusqu'à la fin de la saison. Si ses entraîneurs l'avaient rappelé trop tôt, je me serais interposé.

— Tu vois ? C'est encore un accident qui m'a fortement secoué. J'ai failli faire une crise cardiaque en voyant ce mastodonte tomber sur Clark et lui casser la jambe. Je n'oublierai jamais le bruit de ce craquement horrible !

Jody avait secoué la tête.

— Il n'y a eu aucun craquement, c'était une fissure sans déplacement. De toute façon, tu n'aurais rien pu entendre à cause des beuglements furieux de Clark.

— J'ai entendu l'os se briser, avait insisté Lil. Je te le jure !

— Ton imagination a toujours été débordante, mais là, elle devient incontrôlable. Tu ne vois plus que mort et catastrophe autour de toi, mon pote. Tu as vraiment besoin de te reposer et de changer de cadre. Prends de longues et reposantes vacances, va jouer avec ton partenaire très loin de Chicago.

Du coup, Lil avait sérieusement réfléchi à la question : un de ses clients ne lui avait-il pas parlé d'une jolie villa en Italie ? Consulté, Grier avait volontiers accepté de s'en aller, assuré que son fils serait entre de bonnes mains chez Jody et Clark. Lil avait donc appelé son agent de voyage pour lui demander de prévoir et d'organiser un séjour d'un mois. À contrecœur, il avait reconnu que ce serait dommage de laisser passer une occasion pareille. Le paysage valait la dépense, sans compter la possibilité de passer du temps avec Grier, sans être dérangé par le travail ou la famille. Cela faisait été trop longtemps que les deux amants ne s'étaient pas offert une petite escapade. Il ne lui restait plus qu'à apprendre à contrôler ses attaques de panique et la vie serait belle.

Une voix familière l'arracha à ses réminiscences :

— Tu n'arrives pas à dormir ?

Lil se retourna. Grier était appuyé au chambranle, les bras croisés sur sa poitrine nue. Il ne portait qu'un pantalon de pyjama, bas sur les hanches. Ses cheveux noirs étaient ébouriffés et son front plissé indiquait son inquiétude. À trente-trois ans, Grier était plus beau encore que huit ans plus tôt, quand Lil l'avait rencontré au Festival du Goût de Chicago. Disparu le « mauvais » garçon tatoué, un peu maladroit, avec pas mal de casseroles accrochées aux chevilles. Grier était dorénavant un adulte assuré, bien dans ses baskets, un remarquable amant capable d'enflammer Lil par sa seule présence. En admirant son corps superbe, Lil décida en toute franchise n'en avoir jamais vu d'aussi attirant. De minuscules étoiles bleues encrées autour du nombril de Grier descendaient sous la ceinture du pantalon souple et Lil éprouva l'envie soudaine de dénouer le cordon pour admirer le tatouage dans son intégralité.

— Je t'ai réveillé avec mes bavardages ?

Grier fit une moue.

— J'ai voulu te serrer dans mes bras et je n'ai trouvé qu'un oreiller,

— Viens ici, amour.

En s'approchant, Grier vit le regard enflammé de Lil, il eut un grand sourire. Une fois devant son amant, il se plaqua contre lui.

— Aurais-tu des projets ? demanda-t-il d'une voix rauque.

— Oui, te séduire.

Grier se frotta contre l'érection qui soulevait le tissu du peignoir de bain de Lil.

— Tu es déjà prêt à ce que je vois

— Oui.

— Alors, retournons au lit, proposa Grier.

— Non.

— Je te chevaucherais volontiers, mais je n'ai pas de lubrifiant sous la main.

D'un geste preste, Lil rapprocha de lui le beurrier posé sur la table.

— As-tu déjà vu *Le dernier Tango à Paris* ? demanda-t-il.

— Non. Pourquoi ?

— Une scène du film a beaucoup ému la censure et les gens bien-pensants.

— Laquelle ?

— Celle où Marlon Brando joue avec du beurre et un cul nu.

Grier leva un sourcil intéressé.

— Raconte, je suis toute ouïe.

— Je préfère te faire une démonstration plutôt qu'un discours.

— D'accord.

Les yeux écarquillés d'anticipation, Grier souleva le couvercle en porcelaine blanche du beurrier et jeta à Lil un regard interrogateur.

— Enlève ton pantalon, ordonna Lil.

Grier recula et se débarrassa de son pyjama qu'il envoya d'un coup de pied au milieu de la pièce. Lil lui empoigna la taille d'une main impatiente et l'attira plus près.

— Assois-toi sur moi.

Docile, Grier posa ses fesses nues sur les longues jambes de Lil, légèrement écartées. Dans cette position, son amant aurait facilement accès à tous les endroits intéressants, ses organes génitaux, bien sûr, mais aussi ses mamelons déjà contactés par l'excitation. Lil les effleura d'un doigt fugace, puis caressa le nouveau tatouage de Grier : un dragon entouré de flammes qui serpentait de l'aisselle à la cuisse. Le dessin complétait bien la manchette colorée qui avait attiré l'attention de Lil bien des années plus tôt.

Lil plongea la main dans le beurre mou et s'en oignit les doigts. Il bandait, déjà prêt à jouir alors que rien n'avait encore commencé. Son sexe était si dur qu'il en devenait douloureux.

— Enlève mon peignoir, suggéra-t-il.

Grier obéit sans mot dire : il paraissait en transe. Le souffle erratique, il émit un faible gémissement en regardant Lil répandre le mélange gras sur son érection.

— Le jaune te va bien, coassa Lil.

Grier se lécha les lèvres pour tenter de calmer son impatience. Ses paupières alourdies cachaient en partie son regard, mais il refusait de fermer les yeux ou de détourner la tête du spectacle follement érotique qui se déroulait devant lui.

Le désir débridé qui brûlait dans son regard sombre faisait vibrer Lil de tension. Pour calmer ses peurs irrationnelles, la réponse viscérale de Grier était beaucoup plus efficace que tous les anxiolytiques du monde. Son côté alpha, plutôt dormant ces derniers temps, se réveillait enfin. Lil reconnut que sa vision pessimiste de l'existence ne laissait voir qu'un verre à demi vide plutôt qu'à demi plein. Si Grier et lui changeaient de rôle sans difficulté, son jeune amant appréciait tout particulièrement de le voir se monter dominant. Chaque fois que Lil lui donnait l'occasion de se soumettre à ses exigences, Grier en frémissait d'excitation.

Lil passa ses doigts beurrés sur les lèvres renflées de Grier, heureux de sentir la belle bouche s'entrouvrir docilement. Il devint avide d'y goûter.

— Embrasse-moi.

Grier se pencha et obtempéra. Il gémit bruyamment quand Lil le mordilla.

— Tu es délicieux, déclara Lil. Je me gaverais volontiers de ta bouche. Et le beurre ajoute une note coupable.

— Tu as peur pour ton taux de cholestérol ? plaisanta Grier.

Lil eut un gloussement.

— Non ! Que mon cholestérol aille se faire foutre !

Grier sourit, manifestement ravi de le voir aussi insouciant. Le baiser reprit et s'enflamma, les deux amants se perdant dans la glorieuse décadence du moment. Quand ils se séparèrent pour reprendre leur souffle, Lil devina que son partenaire était plus que prêt à passer à la vitesse supérieure. Il glissa donc la main entre les jambes de Grier et chercha l'ouverture de son corps, dans laquelle il insinua ses doigts humides.

— Merde, dit-il les dents serrées. Le beurre est plus salissant que le lubrifiant classique.

— C'est très Fellini, observa Grier.

— Tu es incroyablement dilaté. Je pourrais tenter un fisting plutôt que te baiser,

— Euh, non merci.

Lil en fut un peu déçu. Malgré ses fréquentes objurgations, Grier s'obstinait à refuser le fisting.

— Une prochaine fois peut-être, dit-il, sans se décourager. Soulève-toi, amour.

Grier se positionna, alignant le sexe de Lil à l'entrée de son corps.

— Vas-y, insista Lil, chevauche-moi.

Grier étouffa un rire étranglé. Ses épaules tremblaient encore lorsqu'il s'empala sur l'organe lubrifié. Puis un gémissement de satisfaction lui échappa : il se sentait écartelé et possédé en profondeur.

Il appuya son front contre celui de Lil et suggéra :

— La prochaine fois, nous essaierons l'huile d'olive. C'est meilleur pour la santé.

— Arrête de parler et bouge, chuchota Lil. Tu verras que le beurre a de bons côtés.

X

LE SECOND réveil de Lil fut bien plus agréable. Se sentant à a fois détendu et repu, il prit la main de Grier dans la sienne et entrelaça leurs doigts. Son jeune amant lui répondit d'une douce pression. Lil se blottit contre lui, posa la tête sur la solide poitrine et écouta battre le cœur. Il joua avec la fine chaîne d'argent accrochée au piercing de Grier, un cadeau récent trouvé à Florence, chez l'un des plus beaux bijoutiers du Ponte Vecchio.

Grier changea de position et murmura :

— Quelle heure est-il ?

— Presque midi, d'après la position du soleil, répondit Lil.

Des rais de lumière filtraient à travers les fentes des volets en bois qui protégeaient les fenêtres. De gracieux flocons de poussière flottaient dans l'air, ajoutant une note langoureuse à l'atmosphère de la chambre. Rester au lit, à profiter du matelas confortable et des oreillers bien rembourrés, était bien tentant, mais la moitié de la journée étant déjà écoulée, Lil tenait à profiter de ce qu'il en restait.

— Pourquoi ne pas regarder ta montre ? demanda Grier.

— Je n'en porte jamais quand je suis en vacances avec toi.

— Voilà qui ne te ressemble pas.

Lil se souleva et posa le menton sur la poitrine de Grier.

— J'étais plus libre et aventureux autrefois, reconnut-il. Je me demande depuis quand je suis devenu tellement accro à la technologie...

— C'est la rançon de ton succès, non ?

— Peut-être, acquiesça Lil. Mais je persiste dans ma décision de vivre sans contraintes pendant un mois. Et toi ?

— Moi aussi, bien sûr. Bon, que faisons-nous maintenant ? Ça te dirait de commencer par un petit déjeuner, puis de passer au magasin de moto ?

— Pour le petit déjeuner, d'accord, mais le reste de ton programme ne me tente guère.

— Allez bébé. Une petite Ducati nous permettrait d'arpenter ces collines !

— Tu connais mon opinion sur les motos ! s'entêta Lil.

71

— Je ne te parle pas d'un monstre comme celui que nous avons au garage à la maison, juste d'une pétrolette pour nous amuser sur les routes sinueuses.

Lil le repoussa.

— Hé, je suis vieux, mais pas encore sénile. Je doute fort qu'une Ducati puisse être qualifiée de « pétrolette » !

— Fais au moins un essai, s'il te plaît, accompagne-moi au magasin.

Lil quitta le lit, emportant le drap avec lui. Il s'enroula dedans comme dans un sarong et se mit à ouvrir les volets un par un. En quelques secondes, la pièce fut inondée de lumière.

Grier s'assit dans le lit en clignant des yeux comme une chauve-souris.

— Qu'est-ce qui te prend, bébé ? se plaignit-il.

— Je trouve dommage de gaspiller une aussi belle journée.

Lil écarta les rideaux, fit coulisser la porte-fenêtre et sortit sur le balcon. La vue était à couper le souffle. Tant de beauté paisible apaisa les tambourinements affolés de son cœur. Le mot « moto » dans la bouche de Grier venait de déclencher une nouvelle attaque de panique. Lil s'efforçait d'y échapper, décidé à ne pas laisser la journée commencer aussi mal. Sa réaction lui faisait honte, mais chaque fois que Grier papillonnait autour de sa Harley, Lil était terrifié, hanté par des images horribles de son bel amant répandu sur la route en pièces détachées. Il fit de son mieux pour calmer son anxiété grandissante, peu soucieux de se ridiculiser une fois de plus.

Grier arriva sans bruit derrière lui et l'enlaça.

— Calme-toi, dit-il à mi-voix. Je n'en parlerai plus.

Lil s'appuya contre lui avec un soupir.

— Désolé de m'affoler aussi vite, mais tu me connais, je suis pessimiste de nature.

Grier nicha son visage contre la nuque de Lil et se mit à masser les épaules contractées.

— Je sais bébé. Reviens au lit.

— Je ne t'ai pas fait mal la nuit dernière ?

— Non.

Lil se retourna. La mine égrillarde de son jeune amant lui arracha un sourire.

— Je n'accomplirai pas grand-chose si je passe mon temps au lit !

— Baiser est un accomplissement en soi, répliqua Grier. En plus, ça nous mettrait tous les deux de bonne humeur.

72

— Mais nous avons à planifier notre itinéraire, à organiser nos visites et à louer une voiture.

— Hé, de quand date notre dernière occasion de baiser en plein jour sans craindre d'être interrompus par Luca ou un problème de travail inattendu nécessitant ton intervention d'urgence ?

— Tu as raison, amour, mais je tiens vraiment à faire une petite sortie et un brin de tourisme.

— Nous aurons le temps après.

Lil sentit l'érection de Grier et haussa un sourcil.

— Tu es sérieux, on dirait.

Grier pointa le lit du doigt.

— Recouche-toi. Tout de suite.

DEUX HEURES plus tard, Lil avait été énergiquement baisé. Quand il fut douché, rasé et recoiffé, les deux amants purent enfin sortir se restaurer. L'heure du petit déjeuner était largement dépassée, mais en Italie, les restaurants servaient rarement le déjeuner avant quatorze heures.

— Il faudra trouver le temps de faire des courses avant de rentrer, déclara Lil. Nos placards sont vides.

— Mangeons d'abord. J'ai lu je ne sais où qu'il ne fallait jamais acheter le ventre vide : on dépense beaucoup plus, y compris pour des produits que personne ne consommera.

Lil hocha la tête.

— C'est exact.

Leur villa était un peu à l'écart du centre du village, perché sur une enclave face à la fameuse côte d'Amalfi. Une route étroite, en général encombrée de circulation, serpentait jusqu'au port. Le mieux était de se déplacer à pied, à vélo ou en moto. Le village proprement dit se caractérisait par des ruelles et d'innombrables escaliers. Aucun des deux hommes n'était essoufflé en arrivant au restaurant.

— Ces séances d'exercices matinaux portent leurs fruits, fit remarquer Lil. Je me sens en grande forme !

— Nous sommes tous les deux en grande forme, et tu le sais.

— Je soulignais simplement que mes efforts quotidiens sur tes fichues machines ont leur utilité.

Grier arrêta Lil en lui prenant le bras et se colla à lui.

— Tu as plus d'endurance que Clark et moi réunis, affirma-t-il.

— Sans doute grâce au lait de soja.

— J'espère bien qu'il sert à quelque chose, car c'est vraiment mauvais à boire.

— Tu exagères.

Grier fit une grimace.

— Non, c'est infect.

Lil lui tira la langue.

Une fois arrivé devant le restaurant, il s'arrêta et demanda :

— Qu'en penses-tu, amour ?

— Ça semble sympa.

Le *Da Constantino* était situé au sommet de la falaise. Si d'extérieur il ne payait pas de mine, Lil et Gier furent rassurés, à peine entrés, de constater que ne l'atmosphère était cordiale et la vue sur la mer, spectaculaire. Un serveur les installa à une table de la terrasse et leur détailla le menu du jour dans un italien chantant. Lil sortit son téléphone et chercha son application de traduction instantanée pour tenter de passer commande. Sans attendre, Grier réclama – en anglais – une pizza maison et une salade. De toute évidence, le serveur le comprit, car il hocha la tête. Il revint peu après et posa sur la table un plateau d'antipasti : pain frais, légumes verts, radis, concombres, olives, salami, *prosciutto di Parma* et succulentes petites tomates arrosées d'huile d'olive et de vinaigre balsamique. En attendant leur pizza, les deux amants s'en gorgèrent avec appétit.

D'un geste, Grier désigna le panorama s'étalant devant lui

— C'est somptueux !

Ils avaient une vue plongeante sur le port où se balançaient des bateaux de pêche, des voiliers et de majestueux yachts. Leur agent de voyages aux États-Unis leur avait affirmé que Positano était une destination touristique à la mode : de là, les plaisanciers partaient pour Capri, Pompéi, Sorrento, et les villes au-delà. De leur position stratégique, Lil et Grier constataient effectivement que les touristes alourdis par des sacs colorés remplis de souvenirs exagérément onéreux acquis dans les divers magasins destinés à les tenter venaient du monde entier. D'aussi haut, on aurait dit des fourmis. En septembre, la saison aurait dû être terminée, mais le beau temps persistant permettait aux commerçants du petit village de pêcheurs de continuer à faire de belles affaires. Au premier signe de rafraîchissement, la dynamique changerait et la région reprendrait sa routine. Bien des habitants détestant l'affluence estivale aspiraient à ce retour à « la normale ». Certes, les touristes représentaient une importante source de revenus, mais les anciens protestaient contre le chaos qui en résultait et préféraient la paix et la tranquillité.

Le serveur apporta enfin deux pizzas Margarita. Après quelques bouchées, Lil remarqua :

— Elle est plus légère que celles que nous avons en Amérique.

C'était une pizza des plus basiques : fine croûte de pâte avec un léger filet d'huile d'olive, des tomates fraîches, du basilic et de la mozzarella. « Une de nos spécialités », selon le serveur. Lil en apprécia les saveurs naturelles, car il se méfiait des sauces aillées et des fromages trop gras qui risquaient de lui obstruer les artères.

Grier cessa de mastiquer le temps de réfléchir. Il finit par hausser les épaules.

— Pas mal, mais ça ne tient pas au corps. Dans deux heures, j'aurai faim.

— À ton âge, on se croit immortel. C'est pourquoi les jeunes pensent si rarement à préserver leur capital santé. Malheureusement, le retour d'âge arrive un jour ou l'autre et à ce moment-là, se défaire de ses mauvaises habitudes alimentaires est très difficile.

Grier posa ce qui restait de sa pizza, s'essuya la bouche avec sa serviette et goûta à son verre de Chianti. Lil remarqua que la main de son amant tremblait légèrement et qu'une veine pulsait sur sa tempe. Très angoissé, il comprit que par sa réflexion imprudente, il venait sans doute de gâcher l'atmosphère détendue de leur déjeuner.

Quand Grier se sentit enfin assez calme pour parler, il ne mâcha pas ses mots :

— Dis-moi, as-tu toujours été aussi pédant et pontifiant ou est-ce ma présence qui fait ressortir le pire chez toi ?

Lil tressaillit, stupéfait par ce commentaire venimeux.

— Pardon ?

— Je commence à en avoir ma claque de tes sempiternels sermons sur la santé et le temps qui passe.

— C'est pour ton bien, amour.

— Le mien ou le tien ? insista sèchement Grier.

— Je veux pour toi une vie longue et saine.

— Pour que je puisse la gâcher en ayant peur de vivre ?

— Vraiment, Grier, je ne comprends pas ta réaction. Tu exagères.

— Tu crois ? Tu devrais parfois t'écouter parler !

— Que veux-tu dire ? s'étonna Lil.

75

— Notre différence d'âge n'a jamais été pour moi un problème, mais toi, tu en fais une épreuve sacrément difficile.

— C'est pourtant une réalité, je ne peux pas l'ignorer.

Grier se pencha en avant.

— Pourquoi ? Me cacherais-tu quelque chose, Lil ? Serais-tu malade ?

— Non.

— Perdrais-tu la mémoire ?

— Ne sois pas ridicule ! s'énerva Lil.

— Prends-tu en secret du Viagra ?

— Comment oses-tu lancer une telle accusation !

Grier jeta sa serviette et repoussa la table. Il se leva et hésita, comme s'il n'était pas trop certain de son prochain mouvement. De toute évidence, il finit par opter pour dire la vérité plutôt que ménager Lil.

— Écoute-moi bien, grinça-t-il.

Lil fixa les yeux noirs que la fureur faisait briller.

— Quoi ?

— À t'entendre, on croirait que tu me reproches d'avoir douze ans de moins. Personnellement, je n'y pense guère. Quand je t'ai connu, ton âge n'a pas été handicap, en fait, je crois même que ta maturité a été un des facteurs qui m'ont poussé à tomber amoureux. Je voulais la compagnie d'un homme expérimenté, soucieux de partager avec moi ses connaissances. Tu avais réussi, tu exsudais la confiance alors que moi, je pataugeais dans une vie médiocre. Tu m'as appris à m'affirmer et à atteindre le bonheur que je méritais. Tu m'as donné tout ça et plus encore, et maintenant, sous prétexte que tu commences à réaliser ne pas être immortel, tu voudrais que je ne pense qu'aux catastrophes potentielles ? Pas question ! Je n'ai pas l'âge de m'inquiéter chaque fois que je prends plaisir à manger !

— Les statistiques sont formelles : la santé commence par le contenu de son assiette.

Frustré, Grier repoussa sa chaise d'un coup de pied.

— La vieillesse est un état d'esprit, gronda-t-il, et au rythme où tu vas, tu creuseras ta tombe avant d'atteindre tes cinquante ans.

Il tourna les talons et s'éloigna sans laisser à Lil le temps de placer un mot pour le retenir.

Choqué par la violence de cet éclat, Lil resta immobile. Puis il sirota son vin et s'efforça de retrouver son sang-froid. La véhémence inattendue de Grier le laissait sans voix. Était-il vraiment aussi « pédant et pontifiant » que son jeune amant l'en accusait ? Au nom du ciel, comment se racheter à présent, comment rétablir la bonne entente et la félicité post-coïtale qu'ils savouraient en quittant la villa ?

— Un problème ?

Arraché à ses réflexions par une voix profonde, Lil tourna la tête pour voir qui osait s'immiscer dans une querelle de couple.

L'étranger semblait avoir quelques années de plus que Lil, ses cheveux sombres s'argentaient aux tempes. Il portait un blazer de lin crème parfaitement coupé, qui contrastait joliment avec une chemise vert d'eau et une cravate aux tons assortis. Le visage buriné évoquait un homme vivant en plein air et appréciant le soleil – malgré les risques de cancer et de vieillissement cutané. Racé et élégant, l'inconnu avait la confiance tranquille des gens très riches.

— J'espère que vous ne m'en voudrez pas de mon intervention. J'ai entendu votre dispute.

Il parlait un bon anglais, à peine teinté d'un léger accent. Ses yeux gris ardoise exprimaient la sympathie tacite existant souvent entre hommes du même âge.

— Pour ne pas la remarquer, il aurait fallu être sourd et aveugle, reconnut Lil.

— Je ne suis ni l'un ni l'autre. Eu fait, je comprends vos soucis, car j'ai moi aussi un partenaire plus jeune que moi.

— Oh ?

— Oui, Nicolo a quinze ans de moins.

Intéressé, Lil se retourna pour lui faire face.

— Si je peux me permettre, depuis combien de temps êtes-vous ensemble ?

— Presque dix ans.

Lil se leva et s'approcha de la table voisine.

— Puis-je vous offrir un verre ou un dessert, *signor* ? J'ai l'impression que vous pourriez me donner de bons conseils.

L'Italien lui désigna un siège vide à ses côtés.

— Bien volontiers. Prenez place, je vous en prie.

Lil tendit la main.

— Je suis Lil Lampert.

Ils échangèrent une ferme et cordiale poignée de main.

— Mario Pirelli.

— Comme les pneus Pirelli ? remarqua Lil en s'asseyant.

Signor Pirelli se contenta d'un sourire mystérieux, sans relever la remarque.

— Je vous prie d'accepter mes excuses pour avoir perturbé votre repas, enchaîna Lil. Je n'aurais jamais cru qu'une remarque anodine pousserait Grier à prendre la mouche !

Mario eut un bref éclat de rire qui exhiba ses dents. Très blanches et brillantes, elles lui avaient sans doute coûté une petite fortune. *Quel homme remarquable !* pensa Lil, intrigué.

— Il semble d'un tempérament plutôt volcanique, remarqua l'Italien.

— Oui, mais cette éruption m'a néanmoins surpris. Je devrais sans doute me lancer à sa poursuite, mais je ne sais pas trop comment rattraper le coup.

— Pourquoi ne pas lui donner le temps de se calmer ?

Lil haussa les épaules.

— J'avoue avoir un peu abusé des sermons ces derniers temps.

— N'est-ce pas George Bernard Shaw qui disait que la jeunesse était gaspillée chez les jeunes ? lança Mario. Peut-être avait-il aussi un jeune amant !

— Shaw avait bien raison ! Mes conseils tombent si souvent dans l'oreille d'un sourd. Dites... craignez-vous parfois que votre compagnon vous quitte pour quelqu'un de son âge ?

— Jamais, répondit Mario avec assurance. Est-ce là le vrai motif de cette querelle ?

— Non, reconnut Lil, la plupart de nos problèmes n'existent que dans ma tête. Je traverse une crise de la quarantaine que je fais subir à mon beau partenaire. Jusqu'à ce jour, il s'est montré patient, mais je pense qu'il commence à en avoir assez. Je deviens mortellement ennuyeux.

— Oh, mon ami, ce que vous éprouvez est tout à fait normal ! D'autant plus que vous vivez dans un pays qui divinise la jeunesse et traite les cinquantenaires comme s'ils étaient invisibles. C'est tout particulièrement vrai dans la communauté gay. Par chance, nous autres, Européens, savons apprécier les hommes expérimentés.

— Est-ce la vérité ou cherchez-vous seulement à me rassurer ?

— Pardon ?

En changeant de table, Lil avait apporté son verre de vin. Il en prit une gorgée.

— Si votre Nicolo était entouré d'hommes entre trente à cinquante ans, ne serait-il pas attiré par les plus jeunes ?

— Absolument pas !

— Vous semblez bien sûr de vous. J'aimerais avoir votre certitude. Vous avez vu Grier ? C'est le plus bel homme que j'aie rencontré. Il est dans la fleur de l'âge alors que je dévale la pente vers… la vieillesse.

— Quel âge avez-vous ?

— J'ai eu quarante-cinq ans en mars dernier. Je ne m'en remets pas.

— En Italie, c'est vous qui attireriez tous les regards. Grier est joli garçon, certes, mais vous, mon ami, êtes plus intéressant.

— Sérieusement ?

— Voulez-vous que je vous le prouve ?

Lil éclata d'un rire incrédule.

— Désolé, mais non. Je ne suis pas du genre à tromper mon partenaire, même pour me prouver que j'ai encore du charme.

— Je ne vous proposais pas à une aventure, juste une petite expérience pour vous démontrer la véracité de mes dires. J'ai invité quelques amis chez moi ce soir. Pourquoi ne pas venir avec Grier ? Je vous assure que vous passerez une agréable soirée qui pourrait changer votre vision étriquée du vieillissement.

— Pourquoi pas ? Je n'ai rien à perdre, après tout.

— C'est exact.

XI

GRIER DESCENDIT la colline en suivant la route au lieu de traverser le village via ses cinq cents marches. Il ne se sentait pas d'humeur à plaisanter et préférait ne pas se mettre à dos les locaux par une sécheresse excessive. Il en avait gros sur le cœur et savait qu'il exploserait à la moindre provocation.

Avant de retourner à la villa, il préférait se calmer et pour cela, un seul moyen lui venait à l'esprit : la vitesse. Pour lui, elle avait toujours été un exutoire au stress, et en ce moment, il en avait bien besoin avant de décider comment gérer cette dernière crise. En vérité, il était surpris d'avoir attendu aussi longtemps pour aller jusqu'à l'affrontement. Cela faisait des mois que Lil partait en vrille ! Grier avait réussi à patienter parce qu'ils restaient très connectés au lit. Si le sexe fonctionnait, s'était-il dit, le reste de leurs problèmes finiraient par se régler d'eux-mêmes. Malheureusement, ce n'était pas le cas. La crise de la quarantaine de Lil était si forte qu'une amélioration spontanée paraissait désormais sans espoir. Sans doute aurait-il besoin d'une thérapie pour en sortir.

Leur différence d'âge avait toujours été une pomme de discorde et Lil y revenait constamment. Dans les premiers mois de leur relation, Grier s'était amusé de cette phobie du vieillissement, mais plus ses gâteaux d'anniversaire portaient de bougies, plus Lil devenait obsédé par sa santé. À chaque nouvelle ride ou à chaque cheveu gris qu'il se découvrait, il perdait le moral des jours durant. Auparavant, il finissait par s'en remettre après que Grier lui eut assuré à moult reprises qu'il restait l'homme séduisant du jour de leur rencontre, mais ces derniers mois, la recette ne fonctionnait plus.

Le pire était ce besoin qu'éprouvait Lil de sermonner Grier pour lui faire éviter les pièges que lui-même avait surmontés, comme si son expérience en ce domaine pouvait aider son jeune amant à mieux vivre. Grier devrait sans doute être reconnaissant à son partenaire d'être aussi sage et savant, mais que valait une vie sans risques et sans surprises ? Non, il ne voulait pas d'une existence prévisible, au contraire, il était toujours impatient de faire de nouvelles expériences sans penser à ce qui pouvait arriver. Seigneur, il détestait connaître la fin d'un livre, d'un film ou d'un feuilleton télé ! Il préférait le suspens, la surprise qui l'attendait après chaque virage. De plus, il n'était pas totalement inconscient. Vivant depuis des années avec un obsédé du « bien manger », il savait quels aliments éviter. Bien entendu, avaler des pizzas tous les jours serait néfaste, mais une fois de temps en temps, quelle importance ? Et qui voulait d'un sermon de nutritionniste pendant des vacances, hein ? Qui savait s'ils auraient à nouveau l'occasion de visiter l'Italie ? Lil et lui s'étaient parfois rendus à Milan pour des achats professionnels de tissus et de meubles, mais pour de véritables vacances ? Jamais. Ce séjour était destiné au tourisme et au repos – et c'était une première pour eux deux.

Grier était bien conscient qu'il n'aurait pas atteint sa réussite actuelle dans la décoration d'intérieur sans les conseils et le soutien de Lil, qui bien avant de le connaître était déjà un architecte à succès. Au début, Lil étudiait patiemment tous ses choix et options, et Grier s'en remettait à ses avis les yeux fermés, contestant rarement un véto. Professionnellement parlant, leur partenariat était au beau fixe et Lampert & Dilorio prospérait. Depuis que leur fils, Luca, n'avait plus besoin d'une surveillance constante, les allers-retours entre Chicago et San Francisco étaient devenus une partie agréable de la routine du couple. Ils passaient en général une semaine par mois dans leur succursale californienne – avec Luca, quand ses horaires scolaires ou sportifs le lui permettaient. Des années durant, tout s'était remarquablement bien passé. Grier trouvait à la fois amer et ironique que Lil ait sabordé le navire sur un écueil aussi inévitable que le vieillissement. Au début de leur relation, tous deux avaient connu de brefs accès de jalousie, mais ils s'étaient vite rassurés en constatant que ni l'un ni l'autre n'était de nature volage.

Ce qui dérangeait le plus Grier, c'était que Lil, derrière sa façade dépressive, restait celui qu'il adorait, un amant aventureux et imaginatif. Quel pied, la veille, avec cet intermède dans la cuisine ! Grier aurait préféré que Lil se concentre plus souvent sur de telles expériences au lieu de ressasser des idées moroses, sinon franchement morbides. Comment le convaincre que son âge le rendait encore plus désirable et non l'inverse ? Si Grier y parvenait, peut-être cette fichue crise serait-elle enfin enrayée.

Grier fut attiré par une vitrine comme un enfant devant des bonbons. Il s'arrêta devant le magasin dont il avait parlé à Lil, celui qui louait des vélos et des motos. Différents modèles étaient présentés derrière la vitre de façade, mais Grier ne voyait que la Ducati orange aux lignes épurées. Il entra. Quand le vendeur fit tourner la clé, il ne put résister au puissant rugissement du moteur. Sans plus tergiverser, il loua l'engin pour un mois, envoyant au diable Lil et ses peurs déraisonnables. S'ils devaient se disputer, pensa Grier, autant que ce soit pour une raison valide. Après avoir essayé différents casques, il opta pour un modèle noir ergonomique avec des éclairs orange qui s'accordaient à la couleur de la moto. Il lui fallait aussi des vêtements de cuir. Le vendeur lui indiqua la boutique la plus proche, une succursale de la meilleure maroquinerie de Florence.

En quittant l'agence de location avec la moto qui rugissait entre ses jambes, Grier se sentait déjà beaucoup mieux.

Il s'arrêta un peu plus loin, à l'adresse indiquée. À peine entré, l'odeur sensuelle du cuir traité lui monta aux sinus. Il huma l'air sans cacher son plaisir et se mit à parcourir les rayons.

Une voix mélodieuse s'éleva derrière lui :

— *Parla italiano ?* Vous avez besoin d'aide ?

Grier se retourna et se figea devant le vendeur, un jeune blond, remarquablement bien bâti et tout à fait magnifique. Si Grier avait été libre – ou coureur –, il aurait aussitôt affiché son intérêt, mais comme ce n'était pas le cas, il continua ses recherches.

— Non, ça va, répondit-il.

— N'hésitez pas à m'appeler si vous changez d'avis.

Une autre voix s'éleva au fond de la boutique.

— *Caro, c'é, qualcuno ?*

— *Solo un ragazzo bellisimo che sta guardando le giacche.*

Grier resta impassible, sans indiquer avoir compris quelques mots – « beau garçon » et « blousons » –, grâce à l'application de traduction instantanée que Lil lui avait fait télécharger sur son smartphone avant de quitter les États-Unis. D'ailleurs, même sans ça, l'attitude du vendeur était éloquente.

Il sélectionna un pantalon en cuir noir et un blouson à sa taille et chercha des yeux une cabine pour les essayer. Il n'essaya pas de transcrire en dollars les prix indiqués sur les étiquettes, certain que les vêtements étaient hors de prix comme tout ce qui se vendait en Europe. S'il avait prévu en partant de louer une moto pendant ces vacances, il aurait emporté une tenue adéquate dans ses bagages. D'un autre côté, le cuir qui l'entourait était infiniment supérieur à celui qu'il possédait – de quoi le rendre fou ! Cela faisait des années qu'il n'avait pas renouvelé ses tenues et quel meilleur endroit que l'Italie pour acheter du cuir de qualité ?

— Vous auriez une cabine ?

Le blond hocha la tête.

— Oui, suivez-moi.

Il entraîna Grier vers l'arrière du magasin. Le caissier leva les yeux en les voyant approcher et marmonna entre ses dents :

— *Hai proprio ragione. È stupendo.*

— *Te l'avevo detto*, répliqua le blond sur le même ton.

Il écarta un épais rideau bleu pour révéler une minuscule pièce avec des miroirs sur trois des murs. Ce n'était pas grand, mais Grier n'avait pas besoin de plus.

— Prévenez-moi si vous n'avez pas pris la bonne taille. Je vous apporterai d'autres modèles.

Une fois de plus, Grier nota le regard admiratif qui s'attardait sur lui, mais sans s'en soucier.

— Merci, se contenta-t-il de dire avant de refermer le rideau.

En temps normal, il n'était pas pudique, mais aujourd'hui, à l'insistance de Lil, il portait sous son jean un string en soie rouge, aussi ne tenait-il pas à s'exhiber devant des étrangers. Surtout pas ces deux Italiens qui le lorgnaient comme une paire de chacals affamés.

En prenant de l'âge et de l'expérience, Grier avait appris à ignorer les invites de plus en plus nombreuses qu'il recevait régulièrement, d'hommes et de femmes. Pour commencer, il n'était pas tenté, mais plus important encore, il savait que cela rendait Lil encore plus sensible à leur différence d'âge. Grier trouvait bien plus facile de détourner la tête que de voir les yeux de son partenaire s'assombrir de douleur quand il laissait son imagination prendre le pas sur son bon sens.

Grier secoua la tête. Il trouvait les deux jeunes vendeurs franchement mal élevés d'échanger sur son compte des commentaires salaces dans une langue qu'ils le croyaient incapables de comprendre. D'un autre côté, il dut reconnaître que leur appréciation lui avait remonté le moral.

Le pantalon un peu trop serré ne lui laisserait presque aucune place pour une éventuelle érection ou quelques kilos supplémentaires. Grier éleva la voix pour demander :

— Auriez-vous le pantalon en taille trente-trois ?

Le blond passa la tête dans la cabine au moment où Grier se penchait pour retirer le pantalon. Il sursauta : on venait de tirer sur l'élastique de son string, avant de le relâcher avec un claquement sonore.

Il croisa le regard du vendeur dans le miroir et gronda :

— Ne vous avisez pas de me toucher, sinon, je vous le ferai regretter.

L'Italien le rejoignit dans la cabine et, sans lui laisser le temps de réagir, baissa son jean et exhiba ce qu'il portait en dessous : une culotte en dentelle noire avec un ruban rose au niveau de la ceinture. C'était un des plus jolis sous-vêtements que Grier ait vus depuis un bail, mais cela ne donnait pas à son propriétaire le droit de se montrer aussi familier.

— Vous êtes un travesti, grommela Grier, les dents serrées. Et alors ? Fichez-moi la paix et j'oublierai votre geste déplacé.

— *Caro*, du calme. Si tu veux, Renzo et moi te montrerons les plus intéressants aspects de ce village endormi. Rien de brutal, bien entendu, rien que du délicat.

— Qui est Renzo ?

De la tête, le blond désigna l'autre côté du rideau.

— Mon amant. Il aimerait mieux te connaître.

— Je suis marié.

— *Legalmente ?*

Grier hocha la tête, leva la main et afficha son alliance.

— Oui, je suis marié depuis huit ans. Maintenant, du vent.

Le vendeur paraissait incrédule

— Vous avez une femme ?

Grier commençait à s'énerver.

— Une femme ou un mari, qu'est-ce que ça change ?

— *Curiosità.*

— La curiosité est un vilain défaut qui risque de vous coûter un coup de poing si vous ne cessez pas très vite de m'asticoter.

— Non, je ne peux pas m'être trompé à ce point. Vous êtes gay !

— Effectivement, convint Grier.

— Dans ce cas, vous venez sans doute du Massachusetts ou de New York.

— Je viens de Chicago, si vous tenez tant à le savoir, et vos questions commencent vraiment à me gonfler.

— Le mariage homosexuel serait légal à Chicago ?

— Oui, merde ! explosa Grier. Maintenant, dehors !

— *Oh, che testa calda.*

Le blond finit par décamper pour aller chercher un autre pantalon.

Quand Grier sortit enfin de la cabine, il tendit au caissier – plus âgé que le vendeur – un pantalon, un blouson et sa carte de crédit.

Grier gribouilla son nom sur le ticket que lui tendait le caissier et cacha sa consternation devant le montant affiché. Il décida cependant en avoir eu besoin : cette dépense était une forme de thérapie.

— Vous êtes satisfait ? demanda Renzo, le caissier.

— Maintenant, oui, convint Grier de mauvaise grâce.

— Excusez Aldo de s'être montré trop empressé. Il s'enthousiasme vite quand il rencontre un homme qui partage ses goûts.

— Bien sûr, grinça-t-il. J'apprécie de savoir que je ne suis pas le seul tordu qui existe sur Terre.

— Oh non, *signore*. Notre petit groupe d'amis partage votre… voyons, quel nom lui donner ? *capriccio*, conclut-il avec un sourire équivoque.

Grier ricana.

— Là où je vis, c'est plus labélisé perversion que simple caprice.

— Aimeriez-vous assister à l'une de nos petites fêtes ? insista l'Italien. Nous célébrons chaque début de saison en testant les nouveaux modèles.

Grier éclata de rire.

— Une sorte de réunion Tupperware pour cuir et dentelle ?

— Tupperware ? Je ne connais pas, *signore,* mais vous aurez l'occasion d'acquérir les nouveaux modèles de lingerie qui ne sont pas encore en magasin.

— Vous êtes sérieux ?

Renzo prit l'air offensé.

— Bien sûr ! Jamais je ne plaisante sur un tel sujet ! Mon Aldo me quitterait dans la minute si je ne prenais pas la lingerie au sérieux.

Grier jeta un coup d'œil au blond qui surveillait leur échange les sourcils légèrement froncés.

— D'accord, céda-t-il. Quand a lieu votre fête ?

— Demain soir. C'est au sommet de la colline. Si vous vous perdez, n'importe quel passant vous remettra sur le bon chemin.

Le caissier lui nota l'adresse au dos d'une carte.

— J'en parlerai à mon mari, déclara Grier. Merci pour votre invitation.

XII

GRIER PASSA les deux heures suivantes à explorer la région, heureux de constater que la puissante moto prenait sans peine les virages en épingle à cheveux. Comparée à la Ducati, sa Harley avait tout d'un pesant éléphant. Lil avait raison : Grier risquait un accident s'il ne traitait pas la fusée orange avec le respect qu'elle méritait. Il se promit de conduire prudemment avant de bien connaître à la fois sa moto et les routes des environs. Cependant, la Ducati lui permettait de se déplacer sans contrainte. Plus question de renoncer à ce moyen de locomotion. Une moto offrait une liberté d'action qu'une voiture n'atteindrait jamais, aussi sportive soit-elle. Au volant de son bolide, Grier avait l'impression de plonger entre les montagnes sur les ailes d'un faucon. Il ne comprenait pas que Lil refuse l'occasion d'admirer ces paysages à couper le souffle. L'océan étincelait au bout de la route et le soleil couchant colorait le ciel d'or et de rouge. C'était magique et exaltant !

Le vent qui lui giflait le visage le débarrassa des derniers relents de cette colère montée si soudainement en lui au restaurant. Il adorait Lil et jamais il ne lui ferait délibérément de la peine. Il se renfrogna au souvenir des mots durs qu'il avait jetés au visage de son amant. Lil avait paru si choqué ! Pour se rattraper, Grier décida de lui faire longuement l'amour dès son retour à la villa.

Mais auparavant, comme tous les soirs, il devait téléphoner à Luca. Il se gara sur le bas-côté et sortit son portable de sa poche.

Il y eut plusieurs sonneries avant que son fils décroche enfin. Contrit, Grier réalisa qu'il était presque minuit en Illinois, sans doute venait-il de le réveiller.

Luca ne paraissait pas lui en vouloir.

— *Papa !* s'exclama-t-il. *Je suis content que tu m'appelles !*

— Désolé, il est un peu tard.

— *Pas de souci, j'étais couché, mais pas encore endormi.*

— Comment se fait-il que tu sois encore éveillé aussi tard ?

— *Je pensai aux filles.*

Grier fit une pause. Bien, voilà qui répondait à la question de l'orientation sexuelle de Luca sur laquelle Lil et lui s'interrogeaient depuis sa puberté.

— Comment s'appelle la chanceuse qui a attiré son attention ?

— *Tu te souviens de Chyna ?*

— Qui ?

— *La sœur de Chip.*

— N'a-t-elle pas douze ans ?

Luca poussa un hurlement d'indignation.

— *Non ! Elle a quinze ans, papa.*

— Je vois. Elle est cheerleader, non ? Avec de longues jambes et des cheveux qui lui arrivent jusqu'aux reins ?

— *Oui, elle était cheerleader, mais cette année, elle n'est pas dans l'équipe.*

— Pourquoi ?

— *C'est une histoire assez compliquée.*

— Et cette fille te plaît ?

— *Oui.*

— Beaucoup ?

— *T'inquiète, papa. Il s'est rien passé.*

— Merde, je préférerais être là.

— *Pourquoi ?*

— Je rate beaucoup de moments importants.

— *Pour le moment, Lil compte avant tout,* le rassura Luca, gentiment. *De plus, je suis loin d'avoir fini l'école secondaire, tu auras le temps d'assister à d'autres moments importants.*

— Tu as sans doute raison. Tout va bien, c'est sûr ?

— *Oui, ça baigne.*

— Bien, dans ce cas, je vais te laisser dormir. Appelle-moi si tu as besoin de conseils. De nous tous, je suis probablement le seul à être sorti avec des filles.

— *Non. Tito Clark a eu une copine pendant un moment.*

— Oh, c'est vrai.

— *Mais je me vois mal lui parler de ce genre de choses,* reprit Luca.

— Tu disais qu'il ne s'était rien passé…

— *Pas encore…*

— Appelle-moi avant de précipiter les choses, Luca, insista Grier.

— *D'accord, papa.*

— Luca ?

— *Oui ?*

— Ne fais pas de bêtises.

— *C'est-à-dire ?*

— Tu le sauras quand la situation se présentera.

— *Et si je ne peux pas m'en empêcher ?*

— Prends une douche froide.

— *Papa...*

— Je suis sérieux, fils.

— *Arrête de te faire du souci.*

— J'arrêterai quand tu auras un diplôme, un boulot, une femme, un emprunt hypothécaire et deux enfants... et dans cet ordre, si tu vois ce que je veux dire.

— *Peuh ! Tu es vraiment bizarroïde des fois.*

— Je ne veux pas te voir faire les mêmes erreurs que moi.

— *T'inquiète ! Je ne compte pas la mettre enceinte.*

— Tu n'as rien d'une erreur, s'empressa de préciser Grier. Tu es la meilleure chose qui me soit arrivée.

— *Merci, papa. Je t'embrasse.*

— Moi aussi, fils, déclara Grier d'une voix rauque.

En raccrochant, il réalisa que Luca lui manquait terriblement, mais qu'il ne regrettait pas d'avoir quitté l'Illinois. Il avait pris la bonne décision, car Lil avait besoin de s'éloigner. Et son mari devait passer avant tout, non ? Et puis, il avait laissé son fils en de bonnes mains.

Il redémarra et prit le chemin du retour avant que l'obscurité ne rende la route dangereuse. Quand il gara la moto dans la cour pavée, il vit des lampes éclairées dans la villa. Peu après, il entrait dans leur chambre alors que Lil émergeait de la douche.

Lil s'arrêta net en remarquant la nouvelle tenue de Grier et le casque noir qu'il tenait sous le bras.

— Je vois que tu as suivi tes désirs sans te soucier de mon opinion.

Grier hésita.

— Lil, ne sois pas en colère.

— Que je le sois ou non, quelle importance ? Tu persisteras à conduire ce cercueil ambulant.

— Je ne t'ai jamais caché ma passion pour les motos et la vitesse.

Lil agita la main avec dédain

88

— Mais oui, mais oui. Je n'ai pas l'intention d'entamer une nouvelle dispute. Nous sommes invités ce soir à une petite réunion, je m'apprêtais à y aller. Tu m'accompagnes ?

— Qui nous a invités ?

— Un client du restaurant où nous avons déjeuné. Lui et moi avons partagé un verre après ton départ. Ayant entendu notre différend, il m'a donné son avis sur la question : il a une position intéressante concernant la phobie du vieillissement qui frappe la plupart des Américains.

— Laquelle ?

— Il prétend que la jeunesse est surévaluée.

— Je suis d'accord.

— Alors, tu devrais t'entendre avec lui. J'ai promis que nous passerions.

Grier posa son casque sur une chaise et commença à se déshabiller. Il prit son temps, conscient que Lil observait chacun de ses mouvements. Il espérait que le string rouge et soyeux aiderait à dissoudre la glace qui s'était glissée entre eux en ces quelques heures de séparation. En entendant la respiration de Lil accélérer, Grier sut que son strip-tease avait l'effet escompté. Il en fut soulagé. Quand son pantalon et son blouson formèrent un tas de cuir noir sur le sol, il se mit à jouer avec son piercing au mamelon, tirant sur la chaînette. Lil paraissait hypnotisé et la serviette qu'il portait nouée à la taille cachait à peine son érection.

— Veux-tu un apéritif avant de sortir ? susurra Grier.

Lil le prit par les bras et le serra contre lui.

— Espèce d'allumeur ! s'écria-t-il d'une voix rauque. Croyais-tu que j'allais te résister ?

— Non, pourquoi ?

— Parce que je suis toujours furieux contre toi.

Il gémit de plaisir quand Grier lui arracha sa serviette pour l'empoigner aux reins et frotta son sexe contre le sien.

— Être en colère ne t'empêche pas de bander, on dirait, remarqua Grier.

— Tais-toi et embrasse-moi.

Grier prit le beau visage en coupe et dévora la bouche de Lil, savourant la connexion qui existait entre eux et l'excitation qui les enveloppait.

Puis Lil s'écarta et poussa Grier vers le lit.

— Mets-toi à quatre pattes.

— Pourquoi ?

— Pour que je puisse enfouir mon visage dans ton cul magnifique.

Grier ne put retenir le rire qui lui échappa. Il adorait que Lil lui sorte ce genre de déclarations et se sentait prêt à toutes les folies pour en obtenir davantage. Il se jeta sur le lit dans la position demandée, écartant bras et jambes pour mieux s'offrir. D'un coup d'œil derrière lui, il vérifia ce qui se passait : Lil n'avait pas bougé, se contentant de le dévorer des yeux.

— Ça va comme ça ? souffla Grier.

— C'est parfait !

Lil écarta le fin tissu qui passait entre les fesses de Grier et pointa sa langue sur l'anus sensible, arrachant à son amant un glapissement surpris. Lil le dévora avec un grondement de plaisir, dont les vibrations enflammèrent encore plus Grier : sa peau se hérissa de chair de poule, les poils sombres de ses cuisses vibrants d'électricité statique. Lil lui prit les fesses à deux mains pour mieux les écarteler et sa langue transperça l'anneau de muscles. Apparemment, il était déterminé à transformer son jeune amant en une masse de gélatine agitée de tremblements hystériques.

— Une seconde, souffla Grier.

Il fouilla le tiroir de la table de nuit pour y chercher du lubrifiant. Il tendit à Lil le flacon et reprit sa position. Lil l'oignit abondamment, puis insinua deux doigts en lui. Après quelques moments de préparation, Grier fut prêt à recevoir sexe de son amant, déjà humide de fluides. Lil se positionna et l'empala d'un seul coup de reins. Les deux hommes poussèrent le même cri d'extase.

— Bon Dieu, c'est divin !

La voix de Grier était étouffée dans l'oreiller. Lil l'empoigna et le masturba d'une main ferme au rythme de ses coups de boutoir. Puis il recula, laissant son gland distendre l'anus de Grier, et se renfonça d'un coup, heurtant sa prostate sans ménagement. Dans un long gémissement étranglé, Grier trouva l'orgasme et son sperme crémeux se répandit sur les draps. Lil continuait à le caresser.

Quand Grier revint sur terre, Lil le pilonnait toujours, de plus en frénétique. Grier s'agrippa aux draps pour ne pas glisser. La chaleur qu'il ressentit au fond de ses entrailles lui apprit que Lil trouvait à son tour le plaisir.

Repus, les deux hommes s'effondrèrent sur le matelas et restèrent étendus un moment, le temps de reprendre leur souffle.

Finalement, Lil ouvrit les yeux

— Excuse-moi d'être aussi pontifiant et pénible.

Ses regrets étaient authentiques, Grier le comprit. Il hocha la tête, acceptant les excuses de son amant, mais il tint à lui préciser que tout cela devait cesser.

— Je ferais n'importe quoi pour toi, Lil, j'espère que tu le sais, mais je refuse de vivre sous cloche parce que tu t'inquiètes pour moi. La vie offre tant de plaisirs et de découvertes, je ne veux rien en perdre.

— Tu as raison, amour. J'ai parfois tendance à l'oublier.

— Tu me pardonnes d'avoir loué une moto ?

Lil soupira.

— J'ai tellement peur que tu aies un accident !

— Je sais conduire.

— Ce sont les autres qui m'inquiètent. Surtout ici. Ils sont fous ces Italiens ! As-tu remarqué la façon dont les Romains conduisaient ? Ils passent leur temps à klaxonner sans respecter ni les feux ni les panneaux de signalisation. J'étais dans un épouvantable état de nerfs en arrivant à l'hôtel.

— Je serai très prudent, c'est promis.

— Tu ne prendras pas ta moto tous les jours, d'accord ?

Évitant de répondre, Grier chercha à distraire l'attention de Lil.

— J'ai même acheté un nouvel ensemble en cuir pour me protéger.

— J'ai vu, reconnut Lil à contrecœur.

— Au fait, j'ai aussi reçu une invitation.

— C'est vrai ?

Pensant amuser Lil, Grier lui raconta l'incident du vestiaire. Son amant explosa de fureur en apprenant que le vendeur s'était permis de le toucher.

— Je n'y crois pas ! Le fumier !

— Hé, du calme, le rassura Grier. J'ai vite mis un terme à ses familiarités.

— Tu lui as cassé les doigts, j'espère ?

— Euh, non. Sinon, je serais en prison.

— C'est vrai. Alors, que s'est-il passé ensuite ?

— Le propriétaire du magasin, Renzo, est aussi le partenaire du vendeur, Aldo. Il m'a parlé d'un groupe d'amis qui partagent notre attirance incongrue pour la lingerie fine.

— Quelle chance nous avons !

Lil semblait toujours contrarié qu'une main étrangère se soit posée sur Grier. Ce dernier l'embrassa sur la joue et lui tapota le visage.

— Souris, Lil, il ne s'est rien passé. Bref, nous sommes invités à une réunion privée où seront présentés les nouveaux modèles de lingerie de la saison. Et nous pourrons acheter ceux qui nous plaisent avant leur sortie officielle en magasin.

— Comme une réunion Tupperware ? demanda Lil, étonné.

— J'ai eu exactement la même réflexion.

— Nous irons, bien sûr. Quand est-ce ?

— Demain soir.

— Incroyable ! s'exclama Lil. Arrivés depuis quelques jours à peine, voilà que notre carnet de bal est déjà plein.

— Nous avons choisi l'endroit idéal pour une retraite en amoureux, décida Grier.

— Oui, apparemment, reconnut Lil, pensif. Alors, es-tu prêt à faire de nouvelles connaissances ce soir ?

— Tu tiens vraiment à y aller ?

— À toi d'en décider, amour. Si tu préfères que nous restions au lit pour faire des galipettes, je ne m'en plaindrai pas.

Grier se releva.

— Nous pourrons le faire en revenant à la maison. Préparons-nous.

ILS ÉTAIENT en retard, mais juste ce qu'exigeait la mode chez les gens branchés. La villa Mario était plus grande que celle qu'ils louaient et beaucoup plus chargée en décoration. Des statues de marbre et de bronze, style Renaissance, et de grandes peintures et tapisseries étaient exposées dans le hall d'entrée et dans le grand salon. Les plafonds étaient dorés à la feuille, les meubles en brocart et les rideaux en velours. Même si une telle opulence n'était pas de leur goût, Lil et Grier durent admettre que c'était impressionnant. Peut-être Mario faisait-il après tout partie de la richissime famille des pneus Pirelli.

Leur hôte les repéra à peine avaient-ils franchi son seuil. Il vint les accueillir avec chaleur, comme de vieux amis, et embrassa l'air près de leurs joues. Il leur présenta le jeune amant blond et superbe qui s'accrochait à son bras d'un air possessif. En noir de la tête aux pieds, Nicolo portait une chemise de soie et des bottes sur mesure. Ses yeux lourdement maquillés lui donnaient cet air androgyne qui plaisait à certains hommes, mais pas à Grier. Le khôl faisait ressortir la pâleur de la peau et mettait en valeur les yeux verts étincelants qui scrutaient les nouveaux arrivants avec circonspection.

92

Une fois les présentations faites, Mario tourna vers Grier son charme sophistiqué, attitude qui expliquait sans doute le regard meurtrier de Nicolo. Sans doute prenait-il Grier pour un rival potentiel en voyant les grâces que lui faisait son protecteur. Mario intercepta un serveur qui passait muni d'un plateau, y prit deux flûtes de champagne et les offrit à Lil et Grier.

Des hommes de tous âges occupaient le salon et jetaient aux deux Américains des regards spéculateurs. En quelques minutes, ils entourèrent Lil et Grier comme des faucons ayant repéré une proie. La plupart parlaient anglais, les autres laissaient leurs sourires éloquents et leurs gestes caressants exprimer des intentions sans équivoque.

Quand Mario s'éloigna, Grier constata qu'aucun des plus jeunes hommes du cercle qui les entourait ne s'intéressait à lui, car tous concentraient leur attention sur Lil et l'écoutaient avec une admiration éperdue. Très à l'aise, Lil fascinait son auditoire par sa verve et ses anecdotes sur San Francisco et la vie quotidienne dans la baie. Il répondait sans se faire prier aux questions les plus indiscrètes. Parmi les thuriféraires, les flatteries de Nicolo étaient tout particulièrement insistantes, ses insinuations d'ordre sexuel se succédant. Grier n'arrivait pas à comprendre comment tous ces étrangers semblaient si bien connaître l'histoire de Lil, mais pour le moment, répondre à cette énigme n'était pas sa priorité. Les dents serrées, il fulmina en voyant des mains furtives caresser son amant, qui semblait apprécier ces attouchements. En temps normal, Grier n'était pas jaloux, mais après une journée longue et émotionnellement éprouvante, il n'était pas d'humeur à se battre pour défendre son territoire. Les tempes douloureuses, il s'éloigna pour chercher les toilettes en espérant qu'un peu d'eau froide sur son visage suffirait à faire passer sa migraine.

Il pressait un tissu éponge humecté contre ses yeux et son front quand il entendit la porte s'ouvrir derrière lui. Peu après, des lèvres tièdes se pressaient sur sa nuque. Il écarta sa serviette en disant :

— Lil.

Mais ce fut le reflet de Mario qu'il rencontra dans le miroir. Il se retourna vivement et croisa des yeux gris remplis d'inquiétude.

— Ça ne va pas, *caro* ?

Grier ouvrit la bouche, puis la referma très vite, conscient qu'il allait se montrer grossier. Insulter leur hôte serait de mauvais goût, même après le geste indélicat que Mario s'était permis. Peut-être l'Italien ne voyait-il aucun mal à une petite familiarité et ne comprendrait-il pas que Grier réagisse aussi vigoureusement ?

— Je pense avoir abusé du soleil aujourd'hui.

— Vous paraissez effectivement cuit à point, commenta Mario, pince sans rire. Quelle belle teinte dorée a votre peau ! Auriez-vous fréquenté notre plage nudiste ? Si c'est le cas, je me demande bien pourquoi je n'en ai pas été informé !

Glissant le doigt à l'encolure de la chemise de Grier, il tira légèrement sur le tissu pour examiner son torse.

Grier se dégagea d'un mouvement brusque.

— Non ! je ne suis pas allé à la plage,

Il tournait les talons quand Mario s'accrocha à sa main.

— Ne te sauve pas. J'ai dans ma chambre des comprimés qui feront passer ton mal à la tête.

Grier repoussa les doigts serrés sur lui.

— Non, merci.

Il ouvrit la porte et quitta les toilettes presque en courant, poursuivi par le rire moqueur de Mario. En revenant au salon, Grier découvrit Lil toujours entouré d'admirateurs. Il dut se frayer un passage à coups de coude pour approcher de son amant et lui parler à l'oreille :

— On s'en va.

Lil se tourna vers lui, surpris.

— Pourquoi si vite ? La soirée ne te plaît pas ?

— Non, pas vraiment, répondit Grier à voix basse. Notre hôte a cherché à m'attirer dans sa chambre et je ne suis pas d'humeur à me battre.

— Oh, la vermine ! grogna Lil, furieux

Il fouilla le salon des yeux, sans y trouver Mario.

— Une chance qu'il ne soit pas là, ajouta-t-il. Sinon, je l'aurais giflé devant tout le monde.

— Tu es saoul, déclara Grier.

— Eh bien, oui, et alors ?

S'adressant à son auditoire, il annonça :

— Mon mari et moi allons devoir rentrer. À une prochaine fois, peut-être ?

Sans se soucier du concert de protestations bruyantes, Grier et Lil quittèrent le salon, puis la maison, et retournèrent chez eux à pied.

— C'était un peu trop visqueux à mon goût, déclara Grier. Je ne suis pas certain d'aimer ton nouvel ami.

— En y réfléchissant, moi non plus. Je m'étais demandé pourquoi il nous invitait ce soir.

— Il organise des partouzes, c'est évident.

— Quoi ? Aurions-nous renoncé à une orgie ?

Grier s'arrêta et dévisagea Lil.

— Veux-tu y retourner ?

— Si je dis oui, viendrais-tu avec moi ?

— Il faudrait que je sois bien plus ivre !

Lil sourit.

— C'est un problème facile à résoudre.

Grier était stupéfait.

— Tu tiens vraiment à tenter ce genre d'expérience ?

Lil haussa les épaules.

— Pourquoi pas ? Il ne faut jamais dire jamais.

Toujours perplexe, Grier commença à réellement s'inquiéter. Jusqu'à ce jour, il avait toujours suffi à contenter Lil, sexuellement parlant, et voilà que son partenaire envisageait une orgie ? Bon, d'accord, Lil était plus qu'imbibé et se retrouver au centre des attentions l'avait ravi, mais quand même… Grier commença à se demander s'il ne s'était pas endormi sur ses lauriers. Peut-être était-il temps de faire quelques efforts ? Ces Italiens très agressifs pourraient-ils lui apprendre à mieux combler son amant ? Non, il ne supportait pas l'idée de partager Lil. Il décida d'imposer ses droits conjugaux et opposer un veto à cette outrageante suggestion.

— Nous n'y retournerons pas. Certainement pas en tout cas avant d'en avoir discuté à tête reposée.

— C'est toi qui décides, amour.

XIII

Lil GÉMIT dès qu'il ouvrit les yeux, aussi les referma-t-il instantanément. La terrible douleur qui martelait son œil droit lui remit en mémoire ses excès de la nuit, rappel dont il se serait bien passé. Il imaginait sans mal ses artères se boucher et exploser suite à la nourriture décadente ingurgitée : il s'était empiffré sans arrière-pensée ! Et pour faire descendre toutes ces calories, il avait englouti coupe après coupe. Avec un nouveau gémissement, il conclut avoir agi de façon inconsidérée.

Une voix endormie l'interpella :

— Ça va ?

Lil se redressa dans le lit en se tenant la tête comme s'il craignait de la voir tomber.

— Par pitié, geignit-il, dis-moi que je ne me suis pas ridiculisé.

Son imagination lui montrait déjà des scènes de sexe débridé dans une piscine avec un groupe de jeunes garçons nubiles.

Grier ricana.

— Non, je t'ai sauvé à temps.

Lil retomba sur son oreiller

— Merci, mon Dieu ! Il n'y a rien de pire qu'un vieil imbécile !

— Ne commence pas…

— Oublie toutes mes folies de la nuit dernière, d'accord ? coupa Lil avec ferveur. Je ne me souviens de rien, je crois avoir abusé du champagne.

— Je commence plutôt à me demander si tu n'as pas été drogué.

— Quoi ? Pourquoi dis-tu ça ?

— Tu n'étais plus toi-même, expliqua Grier. Tu étais… insatiable

— Vraiment ?

— En arrivant, nous avons baisé je ne sais combien de fois. Tu n'as jamais été aussi demandeur. C'était marrant !

— Tu te fiches de moi, c'est ça ? demanda Lil, sur la défensive.

Grier se releva sur un coude. Il désigna son érection matinale et adressa à Lil un sourire indulgent.

— Non. Tu m'as épuisé.

Lil sourit.

— J'espère que tu as aimé.

— Tu n'en gardes vraiment aucun souvenir ?

Lil ouvrit de grands yeux affolés.

— Tu crois que c'est la maladie d'Alzheimer ?

— Non, je suis de plus en plus certain que ces connards t'ont filé un mickey !

— Possible, dit Lil, mais peut-être que c'est juste l'abus d'alcool.

Il remua et poussa un cri plaintif.

— Ouille ! J'ai mal au cul. Que m'as-tu fait, amour ?

Grier se mit à rire.

— Je t'ai sodomisé.

— J'ai plutôt l'impression que tout le village m'est passé dessus.

— C'est toi qui m'as réclamé des sex-toys entre deux rounds. Sans compter d'autres jeux de main.

— Oh ? Un fisting ? Hmm ?

— Non, mais je trouve que ça t'obsède de plus en plus ces derniers temps.

— Ça fait longtemps…

— Tu y tiens vraiment ?

Lil sourit timidement.

— Tu sais que je ne refuse jamais ce genre de proposition.

— Ce n'est pas un truc qui se fait à l'improviste.

— Il ne me faudrait pas longtemps pour me préparer.

— Nous en reparlerons dans quelques jours, d'accord ?

Lil acquiesça.

— En attendant, je vais ouvrir la voie, si je peux m'exprimer ainsi.

— Comment un homme aussi sexuellement libéré peut-il être aussi coincé dans tous les autres domaines ?

— Bonne question, dit Lil. Peut-être mon bon sens inné s'oppose-t-il en permanence à l'enfant qui vit en moi ?

— Je suis gémeaux, pas toi.

— Et pourtant, tu n'es pas d'humeur changeante.

— J'aime bien quand tu redeviens Lil l'ado.

— Oui, c'est plutôt amusant.

Grier frotta son nez dans le cou de Lil

— J'aurais aimé te connaître à cette époque-là. Et si tu oubliais ton bon sens pendant ces vacances pour ne garder que ton côté gamin, hein ?

— S'agit-il d'une négociation ?

Grier préféra changer de sujet.

— Hier soir, tu étais tenté par la perspective de participer à une orgie. Est-ce uniquement dû à l'alcool ou bien en as-tu vraiment envie ?

— Si je dis oui, tu seras choqué ?

— Je ne suis pas certain de pouvoir m'y résoudre, reconnut Grier. Quand je pense à d'autres mains que les miennes posées sur toi, sur ta queue… ça me donne envie de tout casser.

— Amour ! Serais-tu jaloux ? Waouh !

Grier roula sur le côté et fixa les yeux bleu pâle qui le scrutaient attentivement.

— Et toi ? Aimerais-tu que je laisse le vieux Mario me baiser ?

Lil fronça les sourcils.

— Comme tous les hommes, j'ai un côté voyeur, mais s'il s'agissait de toi… non, je crois que je tuerais Mario.

— Dans ce cas, mieux vaut éviter les problèmes et oublier ces folies. Je trouverai de quoi te faire bouillir le sang sans faire intervenir un tiers.

Lil poussa un grand soupir

— Excellent programme ! D'ailleurs, vu mon état actuel, je ferais sans doute un AVC si je tentais une orgie.

— Tu te remettras très vite.

— Aurais-tu de quoi remédier à la gueule de bois ?

— Si nous étions à la maison, je te recommanderais un bon gros hamburger…

— Berk ! Arrête, tu vas me faire vomir !

— Justement ! Ça te ferait le plus grand bien. Ce serait un excellent moyen d'expurger son organisme.

— Non, c'est dégoûtant ! protesta Lil. J'évite autant que possible de serrer mes toilettes dans mes bras.

Grier se leva et arracha les draps.

— Allez bébé, debout. Je vais te faire un bon smoothie pendant que tu prendras une douche. Tu en as bien besoin : tu pues.

Lil leva le bras et renifla son aisselle, puis il grimaça.

— Oh, oui… c'est épouvantable ! Que faire ?

— Je t'ai déjà conseillé de vomir un bon coup.

— D'accord, d'accord. Pour mon smoothie, j'aimerais un yaourt sans matière grasse, des protéines en poudre et du chou frais si tu en as.

Grier fit grimace et réprima un haut-le-cœur, puis il tourna les talons et descendit l'escalier. Lil le regarda s'en aller avec un sourire, sachant parfaitement que son smoothie serait parfait, conformément à ses exigences. Son amant apprenait vite. Grâce à lui, cela faisait des années que Lil était heureux. La nuit dernière les avait peut-être aidés à se remémorer ce qui cimentait leur couple : amour et fidélité. Le refus viscéral de Grier de partouzer était plus que satisfaisant, au final. Cet accès jalousie, très flatteur pour l'ego de Lil, était bien plus efficace que tout un flacon de Prozac.

UNE DEMI-HEURE plus tard, il pénétrait d'un pas guilleret dans la grande cuisine immaculée. Il portait un minuscule plug anal pour commencer sa préparation au fisting promis. Même si sa glande hyper-sensibilisée protestait contre cette intrusion, c'était pour Lil un agréable rappel de ce qui l'attendait dans un proche avenir. Avec quelques gouttes d'eau de toilette sur sa nuque, il se sentait bien mieux.

Grier sourit et embrassa sa joue fraîchement rasée.

— Tu sembles ressuscité !

— Et j'espère sentir meilleur.

— Ce parfum, c'est le nouveau Tom Ford ?

— Oui.

Grier lui tendit son smoothie.

— J'espère que tu vas aimer.

— L'as-tu goûté ?

— Non. Mon amour pour toi a des limites.

Lil prit une gorgée, puis engloutit une bonne partie de son verre.

— Je me demande pourquoi tu n'aimes pas ma recette ! C'est très rafraîchissant et excellent pour la santé.

— J'y penserai pendant ma douche.

— Veux-tu que je te prépare un verre ? demanda Lil.

— Volontiers, bébé, mais sans chou frisé, poudre protéinée et yaourt.

— Au nom du ciel, que me reste-t-il ?

— De la glace vanille et des fraises.

Lil secoua la tête

— Tu es impossible. Honnêtement, amour, je m'étonne que tu n'aies pas de diabète.

— Ajoute des céréales si ça te fait plaisir.

Avec un gloussement amusé, Lil ouvrit le congélateur pour vérifier si Grier, sans le lui dire, avait acheté la glace italienne. Il en trouva effectivement plusieurs bacs et sélectionna celui à la vanille. Il en versa plusieurs cuillerées dans son milkshake et réfléchit à ce qu'il pouvait ajouter d'autre. Pas question qu'un de ses smoothies risque de créer à Grier un problème d'artère !

PLUS TARD, les deux hommes décidèrent de faire une longue promenade au village, bon moyen s'il en était de se débarrasser des toxines qui leur restaient de la débauche de la veille. Lil se sentait rajeuni en marchant main dans la main avec Grier à travers le labyrinthe des ruelles et des escaliers. Ils s'arrêtèrent à la *Chiesa di Santa Maria Assunta*, petite chapelle historique en très bon état datant du XVème siècle. Bien sûr, Lil s'intéressa surtout à son architecture, bel exemple d'art byzantin. Les gens du pays se mariaient et faisaient baptiser leurs enfants dans l'enceinte sacrée. Le clocher décoré de mosaïques servait de repère reconnaissable et les touristes gravitaient autour du site pour d'autres raisons que sa beauté. À l'intérieur de la chapelle, une icône de la Vierge noire occupait une place prépondérante. Croyant ni l'un ni l'autre, Grier et Lil surent néanmoins apprécier la dévotion ambiante.

Plus tard, ils marchèrent sur la plage, s'arrêtant parfois devant un étal-piège à touristes quand un panier coloré ou une nappe attirait leur attention – une bonne façon de tuer le temps avant la réunion lingerie. Lil s'interrogeait un peu sur la soirée à venir, mais sans inquiétude ou jalousie excessive après la conversation sérieuse qu'il avait eue avec Grier le matin même.

EN FIN d'après-midi, affamés, ils s'arrêtèrent chez un traiteur italien de la *Via dei Mulini*. Le commerçant, très serviable, leur prépara un panier pique-nique composé de poulet froid, jambon de Parme, fromages locaux et olives, et accompagné d'une miche de pain croustillant et de deux bouteilles d'eau gazeuse. En quittant la boutique, Lil et Grier se rendirent sur la plage, où ils eurent la chance de trouver une table en bois burinée par les intempéries, à l'abri d'un parasol fané. Manger en plein air entourés par le bruit des vagues et le cri rauque des mouettes fut pour eux deux une expérience nouvelle et magnifique.

— C'est merveilleux ! s'exclama Lil. Regarder la mer me détend toujours.

Grier, la bouche pleine, se contenta d'un hochement la tête. Après avoir dégluti, il but une grande gorgée d'eau et s'essuya la bouche avec une serviette en papier.

— Tu sais, nous pourrions acquérir une maison de vacances une fois rentrés aux États-Unis. Peut-être en copropriété.

— En Floride ou en Californie ?

— Le plus près possible. Autant y arriver sans escale.

— C'est une façon bien matérialiste de voir les choses, amour !

— Je déteste l'avion ! se plaignit Grier.

— Vraiment ? Je me souviens pourtant de ta joie lors de ton premier vol. J'étais avec toi !

Grier récupéra une olive dans un container en plastique, la mit dans sa bouche et la croqua sans cacher son plaisir. Il sourit.

— J'étais jeune et naïf.

— C'était notre premier voyage ensemble, précisa Lil. Et le plus mémorable !

— Je sais, convint Grier avec un sourire. En fait, ce n'est pas vraiment d'avoir le cul dans un avion qui me gonfle, plutôt ces conneries de formalités à l'aéroport aussi bien avant d'embarquer qu'ensuite, à l'arrivée.

Lil soupira.

— Oui, j'en conviens, mais de nos jours, la sécurité passe avant tout.

— C'est pourquoi je préférerais un endroit d'accès facile.

— Très bien, nous y réfléchirons.

— As-tu fini, Lil ? Il est bientôt temps de nous mettre en route. Ça fait une trotte ! N'oublie pas que nous devons remonter jusque là-haut. Avec toutes ces marches, il nous faudra une bonne demi-heure.

— J'espère que mes vieilles jambes ne me lâcheront pas en route, grogna Lil.

— Lyndon ! s'exclama sévèrement Grier. Si je t'entends proférer une autre ineptie concernant ton âge, je te colle une fessée cul nu.

Lil lui adressa un sourire rayonnant.

— Mmm ? Je n'ai pas l'impression que ce soit une punition.

Grier leva les yeux au ciel.

— Veux-tu faire un arrêt à la boutique de cuir pour t'acheter un bâillon ?

— Si tu trouves que je parle trop, tu as bien mieux qu'un bâillon à me mettre dans la bouche.

— Ah, c'est malin ! À cause de toi, je bande ! Comment veux-tu que je monte toutes ces marches dans cet état-là ?

Lil sourit.

— Il y a des toilettes publiques sur la plage.

— Tu te moques de moi ?

— Non. Depuis quand ne nous sommes-nous pas masturbés dans ce genre d'endroits ?

— Je vois que tu m'as pris au mot : tu agis comme un ado hormono-dépendant !

— Oh, que oui !

Grier secoua la tête, se leva et commença à ranger dans le panier les restes de leur pique-nique. Quand il eut fini, il lança à Lil un regard enflammé.

— Tu viens ?

Souriant toujours, Lil le suivit docilement.

— Nom de Dieu ! gémit Lil.

Il s'écroula contre la paroi, complètement vidé – dans tous les sens du terme. Grier avait extirpé de son sexe jusqu'à la dernière goutte de sperme.

— Alors, qu'en penses-tu ? demanda son amant en se redressant.

— Tu as été remarquable ! souffla Lil

Il tomba à genoux pour rendre à Grier le même service. Peu après, son amant jouissait au fond de sa gorge. Lil faillit s'étrangler, partagé entre un rire heureux et le fluide chaud qu'il tentait d'avaler. Il se ressaisit, se releva et s'essuya la bouche sur l'épaule nue de Grier.

— Tu te sens mieux, amour ?

— Beaucoup mieux. Maintenant, fichons le camp avant d'être arrêtés pour outrage à la pudeur.

XIV

REPASSANT CHEZ eux, ils se vêtirent avec soin, sachant qu'ils seraient bientôt en compagnie d'hommes sensibles à la beauté et au style. Au fil des années, Grier avait gardé son attirance particulière pour la lingerie fine, surtout parce que Lil l'appréciait également. En fait, les deux amants envisageaient parfois de créer leur propre ligne de sous-vêtements en soie et dentelle. S'ils n'avaient pas encore franchi le pas, c'était pour Luca. Expliquer à un adolescent pourquoi un architecte et son conjoint, designer d'intérieur, se lançaient dans le monde hautement compétitif de la lingerie fine sans pour autant révéler leur fétichisme commun pour les strings rouges minimalistes – un travers souvent considéré comme pervers – était virtuellement impossible.

En outre, leurs affaires en plein essor ne leur laissaient, pour le moment, que fort peu de temps disponible. Néanmoins, chaque fois qu'ils entraient dans un magasin de lingerie et caressaient les fins tissus à la douceur décadente, Grier et Lil se remettaient à fantasmer sur leur projet. C'était devenu pour eux un jeu, comme ces listes d'achats virtuels que certains faisaient en imaginant gagner à la loterie. Ces projections mentales ajoutant du sel à leurs discussions, les deux amants étaient impatients d'assister au défilé prévu le soir même et de découvrir les nouveaux modèles de la saison. Dans ce domaine, ils avaient déjà plus de sous-vêtements que Grier ne pourrait en porter, dut-il vivre centenaire. C'était gardé sous clé dans la penderie ultramoderne que Lil avait conçue dans leur nouvelle maison. Quand Luca avait demandé pourquoi la porte était verrouillée, Grier lui avait expliqué qu'il gardait dedans des objets de valeur et des papiers importants. Son fils s'en était sans doute contenté, car il n'avait plus abordé la question. Grier considérait cette confiance filiale comme un témoignage réconfortant de leurs compétences parentales, à Lil et à lui, aussi les deux hommes faisaient-ils leur possible pour que rien ne vienne l'entamer.

Le village étant somme toute peu étendu, ils décidèrent de se rendre à pied à l'adresse que Renzo avait gribouillée au dos de la carte. Ils arrivèrent bientôt devant une maison en stuc blanc à trois niveaux qui surplombaient la falaise de si près qu'elle paraissait prête à plonger d'un moment à

103

l'autre dans la mer qui scintillait en dessous. En vérité, la catastrophe était peu probable, à moins d'un violent tremblement de terre provoquant un éboulement de terrain. La plupart des maisons construites sur ces hauts rochers résistaient en général à l'épreuve de temps. Chaque fenêtre de la façade avait un balcon et de beaux bougainvilliers roses grimpaient le long des murs. De l'extérieur, la bâtisse était typiquement méditerranéenne. Impossible de deviner que des soirées privées d'un genre particulier avaient souvent lieu à l'intérieur.

Le propriétaire du magasin, Renzo, vient les accueillir. Après avoir échangé avec eux une ferme poignée de main, il les conduisit dans le salon converti en salle d'exposition pour la soirée. Des portants à roulettes garnis de négligés et de sous-vêtements en cuir s'alignaient contre un mur et chaque surface plane était couverte de paniers en osier débordants de jarretelles, corsets, bustiers, culottes et strings de toutes les tailles et formes. Aldo, le vendeur blond qui s'était montré si familier envers Grier, les vit entrer et s'empressa de se présenter à Lil. Ensuite, il entraîna Grier vers les cuirs. Lil resta en arrière et observa les autres invités, hommes et femmes, réunis en groupes hétéroclites. Tous fouillaient parmi les vêtements exposés et inspectaient les articles ayant attiré leur attention, leurs commentaires jaillissant dans différentes langues.

Un buffet présentait un assortiment appétissant d'amuse-gueules et deux serveuses qui portaient des talons aiguilles rouges et des bas de soie noirs « à la française », passaient parmi la foule avec des plateaux de boissons. En les examinant de plus près, Lil se demanda s'il s'agissait de travestis ou de transsexuels. Au premier coup d'œil, c'était difficile à dire et il préférait éviter de poser la question, de peur de blesser de jeunes ego toujours fragiles. Bien des années plus tôt, il avait beaucoup fréquenté le Castro district – le quartier gay de San Francisco – où les transsexuels étaient nombreux, aussi se souvenait-il de l'aura qu'ils dégageaient. Depuis lors, l'eau avait coulé sous les ponts et Lil n'avait plus aucun contact avec ce monde difficile. Il était très possible qu'il se soit trompé.

Les rares femmes présentes paraissaient très désireuses d'exhiber leurs atouts : les décolletés étaient plongeants et les débardeurs minimalistes. Une rousse flamboyante qui ressemblait beaucoup à Jessica, la femme de Roger Rabbit, s'accrochait au bras de Grier comme pour une prise de possession. Lil s'amusa de voir les efforts de son partenaire pour lui échapper. En vérité, Grier ne s'intéressait qu'aux bijoux péniens présentés, pas à celle qui les vendait. Jessica finit par abandonner quand elle réalisa que sa proie était imperméable à ses charmes.

Quand Lil le rejoignit, Grier manipulait un étui en mailles d'argent, un article de qualité, à en juger par son poids et le prix indiqué sur l'étiquette. Lil passa un bras autour de la taille de Grier et l'attira contre sa poitrine.

— Tu le veux, amour ? Ça t'irait magnifiquement.

— Tu crois ? répondit Grier, sceptique. Ça me paraît bien trop serré. Et si ça me coupait le sang et créait une terrible catastrophe ?

Lil récupéra l'étui et l'étudia de près.

— Je suis certain que le concepteur n'aurait jamais commis une erreur de ce genre. Regarde ! Il y a un fermoir, astucieusement caché, je le reconnais. Tu l'avais vu ?

— Non, reconnut Grier. Dans ce cas, je suis tenté d'essayer.

— Et pour compléter ton look, ne crois-tu pas qu'il nous faudrait aussi ceci ?

Il brandissait un porte-jarretelles en mailles métalliques en argent entrelacé de fils de métal noir et de cuivre. Conçu comme un bracelet, il pouvait retenir toute sorte de bas. L'arrière, cependant, était arrondi pour mouler deux fesses fermes. Imaginer le cul de Grier présenté d'aussi alléchante façon provoqua chez Lil une érection embarrassante.

— Nous le prenons, décida-t-il, fermement.

Grier pivota et le regarda bien en face, les yeux éclairés d'une lueur malicieuse.

— Ne crois-tu pas que je devrais au moins l'essayer pour savoir quelle taille prendre ?

Lil sourit.

— Bien sûr.

— Dans ce cas, allons demander à notre hôte s'il a un vestiaire quelque part.

En les voyant arriver, Renzo examina les deux objets que Grier avait dans la main avec un sourire approbateur.

— Vous voulez essayer ?

— Oui.

— Vous trouverez à l'étage plusieurs chambres dont les murs sont des miroirs. N'hésitez pas à utiliser celle que vous choisirez pour aussi longtemps que vous en aurez besoin.

Puis il se retourna, saisit une boîte plate et ajouta :

— Attendez ! Peut-être ceci pourrait-il vous intéresser. Essayez-le. Je ne le laisse pas exposé dans le salon, c'est trop précieux, mais ça irait parfaitement avec le bijou que vous avez sélectionné.

— Qu'est-ce que c'est ? demanda Grier avec curiosité.

— Un chinchilla.

Lil caressa sensuellement la douce fourrure noire et argent.

— Quelle merveille !

— Non, refusa Grier. Luca me tuerait si j'achetais de la fourrure, il aime trop les animaux.

— Il ne verrait jamais ce gilet, amour.

— Là n'est pas la question.

— Très bien.

À regret, Lil écarta la fourrure après une dernière caresse. Puis il demanda à Renzo :

— N'avez-vous rien d'autre à nous recommander ?

— Une baguette pénienne avec un diamant, peut-être ? Tous mes clients en sont très satisfaits. Une fois qu'elle est en place, elle fait l'effet d'un Prince Albert, sans le piercing à endurer.

Les yeux écarquillés, Lil se tourna vers son partenaire.

— Grier ?

Grier haussa un sourcil.

— Non, merci, bébé, mais pourquoi pas pour toi ? Ça paraît te plaire.

Lil sourit.

— Puis-je voir ?

La longue et fine baguette nervurée faisait quinze centimètres de long et se terminait par une boule sertie de diamants. Lil eut un sourire démoniaque.

— Parfait ! enchaîna-t-il. Renzo, auriez-vous par hasard du lubrifiant stérile ?

Renzo ouvrit un tiroir et en tira un flacon qu'il tendit à Lil.

— J'ai d'autres modèles dits « boutons de roses », si vous préférez.

— Je ne connais pas, répondit Lil. Quelle est leur particularité ?

— L'extrémité est bulbeuse comme une fleur en bouton.

Il ouvrit un écrin où se trouvaient deux sondes urétrales sur un lit de velours. Les circonférences étaient différentes, sans doute pour permettre de commencer par la plus étroite et de passer à l'autre, une fois l'urètre adapté à l'invasion. Le petit bourgeon ajoutait une sensation le long des parois. Lil sentit son rythme cardiaque accélérer en évoquant la sensation étourdissante jadis procurée par l'insertion d'une sonde chirurgicale métallique. Il avait adoré cette expérience, qui datait de plusieurs années. Pourquoi n'avait-il plus recommencé depuis ?

Se tournant vers son partenaire, il demanda :

— Tu as des objections ?

Grier examina les baguettes avec horreur.

— N'est-ce pas dangereux ?

— Non, pas quand on fait attention.

— Tu saurais comment la placer ?

— Ça fait un bail que je ne pratique plus, mais je me souviens des bases.

— Si tu en as envie, d'accord, concéda Grier.

— C'est une expérience sensorielle très forte, amour.

Il se tourna vers l'Italien et ajouta :

— Bon, je la prends, Enzo, et rajoutez-moi un flacon de lubrifiant.

— Très bien.

Lil récupéra le gilet de chinchilla et prit un ton implorant :

— Et si tu l'essayais, hein ? Juste pour voir…

Grier hésita, les yeux étrécis, puis il accepta. Renzo sautillait pratiquement de joie, envisageant probablement le joli pactole qu'il allait tirer de ces Américains.

— Voulez-vous que je vous envoie Aldo ? Je suis certain qu'il serait ravi de vous aider pour les essayages.

— Je n'en doute pas, grinça Grier. Mais non, merci, nous nous en sortirons seuls.

Les deux amants s'engagèrent les marches de pierre jusqu'à l'étage. Aldo, qui s'était rapproché du bas de l'escalier, les regardait monter, les sourcils froncés. Le remarquant, Lil ricana :

— Ton admirateur n'a pas l'air content.

— Je m'en fiche, rétorqua Grier. Je ne suis pas d'humeur à partager.

Une fois sur le palier, ils prirent un long couloir. Plusieurs portes s'alignaient de chaque côté, comme dans un hôtel. Lil et Grier supposèrent qu'une porte fermée signalait que la chambre était occupée, aussi avancèrent-ils jusqu'à trouver une porte entrouverte. La chambre, petite, avait effectivement trois de ses murs couverts par des miroirs biseautés et le quatrième tendu de soie rouge. Les reflets dansant d'un miroir à l'autre donnaient un effet de kaléidoscope, comme un diamant parfaitement taillé qui scintillait sous tous les angles.

Grier hocha la tête d'un air approbateur.

— C'est très joli. J'utiliserai volontiers cet effet de lumière dans une de mes futures rénovations d'intérieur. Il faudra que je m'en souvienne...

— Il nous sera difficile d'oublier cette pièce, remarqua Lil. Surtout une fois que tu seras préparé.

— Nous prendrons chacun un selfie que nous nous enverrons mutuellement.

— J'aimerais avoir cette photo comme écran d'accueil, mais j'ai peur que ce soit une trop grande distraction pour mon personnel. Les gars passeraient la journée à regarder par-dessus mon épaule au lieu de travailler.

— C'est vrai, acquiesça Grier.

— Déshabille-toi, amour, dit Lil d'une voix rauque.

— Et s'il y a des caméras cachées dans cette pièce ? s'inquiéta Grier.

— Tu regardes trop la télé. Nous ne sommes pas dans un film d'espionnage !

Sans plus discuter, Grier ôta son pantalon, mais pas son string. Il retira son tee-shirt et mit les mains sur sa taille.

— Vas-y, bébé. C'est à toi.

Lil tomba à genoux et fit glisser le string de Grier le long de ses cuisses. Penché en avant, il frotta son visage contre le bas-ventre de son amant, jouant avec ses bourses et léchant son gland. Une érection lui était nécessaire pour passer la manchette pénienne. Bien entendu, Grier réagit à ses caresses, aussi Lil put-il entourer le sexe dressé du beau bijou qu'il verrouilla à la base. La gaine en maille d'argent brilla sous les lumières. Lil enfila ensuite à Grier le porte-jarretelles – la taille était parfaite.

Apercevant Grier sous tous ses angles dans les miroirs, Lil admira la façon dont le cul musclé était mis en valeur.

— Putain ! souffla-t-il. Si ceux d'en bas te voyaient comme ça, il y aurait une émeute ! Et tous se précipiteraient pour acheter ces objets.

Grier sourit.

— Tu fais du bien à mon ego.

— Ce n'est pas de la flatterie, amour. Je ne fais que statuer la vérité.

Grier attira Lil, le fit se relever et l'embrassa profondément.

— Aide-moi à passer le gilet, bébé, dit-il ensuite.

Lil sortit le chinchilla de la boîte et frotta sa joue contre la fourrure.

— C'est tellement décadent ! Pas étonnant que ça coûte une fortune !

— J'essaie de ne pas penser aux malheureux animaux qu'il a fallu sacrifier !

— Tu n'as pourtant aucun problème à porter du cuir.

— C'est différent, reconnut Grier. Même si c'est illogique.

— Parce qu'une vache est moins chou qu'un chinchilla ? se moqua Lil.

— Non, plutôt parce que le bétail n'est pas une espèce en voie de disparition. Sais-tu au moins combien de ces petites bêtes il a fallu tuer pour un simple gilet ? Les chinchillas sont aussi minuscules que des hamsters !

— S'il te plaît, arrête, tu vas finir par casser l'ambiance.

Grier eut un petit rire.

— Excuse-moi.

— Ah, tu es bien comme Luca ! Il ne cesse de me vanter les mérites de la fourrure synthétique !

— J'ai essayé de lui apprendre à différencier le bien du mal.

— Tu es un bon père, amour, le meilleur que je connaisse.

Lil aida Grier à passer le gilet, puis il recula pour mieux l'admirer. Aussi magnifique que soit son amant dans ce vêtement, il savait déjà qu'ils ne l'achèteraient pas. Il ne comptait pas insister ou mettre Grier sur la défensive. Leur dernière dispute était trop récente, mieux valait renoncer à son fantasme.

— Tu es superbe, reconnut-il. Mais nous n'avons pas besoin de cette fourrure.

Grier se regardait dans le miroir. Il se tourna d'un côté et de l'autre en gonflant le torse.

— J'aime beaucoup l'étui et le porte-jarretelles, dit-il. Nous les prenons ?

— Bien sûr. Allons-nous-en. Je veux rentrer à la maison et découvrir à loisir mes nouveaux jouets.

Grier eut un sourire égrillard.

— Ce qui me plaît le plus chez toi, c'est ton côté aventureux

— Sexuellement parlant, je suis toujours prêt à de nouvelles expériences.

— Je sais.

— Je te propose un marché. Laisse-moi abuser de toi, ensuite, j'accepterai de monter sur ta monstruosité orange pour découvrir la campagne avoisinante.

Grier poussa un cri surexcité.

— Tu plaisantes ?

Cette proposition était inattendue, mais très appréciée. Grier mourait d'envie de jouer les touristes avec Lil sur la Ducati.

— Je ne plaisante jamais quand je parle sexe, rétorqua Lil, hautain.

— D'accord. Que veux-tu que je fasse ?

Lil brandit la baguette pénienne sous le nez de Grier.

— Détends-toi et laisse-moi te mettre ça.

— Je sens que ça va faire mal.

— Ce sera un mélange de douleur et de plaisir, je te l'accorde, mais c'est une sensation terriblement intense et l'orgasme qui en résulte vaut la peine de souffrir un peu.

— Tu y tiens vraiment ? insista Grier.

— Ne dis-tu pas toujours que la vie est trop courte pour ne pas prendre de risque ?

— Si...

— Alors, fais-moi confiance, amour. Tu vas adorer !

Grier examina de très près l'objet redoutable.

— Bon, d'accord, mais promets-moi d'arrêter si je ne peux pas le supporter.

— Bébé, tu t'es fait tatouer un peu partout, ce que je te propose est de la gnognotte à côté.

— Tu es sûr ?

— T'ai-je déjà menti ?

— Non.

Grier réfléchit un moment, puis demanda :

— Et les sondes ?

Lil sourit.

— Elles sont pour moi.

Grier secoua la tête.

— Je ne te comprends pas toujours ! La mort et la maladie te terrifient, mais tu es prêt à t'enfoncer n'importe quoi dans le cul ou l'urètre ?

Lil gloussa.

— C'est illogique, je le reconnais, mais pour ma défense, je contrôle mes perversions, mais pas la grande faucheuse.

— Ne recommence pas ! gronda Grier.

Il ôta ses accessoires, rangea le gilet de chinchilla dans sa boîte et se rhabilla.

Ensemble, les deux hommes quittèrent la chambre et reprirent le couloir en sens inverse en direction de l'escalier. Ils tressaillirent en entendant un gémissement rauque émaner d'une porte entrouverte. Ils se figèrent et se consultèrent du regard. La curiosité fut la plus forte, ils s'approchèrent subrepticement pour jeter un coup d'œil. C'était Jessica Rabbit qui recevait une fellation énergique d'un homme séduisant dont la tête montait et descendait sur une queue impressionnante en volume et en taille.

— Je me doutais qu'elle n'était pas une femme, chuchota Lil.

Grier hocha la tête en silence, trop absorbé par la vision qu'il avait sous les yeux pour réussir à formuler une réponse cohérente. Le contraste était impressionnant entre les seins proéminents de cette créature sculpturale et son sexe érigé sur lequel s'affairait l'homme agenouillé.

— C'est à vous troubler le cerveau, souffla Grier.

— Le monde est peuplé de gens très intéressant, répondit Lil.

Prenant Grier par la main, il l'entraîna vers l'escalier.

— Je suis heureux qu'elle ait trouvé quelqu'un capable d'apprécier ses appâts, chuchota Grier.

— En effet. Viens, amour. Je crève d'envie de te baiser.

XV

EN QUITTANT la demeure d'Enzo, Grier passa le bras sur l'épaule de Lil et le dirigea vers le village au lieu de tourner à droite vers leur villa.

— Où vas-tu ? se plaignit Lil. Pourquoi ne pas rentrer et baiser ?

— Je suis affamé, déclara Grier. Dînons d'abord.

— Oh, d'accord. Où veux-tu aller ?

— Tu verras. C'est un endroit dont j'ai entendu parler dans la journée.

Ils descendirent les innombrables marches et les ruelles sinueuses qui menaient à la plage. Peu après apparut une entrée creusée dans la falaise, avec des lampes bleues accrochées de chaque côté à des pitons. Ces cavernes étaient fréquentes tout le long de la côte d'Amalfi. Même si la musique de *Music on the Rocks* n'était pas au goût des deux amants, l'ambiance unique du bar / discothèque les enchanta. Grier passa le premier et avança tout au fond de la caverne, Lil sur ses talons. Le restaurant du club avait installé ses tables sur une plate-forme en pierre formant une terrasse naturelle – d'où son nom : le *Terraze* – où le panorama était spectaculaire et justifiait le prix d'entrée. Des violons en arrière-plan ajoutaient une note romantique. Ravi, Lil tira une chaise pour son jeune amant, puis se baissa et l'embrassa dans le cou. La soirée s'annonçait merveilleuse et inoubliable, à bien des points de vue.

Après avoir parcouru le menu, Grier opta des spaghettis à la bolognaise tandis que Lil préférait du veau au citron et aux champignons servi avec un risotto. Une bouteille de chianti compléta leur repas. En attendant leurs plats, ils admirèrent la vue sur la plage et le village.

Puis Lil leva les yeux vers la voûte étoilée et soupira de plaisir.

— Quel délicieux endroit, amour ! Tu as eu une excellente idée de venir dîner ici !

— J'ai entendu un touriste mentionner cette discothèque originale pendant que nous faisions nos courses cet après-midi.

— En plus d'être beau, tu es plein de ressources. J'ai bien de la chance !

Grier se pencha pour l'embrasser sur les lèvres.

— Je t'aime.

Lil le retint par la nuque.

— Oh, chéri, moi aussi. Si je t'aimais davantage, mon cœur éclaterait.

— Pas question d'en arriver là, rétorqua Grier avec un sourire. J'attends avec impatience ce que tu m'as promis ce soir.

Lil lui fit un clin d'œil et le libéra.

— Ça me surprend un peu que nous n'ayons pas encore tenté le coup. Tu sais à quel point ça me fait plaisir d'élargir ton répertoire sexuel déjà plus qu'impressionnant !

— Tu es beaucoup plus audacieux que moi.

— Effectivement, admit Lil. J'ai pratiquement tout essayé, mais avec toi, tout redevient neuf.

Le serveur les interrompit en apportant leurs commandes. L'arôme aillé qui émanait des assiettes fumantes était des plus tentants. Lil et Grier se jetèrent dessus comme des affamés. Ils avaient avalé quelques délicieux amuse-gueule chez Renzo, mais pas suffisamment, car les autres présentoirs les avaient vite attirés loin du buffet.

— Lil ?

— Quoi, amour ?

— J'ai envie de faire un truc romantique… mais incroyablement ringard. Tu serais d'accord ?

Lil leva sur lui des yeux surpris.

— De quoi parles-tu ?

— J'aimerais t'embrasser après avoir partagé des spaghettis.

Lil eut un rire enchanté.

— Comme dans *Belle et le Clochard* ? Tu es adorable !

— J'ai toujours envie d'essayer, mais si nous l'avions fait à la maison, tout le monde se serait moqué de nous.

— Et crois-tu que ce ne sera pas le cas ici ?

— Ici, je m'en fiche, je ne reverrai jamais ces gens.

— D'accord. On y va.

Lil planta sa fourchette dans les spaghettis de Grier et tourna. Il mordit dans une extrémité et se rapprocha de son amant. Les yeux dans les yeux, se souriant mutuellement, chacun aspira son côté. Ils se rejoignirent au centre la table, bouche contre bouche. Le baiser fut bâclé et salissant. Les deux hommes avaient les lèvres et le menton poisseux de sauce tomate quand ils retombèrent hilares sur leur siège respectif.

Grier nettoya ses lèvres pleines d'un coup de langue.

— Délicieux, affirma-t-il. Merci, bébé.

113

Les yeux brillant, Lil le regardait avec adoration.

— Tout le plaisir a été à moi.

Grier lui sourit, puis se remit à manger. Ils continuèrent à partager le contenu de leurs assiettes, entrecoupant leurs bouchées de baisers et de gloussements. À les voir, on aurait cru un couple de jeunes mariés.

Après avoir terminé la première bouteille de chianti, ils en commandèrent une seconde que le sommelier mit à refroidir dans un seau posé sur la table. Elle était largement entamée quand le repas se termina. Après avoir apprécié à sa juste valeur le rizotto de Lil, les deux amants se lancèrent dans une discussion animée sur les différences entre les différentes sortes de riz. Luca étant d'origine philippine, le riz au jasmin était une des bases de leur alimentation. En revanche, les Italiens utilisaient surtout du riz Arborio.

D'un commun accord, Lil et Grier décidèrent de ne pas prendre de digestif et d'aller plutôt danser un moment avant de rentrer chez eux.

Lil dévala gaiement l'escalier qui menait du restaurant à la discothèque.

— Danser sera une excellente façon de dépenser les calories que nous venons d'ingurgiter, annonça-t-il par-dessus son épaule.

La musique techno était toujours horrible, mais adoucis par leur délicieux repas, Lil et Grier ne s'en plaignirent même pas. Ils allèrent tout droit sur la piste et se mirent à onduler dans les bras l'un de l'autre. Ils n'étaient pas le seul couple homosexuel, même si l'ambiance n'était pas celle d'un vrai club gay. C'était plus détendu, sans la sensation prédatrice en général associée à un étal à viande fraîche. Lil et Grier purent danser sans avoir à repousser des sollicitations indésirables.

Malheureusement, Aldo et Renzo arrivèrent peu après.

— Et merde ! grogna Grier.

Avant même qu'il parle, Lil avait senti son raidissement.

— Que se passe-t-il ? s'inquiéta-t-il.

— Regarde qui vient de se pointer ! Ils sont juste au bord de la piste de danse.

Lil tourna la tête et aperçut le couple qui les saluait en agitant la main avec exubérance – comme en retrouvant de bons amis.

Sans leur répondre, Lil fixa Grier dans les yeux.

— Ignorons-les, ils finiront par nous laisser tranquilles.

Grier eut une grimace sceptique.

— J'en doute. Aldo est plutôt agressif.

— Il faudrait qu'il me tue pour réussir à poser la main sur toi.

Grier gloussa.

— J'adore te voir aussi possessif. Un vrai mâle alpha !

— Oui, ça change du vieillard geignard que j'étais ces derniers temps.

— T'ai-je une seule fois traité de vieillard ou de geignard !

— Non, mais je commence à réaliser combien j'ai été épouvantable à vivre ces derniers mois. J'ai l'impression de retrouver la lumière après un long temps passé dans le noir.

— J'ai toujours trouvé idiot de t'entendre évoquer ta mort : je suis bien certain que tu nous enterreras tous !

— Je t'interdis de mourir avant moi ! s'affola Lil.

— C'est promis. Maintenant, n'en parlons plus, je préfère penser à ce que tu as prévu de me faire subir ce soir…

Les dents serrées, Grier retint son souffle et, plein d'appréhension, il regarda Lil verser une dose généreuse de lubrifiant stérile dans le méat de son sexe.

— Essaie de ne pas bander, conseilla Lil. L'insertion sera plus facile.

— Comment veux-tu que j'y parvienne alors que tu tiens ma queue dans la main !

Avec un gloussement, amusé, Lil se pencha et embrassa brièvement son amant. Puis il reprit sa tâche. Pour lui faciliter les choses, Grier était allongé sur le dos et Lil, agenouillé au niveau de ses hanches, présentait la baguette pénienne devant le méat palpitant. D'un geste lent et précautionneux, il insinua l'embout métallique dans l'urètre de Grier, laissant à son amant tout le temps nécessaire pour s'adapter à cette sensation. D'instinct, le canal cherchait à expulser l'intrus.

— Respire profondément, amour. Si tu te détends, ça ira beaucoup mieux.

— Ça brûle ! protesta Grier. C'est normal ?

— Oui, mais ça ne durera pas.

— Et tu dis qu'ensuite, ce sera meilleur ?

— Oui.

— Quand ? insista Grier.

Lil caressa doucement son sexe, tout en continuant à enfoncer le plug.

— Bientôt.

Soudain, la baguette métallique, paraissant agir d'elle-même, se mit en place, grâce à la gravité t sans doute. La boule incrustée de diamants se retrouva plaquée au méat.

— Merde ! gémit Grier.

— Tu as toujours mal ?

Grier ferma les yeux et se tortilla.

— Non, ça fait un drôle d'effet, mais ça va. En fait, c'est même... bien.

— Si je la fais bouger de haut en bas, ça t'enverra des vagues de plaisir à tous les bons endroits.

— Ça restera en place si je me lève ? J'ai envie de me regarder dans la glace.

— Ton corps va chercher à l'expulser, mais si tu contrôles bien tes muscles, ça ne bougera pas. Et puis il y a des anneaux qu'on peut placer pour garder la baguette en position. Ils sont encore dans la boîte.

— Des anneaux péniens ?

— Oui.

— Intéressant. Je veux voir à quoi ils ressemblent.

— Ils sont jolis et très sexy.

Grier quitta le lit et avança jusqu'au miroir en pied. Il s'examina sous tous les angles. Ses nouveaux bijoux étincelaient, renvoyant des reflets sous le plafonnier.

Lil l'admirait. Grier était si magnifique ! Il aurait aimé pouvoir l'exhiber.

— On dirait que tu portes un capuchon doré ! Une telle beauté n'est pas destinée à être cachée.

— Maintenant, c'est toi qui deviens fleur bleue.

— Je suis sérieux, amour.

— Si tu tiens vraiment à me montrer, il y a certainement une plage nudiste dans les environs. Ton pote Mario nous l'a plus ou moins affirmé, non ? Nous pourrions nous promener le long du rivage et jouer les exhibitionnistes.

Lil se redressa.

— Moi aussi, tu crois ?

Grier le foudroya du regard.

— La plupart des hommes de ton âge seraient prêts à tuer pour avoir un corps comme le tien.

— Je suis plutôt bien conservé, reconnut Lil, sans fausse modestie.

— Nous irons donc à la plage.

116

Cette perspective amusa beaucoup Lil.

— Ce sera une première pour moi.

Grier étouffa un rire.

— Tu vois ! Tu n'as donc pas *tout* essayé !

Lil l'attrapa par la main et l'attira contre lui.

— Peut-être. Au fait, amour, te regarder me coupe le souffle et si tu veux mon avis, ça veut dire que notre mariage se porte plutôt bien. Qui aurait pu prévoir que notre folle rencontre deviendrait une histoire d'amour aussi solide, hein ?

— Sais-tu au moins la chance que nous avons ? lança Grier d'une voix rauque.

Il était tout contre son amant, pressant son sexe encapuchonné contre celui de Lil.

— Oui, souffla Lil. Ne me laisse jamais l'oublier.

— Bien entendu.

— Maintenant, allonge-toi et laisse-moi t'aimer.

Prenant Grier par la taille, il le fit s'étendre sur le lit. Lil était déjà nu, s'étant débarrassé de ses vêtements à peine entré dans la chambre. Il resta cependant un moment immobile à admirer cet homme magnifique que le destin avait jugé bon de mettre sur son chemin, bien des années auparavant. Il grimaça en évoquant son comportement irrationnel de ces derniers mois et se laissa tomber sur le lit.

Il consacra énormément de temps aux préliminaires, espérant offrir à Grier un niveau de plaisir encore rarement atteint. Le plug pénien en plus de ses savantes caresses rendit Grier à moitié fou de plaisir. Son visage crispé exprimait une extase qui confinait presque à la douleur tandis que Lil faisait bouger la tige épaisse dans son membre hypersensible. Infatigable, Lil embrassait, massait, pinçait, suçait, mordait ou caressait, n'épargnant pas le moindre centimètre carré du sexe somptueux qu'il avait entre les mains.

Au début, Grier essaya de lui rendre la pareille, mais Lil le repoussa doucement,

— Je peux attendre, murmura-t-il.

Rien ne devait nuire au plaisir de Grier, décida-t-il. Quand son jeune amant cria d'une voix que le désir éraillait, Lil ôta enfin la baguette et laissa son orgasme exploser. Il serra Gier dans ses bras et l'embrassa pendant que les vagues d'un plaisir convulsif le secouaient tout entier. Extatique, Lil jouit à son tour – sans l'avoir prévu –, inondant de son sperme les cuisses de Grier.

— Je suis mort, je crois, hoqueta Grier.

— Si c'est vrai, ce n'est pas grave puisque nous sommes toujours ensemble.

— Crois-tu possible que nous nous reconnaissions dans l'au-delà ?

— Comment peux-tu imaginer une autre option ?

— J'aimerais aussi retrouver mes parents.

— Je préfère penser que nous retrouverons là-haut tous nos chers disparus.

— Oui, ça rend la mort moins effrayante.

— Pour moi, le paradis doit être un endroit de réunion, insista Lil

— Bon, ça suffit, trancha Grier. Le paradis n'est pas un sujet post-coïtal approprié, surtout dans ton cas. Je ne veux pas que tu aies une nouvelle attaque de panique.

— Non, ne t'inquiète pas, j'en ai fini avec tout ça, affirma Lil, qui paraissait très sûr de lui.

Grier le serra contre lui.

— Tu m'en vois très heureux. Bon, à toi maintenant, veux-tu jouer avec tes sondes ?

— Non, merci, je préfère les garder pour notre retour à la maison. Elles vont bien plus loin qu'une baguette pénienne et en cas de problème, nous finirons aux urgences. J'aime autant que ce soit Jody qui s'occupe de moi. Je ne tiens pas particulièrement à visiter un hôpital italien pendant nos vacances.

— Si c'est aussi dangereux, pourquoi tenter l'expérience ?

— Ah, tu peux parler ! Je te rappelle ta passion incompréhensible pour la vitesse et les motos !

Grier ricana.

— Je vois. Un point pour toi.

— Maintenant, dors, amour. Une longue journée nous attend demain.

Grier hésita.

— Je devrais sans doute appeler Luca savoir où il en est avec sa chérie.

— Je suis tout aussi impatient que toi d'en apprendre davantage, lâcha Lil. Je le croyais gay.

— Pourquoi ?

— Voyons, n'as-tu pas remarqué l'intérêt avec lequel il lorgnait son ami Chip ? À le voir frétiller ainsi, Luca me faisait penser à un chiot avide de plaire. Son attitude était plus celle d'un amoureux transi que d'un meilleur ami.

— Et maintenant, il s'intéresse à la sœur de Chip.

— C'est ce qu'il prétend, déclara Lil.

— Cette histoire devient compliquée, se plaignit Grier.

— Oh, oui ! Je ne voudrais pas de sa place même contre toute une équipe de footballeurs ! L'anxiété adolescente fait partie des dix pires troubles anxiogènes qui soient, avec la dysfonction érectile et l'herpès génital.

— Allez ! protesta Grier. Tu exagères.

— Le plus dur est de ne rien savoir sur soi-même. Ça va mieux dès qu'on se connaît.

— Je te parie qu'il est hétéro, déclara Grier.

— Non, il est gay, contra Lil.

— Bien, nous verrons qui a raison.

— Quel est l'enjeu du pari ? voulut savoir Lil.

— Un massage intégral, offrit Grier.

— D'accord. Avec bonus…

III
IDÉES FAUSSES

XVI

DAN N'AVAIT toujours pas contacté Chyna, ni appel ni texto, aussi commençait-elle à s'inquiéter. Et si Elite ne voulait plus d'elle ? Elle ne supportait pas la seule option qui lui resterait : attendre que sa mère trouve l'argent nécessaire à son opération. Même si elle avait menacé Lisa de faire la pute, elle savait bien que son projet n'était pas réalisable. Elle n'avait jamais embrassé de garçon, alors comment imaginer de baisser une braguette pour une fellation ! Bien sûr, il lui restait la solution de demander à son père, mais Chyna sentait que pour une fois, il serait du côté de Lisa. Ses parents se disputaient sur presque tout, sauf sur le fait que mieux valait attendre sa majorité pour une intervention chirurgicale. Chyna n'était pas d'accord ! À dix-huit ans, presque sortie de l'école secondaire, elle resterait sans doute éternellement hantée par toutes les occasions manquées.

Une seule lueur éclairait son horizon : Luca, qui avait demandé à déjeuner avec elle. Quel dommage qu'elle ne l'ait pas su plus tôt ! Elle aurait choisi une tenue plus sexy. Ce matin, elle n'avait pensé qu'à son soutien-gorge Miracle. Au moins, ça lui donnait des courbes, fausses d'accord, mais c'était mieux qu'être une planche à repasser. L'aspect masculin de son jean et de ses chaussures de sport contrastait avec un haut ultra-féminin, un tee-shirt abricot avec de la dentelle à l'encolure. Il mettait sa gorge en valeur, sans donner mauvais genre. Chyna avait surtout cherché à être à l'aise, sans imaginer que Luca voudrait passer un moment avec elle. Elle fouilla dans son sac à dos et en sortit son brillant à lèvres. Elle le passa rapidement sur la bouche, espérant ainsi donner à Luca envie de l'embrasser. Il n'avait pas précisé la raison de son invitation, mais Chyna espérait une invitation au bal des élèves pour marquer la rentrée. Il devait avoir lieu dans trois semaines. Les autres filles se seraient sans doute vexées d'être sollicitées au dernier moment – ou presque –, mais pas elle. Au contraire, elle sauterait sur l'occasion d'accompagner Luca, où que ce soit.

Ashley et ses acolytes passèrent devant elle sans la saluer, même pas d'un simple hochement de tête. Chyna essaya de ne pas se laisser affecter par leur dédain, mais en vain : sa gorge s'était serrée. Pourquoi les cheerleaders lui refusaient-elles leur amitié depuis qu'elle avait quitté l'équipe ? Chyna étant devenue une paria, Ashley craignait-elle de perdre son statut si elle lui accordait un signe ? En fait, la réponse à ses questions lui vint instantanément : son vrai « péché » n'était pas de ne plus être cheerleader, mais de vouloir rester chaste en attendant l'amour. En sa présence, les autres filles évitaient de parler des garçons, craignant que Chyna les juge ou, pire encore, qu'elle répète à Luca ce qu'elle aurait entendu. Mais jamais elle n'aurait fait ni l'un ni l'autre ! Elle se moquait bien de qui couchait avec qui… à condition qu'on ne lui demande pas de participer. Malheureusement, personne ne la croyait, alors, les autres la rejetaient et l'évitaient comme la peste. Et c'était plutôt triste après toutes ces années de primaire passées ensemble. Petites filles, elles avaient toutes été dans la même équipe pour acclamer les minimes de la ligue Pop Warner, se déplaçant en groupe d'un entraînement à l'autre ou d'un match à l'autre. Elles participaient aussi ensemble aux compétitions réservées aux pom-pom girls

Et maintenant, tout était fini. Chyna était seule, sans amies, dans une toute nouvelle école. C'était horrible !

C'était une belle journée de septembre, ni trop chaude ni trop fraîche, un temps qu'on associait en général à l'été indien. Chyna décida de manger dehors plutôt qu'entrer dans la cafétéria bondée. Elle aurait ainsi plus d'intimité, même en plein air. Les tables en bois étant bien séparées les unes des autres, il serait plus difficile à d'éventuelles oreilles indiscrètes de surprendre sa conversation avec Luca. En revanche, tous les regards se tourneraient vers elle dès que Luca apparaitrait, elle n'en doutait pas. Tant mieux ! Ainsi, tous verraient qu'elle avait une vie, même si elle ne faisait plus partie du groupe d'Ashley !

Soudain, une ombre masqua les rayons du soleil qui lui réchauffaient la peau. Luca était devant elle, il la regardait de toute sa haute taille avec un sourire timide.

— Salut dit-il. Je peux m'asseoir avec toi ? Ça ne te dérange pas ?

Plissant les yeux contre la forte luminosité, elle admira les épaules incroyablement larges, le cou épais et le visage le plus amical qu'elle ait vu toute la journée. Les yeux noirs brillaient et le grand sourire était des plus agréables. *Seigneur, qu'il est beau !* Elle glissa sur le banc de bois pour lui laisser de la place. Il sortit de son sac à dos un sac brun. À l'intérieur, il avait un solide déjeuner : un gros sandwich sub, un énorme sac de chips, une pomme et une méga-bouteille de Gatorade.

Désignant ses provisions, il demanda :

— As-tu déjà mangé ? Sinon, je peux partager avec toi.

— Merci, répondit-elle.

Elle piocha dans le sachet qu'il venait d'ouvrir une chip au vinaigre – ses préférées –, satisfaite de se découvrir un goût commun avec Luca.

— Qu'y a-t-il dans ton sub ? ajouta-t-elle.

Il eut un bref éclat de rire.

— Tous les restes du frigo ! Le week-end, Tito Clark achète de la viande en promotion, pour les protéines, mais il s'efforce aussi d'ajouter des légumes à nos menus.

Soulevant la partie supérieure de son sandwich, il poursuivit :

— J'ai du fromage, du jambon, du salami, du rôti de bœuf, des cornichons, des feuilles de laitue et des tranches de tomates, le tout badigeonné de mayonnaise et de moutarde. Tu en veux un morceau ?

— Volontiers !

Elle n'avait jamais eu à s'inquiéter de son poids. Si les filles de son âge, désireuses de rester minces, devaient picorer ou même jeûner, elle avait gardé une alimentation normale. Elle tendit la main pour accepter le sub que lui proposait Luca et y mordit avec appétit.

Luca la regardait, un sourire aux lèvres.

— Quoi ? demanda Chyna.

— C'est chouette de voir une fille manger comme un garçon !

— Pardon ?

Il rit et désigna, d'un signe de la tête, Ashley et son groupe.

— Tu vois ces filles, là-bas ? Eh bien, elles préfèreraient mourir de faim plutôt qu'avaler une vraie bouchée.

— Tant pis pour elles ! répondit Chyna.

Elle mordit une fois encore dans le sandwich et le rendit à Luca. Il s'y attaqua avec entrain et le termina rapidement. Il engloutit ensuite la moitié de sa Gatorade à l'orange, puis fit une boule du papier qui avait entouré son sub et du sachet de chips vide, et jeta le tout à la poubelle. Ne sachant plus comment occuper ses mains, il se mit à gratter l'étiquette de sa bouteille tout en lançant à Chyna des regards furtifs, comme pour voir si elle faisait attention à lui. Luca était aussi nerveux qu'elle, réalisa alors Chyna, ce qui la rassura. Elle se sentait un peu mal à l'aise. Elle connaissait Luca depuis des années, mais comme le meilleur ami de Chip. Aujourd'hui, pour la première fois, il s'intéressait à elle. Elle se demandait pourquoi.

— Alors, dit-il d'un ton hésitant, as-tu des projets pour le bal des élèves ?

— Non.

— Ça te dirait de venir avec nous ?

— Je serais ta cavalière ?

Il piqua un fard, ses joues s'enflammèrent.

— Oui.

Elle aurait aimé faire une danse de la victoire, mais se contenta d'un sourire.

— D'accord.

— Cool ! lança Luca.

— Chip est au courant ?

— Euh, non, j'ai préféré attendre pour lui en parler… au cas où tu refuserais.

— Es-tu toujours aussi méfiant ?

— Comment ça ?

— Tu couvres tes arrières, répondit-elle. Tu n'avances que quand le terrain est sûr.

— Je ne suis pas certain de comprendre ce que tu veux dire.

— Tu t'attends à des objections de la part de Chip, c'est pour ça que tu voulais d'abord connaître ma réponse.

Il haussa les épaules.

— Peut-être.

Elle tint à la rassurer.

— Ne t'inquiète pas. Il ne dira rien.

— Tu es sûre ?

— Pourquoi veux-tu qu'il s'y oppose ?

Luca ricana.

— Parce que tu es sa petite sœur et que ça fait des années que nous veillons sur toi.

— Un jour ou l'autre, les petites sœurs grandissent. J'ai grandi !

— Oui, ça, j'ai remarqué, répondit Luca.

Puis il s'empourpra une fois encore, dévoilant une vulnérabilité que Chyna trouva adorable. Elle se sentit fondre. De ses gènes philippins, Luca avait hérité d'une belle peau mate que le soleil estival avait dorée. Chyna aurait désespérément voulu y toucher, promener ses mains partout et vérifier si cette peau était aussi veloutée qu'elle le paraissait. Luca avait très peu de poils sur le torse, les bras et les jambes, sans doute un autre attribut de son sang asiatique. Que penserait-il d'une fille plus poilue que lui ? Serait-il choqué, dégoûté ?

En le voyant commencer à rassembler ses affaires, elle tendit la main pour l'empêcher de s'en aller. Il s'arrêta net et la regarda. Ils se perdirent dans les yeux l'un de l'autre. Ainsi, la connexion était mutuelle. Aussi inexpérimentée que soit Chyna, elle devinait que Luca était attiré par elle. Il la dévisageait avec avidité et tout en elle réagissait. Une drôle de sensation lui tordait estomac, sans même mentionner la pression inconfortable qu'elle éprouvait au niveau du bas-ventre où son membre cherchait à s'ériger. Qui répondait à Luca, se demanda-t-elle, Chyna ou Chandler ? Ne pas avoir de réponse à cette question l'exaspéra, mais de toute façon, que pourrait-elle faire ? Luca la rejetterait certainement s'il connaissait son intersexuation. Elle repoussa cette inquiétante perspective et essaya de se concentrer sur le côté positif. Elle irait à son premier bal au bras du quarterback de l'équipe de première année, un des garçons les plus convoités de toute l'école !

— Je suis super contente que tu m'aies invitée, reconnut-elle d'une voix étranglée. Je tenais à te le dire.

— Et je suis super content que tu aies accepté. Bon, il faut que j'y aille, Chyna. À bientôt, d'accord ?

— Oui, bien sûr.

Il enfila sur son épaule droite la bretelle de son sac à dos et tourna les talons. Elle le regarda s'éloigner : il courait sur le béton aussi gracieusement que sur le gazon d'un terrain de football. Elle eut du mal à cacher son sourire. Ashley et les autres lui envoyaient des regards assassins, mais cela ne suffit pas à effacer l'excitation qui bouillonnait en elle. Les filles mouraient probablement d'envie de savoir ce qui venait de se passer entre Luca et elle !

La meute finit par la coincer près de son casier.

— Pourquoi Luca est-il venu te parler au déjeuner ? demanda Ashley. Tu paraissais super bien t'entendre avec lui !

— Notre conversation ne te regarde pas.

Chyna ne voulait pas que cette garce d'Ashley lui gâche sa bonne humeur. Oh, elle et les autres lui en voudraient certainement en réalisant que Luca l'avait invitée au bal ! Dire qu'Ashley espérait tant y aller avec lui ! Sans doute se demandait-elle déjà pourquoi il ne répondait pas à ses avances. Elle avait dû enrager de voir l'élu de son cœur déjeuner avec Chyna. En fait, la véritable raison pour laquelle Ashley avait recherché son amitié ces dernières années était d'avoir accès à Chip et à Luca.

— Dis-moi, insista Ashley.

— Laisse-moi tranquille.

— Que voulait-il ?

— Ça n'a rien à voir avec toi.

Ashley la prit par son tee-shirt et la tira un peu plus près.

— Que voulait-il ? grinça-t-elle.

— Lâche-moi, Ash.

Les yeux flamboyants, la cheerleader eut un geste brusque et referma la porte métallique du casier sur la main droite de Chyna, lui écrasant deux doigts.

— Aaah ! hurla Chyna.

— Bien fait pour toi !

De sa main gauche, Chyna tenta de repousser Ashley, mais elle était sous le choc de cette soudaine agression. Elle n'avait plus de forces. Luca apparut comme par magie. Il repoussa Ashley sans ménagement et examina la main blessée de Chyna.

Furieux, il pivota et affronta les quatre filles.

— Vous êtes complètement folles ou quoi ?

— C'est elle qui a commencé, jeta Ashley, glaciale.

— Menteuse ! Je t'ai vue, je vous ai toutes vues. Vous êtes liguées contre Chyna depuis la rentrée.

— Ce n'est pas vrai !

Luca fronça les sourcils.

— Dégage ! Et si je te vois lui faire une autre vacherie, j'irai voir le directeur.

— Elle n'est pas fichue de se défendre seule peut-être ? Elle a besoin de toi ?

Chyna intervint :

— Je ne comprends même pas pourquoi tu m'en veux tellement, Ash.

— C'est parce que tu te crois tellement mieux que nous ! Tu veux même plus faire partie du groupe.

— Ce n'est pas vrai !

Bien sûr, Ashley ignorait la raison ayant obligé Chyna à renoncer à s'inscrire cette année. Dans le cas contraire, peut-être serait-elle plus indulgente. Ou pas. Jamais Ashley ne pourrait garder un secret aussi choquant. En fait, elle serait la première à le clabauder à qui voulait bien l'entendre. Et bientôt, Chyna serait montrée du doigt comme le monstre qu'elle était.

— Fiche-lui la paix, grogna Luca.

— Chyna est une grande fille, déclara Ashley. Elle n'a pas besoin d'un chien de garde.

Son évidente animosité laissa Luca interloqué.

— Putain, Ash, qu'est-ce qui te prend ? C'était ta meilleure amie !

— Plus maintenant.

Sur ce, elle tourna les talons et s'éloigna. Chyna se mordit les lèvres et baissa la tête pour cacher à Luca son bouleversement, mais trop tard. Il avait déjà repéré les larmes sur ses cils. Il désigna sa main blessée :

— Un de tes ongles est tout bleu. Tu devrais y mettre de la glace.

— Je vais rater mon cours, dit-elle, un sanglot dans la voix.

— Tu ne pourras pas écrire avec une main dans cet état.

— Si, je suis gauchère.

— Ah, tant mieux ! Viens, je t'accompagne à l'infirmerie.

— Merci de ton intervention, Luca.

Il porta la main de Chyna à sa bouche et posa un doux baiser au creux de sa paume.

— C'est bien normal. J'en ai marre de ces filles ! Elles me harcèlent depuis la rentrée.

— Comment ça ?

Il secoua la tête.

— Mieux vaut que tu n'en saches rien.

— Elles se jettent sur toi dans l'espoir de se faire remarquer ?

— Oui, plus ou moins.

À son tour, Chyna secoua la tête.

— Je comprends mieux pourquoi Ashley est aussi en colère contre moi. Elle ne supporte pas l'idée que tu puisses me préférer à elle. Ça m'étonne aussi, pour être franche.

Luca ricana.

— Et pourtant, il n'y a pas photo.

Elle sourit malgré ses doigts douloureux.

XVII

CHYNA RENTRA chez elle une heure plus tôt que d'habitude, avec deux doigts enveloppés dans un pansement. Elle laissa tomber son sac à dos près de la porte et s'effondra sur le canapé.

— Que s'est-il passé ? demanda Lisa.

— J'ai perdu contre mon casier, un but à zéro.

— Mon Dieu !

— J'ai horriblement mal, maman. Tu aurais des analgésiques ?

Lisa quitta la pièce et revint peu après avec deux Advil et un verre d'eau. Chyna avala les comprimés, puis retomba sur le canapé.

— Comment est-ce arrivé ? demanda Lisa.

— Un stupide accident. Le pire, c'est que mon ongle va tomber.

— Il repoussera, rétorqua Lisa, pragmatique.

— Mais pas avant le bal ! J'aurais voulu une French manucure, maintenant, c'est fichu.

— Quel bal ?

— Le bal de la rentrée, marmonna Chyna.

— J'ignorais que tu comptais y aller.

— Luca m'a invitée à l'accompagner.

— Vraiment ?

Chyna nota une note d'inquiétude dans la voix de sa mère.

— Quoi ?

— Depuis quand sors-tu avec Luca ?

— Je ne sors pas avec lui !

— Alors, pourquoi t'a-t-il invitée au bal ?

— Peut-être parce qu'il me trouve fabuleusement belle.

— Crois-tu que ce soit une bonne idée d'avoir accepté ? demanda Lisa, d'un ton prudent.

— C'est la meilleure chose qui me soit arrivée cette année !

— N'est-ce pas un peu rapide ?

Chyna haussa les épaules.

— Je vais avoir besoin d'une nouvelle tenue.

— D'accord.

— Quand pouvons-nous aller faire des courses ?

— Dès que j'aurai l'argent nécessaire.

— C'est-à-dire ? insista Chyna. Le bal a lieu dans un peu moins de trois semaines.

— Justement ! se plaignit Lisa. Tu ne me laisses pas beaucoup de temps. C'est trop rapide, comme je te le disais.

— Je veux juste une robe, maman. Ne commence pas à en faire un drame.

— Je m'inquiète seulement des répercussions.

— Des... *quoi ?*

— Sortir avec Luca est dangereux, en es-tu consciente ?

— Ce n'est pas un dîner en tête-à-tête. Je te rappelle que nous serons entourés par les autres élèves et tout le corps professoral. Qu'est-ce que je risque ?

Lisa réfléchit un moment, les sourcils froncés, puis elle secoua la tête.

— Tu as raison, je m'en fais trop.

— Comme toujours.

— C'est mon rôle de m'inquiéter pour toi, se défendit sa mère.

— Si tu tiens absolument à stresser, pense plutôt à ma robe.

— Très bien.

— Je veux une tenue Forever 21.

— Nous achèterons ce qui est dans nos moyens.

— *Maman !*

— Pourquoi agis-tu encore en enfant capricieuse ?

— Parce que j'ai mal à la main !

— Je n'y suis pour rien, aboya Lisa, alors, ne passe pas tes nerfs sur moi.

— Tu as raison. Excuse-moi.

— Essaie de dormir un moment, Chyna. Tu sembles en avoir besoin.

— J'aimerais savoir quand nous irons faire du shopping, s'entêta Chyna.

— Ça suffit !

Lisa s'éloigna avant que la conversation ne vire encore à la prise de bec. Elle se méfiait toujours quand Chyna s'énervait et commençait à hausser le ton. Ces derniers temps, la mère et la fille s'affrontaient de plus en plus souvent, l'époque bénie de la confiance et des câlins semblait bien dépassée. Une trêve s'était établie depuis cette regrettable claque ayant conclu leur dernière querelle concernant le mannequinat et l'opération de chirurgie mammaire, mais l'équilibre restait fragile. Lisa avait espéré quelques jours de répit avant une nouvelle réclamation de Chyna, mais sans doute était-ce trop demander. En principe, une robe neuve n'avait rien d'extravagant, mais Lisa avait un budget très serré et toute dépense inattendue la mettait sur les nerfs. Comment trouver les fonds nécessaires alors qu'elle s'en sortait déjà à peine ? Elle aurait aimé pouvoir téléphoner à Jack et lui demander sa carte de crédit, mais alors, il lui infligerait un long sermon sur les conséquences de ses erreurs passées. Non, elle refusait de le supporter encore. Son ex avait très clairement précisé sa position quant aux choix que Lisa faisait concernant Chyna, indiquant qu'elle aurait à en supporter seule les conséquences sa vie durant. Demander de l'aide à Jack serait un aveu d'échec et Lisa préférait mourir plutôt que s'y soumettre. D'ailleurs, même si Chyna s'adressait directement à son père et lui demandait une rallonge, sans doute refuserait-il. Après tout, il avait deux familles à entretenir sur son salaire de cadre supérieur. Il avait beau être chez *Hewlett-Packard*, ce n'était quand même pas comme si la société lui appartenait. Il conseillait fréquemment à Lisa de chercher un emploi à temps partiel si elle avait besoin de plus d'argent. Ben voyons ! Il n'en était pas question.

Lisa était mère au foyer depuis quinze ans, depuis le jour où Jack et elle avaient décidé d'avoir des enfants. Leur quête pour les obtenir avait été un parcours long et difficile, et la naissance des jumeaux n'avait fait que leur créer une nouvelle série de problèmes à gérer. Par la suite, Lisa avait refusé de les laisser à la garderie. Et aujourd'hui, après toutes ces années passées hors du monde du travail, elle n'y connaissait plus rien. Se remettre à niveau lui prendrait un temps fou. De plus, qui accepterait de former une femme de son âge aux dernières technologies ? D'après ce qu'elle avait entendu dire, elle trouverait éventuellement une place de vendeuse, à un salaire minimum. Le seul intérêt de cette option était de travailler dans un grand magasin, où sans doute bénéficierait-elle d'un escompte accordé au personnel, ce qui lui permettrait de renouveler à moindre coût la garde-robe de Chyna. Dans ce cas, Lisa éviterait de passer ses nuits à se demander comment financer une dépense supplémentaire. Elle décida de vérifier sur Internet les offres d'emplois des magasins locaux dans les jours à venir.

Elle alla jusqu'au réfrigérateur, l'ouvrit et y prit une Bud Light. D'ordinaire, elle buvait peu, mais ces derniers temps, la nouvelle attitude de Chyna provoquait des réactions en chaîne qui laissaient sa mère très tourmentée. Broyée par la culpabilité, Lisa ne savait plus comment sortir du gouffre dans lequel elle tombait. Quand la vérité éclaterait, Chyna la haïrait et Chip refuserait de lui adresser la parole. Et elle ne pourrait pas compter sur Jack qui, quinze ans plus tôt, s'était lavé les mains de toute cette histoire et ne supportait plus sa présence depuis lors. Tout allait trop vite, sans laisser à Lisa le temps de réfléchir à tête reposée.

En fait, c'était la rentrée qui avait tout changé. Depuis que les jumeaux étaient à l'école supérieure, plus rien n'était pareil. Lisa s'était attendue à une évolution, bien entendu, c'était dans la nature des choses, mais pas à ce point ! Chyna avait commencé à avoir des sautes d'humeur deux ans plus tôt, quand la plupart de ses amies avaient eu leurs premières règles. Devenues adolescentes, leurs silhouettes s'étaient modifiées, prenant des seins et des hanches. Mais pas Chyna. Elle n'avait fait que grandir et grandir encore. Elle évitait de participer aux conversations portant sur les crampes menstruelles, les tampons hygiéniques vs serviettes périodiques, ou les soutiens-gorge les plus performants. Elle simulait de son mieux avoir les mêmes problèmes que les autres filles, mais mentir lui devenait de plus en plus difficile. Elle se décourageait. Pour la énième fois, Lisa se demanda si elle n'avait pas commis une terrible erreur en assignant à son enfant, d'aspect extérieur mâle, un genre féminin sur son extrait de naissance. Chyna ou Chandler ? Cette question la hantait depuis quinze ans.

Peu après l'accouchement, les médecins avaient patiemment expliqué à la parturiente qu'il n'y avait pas de vraie ambiguïté génitale, même si la taille du pénis du bébé était « un peu » inférieure à la normale. C'était un garçon, point final. Mais Lisa ne les avait pas crus. Pour elle, aucun doute, Chyna était une fille. Voilà pourquoi mère Nature lui avait donné un utérus et des trompes de Fallope, et un *tout petit* pénis. Elle pensait qu'il y avait eu erreur chromosomique pendant la gestation.

Jack avait supplié sa femme d'écouter les médecins et de laisser Chandler grandir comme un garçon. Ses organes féminins *internes* seraient retirés plus tard, une fois qu'il aurait atteint l'âge adulte. Il n'y avait aucune raison ni scientifique ni éthique pour lui attribuer un genre féminin, sauf la conviction obstinée de Lisa. Elle voulait une fille et, par Dieu, elle en aurait une. Jamais il ne lui vint à l'idée que la poupée qu'elle créait ainsi se transformerait à l'adolescence en un jeune homme condamné à être différent.

Sa décision avait fait de la vie de Chyna un enfer. Il lui fallait un traitement hormonal constant pour éviter l'émergence de ses caractéristiques masculines, mais combien de temps tout cela fonctionnerait-il ? Surtout que

Lisa évitait délibérément le corps médical depuis des années. À plusieurs reprises, Chyna avait demandé à voir un spécialiste en endocrinologie pour réviser son traitement. Lisa avait refusé bien entendu. Elle n'avait que trop enduré la réprobation des praticiens, une fois passée leur surprise en découvrant, à la première auscultation, que la « fille » était en réalité un garçon bien formé. Consciente en son for intérieur d'avoir commis une terrible erreur de jugement à la naissance de Chyna, Lisa préférait ne plus la montrer à aucun médecin. Plus le temps passait, plus elle risquait bien pire que le mépris ou la condamnation. Et si son état mental était remis en question ? Et si elle perdait la garde de Chyna, de Chip ? Non, elle ne pouvait pas envisager de courir ce risque.

Si elle avait accepté de suivre l'avis du pédiatre à la naissance de son bébé, Chyna aurait sans doute suivi une psychothérapie pour vérifier si elle voulait devenir femme… ou pas. Lisa n'avait aucun mal à imaginer la douleur et la colère de sa fille quand celle-ci apprendrait les conséquences d'une ablation pénienne. Sur Internet, on trouvait des vidéos morbides montrant en détail les étapes nécessaires à une reconstruction. Il fallait créer des petites lèvres, un clitoris, et raccourcir l'urètre, bref, refaire tous les organes génitaux féminins extérieurs. Bien des années plus tôt, Lisa avait manqué s'évanouir d'horreur en voyant ces vidéos. L'opération était à la fois coûteuse, compliquée et extrêmement douloureuse. Pire encore, son succès n'était pas garanti. Et très souvent, l'opérée devait renoncer à tout plaisir sexuel.

Lisa ferma les yeux et attendit quelques minutes, le temps que l'alcool lui fasse de l'effet. Une bière suffisait à lui donner une euphorie suffisante pour calmer sa nervosité, toujours à fleur de peau. Ce soir, Chyna l'avait prise par surprise avec cette invitation inattendue de la part de Luca. Seigneur, que ferait Chyna si le garçon tentait de l'embrasser ? Son corps réagirait-il ? Oui sans doute. Chez un adolescent pubère, une étincelle suffisait à déclencher un incendie, non ? Et que ferait Luca en découvrant qu'il avait embrassé un garçon ?

La porte d'entrée s'ouvrit et Chip entra. Il vit Chyna endormie sur le canapé, repéra sa main bandée et se tourna vers Lisa :

— Que s'est-il passé ?

— Elle s'est coincé les doigts dans son casier, répondit Lisa, maussade.

— Ouille, ça a dû faire mal !

Son exclamation réveilla sa sœur.

— Sans blague ! croassa-t-elle.

132

— Comment est-ce arrivé ?

Chyna resta silencieuse et Chip n'insista pas. Lisa n'en fut pas surprise. Parfois, les jumeaux parvenaient à se comprendre sans avoir à se parler, comme par télépathie. Chip savait qu'il était inutile d'espérer tirer une réponse de Chyna qui clairement n'avait pas l'intention de s'expliquer devant sa mère.

Il avança vers sa sœur et prit entre les siennes sa main blessée.

— Pauvre bébé. Je vais te faire un bisou pour chasser la douleur.

— Je pense qu'elle préfèrerait que Luca s'en charge, intervint Lisa.

Chip dévisagea Chyna en haussant un sourcil.

— C'est vrai ?

— Pourquoi, tu trouves ça bizarre ?

— Oui, un peu.

— Hé, frangin, il va falloir t'y faire

— Luca a invité Chyna à l'accompagner au bal ! jeta Lisa. Tu étais au courant ?

— *Mère* ! cracha Chyna. Tais-toi !

— Pourquoi ? Tu comptais le garder secret ?

— Non, mais j'aurais préféré en parler à Chip moi-même.

Lisa ricana.

— Trop tard !

— Attends un peu, intervint Chip. Luca t'a invitée à l'accompagner, c'est vrai ?

Avec un soupir, Chyna écarta de son visage une mèche de cheveux et regarda son frère dans les yeux.

— Oui, je serai sa cavalière au bal des élèves.

— Waouh !

— Allez, Chip. Ne réagis pas comme maman.

Chip jeta un regard à sa mère, puis reporta son attention sur Chyna.

— Tu aurais peut-être dû refuser.

— Pourquoi ? Suis-je censée mettre *aussi* ma vie amoureuse entre parenthèses ? On dirait que vous ne comprenez rien à ce que j'endure ! Je pourrais aussi bien m'enterrer vive jusqu'à mes dix-huit ans !

Le puits de son ressentiment déborda une fois de plus et des larmes rageuses se mirent à couler sur ses joues pâles. Chip attrapa sa sœur et la serra contre lui tandis qu'elle pleurait sur son épaule.

— C'est vrai, dit-il gentiment, personne ne peut savoir ce que tu vis.

En regardant ses enfants, Lisa fut rassurée. De toute évidence, Chyna avait eu une journée difficile – d'où son effondrement – et on pouvait toujours compter sur Chip pour réconforter sa sœur. Et comme Luca était le meilleur ami de Chip, Lisa doutait qu'il tente quoi que ce soit de scabreux avec Chyna. Oui, mais… quelle garantie avait-elle que la situation ne déraperait pas ? Ne serait-il pas mieux d'éviter de courir un risque inutile et de tout annuler ? Chyna accepterait-elle de suivre un avis raisonnable ? Non, sans doute pas. Elle allait s'emporter dès les premiers mots de Lisa, ce qui déclencherait une nouvelle dispute. Ensuite, elle serait d'autant plus encline à la rébellion. Lisa décida de s'entretenir directement avec Chip et de l'envoyer parler à Luca. Autant faire savoir à l'adolescent qu'il serait surveillé de près toute la soirée. Ce serait certainement un peu embarrassant pour les deux jeunes gens, mais Lisa se sentirait beaucoup mieux.

XVIII

CHYNA CROISA Luca le lendemain matin en se rendant en cours. Il la salua chaleureusement et tint à vérifier l'état de ses doigts abîmés.

— Comment vas-tu aujourd'hui ? demanda-t-il.

Son souffle chaud caressa le visage de Chyna, lui donnant la chair de poule et une étrange sensation de satisfaction générale.

— J'ai encore un peu mal, mais je pense survivre.

— Tant mieux ! Veux-tu déjeuner avec moi ?

— Bien sûr.

— Rendez-vous au même endroit qu'hier, d'accord ?

— Oui ! répondit-elle avec un peu trop d'enthousiasme.

Elle s'en voulut d'être aussi transparente, mais quand même, c'était franchement génial qu'il s'intéresse à elle, qu'il ait ainsi envie de déjeuner avec elle. Ça compensait bien les regards haineux de Ashley et sa clique en les dépassant, quand les filles constatèrent la présence de Luca auprès de Chyna.

Quand Luca s'éloigna, Chyna contourna le groupe qui s'attardait.

— Qu'est-ce que vous regardiez, les filles ?

— Oublie-nous, salope ! répliqua Ashley.

— C'est toi qui me suis, pas le contraire, ricana Chyna.

Bien plus grande que les autres et désormais sur ses gardes, puisqu'elle savait Ashley capable de violence, elle se sentait capable de se défendre. En tout cas, elle n'hésiterait pas à riposter.

— Vire ton cul, la rouquine ! cracha Ashley. Coop a été prévenu hier et je ne veux pas d'un autre incident.

— Qui le lui a dit ? demanda Chyna.

Coop – M. Cooper – était le directeur de l'école et pas plus que les autres, Chyna ne tenait à être convoquée dans son bureau. Au même moment, Mme Allen, la secrétaire du directeur, apparut dans le couloir et s'arrêta net pour observer le petit groupe. Elle était les yeux et les oreilles de M. Cooper.

— Suivez-moi, jeunes filles, dit-elle sèchement. Nous allons voir le directeur.

— Pourquoi ? voulut savoir Chyna. Nous ne faisions rien de mal.

— Vous connaissant, ça ne durera pas, rétorqua Mme Allen. Je tiens à vous rappeler que vous n'êtes plus en maternelle.

Les filles marchèrent derrière elle, tête basse, momentanément unies pour faire front contre l'autorité. Un incident disciplinaire si vite après la rentrée risquait de faire tache sur leur dossier scolaire. La consternation régnait.

Mme Allen les fit entrer chez M. Cooper et désigna les chaises alignées devant le bureau. Le directeur, qui avait levé les yeux en les entendant arriver, fronçait ses épais sourcils. À cinquante ans, John Cooper paraissait le double. Chyna lui trouvait un air de ressemblance avec Dumbledore, mais sans la longue barbe blanche et le chouette accent britannique.

Coop posa son stylo et croisa les mains sur le bureau.

— Si j'ai bien compris, dit-il d'un ton sévère, vous avez eu hier une altercation.

— Non, monsieur, répondirent les filles à l'unisson.

Il se pencha en avant et gronda :

— Alors, vous me traitez de menteur ?

Reprenant ses esprits la première, Ashley répondit au nom du groupe

— Non, monsieur. J'ignore ce que vous avez entendu au juste, mais il ne s'agissait pas d'une altercation.

M. Cooper s'adressa à Chyna :

— Pourriez-vous m'expliquer pourquoi vous avez la main bandée ?

— Je me suis coincé les doigts dans mon casier. C'était un accident.

— Vraiment ?

— Oui.

Il se tourna vers Ashley.

— J'ai reçu un rapport différent. Qu'avez-vous à dire pour votre défense, Miss Morris ?

— Je n'ai rien fait à Chyna.

Le directeur se renfonça sans son fauteuil et toisa le groupe : chacune des filles lui renvoya son regard avec appréhension. Après un court silence, M. Copper reprit :

— Il m'est revenu aux oreilles qu'il existait une dissension parmi les filles de première année. Permettez-moi de vous rappeler, mesdemoiselles, que je tolèrerai dans cet établissement ni calomnies ni insultes ni violence. À la prochaine incartade, je n'hésiterai pas à prendre des sanctions. Alors, évitez dorénavant de vous prendre les doigts dans les portes !

— Oui, monsieur, murmurèrent les filles.

— Je vous aurai à l'œil, je vous le garantis. Au prochain *accident*, les coupables seront renvoyées ! C'est bien compris ?

— Oui, monsieur.

— Maintenant, retournez en classe.

Elles sortirent ensemble. Juste avant de se séparer de Chyna, Ashley cracha, furieuse :

— Tu me paieras ça, Davidson.

— Non, sans blague ?

Ashley leva un sourcil soigneusement épilé.

— Tu me parais bien effrontée depuis que Luca est devenu ton chien de garde !

— Et je sais que tu voudrais bien être à ma place !

Ashley se renfrogna avec un mouvement de tête exagéré, puis elle s'éloigna enfin, suivie de ses complices.

À L'HEURE du déjeuner, Chyna s'installa sur l'un des bancs extérieurs et attendit Luca. À sa grande déception, il arriva suivi de Chip et de Megan. Elle avait eu l'intention de jouer les victimes et voilà que ses beaux projets tombaient à l'eau. Pas question de pleurnicher devant témoins – et surtout quand l'un d'eux était son frère.

— Il parait que tu as été convoquée dans le bureau de Coop, déclara Chip.

— C'est incroyable la vitesse à laquelle se répandent les commérages ! se plaignit Chyna. Les gens n'ont-ils rien de mieux à faire ?

— Une vraie salope déclenche toujours l'intérêt, répondit Chip.

— Surveille ton langage ! le réprimanda Chyna, d'un ton pincé. D'après Coop, nous devons nous exprimer comme des gens civilisés et éviter un langage ordurier.

— Ah ! Il préférerait que ses élèves soient des nonnes et non des putes !

Luca ne put retenir un sourire.

— Il vient d'une autre planète ou quoi ?

— Il est un peu démodé, c'est vrai, reconnut Chyna. Je me demande s'il lui arrive d'écouter la télé ou de traîner dans les couloirs. Tout le monde dit des gros mots de nos jours.

— Bon, intervint son frère, maintenant, raconte-nous ce qui s'est passé.

— Il nous a demandé de faire la paix, sinon ce sera l'expulsion.

— Les filles sont pires que les garçons, on dirait ! plaisanta Luca. Aucun problème pour le moment de notre côté, pas même une petite bousculade.

— C'est vrai, confirma Chip.

— Je suis certaine que ça ne durera pas, déclara Chyna, vous aurez aussi votre part d'ennuis avant la fin de la saison.

— Je te suggère quand même d'éviter les cheerleaders, insista Luca.

— C'était bien mon intention.

Il offrit ensuite de la raccompagner le soir même jusque chez elle, si cela ne la dérangeait pas d'attendre la fin de son entraînement. Chyna n'ayant aucun rendez-vous, elle accepta volontiers, décidant de profiter de ce répit sur les gradins pour s'avancer dans son travail scolaire.

En arrivant sur le terrain, Chyna vit les cheerleaders y faire leurs exercices habituels. Pendant une seconde, elle regretta amèrement de ne pas se trouver avec elles. Elle s'apprêtait à sombrer dans un gouffre de désespoir quand elle reçut un texto de Dan, qui demandait à la rencontrer devant l'entrée principale de l'école. Sans hésiter, Chyna récupéra son sac à dos et redescendit gracieusement les marches en aluminium. Elle sentit que toute l'équipe des joueurs la regardait, vérifiant sans doute ce qui faisait bouger les gradins. Ignorant les acclamations enthousiastes et les sifflements, elle se précipita vers son destin. Sans trop savoir pourquoi, elle sentait que Dan allait changer sa vie, la rendre enfin meilleure. Certes, il ne lui avait rien promis, mais pour une fois, Chyna se sentait optimiste.

Elle arriva aux grilles, un peu essoufflée et moite de transpiration, mais le sourire de Dan la récompensa de ses efforts. Il tendit le poing, qu'elle heurta du sien, puis il leva le bras en signe de victoire.

— Tes photos ont fait un tabac, gamine !

Elle poussa un hurlement et trépigna sur place avant même de demander :

— C'est vrai ?

— Oui. Actuellement, les vraies rousses font fureur et toi, ma toute belle, tu es une déesse sur papier glacé.

— Waouh ! Je vais *vraiment* devenir mannequin, alors ?

138

— Attends… Pour commencer, mes clients veulent en voir plus.

— Oh.

— C'est tout ce que tu trouves à dire ?

— En fait, euh… je me demande ce que ça veut dire… *plus* ? Plus de quoi ?

— Plus de tout ! Ils veulent une autre séance photo plus complète dans mon studio en ville.

— En ville ?

— Oui. C'est sur State Street, ma belle. En plein centre de Chicago.

— Et ce serait pour quand ?

— Dès que tu peux. En attendant…

Il poussa un dossier vers elle,

— … voici des papiers pour tes parents. Tu es mineure, ils doivent te donner leur consentement par écrit. Nous ne pourrons rien faire tant qu'ils n'auront pas signé.

Elle accepta le dossier bleu d'une main qui tremblait. Elle avait la sensation d'être en transe. Sa joie initiale disparaissait rapidement et la réalité revenait en force. Ses parents n'accepteraient jamais ! D'un autre côté, quel choix auraient-ils ? Elle était prête à entamer une grève de la faim et à s'enfermer dans sa chambre pour obtenir que l'un d'eux signe ces foutus documents.

— D'accord, dit-elle. Donnez-moi quelques jours. Je vous préviendrai dès que ce sera prêt. Que devrais-je porter ? Ai-je besoin de quelque chose de spécial ?

— Veille juste à laver tes cheveux juste avant de venir. Et ne te maquille pas, ma maquilleuse voudra inspecter ton visage à nu.

Elle acquiesça, un peu hésitante tout à coup.

— Vous ne comptez pas prendre des photos pornos, j'espère…

Dan recula, l'air offusqué.

— Mon studio a pignon sur rue ! Je t'avais demandé de consulter mon nom sur Internet. M'as-tu écouté ?

Elle secoua la tête.

— Non.

— Fais-le ! Tu verras tout le bien qu'on dit de moi et de mes photos sur les réseaux sociaux et professionnels. Nous avons lancé certains des plus célèbres mannequins de New York !

— Qui, par exemple ? voulut savoir Chyna, intéressée.

Dan sortit de sa mallette un magazine *SELF* et pointa quelques personnes. Chyna ignorait les noms de ces modèles, mais leurs visages lui étaient assez familiers : manifestement, ils avaient bien réussi dans leur profession.

Elle tenta de s'excuser :

— Désolée d'avoir douté de vous, c'est idiot de ma part. Je ferai mon possible pour que mes parents signent ce dossier le plus tôt possible.

— S'opposeraient-ils au fait que tu deviennes mannequin ?

— Eh bien…

— Veux-tu que je t'accompagne chez toi et que je leur parle ?

— Non ! s'empressa de répondre Chyna.

Elle savait que sa mère serait furieuse de la voir arriver avec un inconnu.

— Tu es sûre ? Je pourrais répondre à toutes leurs questions et leur expliquer le moindre détail de ton contrat.

— En cas de nécessité, ils vous téléphoneront.

— Fais comme tu veux, Chyna, mais fais vite. Cette opportunité ne durera pas éternellement.

— Je sais, répondit-elle, distraitement.

Elle lui fit ses adieux et se mit en route pour rentrer chez elle, marchant un long moment la tête ailleurs. Elle cherchait la meilleure façon de gérer la situation. Rien ne lui vint à l'esprit. Quant à mentir ou à forger une fausse signature, non, c'était impossible. Si la proposition de Dan était sérieuse, Chyna devait obtenir l'accord d'un de ses parents, sinon, ses projets seraient voués à l'échec.

Quand elle arriva chez elle, elle trouva sa mère qui rangeait ses courses. Manifestement, elle était passée à l'épicerie. Plus étonnant encore, Lisa portait une robe au lieu d'un jean et d'un tee-shirt. Et elle s'était maquillée.

— D'où viens-tu ? demanda Chyna.

— J'ai été passer un entretien d'embauche, répondit Lisa, très excitée. Je vais travailler à temps partiel chez *Marshalls*.

Chyna en fut surprise. Sa mère n'avait jamais parlé de chercher du travail.

— Vraiment ? Pourquoi ?

— Pour pouvoir t'acheter les jolis vêtements dont tu auras besoin dans les années qui viennent.

Chyna cligna des yeux.

— Manquons-nous à ce point d'argent ?

— Nous nous en sortons, chérie, mais il nous faudra davantage maintenant que tu deviens une jeune fille et que tu commences à sortir. Pourquoi fais-tu grise mine ? Je pensais que tu serais contente.

— Tu pourrais demander à papa de nous donner plus d'argent.

— Non !

— Pourquoi ? insista Chyna. Peut-être accepterait-il de payer la robe de mon premier bal.

— Je te rappelle que l'argent ne pousse pas dans les arbres. Ton père aussi a un budget serré. Il nous verse une pension généreuse, mais il doit aussi penser à Dana et à Sara. Je ne veux rien lui demander.

— Quand commences-tu ?

— Demain.

— Waouh ! C'est si soudain !

— Nous sommes déjà presque en octobre. Ils tiennent à avoir des vendeuses opérationnelles pour les fêtes de fin d'année. Je n'aurais pas pu choisir de meilleur moment pour postuler !

Elle semblait très enthousiaste à la perspective de retrouver le monde du travail. Chyna n'avait jamais envisagé que sa mère pouvait s'ennuyer, maintenant que ses enfants n'avaient plus autant besoin d'elle au quotidien. Elle restait seule à la maison presque toute la journée.

— Connais-tu déjà tes horaires, maman ?

— Pendant ma formation, qui durera les deux prochains jours, je ferai un plein-temps, de huit heures à dix-sept heures. Ensuite, ce sera au coup par coup. Je suis à mi-temps, mais essentiellement, je boucherai les trous.

— Même les week-ends ?

— Malheureusement, oui. Le magasin ne ferme jamais, sauf à Pâques et à Noël.

— Qui m'emmènera alors, si j'ai besoin d'une voiture ?

— Nous nous en sortirons, tu verras, affirma Lisa.

— Il faudra bientôt me conduire au centre de Chicago.

— Pardon ? Pourquoi ?

— Tu te souviens de Dan, le photographe dont je t'ai parlé ? Il m'a recontactée. Son agence est intéressée par mon profil, maman. Je vais me rendre au studio pour une séance photo. Si je deviens mannequin, si je vais à New York, tu n'auras pas besoin de travailler. J'aurai largement de quoi acheter ma garde-robe.

141

Lisa paraissait consternée. À voir sa tête, on aurait cru que Chyna venait de lui annoncer une grossesse au lieu d'une superbe opportunité d'avenir.

— Je crains que tu vendes un peu vite la peau de l'ours, marmonna-t-elle.

— Pardon ?

— Tu rêves, Chyna. Nous en avons déjà parlé et je n'accepterai jamais que tu te lances dans un monde pareil à ton âge. Tu viens d'entrer à l'école secondaire, tu es bien trop jeune pour arrêter tes études. De plus, tu pourrais rencontrer d'autres problèmes.

Chyna vit rouge.

— Des *problèmes* ? C'est toi la responsable de tous ceux que j'ai !

— Arrête ! tonna Lisa. Ce qui est fait est fait, il n'y pas de retour en arrière possible. Nous devons jouer nos cartes, un point c'est tout.

— Pour toi, c'est facile à dire, aboya Chyna. C'est moi qui suis obligée de me regarder tous les matins dans la glace.

Avec un soupir, Lisa sortit une cannette de bière du frigo, arracha la capsule en aluminium et en engloutit une énorme gorgée. Chyna la regardait faire, plutôt étonnée : ces derniers temps, sa mère buvait de plus en plus. Deux bières quotidiennes ? C'était nouveau, et donc inquiétant. Tout comme cette idée farfelue de se remettre à travailler.

— Je ne veux pas d'une dispute, Chyna, lança Lisa, avec lassitude.

— Moi non plus.

Chyna sortit le dossier bleu de son sac à dos et enchaîna :

— S'il te plaît, maman, signe ça. C'est juste un consentement pour une séance photo, pas un contrat à vie. Qu'est-ce que tu risques ? Si par hasard, ils veulent vraiment m'engager, nous verrons mes options à ce moment-là et nous pourrons en discuter. Si tu refuses, j'irai voir papa.

— Il sera d'accord avec moi, j'en suis certaine.

— Alors, je fuguerai.

— Ne sois pas ridicule !

La frustration monta en Chyna comme une éruption et un flot de paroles lui échappa des lèvres dans un grondement fiévreux :

— Je ferai ces photos, maman, tu verras ! Tu ne pourras pas m'en empêcher !

Lisa posa sa cannette sur le comptoir, trop vigoureusement, car la bière jaillit en geyser de l'ouverture.

— Tu es trop jeune pour savoir ce qui est bon pour toi ! Je suis ta mère, je veillerai à ce que tu termines tes études dans un environnement sûr. Ce serait irresponsable de ma part de céder à un caprice et de te laisser te jeter dans une aventure potentiellement dangereuse ! Imagine un peu ce qui se passera si ces gens découvrent ce qui tu caches dans ta culotte ? Les tabloïds se régaleraient de ton histoire qui ferait le tour d'Internet.

— Et alors ? Je trouve bien pire de vivre un putain de mensonge !

Choquée par ce mot ordurier, Lisa écarquilla les yeux. Chyna plaqua la main sur sa bouche, consciente d'avoir dépassé les limites. Ce n'était pourtant pas son genre d'être aussi grossière ! Elle se sentit tenue de s'excuser.

— Pardon, maman.

Lisa se mit à pleurer, mettant ainsi terme à la discussion – du moins pour le moment. Chyna en éprouva des remords : sa mère pleurait rarement. Aussi manipulatrice soit-elle, Lisa n'avait pas pour habitude d'utiliser les larmes pour atteindre ses objectifs.

Lisa se frotta les joues avec un torchon.

— Va dans ta chambre, dit-elle. J'ai besoin de temps pour réfléchir.

— Pense à moi, d'accord ?

Lisa fixa sa fille et secoua lentement la tête.

— Tu es ce que j'ai de plus important au monde, Chyna !

— J'espère, maman, j'espère vraiment.

— Va dans ta chambre !

— D'accord.

Chyna tourna les talons et s'éloigna. Très énervée, elle fut tentée de jeter un autre gros mot, mais décida finalement de le garder en réserve pour plus tard. Leur dynamique familiale changeait si vite ces derniers temps qu'elle ne savait plus trop quoi faire.

Une fois dans sa chambre, elle abandonna son sac à dos à sa place habituelle et tomba en avant sur son lit, le nez dans son oreiller.

Cinq minutes plus tard, on frappa à la porte.

— Entrez, cria-t-elle.

Luca passa la tête dans l'ouverture.

— Salut. Je peux entrer ?

Chyna se redressa immédiatement et écarta ses cheveux de son visage.

— Bien sûr.

— Pourquoi ne m'as-tu pas attendu ?

— Parce que j'ai reçu un texto de Dan.

143

— Qui est Dan ?

— Le photographe.

— Oh, c'est vrai. Qu'est-ce qu'il voulait ?

— Une séance photo en studio, au centre-ville. Apparemment, ses clients ont aimé les premières prises.

— Ça ne m'étonne pas, dit Luca en toute sincérité. J'en étais certain !

— Eh bien, pas moi.

— Tu es très belle, Chyna.

Chyna baissa la tête, embarrassée par ces compliments. Elle n'était pas habituée à ce qu'on fasse attention à elle. En plus, il s'agissait de Luca ! Une sensation nouvelle transforma ses entrailles en gelée.

— Tu devrais être contente, enchaîna Luca. Tu espérais cette proposition, non ? Alors, pourquoi fais-tu une tête pareille ?

Avec un petit rire, elle lui frappa le bras.

— Parce que maman ne veut pas que j'y aille.

— Pourquoi ?

— Je ne sais pas, répondit Chyna à mi-voix.

Si Luca savait la vérité, il s'enfuirait sans attendre.

— Insiste ! s'exclama Luca. Fais-la changer d'avis.

— J'essaie.

— Je peux faire quelque chose pour t'aider à la convaincre ? demanda Luca.

— J'en doute.

— Et Chip ?

— Il sera probablement de l'avis de maman, reconnut Chyna.

— Je ne comprends pas. La plupart des gens sauteraient sur l'occasion d'avoir une sœur ou une fille célèbre !

— Tu crois que je peux réussir ?

— Oui !

— Merci d'avoir confiance en moi, murmura-t-elle.

Luca tira sur une mèche de ses cheveux. Chyna se lécha les lèvres, puis remarqua que Luca fixait sa bouche. Une fois de plus, son ventre se tordit. Une vague de chaleur la traversa tout entière et s'épanouit dans son bas-ventre. Affolée, Chyna s'empara d'un oreiller et le serra contre son bas-ventre.

Luca se releva brusquement, son sac à dos plaqué devant lui. Chyna se demanda s'il avait la même réaction qu'elle.

— C'est ta vie, Chyna, ajouta Luca. Tu peux en faire ce que tu veux. Ne laisse personne te dire le contraire.

Elle leva les yeux vers lui. Il ne bougeait plus. Allait-il se baisser et l'embrasser pour lui dire au revoir, en avait-il envie ? Ou bien n'était-ce que l'imagination de Chyna qui s'emballait ? Comment savoir ?

Il semblait attendre une réponse.

— Oui, dit-elle.

— Je suis certain que tu réussiras tout ce que tu entreprendras.

— Merci, ton avis compte beaucoup pour moi.

Luca sourit. Il paraissait… détendu.

— Veux-tu que je passe te chercher demain ? Nous pourrions aller à l'école ensemble…

— Volontiers.

— Je serai là à sept heures et demie.

— D'accord.

Il lui tapota la tête, comme si elle avait cinq ans au lieu de quinze. Pour une raison inconnue, elle ne s'en vexa pas. Elle se sentait beaucoup plus sereine depuis qu'il était entré dans sa chambre. Savoir Luca de son côté changeait tout pour elle.

XIX

LISA PRIT une autre Bud Light avant de s'asseoir pour lire le fichu document que Chyna lui avait laissé. D'un côté, sa vanité était flattée que sa belle enfant ait attiré l'attention d'une agence de mannequins, de l'autre, son instinct maternel s'affolait à la certitude que tout finirait mal. Elle ne pouvait pas deviner l'avenir, mais elle pressentait de terribles ennuis. Comment empêcher ce désastre sans que Chyna devienne enragée contre elle ? Lisa n'en avait aucune idée, elle doutait même qu'il existe une solution. Sa fille paraissait si déterminée à trouver par tous les moyens l'argent nécessaire à cette opération de chirurgie plastique qu'elle désirait désespérément ! Si devenir mannequin était sa seule option viable pour financer son « projet-nichons », comme Lisa avait commencé à le nommer, Chyna n'écouterait aucun appel à la raison. De plus, Lisa était certaine que, malgré son interdiction formelle, sa fille n'hésiterait pas à quémander de l'argent à Jack. Sans doute accepterait-il, ne serait-ce que pour avoir la paix. Il avait toujours été partisan des solutions faciles, aussi céderait-il au caprice de sa fille plutôt que de supporter ses crises d'hystérie. Et l'autorité de Lisa s'en trouverait bafouée, ses avis méprisés.

La porte d'entrée s'ouvrit et Chip entra. En passant, il vit sa mère assise toute seule dans la cuisine, s'approcha d'elle et se pencha pour l'embrasser sur la joue. Il tira une chaise, s'installa et désigna la Bud.

— Pourquoi ?

— J'avais besoin de courage liquide, concéda Lisa.

— Il n'est même pas encore dix-huit heures, souligna Chip. Encore une dispute avec Chyna ?

— Hmm, hmm.

— À quel propos ?

Sans se faire prier, elle se lança dans ses explications. Chip l'écouta en balançant sa chaise de cuisine sur les pieds arrière, habitude qui énervait prodigieusement Lisa. Elle avait déjà dû remplacer deux chaises dont les pieds étaient fendus.

— Arrête de te balancer ! cria-t-elle, exaspérée. Je te l'ai déjà dit mille fois, ces chaises ne sont pas assez solides pour ça !

146

— Calmos, maman.

— Et ne me parle pas sur ce ton !

— Tu ferais mieux de parler à ta fille au lieu de te boire pour oublier.

— Je lui ai déjà parlé.

— Ce qui n'a rien résolu, je présume.

— Non, admit-elle. Je ne pense pas que je devrais autoriser ces photos.

Il se pencha en avant, sa chaise bien stable sur ses quatre pieds.

— Que risque-t-elle à essayer ?

— J'ai un mauvais pressentiment, Chip. S'ils découvrent son secret, cela lui gâcherait la vie.

— Elle n'est pas censée poser nue.

— Et si elle doit se déshabiller ?

— Chyna rêve de devenir mannequin, maman, pas de tourner dans un porno.

Lisa secoua la tête.

— À mes yeux, c'est du pareil au même.

— Elle a déjà dû renoncer à être cheerleader. Si tu lui laisses une alternative, elle deviendra bien plus heureuse et équilibrée.

— Je ne lui ai jamais demandé de ne pas s'inscrire cette année ! Ça a été son choix !

— Non, pas vraiment. Tu n'as pas vu les tenues que portent ces filles. Elles sont quasiment à poil !

Lisa se renfrogna et se remit à siroter sa bière.

— À leur âge, elles devraient être plus décentes. Un tel laisser-aller est lamentable !

— Eh bien, dis-le aux organisations fédérales. Apparemment, plus les cheerleaders s'exhibent, plus le public apprécie.

Ignorant la remarque de son fils, Lisa changea de sujet.

— Au fait, je viens de dégoter un travail. Je commence demain.

— Tu... quoi ?

— Je vais être vendeuse chez *Marshalls*. J'aurais droit au rabais employé et je pourrais acheter de nouveaux vêtements.

— Je n'aime pas ce qu'ils vendent !

— Tu changeras peut-être d'avis.

— J'en doute, répliqua Chip. Pourquoi ne nous as-tu pas parlé de tes projets avant de chercher un emploi ?

— Je ne pensais pas que ça vous intéresserait, ta sœur et toi. Et puis, je suis votre mère, je fais ce que je veux.

Chip fronça les sourcils.

— Chyna risque d'avoir plus que jamais besoin de toi. N'y as-tu pas pensé ?

— Ne me parle pas sur ce ton !

— Qu'est-ce que tu racontes, maman ? Tu as trop bu.

— Je n'ai pris que deux bières, gémit Lisa.

— Et je te rappelle que tu ne supportes pas l'alcool.

— Que dois-je faire avec ta sœur ?

Chip ramassa le document et le parcourut. C'était un simple formulaire de consentement pour une séance photo, même si le contrat potentiel était également signalé.

— C'est très simple, répondit-il. Signe.

Sans plus discuter, Lisa s'exécuta. Elle tendit à Chip le formulaire portant sa signature griffonnée.

— Apporte-le à ta sœur, veux-tu ? Je vais me coucher.

— Ça va, maman ?

Lisa soupira.

— Je ne sais plus où j'en suis, mon fils.

— Tiens-tu vraiment à ce travail, ou ne l'as-tu pris que pour habiller Chyna à moindre coût ?

— Depuis que vous avez grandi, je n'ai plus rien à faire à la maison. J'aimerais apprendre de nouvelles compétences et gagner de l'argent.

— Peut-être rencontreras-tu aussi un gars sympa.

Lisa s'énerva.

— Ne cherche pas à me remarier !

— Tu devrais sortir et voir du monde au lieu de boire toute seule à la maison.

— Je penserai à ma vie sociale quand ta sœur aura choisi sa voie.

— Maman ! Ça risque de prendre une éternité !

— Dis bien à Chyna de ne pas prendre rendez-vous avec l'agence sans m'en parler préalablement. Mon emploi du temps changera d'une semaine à l'autre et je tiens absolument à l'accompagner.

— Voilà pourquoi tu n'aurais pas dû accepter un emploi à la va-vite, souligna Chip.

— Je ne peux pas non plus rester éternellement plantée à la maison au cas où elle ait besoin d'un chauffeur !

— Tu aurais pu attendre que Chyna et moi passions notre permis.

— Vous êtes tous les deux inscrits en conduite accompagnée, Chip. Vous le passerez en janvier prochain.

— C'est dans quatre mois !

— Ça arrivera bien assez tôt.

Réalisant que la conversation s'enlisait, Chip renonça à faire entendre raison à sa mère. Quand il la quitta, elle était toujours devant sa bière. Il alla frapper à la porte de sa sœur.

— Entrez.

Il obtempéra et tendit à Chyna le formulaire dûment signé. Avec un sourire attendri, il la regarda sauter sur le lit comme une enfant surexcitée.

— Maman veut savoir la date de ta séance de photos.

— Pourquoi ?

— Pour pouvoir t'y accompagner.

— Au fait, t'a-t-elle annoncé qu'elle va retravailler ?

Chip acquiesça.

— Ça me laisse sceptique, reconnut-il.

— Tant qu'à être vendeuse, elle aurait mieux fait de s'engager chez *Victoria Secret*.

— Le monde ne tourne pas autour de ton nombril, poupée.

— Maman prétend le faire pour moi.

— Alors, sois un peu plus reconnaissante et ne critique pas le magasin qu'elle a choisi.

Chip se laissa tomber sur le lit à côté de sa sœur et poussa un grand soupir. Au bout d'un moment, il ajouta :

— Qu'est-ce qu'il y a entre Luca et toi ?

Chyna s'assit les jambes croisées et fixa son jumeau.

— Pour l'instant, rien. Il m'a juste demandé de l'accompagner au bal, Chip. Nous serons en groupe, ça restera chaste.

Chip étudia les yeux bleus de sa jumelle.

— Tu n'as pas peur de jouer avec le feu ?

— Luca est un garçon très bien. Il n'aura pas de geste déplacé

Chip ricana.

— N'importe quoi !

— Non, c'est vrai ! C'est un romantique, les rapports sexuels prématurés ne l'intéressent pas.

De plus en plus frustré, Chip leva les yeux au ciel.

— Parce qu'il n'a jamais connu la tentation.

— Comment le sais-tu ? voulut savoir Chyna.

149

— Je sais tout de lui, c'est mon meilleur ami.

— Alors, il est vraiment puceau ?

Chip se releva d'un bond et fila vers la porte.

— Je ne veux pas avoir ce genre de conversation avec toi, marmonna-t-il.

Chyna le retint par la main.

— Ne t'en va pas.

— Alors, ne me parle plus de la vie sexuelle de Luca ! Ça me dégoûte de vous imaginer fricoter ensemble !

— Ça n'arrivera pas.

Chip se tourna vers elle, les sourcils froncés.

— Et si ça arrivait, tu ferais quoi ? aboya-t-il.

Choquée de sa véhémence, Chyna ouvrit de grands yeux.

— Je ne sais pas, reconnut-elle à mi-voix.

— Eh bien, tu as intérêt à réfléchir et à prévoir un plan B, sinon, tu es mal barrée.

— Quel plan B ? s'écria-t-elle. Je n'ai même pas de plan A ! Arrête d'être odieux et donne-moi des conseils utiles. Tu as plus d'expérience en ce domaine que Luca et moi.

— Je n'ai qu'un seul conseil à te donner : ne t'approche pas de lui.

Chyna se buta.

— Si. Je veux être avec lui.

Chip était trop en colère pour mesurer ses paroles.

— Chyna, redescends de ton petit nuage ! Imagine un peu qu'il te prenne dans ses bras, qu'il se frotte à toi et qu'il réalise que tu... tu as une queue. Penses-tu vraiment qu'il le prendra bien ? Pas moi. Il pétera un câble. C'est ce que je ferais à sa place !

— Ça ne m'aide pas du tout, dit froidement Chyna.

— Je te parle franchement, au moins.

Chyna se leva et le repoussa.

— Va-t'en ! cria-t-elle.

— Hé !

— Je n'ai pas besoin de tes conseils débiles.

Chip la prit par les deux bras et la secoua.

— Chyna, je suis sérieux. Ne joue pas avec Luca. Ça finira mal.

— Et s'il s'en fiche que je ne sois pas normale ?

Chip ouvrit la bouche, la ferma brusquement. Plusieurs fois. Quand il finit par retrouver sa voix, ce n'était qu'un murmure que la stupeur étranglait :

— Tu comptes lui dire la vérité ?

— Je ne sais pas encore, mais serait-ce si terrible ? Il a deux pères gays, non ? Je pourrais tout lui raconter avant de danser avec lui. Peut-être ne sera-t-il pas trop fâché. Ce n'est pas de ma faute si je suis née comme ça, il peut le comprendre…

— Je ne sais pas.

— J'ai besoin d'une réponse, Chip.

— Comment diable veux-tu que je la trouve ?

Chyna perdit sa pugnacité et ses yeux se remplirent de larmes. Chip en eut un coup au cœur. Navré d'avoir causé de la peine à sa sœur, il chercha à s'en justifier en se disant qu'il avait eu de bonnes intentions. Il voulait juste la protéger. Le vieil adage ne disait-il pas : *mieux vaut prévenir que guérir* ? Un rejet de dernière minute risquait de décevoir Luca, d'accord, mais Chip était certain que l'alternative à laquelle Chyna pensait était une solution bien pire. Malheureusement, Chyna ne serait sans doute pas du même avis.

Son cœur rata en battement quand elle reprit la parole, d'une voix tendue :

— Demande à Luca ce qu'il pense d'une fille avec une queue.

— Hein ?

— Je veux connaître son point de vue sur les transsexuels.

— Tu es folle ?

— Non.

— Chyna, tu cherches les ennuis !

Elle haussa les épaules et essuya ses larmes qui lui maculaient les joues du dos de la main.

— C'est toi qui m'as conseillé de prévoir un plan.

— Ce n'est pas un plan. C'est un suicide.

— Non, le suicide, c'est ma dernière option.

XX

La CHAMBRE de Chip se trouvait en face de celle de Chyna. Il s'y faufila et referma sa porte sans bruit au cas où sa mère ait prévu de le coincer pour savoir ce qui s'était passé entre sa sœur et lui. Il ne voulait plus subir de questions ce soir. Il ôta son tee-shirt, le jeta sur une chaise et se débarrassa de son jean avant de se laisser tomber sur son lit, sans même enlever le couvre-lit. Comme d'habitude, la télécommande de sa télé était sur sa table de nuit. Il la prit et zappa d'une chaîne à l'autre pour trouver un programme intéressant. Il finit par opter pour une série débile et, désireux de réfléchir à ce qu'il allait faire sans se laisser distraire, il baissa le son.

La désinvolture avec laquelle Chyna venait d'évoquer son suicide l'avait profondément troublé. Certes, bien des gens plaisantaient sur le sujet, mais sa sœur, il le savait, était capable de mettre sa menace à exécution. Une sinistre vision lui revint : un carrelage de salle de bain ensanglanté. C'était bien plus terrifiant que tous les films d'horreur qu'il avait regardés au fil des années.

À onze ou douze ans, Chyna, alors encore cheerleader, avait connu une forte poussée de croissance. Un après-midi, en revenant d'un entraînement, elle s'était enfermée à clé dans la salle de bain pour éclater en sanglots bruyants. Chip avait eu bien du mal à lui faire admettre la nature de son problème à travers le trou de la serrure. Il avait fini par apprendre que sa sœur venait d'être rétrogradée : après des années à figurer au premier rang et au centre du groupe, elle était désormais tout au fond et condamnée à rester au sol. Fini pour elle les sauts et les envols ! Pire encore, son professeur, remarquant un renflement dans sa culotte, lui avait publiquement conseillé d'utiliser des tampons hygiéniques plutôt que des serviettes.

En principe, c'était à Lisa de gérer un sujet aussi féminin et intime, mais elle s'était absentée, aussi Chip avait-il dû prendre sa place. Il lui arrivait de plus en plus souvent d'assumer le rôle d' « homme » de la maison, assistant aussi bien sa mère que Chyna. Il avait le même âge que sa sœur, mais quelle importance puisque sa maturité dépassait largement le nombre de ses années. D'après lui, c'était dû à deux facteurs : le fardeau du secret familial et la nécessité de protéger Chyna. Elle vivait dans la honte, dans la crainte constante que la vérité sur son état soit dévoilée, ce qui lui octroierait une affreuse notoriété, et avait parfois des pulsions autodestructrices. Dans ces cas-là, Chip était le seul capable de la consoler, un rôle qu'il trouvait bien lourd à assumer. Ce n'était pas la vie qu'il aurait voulu mener, mais comment aurait-il pu se plaindre quand la génétique avait choisi de l'épargner pour jouer à sa sœur un tour aussi tragique ?

Chyna avait menacé de se châtrer si on ne lui trouvait pas une solution pour dissimuler son pénis afin de pouvoir continuer à être cheerleader. Elle ressemblait déjà à un épouvantail, s'était-elle plainte derrière la porte de la salle de bain, grande et squelettique, avec une peau si pâle qu'on voyait ses veines au niveau des tempes ! Elle refusait formellement de prétendre défendre une protection périodique dépassée devant les autres filles ! Ce serait bien trop humiliant ! Après avoir crié, gémi et pleuré, elle s'était tue d'un coup… Devant ce silence terrifiant, le cœur de Chip avait raté plusieurs battements. Il s'était alors précipité dans la cuisine. Muni d'un couteau, il avait forcé la serrure.

Il n'oublierait jamais le terrible spectacle qu'il avait découvert une fois la porte ouverte. Assise par terre, sa jupe retroussée autour de sa taille, Chyna se tailladait le bas-ventre avec une lime métallique. Elle saignait abondamment, mais grâce au ciel, elle n'avait pas réussi à causer d'irrémédiables dommages à ses organes génitaux. Pourtant, en voyant le sang ruisseler sur les cuisses de sa sœur, Chip avait bien cru, pendant une très longue minute, qu'elle avait mis à exécution sa menace de se châtrer. Mieux que personne, il savait combien ce maudit appendice la rendait malheureuse !

Il s'était précipité pour lui ôter des mains la lime au bout pointu. Elle ne s'était pas débattue. Il avait pu la nettoyer et désinfecter les coupures au peroxyde, puis la raccompagner dans sa chambre. Une fois sa sœur couchée, Chip avait attendu le retour de sa mère. Il lui avait sauté dessus à peine arrivée pour lui exposer en détail le drame. Il avait exigé qu'elle appelle un médecin pour gérer au mieux la puberté de Chyna. Si la situation était déjà difficile, avait-il hurlé, que serait-ce dans quelques mois quand la voix de sa jumelle commencerait à muer et que sa barbe pousserait ?

En voyant sa mère hésiter, Chip avait pris les choses en mains. Il l'avait faite asseoir devant son ordinateur et était resté à côté d'elle pendant qu'elle explorait les sites de travestis les plus connus à la recherche d'une solution. C'est sur la page de RuPaul qu'ils avaient trouvé enfin quelque chose d'utile : on pouvait cacher un pénis en le positionnant en arrière, entre les jambes, puis le maintenir en place avec une culotte en spandex très serrée. Lisa avait commandé la culotte et récolté les lauriers de cette solution. Chip n'avait pas revendiqué son rôle dans cette affaire, content de voir sa sœur retrouver le sourire et reprendre sa place dans l'équipe.

Depuis lors, il montait la garde et surveillait constamment sa sœur. Il s'était promis de la protéger de tout ce qui risquait de perturber son fragile équilibre, mais chaque jour, de nouveaux conflits ravageaient la paix de leur foyer. Chip n'en pouvait plus d'entendre sa mère et sa sœur se disputer sur l'achat *impératif* d'un soutien-gorge inutile, certes, mais indispensable « puisque toutes les autres filles en portaient ! » Il ne supportait plus de devoir jouer les arbitres. Un jour, sa mère avait oublié de mettre une boîte de tampons dans le sac à dos de Chyna – pour respecter les apparences –, ce qui avait déclenché une crise d'hystérie. La pression devenait terrible et Chip ne pensait pas pouvoir l'endurer beaucoup plus longtemps. Parfois, il quittait la maison pour s'aérer l'esprit, mais y revenait quelques minutes plus tard, inquiet que la querelle ait dégénéré pendant son absence.

Pour la millième fois, il regretta que ses parents n'aient pas choisi d'élever Chyna comme un garçon. Chaque fois qu'il avait interrogé sa mère sur les raisons de cette décision, il avait reçu la même réponse. *Si Dieu avait voulu que Chyna soit un garçon, il ne lui aurait pas donné des organes féminins.* Pour Chip, cela n'avait aucun sens. Ces organes étaient intérieurs, et donc cachés, tandis que le pénis de Chyna était apparent. Pourquoi ne pas lui avoir enlevé l'utérus et les trompes de Fallope ? Comment un docteur pouvait-il être stupide au point de foutre en l'air la vie d'un bébé intersexué ?

En apprenant le nom de la « maladie » de Chyna, Chip avait fait des recherches sur Internet. Il avait appris deux choses. D'abord, le PMDS – acronyme du syndrome de persistance des canaux de Müller – était très rare ; ensuite, cette anomalie du développement sexuel se manifestait uniquement chez les garçons, par ailleurs normalement virilisés. En clair, Chyna avait les chromosomes XY d'un mâle, alors, pourquoi son extrait de naissance la désignait-il en tant que fille ? Chip n'y comprenait rien. Pourquoi cette décision absurde ? *Pourquoi, pourquoi, pourquoi… ?* Il n'obtenait pas de réponse, du moins pas de réponse sensée. Il décida que plus tard, il deviendrait médecin, ne serait-ce que pour aider les patients atteints de cette condition. Cet objectif, d'après lui, valait bien de longues années d'études coûteuses. À cause de cette nouvelle idée, Chip avait dû renoncer à d'autres plaisirs, dont le football, auquel il avait consacré tant de temps les années précédentes. Dorénavant, il préférait se concentrer sur son travail dans l'espoir d'obtenir une bourse universitaire afin de financer tout ou partie de ses études. Rester derrière le grillage et regarder Luca et les autres s'ébattre sur le terrain lui était douloureux, mais il avait fait son choix et devait en supporter les conséquences.

Souvent, il imaginait la vie que Chyna et lui auraient menée s'ils avaient été élevés tous les deux comme deux garçons. Son père serait-il resté avec eux ? Oh, Chandler aurait été gay, Chip en était certain, mais le protéger des brutes et des homophobes aurait été bien plus facile. Chyna avait toujours été douce et délicate, Chip ne pouvait que le constater. Ce n'était pas le cas de tous homosexuels, par exemple Grier Dilorio, le père de Luca, qui semblait de taille à affronter un linebacker. Ou peut-être se trompait-il, peut-être Chyna s'était-elle féminisée parce que Lisa l'avait toujours traitée en fille… Que serait devenue sa sœur dans un autre environnement ? Il faudrait sans doute des années pour répondre à cette question. En attendant, ce n'était pas Chip qui devait tous les jours se regarder dans le miroir en prétendant être à l'aise dans sa peau. Il était prêt à tout pour aider Chyna à traverser sa puberté sans trop de traumatisme.

Du coup, il en revint à son meilleur ami. Comment diable demander à Luca de rester à l'écart de Chyna sans lui faire de la peine ou, pire encore, révéler la vérité ? S'il s'y prenait mal, Chip risquait de causer du tort à deux êtres qu'il aimait. Et pourtant, c'était son devoir d'agir, non ?

Il sortit son téléphone et appela sa copine, Megan.

— *Salut,* répondit-elle d'une voix douce.

— Qu'est-ce que tu fais ?

— *Je m'empiffre de pizza.*

— Tu as bien de la chance. J'y goûterais volontiers.

— *Tu n'as pas encore dîné ? Il est déjà tard.*

— Je n'ai pas eu le temps.

— *Que se passe-t-il ?*

Megan le connaissait bien, elle savait que sauter un repas n'était pas dans ses habitudes. Chip avait toujours faim, surtout quand il était inquiet.

— Je réfléchissais.

— *Houlà.*

— Quoi ?

— *Chaque fois que tu dis ça, c'est la guerre chez toi,* déclara Megan.

— Je ne sais pas si tu es au courant, mais Luca a invité Chyna au bal des élèves.

— *Oui, et alors ? On pourrait y aller tous ensemble, mmm ?*

— Tu ne penses pas que ça risque de causer des problèmes ?

— *Quels genres de problèmes ?*

— Si Luca et ma sœur se disputent, ma relation avec mon meilleur ami ne sera plus jamais la même.

— *Bébé, tu te compliques la vie pour rien,* le sermonna Megan.

— Pourquoi dis-tu ça ?

— *Tu ne peux pas éternellement garder ta sœur sous cloche. Toutes les filles grandissent un jour ou l'autre, elles doivent embrasser un crapaud.*

— Luca n'est pas un crapaud ! protesta Chip.

— *Non, c'est vrai. En fait, c'est un des garçons les plus gentils que je connaisse, à part toi,* s'empressa-t-elle de préciser en riant.

— Justement. J'aimerais qu'il ne lui arrive rien.

— *Tu crains que Chyna lui brise le cœur ?*

— Ou l'inverse.

Megan poussa un cri.

— *N'importe quoi ! C'est un bal d'élèves à l'école, pas un week-end à deux au Wisconsin Dells. Il ne peut rien se passer de sérieux dans un gymnase bondé sous l'œil d'innombrables chaperons.*

— Ils pourraient vouloir se revoir par la suite, s'entêta Chip.

— *Si ça te pose un tel problème, demande à Luca de renoncer à son idée.*

— Il voudra savoir pourquoi.

— *Dis-lui la vérité : tu es trop protecteur vis-à-vis de Chyna.*

— Tu crois qu'il ne m'en voudra pas ?

— *Il est ton meilleur ami, Chip. Je suis certaine qu'il s'interroge déjà sur ta réaction à cette invitation.*

— Il ne m'en a pas parlé.

— *Tu te vois discuter avec mon frère de notre relation ?*

Chip réfléchit brièvement avant de répondre.

— Non.

— *Eh bien, Luca n'en a pas envie non plus. Mais si tu lui exprimes ta position, ça vous fera du bien à tous les deux. Parler de ses sentiments, c'est important.*

— Les garçons ne parlent pas de « sentiments », Megan. Nous préférons agir que discourir.

— *Nous ne sommes plus au temps des cavernes. Tu peux faire un effort de communication, Chip, tu n'en deviendras pas pour autant une fille.*

— Merde ! Tu ne vas pas me demander aussi de parler fleurs, j'espère ! Ce serait trop bizarre !

— *Bien sûr que si ! Un garçon est censé offrir un bouquet à sa cavalière. Je te rappelle que je déteste les œillets et le rose n'irait pas avec ma robe.*

— Je pourrais aborder ça pour briser la glace, dit Chip, peu convaincu.

— *Appelle-le tout de suite ! Comme ça, tu n'auras pas le temps de paniquer.*

— Bonne idée. Merci.

— *Je t'aime.*

— Moi aussi, dit Chip avant de raccrocher.

Il respira un grand coup, puis tapa le numéro de son meilleur ami sans se donner le temps de changer d'avis.

Luca décrocha à la deuxième sonnerie.

— *Oui ?*

— Comment va ? demanda Chip.

— *Je t'ai quitté il y a une heure à peine.*

Chip éclata d'un rire nerveux.

— Oui, je sais. Euh… je t'appelle concernant le bal à l'école.

— *Et… ?*

Luca semblait un peu inquiet.

— Tu ne m'avais pas dit que tu comptais inviter Chyna.

— *J'ai agi sur une impulsion.*

— Je ne veux pas de disputes entre nous, Luca.

— *Moi non plus.*

— Et si tu tombes follement amoureux et qu'elle t'envoie sur les roses ?

— *Je m'en remettrai.*

— Et si elle tombe follement amoureuse et se met à te suivre partout ?

— *Je gèrerai, Chip. Bon sang, tu parles comme mes oncles !*

— Ah, ils ne sont pas très chauds non plus, si je comprends bien ?

— *Non, ça n'a rien à voir avec Chyna, c'est juste qu'ils me traitent comme si je ne connaissais rien aux filles. Tu es mon meilleur ami, Chipster, jamais je ne ferais délibérément du mal à ta sœur.*

— Je sais bien, mais on dit que l'enfer est pavé des meilleures intentions. Je détesterais qu'il y ait des embrouilles entre nous.

— *Je ne vois pas pourquoi tu imagines des trucs aussi improbables !*

— Luca…

— *Écoute*, coupa Luca, *je te promets que si je trouve la situation ingérable, je n'insisterais pas. Tu as ma parole.*

Il parlait en toute sincérité.

Oh, Luca, si tu savais...

— Promets de venir me parler si... en cas de problème. Viens me voir avant de prendre une décision, d'accord ?

— *D'accord.*

— Jure-le.

Luca rit.

— *Je le jure !*

— Bien. Maintenant, nous sommes censés parler fleurs.

— *Hein ? Non !*

— Si, parce que tu dois offrir des fleurs à ta cavalière, un bouquet à porter au corsage ou au poignet, ça fait partie des traditions.

— *Ah bon ? Tu comptes prendre quoi pour Megan ?*

— Un truc de poignet.

— *Je ne sais même pas de quoi tu parles !* se plaignit Luca.

— C'est une sorte de bracelet avec des fleurs.

— *Ça me paraît complètement idiot. En plus, ça doit coûter bonbon !*

Chip ricana.

— Ça, c'est sûr !

— *Tu crois qu'on doit vraiment y passer ?*

— Oui. Les filles adorent ça.

— *Tu es sûr ?* demanda Luca, sceptique. *Chyna ne parle jamais de fleurs.*

— Sûr et certain.

— *Bon. Tu connais la couleur de sa robe ?*

— Non.

— *Alors, enquête. Je compte sur toi.*

— D'accord.

— *Tu te sens rassuré ?*

— Oui. À plus.

Chip raccrocha, légèrement soulagé. Il avait fait de son mieux pour aplanir le chemin. Maintenant, c'était à Chyna de prendre le relais.

XXI

LE LENDEMAIN au moment du déjeuner, Chyna envoya un texto à Dan pour lui demander ses plages de disponibilités. Elle les transmettrait ensuite à sa mère pour les cadrer avec son emploi du temps. Vraiment, Lisa n'aurait pas pu choisir de pire moment pour trouver un emploi ! Peut-être les avantages de ce nouveau poste compenseraient-ils les inconvénients, une fois que tout le monde serait habitué à la nouvelle dynamique familiale. Pour commencer, Chyna apprécierait d'avoir la maison rien que pour elle quelques jours par semaine. Sa mère avait les meilleures intentions du monde, bien entendu, mais sa surveillance constante mettait Chyna sur les nerfs. Et puis ses commentaires étaient toujours pessimistes, sinon franchement négatifs. Quel besoin de rappeler à Chyna ce qu'elle affronterait si la vérité sur son état éclatait au grand jour ? Connaissant les risques mieux que personne, Chyna refusait de céder à sa peur, sinon, ses années d'école secondaire s'écouleraient sans lui offrir l'opportunité d'expérimenter la vie comme les autres filles de son âge.

Par exemple, assister au bal des élèves avec Luca. C'était dangereux, elle le savait. Cette soirée pouvait initier une relation ou se terminer en catastrophe. Si Luca n'avait agi que par gentillesse ou compassion, s'il se comportait envers elle en frère, il ne se passerait rien. Mais si Chyna l'attirait – comme elle en avait l'intuition –, peut-être céderait-il à son envie de l'embrasser. Pour Chyna, ce baiser, venant du garçon auquel elle tenait serait lourd de signification.

Y penser lui fit à nouveau éprouver cette sensation bizarre, une sorte de sourde douleur dans le bas-ventre. Elle ne savait pas quoi faire pour y remédier. Elle avait souvent entendu les filles parler de masturbation, mais jamais elle n'avait essayé. Aurait-elle moins hésité si elle avait eu des organes génitaux féminins ? Parce que toucher son pénis serait céder à son côté masculin, non ? Dans ce cas, comment continuer à prétendre être une « vraie » femme ? Juste après cette première question grotesque, une autre lui jaillit dans la tête : *comment diable savoir ce qu'elle était si elle ne tentait pas l'expérience ?*

Elle revint au présent avec un sursaut quand Luca se glissa sur la chaise devant elle, interrompant son train de pensées juste avant le carambolage. Ils s'étaient donné rendez-vous à la cafétéria aujourd'hui et, arrivée en avance, elle avait pu réserver une des rares tables pour deux.

— Salut, dit Luca.

— Salut.

Voir ce beau visage souriant lui rendit le moral.

— Comment va ta main ?

Elle remua ses doigts pansés et réalisa que la douleur avait presque disparu.

— Mieux, mais je regrette cet ongle abimé. J'aurais voulu me faire une French manucure pour le bal.

— Qu'est-ce que c'est ?

— Des ongles vernis et soulignés d'un trait blanc.

— Tu peux te faire poser un faux ongle, affirma Luca. Et opter pour un vernis assorti à ta robe. Le faux ongle sera exactement comme un vrai.

Elle eut un petit rire.

— Tu es fou !

— De toute façon, personne ne regardera tes ongles, les gens seront trop occupés à admirer tes cheveux.

D'un geste machinal, elle repoussa de son front une boucle rousse.

— Mes cheveux te plaisent, alors ?

Luca piqua un fard.

— Oui.

— Moi, je préfère les bruns.

Il lui sourit derechef.

— Tant mieux pour moi ! Au fait, je comptais te demander quelles fleurs tu veux pour le bal, préfères-tu un bouquet à porter au corsage ou au poignet ?

— Qu'est-ce que Chip va prendre pour Megan ? demanda Chyna sans cacher sa curiosité.

— Un bracelet.

— Alors, pareil.

— De quelle couleur est ta robe ?

— Je ne l'ai pas encore achetée. J'irai bientôt faire du shopping avec maman.

— Oh.

Il paraissait troublé, aussi s'empressa-t-elle de dire :

— Je te donnerai la couleur dès que possible.

— Je peux aussi choisir des fleurs qui vont avec tout, proposa Luca.

— Bien sûr, je ne suis pas difficile.

— C'est vrai. Tu as un caractère remarquablement égal.

— Je doute que ma famille partage ton avis, déclara Chyna.

— Tu acceptes tout ce que je te propose !

— C'est la première fois que je vais au bal, alors je ne compte pas gâcher cette soirée avec des caprices. On ne sait jamais ce que l'avenir nous réserve.

— Voyons, Chyna, ne sois pas aussi négative ! C'est ton premier bal, mais certainement pas le dernier.

— Nous verrons.

— Hé ! Toi aussi tu t'inquiètes ? demanda Luca.

— Pourquoi dis-tu ça ?

— Parce que Chip m'a appelé hier soir pour tenter de m'écarter de toi.

Choquée, Chyna resta un moment bouche bée.

— Tu plaisantes ? s'exclama-t-elle enfin.

— Il ne semble pas apprécier que nous sortions ensemble.

— Il ferait mieux de s'occuper de ses affaires ! s'écria-t-elle avec colère.

— C'est ce que je lui ai dit après lui avoir promis de me comporter envers toi en gentleman.

— Tu l'aurais fait de toute façon.

Luca ricana.

— Comment sais-tu que je ne chercherais pas à t'entraîner dans les buissons pour abuser de toi ?

Chyna le regarda droit dans les yeux.

— J'espère que tu n'en abstiendras. C'est pour ton bien que je dis ça, je te signale que je suis capable de me défendre.

Stupéfait de la sécheresse de son ton, Luca ouvrit de grands yeux. Il prit la main de Chyna.

— Hé, je plaisantais !

Elle acquiesça.

— Je sais, pas moi. Tu connais mon opinion sur les gens qui baisent sans sentiment.

Luca hocha la tête.

— Et je suis sur la même longueur d'onde. Je te l'ai déjà dit !

Elle lui adressa un sourire embarrassé.

— D'accord, excuse-moi si je me suis emballée.

— Tu as bien fait, la rassura Luca. Un point de réglé.

Pendant le reste du déjeuner, ils ne parlèrent plus du bal, mais du football. Luca évoqua les derniers exploits de son équipe et les matchs à venir. Chyna trouvait réconfortant de l'écouter parler des joueurs et entraîneurs après avoir si longtemps fait partie de leur monde. En fait, elle commençait seulement à réaliser à quel point cela lui manquait d'en être désormais exclue. D'une certaine façon, Luca la remettait dans le bain avec ses anecdotes, aussi se sentait-elle moins paria.

— Viendras-tu assister au match de samedi ? demanda Luca.

— Bien sûr.

— Mes oncles y seront aussi. Ensuite, ils nous emmèneront tous manger une pizza.

— *Tous ?*

— Oui, ils sont très accueillants.

— C'est sympa. Je suis certaine que Chip et Megan viendront aussi.

Il se leva.

— Je dois y aller. À samedi. Je te chercherai dans les gradins.

Elle sourit.

— J'y serai.

LE PREMIER jour de formation de Lisa se déroula comme prévu. En toute franchise, elle trouva la journée très longue. Elle rentra chez elle mentalement épuisée d'avoir utilisé une partie de son cerveau en sommeil depuis longtemps et les pieds gonflés d'être restée debout huit heures d'affilée. Elle s'effondra sur une chaise de la cuisine et engloutit plusieurs bières. Elle se sentait vidée et même préparer une salade lui paraissait une tâche trop ardue. Quand Chyna revint de l'école et demanda ce qu'il y avait à dîner, Lisa lui répondit sèchement de se débrouiller seule.

— Ah, bon, ça va se passer comme ça maintenant que tu travailles ? persifla Chyna.

— Faire la cuisine de temps à autre ne te tuera pas !

— Si tu m'avais appris, ce serait certainement plus facile.

— S'il te plaît, ne recommence pas.

Renfrognée, Chyna sortit du congélateur une pizza qu'elle mit à réchauffer au four. Après avoir réglé la température et la minuterie, elle prit une canette de Sprite dans le frigo et s'assit auprès de sa mère.

— J'ai une réponse de Dan. Ils ont un créneau samedi si ça te convient.

— Je t'ai déjà dit que je travaillais le week-end.

— *Tous* les week-ends ?

— Oui.

— Qui m'accompagnera en ville alors ?

Lisa haussa les épaules.

— Je ne sais pas.

— Tu parles d'une réponse !

— Je n'en ai pas d'autres à te donner, déclara Lisa.

Elle soupira en voyant les yeux bleus de sa fille se remplir de larmes.

— Je suis désolée, chérie, mais j'ai pris ce travail pour t'acheter des vêtements, tu le sais bien.

Chyna renifla et essuya les pleurs qui lui maculaient les joues.

— Je peux demander à papa de me conduire ? S'il est occupé, Sherry pourrait s'en charger.

— Tu ne risques rien à lui poser la question.

— Tu lui as parlé de mon projet de mannequinat ? demanda Chyna.

Lisa secoua la tête.

— Non.

— Que va-t-il en dire à ton avis ?

— Tant que ça ne lui coûte rien, il s'en lavera les mains. Il déteste par-dessus tout qu'on lui réclame de l'argent.

Puis Lisa changea de sujet :

— Ça a été à l'école aujourd'hui ?

— Comme d'habitude. Au fait, Luca voulait connaître la couleur de la robe que je porterai au bal.

— Pourquoi ? s'étonna Lisa.

— Pour assortir les fleurs de mon bouquet.

— C'est très attentionné de sa part.

— Oui, souffla Chyna, l'air énamouré. Il est si gentil !

— Passe au magasin, tu y trouveras peut-être une robe qui te plaît.

— Comment veux-tu que je m'y rende sans voiture ? Il faudra que tu m'accompagnes à ton prochain jour de congé.

— Je serai libre dans deux jours. Veux-tu que nous y allions ensemble jeudi après l'école ?

— D'accord. Et pour mon rendez-vous chez le médecin, as-tu une date ?

— Non, pas encore, dit Lisa.

Elle se leva et alla chercher une autre bière dans le réfrigérateur. Elle n'avait plus soif, mais elle ne supportait pas le regard insistant de sa fille : comment avouer qu'elle n'avait même pas contacté le cabinet ?

— Rappelle-les, maman, c'est important, insista Chyna. J'ai l'impression que mon traitement ne fait plus effet.

Lisa se figea, terrifiée d'avance à la perspective d'interroger Chyna. Pourtant, la curiosité fut la plus forte.

— Pourquoi dis-tu ça ?

— Je veux un rendez-vous, maman. Et préviens-moi quand la pizza sera cuite.

Chyna tourna les talons et s'éloigna. Lisa scruta attentivement sa silhouette. Vu de derrière, rien ne paraissait avoir changé... les épaules étaient peut-être un peu plus larges, ce qui expliquait sans doute les craintes de Chyna. Pourtant, une femme pratiquant le bodybuilding pouvait avoir ce genre de musculature, cela n'avait rien d'anormal. Et si le problème était d'ordre pubien ? se demanda Lisa. Elle sentit son cœur sombrer. Elle éprouva le même pressentiment d'un malheur imminent que le matin où le pédiatre était entré dans sa chambre d'hôpital, deux jours après la naissance des jumeaux.

— Il semblerait qu'un de vos fils ait un problème. Le petit Chandler a sans doute une hernie inguinale. Nous devons pratiquer d'autres examens.

Alarmée, elle avait demandé :

— De quoi s'agit-il ?

— Il a une grosseur à l'aine et le plus souvent, il s'agit d'une hernie congénitale. Il suffira d'une petite opération sous cœlioscopie pour arranger ça.

— Qu'est-ce qu'une hernie ? avait insisté Lisa.

— Chez le nourrisson, c'est une fissure de la paroi abdominale par laquelle l'intestin peut passer. C'est assez commun, mais il faut y remédier vite pour éviter un risque d'étranglement pouvant provoquer une ischémie, sinon une nécrose qui réclamerait une intervention en urgence.

— Certainement, avait dit Jack. Faites pour le mieux.

Après avoir signé le formulaire de consentement, Jack et Lisa avaient attendu avec anxiété les résultats des examens. Une épreuve de plus dans leur long calvaire pour avoir des enfants alors qu'ils croyaient avoir enfin atteint leur objectif. Plusieurs heures plus tard, le médecin était revenu en leur apportant une nouvelle inimaginable.

— L'opération a bien réussi, mais… nous avons trouvé dans l'abdomen de Chandler des organes inattendus.

— Lesquels ? avait crié le couple en même temps.

— Chandler a les organes masculins habituels, mais il possède aussi un utérus et des trompes de Fallope. C'est un syndrome très rare qu'on appelle PMDS pour faire court : le syndrome de persistance des canaux de Müller

— Je savais bien que mon bébé était une fille ! avait crié Lisa.

— Non, Mme Davidson, il n'est pas une fille. Il a des chromosomes masculins.

— Mais lors de l'accouchement, vous disiez que son pénis était plus petit que la moyenne ! s'était entêtée Lisa. Et il n'a pas de testicules, c'est donc une fille !

Le médecin, d'un regard insistant, avait cherché de l'aide auprès de Jack. En vain. Le père s'était contenté de hausser les épaules sans mot dire. Le praticien avait soupiré et fait une nouvelle tentative pour faire accepter à sa patiente la vérité :

— Mme Davidson, laissez-moi vous expliquer la situation.

— J'y compte bien ! avait hurlé Lisa. J'ai vécu un calvaire pour avoir ces enfants, alors, j'attends des réponses claires, pas un jargon clinique incompréhensible.

Le médecin avait jugé préférable de s'asseoir.

— Très bien. Votre enfant a des chromosomes XY, des chromosomes masculins. Quant à ses organes génitaux apparents, ce sont ceux d'un garçon, sans ambiguïté possible. La taille n'a rien à voir avec la réalité des faits. Une anomalie génitale a…

— Comment cette anomalie a-t-elle pu arriver ? l'avait coupé Jack.

— Il y a plusieurs possibilités, avait répondu le médecin. C'est soit génétique, soit idiopathique. La plupart des personnes atteintes de ce syndrome ont aussi une mutation du gène AMH ou du gène AMHR2. Le premier concerne la fabrication d'une protéine appelée hormone anti-müllerienne ; le second fournit des instructions pour la fabrication d'une protéine appelée récepteur de type AMH de type II. Ces protéines sont impliquées dans la différenciation sexuelle. Tous les fœtus développent le canal de Müller, précurseur des organes reproducteurs féminins. Au cours du développement d'un fœtus mâle, ces deux protéines agissent ensemble pour rompre le canal de Müller. Une mutation de ces gènes empêche les protéines d'envoyer le signal nécessaire à la rupture, aussi le conduit persiste et forme à terme un utérus et des trompes de Fallope.

Lisa n'avait pas compris un mot du discours. Elle restait obsédée par la certitude que tout était de sa faute : elle avait un bébé malformé.

— Qu'ai-je donc fait de mal ? s'était-elle plainte. Nous avons suivi toutes les instructions à la lettre.

— Vous n'avez rien fait, Mme Davidson. Cette maladie provient d'un caractère génétique à transmission autosomique, c'est-à-dire associé à une mutation dans un gène donné. Chacun des parents porte une copie du gène muté, mais en général, sans symptôme apparent de la maladie.

— Dans ce cas, pourquoi n'avons-nous pas été testés ? avait demandé Jack.

— C'est un trouble très rare. De ce fait, il n'est pas inclus dans les tests génétiques, sauf en cas d'antécédents familiaux. Auriez-vous déjà entendu parler de ce syndrome chez vos ancêtres respectifs ?

— Non, pas chez moi, avait dit Jack avec dégoût.

Il s'était tourné vers Lisa et avait craché :

— Ça doit venir de ton côté.

— Essayer de trouver un coupable ne sert à rien, était intervenu le docteur. Vous pourriez avoir tous les deux une copie du gène muté. De plus, comme je vous le disais, c'est peut-être idiopathique au lieu d'être génétique.

— *Idiopathique* ? avait demandé Jack. Qu'est-ce que ça veut dire ?

— De cause inconnue.

Jack s'était emporté.

— Voilà une excuse aussi *idiote* que *pathétique* pour un ratage médical, si vous voulez mon avis !

Le docteur avait haussé les épaules.

— C'est une façon de décrire votre situation.

— Un hermaphrodite ! Quelle horreur !

— Je tiens à vous signaler que médicalement parlant, le terme hermaphrodite n'est plus utilisé pour désigner les êtres nés avec les deux formes d'organes reproducteurs. On parle d'intersexués.

— Chicaner sur le vocabulaire ne change rien au fond du problème ! s'était exclamé Jack avec colère. Ce sont des anormaux, point final.

Le médecin avait pris un air sévère.

— M. Davidson ! Vous ne devriez pas parler ainsi de votre enfant.

— Alors, faites quelque chose ! Réparez-le !

— Nous avons d'ores et déjà réglé un premier problème. Ce que nous pensions être une hernie était en réalité une ectopie testiculaire transversale, une anomalie dans laquelle les deux testicules migrent du même côté ou ne descendent pas. C'est souvent un symptôme associé au PMDS.

— C'est pourquoi Chandler n'avait pas de testicules à la naissance ?

Le docteur avait hoché la tête.

— Oui. En temps normal, le problème est abordé lorsque le bébé atteint ses six mois. Dans le cas de Chandler, nous avons réalisé une orchiopexie – il s'agit du rattachement au scrotum d'un testicule – bilatérale en croisant le testicule gauche dans l'espace extra-péritonéal. Ses testicules sont désormais opérationnels, mais l'utérus et les trompes de Fallope aussi. À l'avenir, votre fils décidera comment il veut gérer son état. Il est courant de pratiquer une hystérectomie à la majorité du patient.

— Et si mon bébé décide d'être une femme ? avait demandé Lisa avec espoir.

Le docteur avait secoué la tête.

— Non. Il restera un homme, sauf s'il se fait opérer.

— Quelle foutaise ! s'était exclamé Jack, exaspéré. Après tout le temps et l'argent que nous avons investis, nous espérions au moins avoir des enfants normaux.

Le docteur s'était redressé, prêt à partir.

— Vos garçons sont sains et vigoureux. Les problèmes de Chandler sont internes et n'auront aucun impact sur sa vie quotidienne. Il sera peut-être stérile, car c'est aussi un effet secondaire de sa condition, mais cela, nous ne le saurons qu'après sa puberté. Au stade actuel, il est difficile de faire des pronostics. Son pénis devrait se développer tout à fait normalement, mais vous savez aussi bien que moi que certains hommes sont plus gâtés que d'autres dans ce domaine par la nature. Peu importe d'ailleurs, votre fils est un garçon, un point, c'est tout.

— N'aurait-il pas une meilleure chance de mener une vie normale en tant que fille ? avait insisté Lisa. Surtout s'il doit avoir un tout petit pénis et être stérile ?

Le docteur l'avait regardé, éberlué, les deux sourcils haussés.

— Je comprends que vous soyez en état de choc et je sais qu'une fécondation in vitro est un parcours long et difficile, surtout dans votre cas, Mme Davidson, mais la science a ses limites. Contre toute attente, vous avez deux fils, vos espoirs de maternité ont été comblés. L'avenir est entre les mains du destin ou de Dieu, si vous y croyez.

Mais Lisa avait refusé de changer d'avis. Au moment de remplir l'acte de naissance des jumeaux, elle avait inscrit Chandler comme étant Chyna – le prénom qu'elle attribuait à *sa fille* depuis sa toute première échographie. Quand Jack l'avait appris, il était trop tard pour revenir en arrière.

Aujourd'hui, Lisa devait enfin reconnaître son erreur. Mais comment faire pour remédier au désastre ? Prôner la patience n'était plus une option. De ça au moins, elle était certaine. Chyna était déterminée à se lancer dans le mannequinat sans attendre sa majorité, dans trois ans. Espérer la faire changer d'avis était vain, aussi vain que tenter d'empêcher un enfant de manger tous ses bonbons d'Halloween pendant une journée pluvieuse. De plus, où trouver l'argent nécessaire pour débarrasser Chyna de son pénis et en faire une « vraie » femme ? Lisa pensait-elle gagner au loto ou recevoir un héritage inattendu ? Elle n'avait qu'une seule et unique option : convaincre Jack de contracter un autre emprunt, perspective qu'elle redoutait d'avance.

En attendant, elle consacrerait toute son énergie à vêtir au mieux sa fille, quitte à travailler autant d'heures supplémentaires qu'on lui proposerait d'en faire. Elle rêvait déjà de voir briller les yeux de Chyna en essayant de beaux vêtements.

C'était le moins que puisse faire pour se racheter une mère coupable.

XXII

EN WEEK-END chez leur père, les jumeaux se liguèrent pour convaincre leur belle-mère d'accompagner Chyna à sa séance photo, dans deux semaines, le samedi matin. Ils lui firent miroiter les avantages de la situation : si Chyna obtenait un contrat, elle gagnerait suffisamment d'argent pour que Jack n'ait plus à l'entretenir, ce qui laisserait davantage d'argent pour ses demi-sœurs, Dana et Sara. Et dans ce cas, les petites pourraient envisager d'entrer dans une des prestigieuses universités de l'Ivy League, non ? Leur père aurait les moyens de financer leurs études...

Sherry avait prévu un samedi shopping au centre commercial de Schaumburg et n'était pas très tentée de modifier ses projets. Chyna lui assura qu'elle n'aurait qu'à les déposer, Chip et elle. À la fin de la séance, Dan s'occuperait de les rapatrier. Sherry finit par céder à contrecœur. Chyna cacha sa satisfaction à l'idée d'avoir résolu une partie de la logistique : le trajet aller jusqu'au studio en centre-ville. Pour le retour, elle ignorait si Dan serait prêt à faire cinquante kilomètres pour les raccompagner à Barrington, mais elle comptait sur l'impatience qu'avait le photographe de faire avancer les choses jusqu'à la signature du contrat. Si Dan ne pouvait pas les reconduire, les jumeaux prendraient le train et téléphoneraient à leur père pour se faire récupérer à la gare de Rosemont, beaucoup plus proche de Barrington que le centre-ville de Chicago.

Et Chip l'accompagnerait parce que Jack y tenait absolument. Chyna trouvait qu'elle avait bien de la chance d'avoir un frère prêt à lui consacrer tout un samedi matin. La plupart des garçons de son âge étaient égoïstes et futiles, mais Chip donnait toujours la priorité à sa sœur. Ces derniers temps tout particulièrement.

En vérité, il se montrait bien plus compréhensif que Lisa. Parfois, Chyna se demandait si sa mère n'avait pas oublié ce que c'était d'être jeune et impatient. Lisa agissait comme si Chyna avait tout l'avenir devant elle. Bien au contraire, les prochains mois seraient déterminants. Chyna craignait de rester à l'école secondaire, de voir son secret exposé. Ce projet de mannequinat était une opportunité en or, mais aussi un moyen pour elle de reprendre son destin en mains.

Son père ne cessait de prôner l'indépendance financière et la débrouillardise. Comment mieux répondre à ces sages conseils qu'en gagnant elle-même l'argent nécessaire à ses implants mammaires ? Ses parents n'auraient plus aucun motif valide pour lui refuser cette opération si elle la finançait toute seule.

Depuis la rentrée, bien des choses s'étaient passées que Chyna n'avait pas prévues. Sa relation avec Luca, par exemple. Elle y tenait beaucoup. L'idée qu'il puisse se détacher d'elle en apprenant ce qu'elle était la dévastait.

Elle avait vu *The Crying Game* et *Boys Do not Cry*. Pour Noël, Jack avait offert aux jumeaux des ordinateurs portables reconditionnés obtenus grâce à ses connexions chez HP, aussi Chyna avait-elle pu louer les films et les regarder seule, enfermée dans sa chambre, muette et horrifiée. Elle avait versé des torrents de larmes pendant les scènes de révélation. *A posteriori*, elle comprenait mieux pourquoi sa mère avait toujours refusé de la laisser regarder ces films sur les transsexuels, malgré son insistance. Réaliser quelle cible facile elle deviendrait pour les homophobes une fois son secret révélé était effrayant. Mieux valait sans doute vivre dans une bulle que connaître en détail ce qui pourrait lui arriver si elle se retrouvait au mauvais moment au mauvais endroit.

Quant à Luca, le contexte de sa famille le rendait plus tolérant, bien sûr, mais espérer sa compréhension une fois qu'il serait au courant restait peu probable. Personne n'aimait passer pour un imbécile et Luca considérerait avoir été trompé. Chyna ne pourrait pas lui en vouloir. Elle se faisait passer pour une fille alors que son pénis la désignait comme un garçon. Malgré ce que prétendait son extrait de naissance, elle vivait dans le mensonge. C'était lamentable !

Une autre question la taraudait : pourquoi sa mère ne lui avait-elle pas encore pris de rendez-vous avec un endocrinologue ? Était-ce encore une manœuvre dilatoire pour ne pas affronter son erreur de quinze ans plus tôt ? Un nouveau spécialiste risquait-il de critiquer Lisa pour avoir déclaré de sexe féminin un bébé génétiquement mâle ?

Depuis la naissance des jumeaux, la famille était entrée dans un système d'assurance maladie spécifique et, à ce titre, il était rare de voir plus d'une fois le même médecin. Lisa n'avait jamais revu son gynécologue-accoucheur. Les pédiatres consultés pendant l'enfance des jumeaux, pour une maladie infantile ou l'autre, avaient accepté le sexe de Chyna avec indifférence : après tout, ils n'avaient pas à psychanalyser ces parents obtus, puisque « la petite fille » semblait mener une vie heureuse et équilibrée. Ils n'étaient pas payés pour chercher des complications inutiles, mais pour voir autant de patients que possible durant leurs heures travaillées.

Chyna avait oublié quel docteur lui avait prescrit son traitement hormonal. Elle ne l'avait jamais revu et depuis lors, sa mère se contentait de lui donner chaque matin une pilule à avaler. Étrange, pourtant, ce manque de suivi. N'aurait-elle pas dû faire des analyses de sang régulières pour s'assurer que les médicaments étaient encore adaptés et efficaces ? Chyna soupira à l'idée que son prochain spécialiste serait encore un étranger. Se soucierait-il un peu plus de sa jeune patiente ou ne penserait-il lui aussi qu'à son quota de rentabilité ?

Elle parla à Chip de ses inquiétudes le dimanche chez leur père, alors que tous deux étaient vautrés à ne rien faire sur le canapé.

— Je t'accompagnerai à ton rendez-vous, annonça Chip. Je préfère suivre de près ton traitement au lieu de compter sur maman.

— Mais tu es mineur !

— Je demanderai à maman de me signer une autorisation pour avoir accès à ton dossier médical.

Chyna se redressa, excitée par la perspective d'avoir son jumeau avec elle pour la prochaine consultation. Peut-être qu'à deux, ils comprendraient enfin ce qui se passait.

— Que comptes-tu faire, Chip ?

— Je ne sais pas, mais être là et poser les bonnes questions me parait un bon début. Tu n'as pas parfois l'impression de tâtonner dans le noir ? Nous ne savons pratiquement rien de ton état alors que tu atteins la puberté ! Qu'est-ce que maman attend ?

Chip fit une moue amère. Chyna se sentait tout aussi frustrée.

— Je n'en sais rien, reconnut-elle. Je crois qu'elle devient un peu folle... À ton avis, elle l'a toujours été ou ça lui est venu graduellement ?

— Peut-être une forme de psychose après sa grossesse ?

Il avait cherché sur Internet à en savoir plus sur la fécondation in vitro et les conditions particulières susceptibles d'engendrer des intersexués.

— D'après ce que j'ai lu, enchaîna-t-il, la FIV est un processus bien plus compliqué que simplement prélever à une femme ses ovules, les mélanger avec du sperme et tout remettre là où je pense. Parfois, les spermatozoïdes ne trouvent pas la cible, parfois, la fécondation n'a pas lieu. Les parents ont vécu beaucoup d'échecs avant nous. Cela peut laisser des traumatismes. Maman a sans doute fait une dépression. Tu sais bien que les déprimés font n'importe quoi, comme ces femmes qui se suicident en voiture avec leurs enfants à bord.

— Faire de son fils une fille parce qu'on a envie de jouer à la poupée, ce n'est pas mieux, grogna Chyna.

— C'est vrai. Aurais-tu préféré être élevée comme un garçon ?

Chyna secoua la tête avec impatience.

— Non ! Tu m'as déjà posé cette question je ne sais combien fois ! Je n'ai jamais voulu être à ta place !

— Est-ce que les filles t'attirent ?

Elle fit la grimace.

— Non ! Je ne suis pas lesbienne !

— Ça n'a rien à voir, Chyna. Les mecs aiment les filles, c'est dans l'ordre des choses.

— Je ne suis pas un mec !

— Techniquement, si.

— Alors, je suis gay. C'est le pompon ! Je devrais me flinguer et en finir avec toutes ces conneries !

Chip la surveilla, l'air inquiet. Il avait une idée, mais ne savait pas trop comment sa sœur allait réagir.

— Et si nous partions quelque temps tous les deux dans un endroit où personne ne nous connaît ? Tu dis que tu en as assez de prétendre être quelqu'un que tu n'es pas. Alors, faisons un essai… Il faudrait que tu cesses d'être une fille, que tu te coupes les cheveux. Agir comme un mec te permettrait peut-être de découvrir ce que tu veux vraiment être. Si tu es gay, quelle importance ? Tu te mettras plus tard avec un mec, mais en toute connaissance de cause.

Elle le fixa sous le choc.

— C'est une idée épouvantable !

— Pourquoi ?

— Parce que je ne suis pas un homme, Chip. Tu ne comprends donc pas ? Je suis une fille, même si mon corps dit le contraire.

Chip soupira.

— Sais-tu au moins ce que tu devras subir pour avoir ce corps dont tu parles ?

— Oui, il me faudra plusieurs opérations de chirurgie. Je ne suis pas idiote !

— As-tu déjà regardé sur Internet les photos de ces opérations ?

— Non.

— Tu devrais le faire avant de t'entêter dans ton idée.

— Tu essaies de me faire peur ?

— Peut-être.

— Tu es censé m'aider !

— C'est le cas !

— On ne dirait pas !

Chip baissa la voix :

— La chirurgie serait irréversible, Chyna. Si tu coupes ta queue, elle ne repoussera jamais.

— Dieu merci !

Chip paraissait gêné, mais en même temps déterminé.

— Je m'étais juré de ne jamais avoir cette conversation avec toi, mais si tu n'essaies pas au moins une fois, tu ne sauras jamais ce que tu vas perdre. Et ce serait aussi idiot que de jeter une nouvelle voiture sans même l'essayer.

Elle ouvrit la bouche pour protester, puis la referma rapidement. D'une voix à peine audible, elle demanda :

— Tu voudrais que je me masturbe ?

Chip ferma les yeux.

— Oui.

— Je ne vois pas l'intérêt.

— Cela te ferait connaître le plaisir sexuel. La chirurgie te privera à tout jamais de tes orgasmes.

— Frangin ! Comment peux-tu me parler comme ça ! C'est trop bizarre !

— Mieux vaut être bizarre que suicidaire.

— Pourquoi dis-tu que je ne ressentirai plus de plaisir après l'opération ? Comment le sais-tu ?

— Une fois attaquées au bistouri, tes terminaisons nerveuses ne redeviendront jamais. Tu n'auras plus aucune sensation au niveau du bas-ventre, aucun plaisir. Tu veux vraiment passer toute ta vie comme ça ?

— Tu n'es pas médecin !

— C'est vrai, mais j'ai beaucoup lu sur le sujet.

— Peuh ! Et alors ? Tu n'es qu'un gamin qui joue au docteur !

Elle se haïssait d'être aussi méchante alors que Chip ne voulait que son bien, mais il lui avait fait peur. Et s'il avait raison ? Allait-elle perdre à jamais cette agréable sensation qui lui enflammait le ventre ? Serait-ce encore meilleur dans les bras de Luca, s'il l'embrassait, la caressait ? Oh, seigneur !

Comme s'il devinait ses pensées, Chip tendit la main vers elle.

— N'aie pas peur.

— Je suis terrifiée, admit-elle. Si tu as raison…

Il acquiesça.

— J'ai raison.

— Qu'est-ce que je dois faire pour me… euh, me masturber ? demanda-t-elle d'une voix plaintive. Attraper ma queue et serrer fort ?

Chip baissa la tête.

— Tu trouveras toute seule.

— Et si je te demandais de…

— Non ! coupa-t-il avec véhémence. Pour ça, tu te débrouilleras sans moi, poupée.

— Faut-il… un truc spécial… pour que ça marche ?

Il fit une grimace désespérée, les joues rouges et le front perlé de sueur.

— Merde ! Prends de l'huile d'amande douce, éventuellement. Et des mouchoirs en papier.

Chyna sentit que Chip avait atteint ses dernières limites. Elle ne voulait pas le pousser à bout.

— D'accord. Merci.

Il leva les yeux au ciel.

— Ce genre de conseils dépasse le rôle classique d'un frère attentionné.

— Tu es le meilleur !

— Ou le pire.

Il la prit dans ses bras et la serra fort.

— Tu sais, souffla-t-il contre ses cheveux, j'aimerais qu'il existe un remède miracle pour faire disparaître tout ça.

— Moi aussi.

Elle soupira et se blottit contre lui. L'avenir lui paraissait à la fois incertain et dangereux. Le bal allait-il bien se dérouler ou Luca la rejetterait-elle comme un jouet défectueux ? Elle n'avait qu'une certitude : pas question d'oublier Chyna et de devenir Chandler. Il était trop tard pour ça. Elle n'avait rien contre les gays, mais le sujet ne la concernait pas.

Elle était une fille, point barre.

XXIII

DIMANCHE SOIR à vingt-deux heures trente, Chyna était rentrée chez elle. Étendue dans son lit, elle pensait aux jours à venir. Ils seraient bien occupés, tant mieux, ça l'empêcherait de ressasser sa prochaine séance photo. Lisa avait peu apprécié d'apprendre que Sherry accompagnerait sa fille, usurpant ainsi son rôle maternel, mais elle avait fini par l'accepter, consciente de l'impératif de ses nouveaux horaires de travail.

Chip était dans sa chambre, probablement au téléphone avec Megan. Qu'avait-il encore à lui dire après lui avoir envoyé des SMS toute la journée ? N'ayant jamais eu de petit copain, Chyna avait du mal à comprendre la dynamique d'un couple. Son frère et Megan jouaient-ils au « sexe par téléphone » ou bien prenaient-ils tout simplement des nouvelles l'un de l'autre avant de se coucher ? D'après la télé et les magazines, les « sextos » étaient très en vogue chez les adolescents. Étrange, mais ça non plus, Chyna ne connaissait pas. Flirter au téléphone paraissait inoffensif au premier abord, mais cela pouvait inciter à passer à l'étape supérieure, non ? Dans le doute, elle préférait éviter tout geste ou attitude ambigus et tenait tout le monde à distance. Dans ce domaine, essayer de suivre l'exemple des autres filles risquait de provoquer un désastre, aussi mieux valait-il rester à l'écart et passer pour une coincée ou une prude. Chyna restait tétanisée d'horreur en imaginant la honte qui rejaillirait sur elle si la réalité de sa condition devenait publique. Alors, pourquoi envisageait-elle de rompre ses règles auto-imposées pour Luca ? Pourquoi pensait-elle qu'il réagirait différemment des autres ?

Ses pensées revinrent au sujet abordé avec Chip chez leur père et que Chyna avait délibérément évité depuis lors. Elle se leva et alla verrouiller sa porte. Elle avait un miroir de plain-pied sur la porte de son placard. Elle se plaça devant et fixa son reflet. Elle portait un vieux tee-shirt des Blackhawks de Chicago et un pantalon de pyjama en coton. Ses cheveux tombaient sur ses épaules et sur sa poitrine, cachant ses seins inexistants. Dan verrait-il en elle une adolescente prépubère ou bien son œil professionnel découvrirait-il son secret ?

Chyna releva son tee-shirt et s'en débarrassa, puis elle attacha ses cheveux en queue de cheval avec un chouchou. Elle fixa sa poitrine plate et remarqua des poils roux plus abondants entre ses mamelons. De toute évidence, le traitement hormonal était moins efficace. Sans doute parce que Chyna ne prenait pas ses pilules quotidiennement, comme elle était censée le faire, mais une fois tous les trois jours. Elle préférait garder un petit stock d'avance puisque sa mère ne lui avait pas encore pris de rendez-vous médical.

Quand s'était-elle rasée pour la dernière fois ? Assez récemment, croyait-elle, mais d'après ce qu'elle voyait, elle se trompait. Elle trouvait troublant de voir des poils roux descendre de son nombril en ligne droite et disparaître sous la ceinture de son pantalon. Elle le baissa sur ses cuisses, l'ôta d'un coup de pied et se dénuda complètement.

En voyant son bas-ventre, elle ouvrit de grands yeux. Elle n'utilisait plus de crème dépilatoire depuis qu'elle n'était plus cheerleader. *Quel intérêt ?* avait-elle pensé, puisque personne ne risquait de la voir nue. Jamais elle n'aurait imaginé qu'un buisson ardent puisse pousser aussi vite ! Si on lui demandait de porter un maillot ou un pantalon taille basse durant la séance photo, elle était fichue. Il lui fallait régler le problème sans attendre. Elle dut se forcer pour regarder l'appendice redouté qui pendait entre ses cuisses. Lui aussi avait changé au cours des six derniers mois : il avait grandi de deux ou trois centimètres. Nue, Chyna ressemblait de plus en plus à un garçon.

Étant enfant, elle avait parfois tiré sur son pénis, se demandant pourquoi il était plus petit que celui de Chip. Sa mère avait répondu que « la chose » n'était pas censée exister et qu'un jour, Chyna en serait débarrassée. Un détail l'avait inquiétée : elle utilisait la chose pour faire pipi et se demandait comment elle ferait sans. Elle avait interrogé sa mère et reçu une vague réponse qu'elle avait mal comprise. De plus, au ton employé par Lisa, Chyna s'était sentie honteuse et anormale. Ayant reçu l'interdiction formelle de jouer avec la chose, Chyna n'avait plus jamais posé de questions. Du moins pas avant que son organe se mette à grandir et à ressembler à un vrai pénis et non à une anomalie.

Jusqu'à ce jour, Chyna avait considéré la chose comme une nuisance humiliante à cacher autant que possible, soit sous ses vêtements, soit entre ses cuisses pour que personne de remarque de bosse bizarre. Et maintenant, Chip lui demandait de tirer de la chose – de *son pénis* – du plaisir ? Devait-elle l'écouter et suivre son conseil ? Apprendrait-elle à mieux apprécier son organe si elle lui découvrait un autre rôle qu'expulser de l'urine ?

Elle pressa son pouce sur le gland. Fascinée, elle vit son pénis commencer à s'ériger. On l'aurait dit... vivant ! Une boule rose humide émergea des replis de peau comme une petite créature sous-marine. Se demandait-elle pourquoi Chyna s'intéressait enfin à elle après l'avoir ignorée pendant tant d'années ? Une goutte de liquide clair perla au méat. Chyna la récupéra au bout du doigt et la frotta entre son pouce et son index. C'était un peu visqueux. Décidée à mener plus loin l'expérience, elle porta son doigt à sa bouche et suça. Le goût, bien qu'un peu salé, n'avait rien de répugnant. Son sperme aurait-il la même saveur ? Serait-elle capable d'en produire en quantité comme elle avait vu des acteurs le faire sur des sites prohibés ? Pour tenter de la « décoincer », une de ses anciennes amies – une fille précoce ! – avait réussi à forcer le contrôle parental de l'ordinateur de ses parents pour lui faire regarder une vidéo porno. Elle n'avait réussi qu'à la dégoûter.

Chip avait conseillé de l'huile pour bébé. N'en possédant pas, Chyna opta pour le flacon de lotion corporelle qu'elle gardait sur sa table de nuit. Elle en versa une bonne quantité dans sa paume gauche. Puis, après avoir respiré un grand coup, elle en oignit son sexe. Elle réalisa vite que le frottement était agréable et ferma les yeux pour continuer sans regarder ce qu'elle faisait. Elle se mit à penser à Luca. Elle l'imagina avec un tee-shirt noir moulant, celui dont les stries argentées lui donnaient une allure de rock star. Sur son écran mental, elle le vit se baisser avec un sourire entendu pour l'embrasser dans le cou. Elle en eut la chair de poule et la limace qu'elle tenait dans la main enfla comme une saucisse. La sensation bizarre souvent éprouvée ces derniers temps se ranimait dans ses entrailles.

Sans ouvrir les yeux, Chyna tomba à genoux, les jambes trop faibles pour la soutenir. Malgré sa peur, elle jeta un coup d'œil furtif à son organe et vit combien il avait grossi sous ses attouchements. Elle devint plus agressive, avec de forts va-et-vient. Quand elle atteignait le prépuce et le décalottait, c'était vraiment bon ! Son sexe jaillissait de son ventre et ressemblait à un gros ver aux veines saillantes. Le gland était devenu pourpre foncé, du liquide séminal en suintait toujours. Chyna accéléra son rythme, le cœur tambourinant au bord de l'implosion, le souffle de plus en plus erratique. Son pouls battait dans ses oreilles, c'était à la fois exaltant et effrayant.

Elle se sentait chaude, humide et molle à l'intérieur, et savait qu'elle ne pouvait plus s'arrêter malgré sa terreur. La sensation d'extase monta et monta encore, la propulsant en plein ciel dans la brume d'un plaisir encore jamais connu. Son sperme jaillit. Elle le regarda lui maculer les doigts. Puis elle porta sa main à sa bouche. Le goût était différent, constata-t-elle. Plus fade, moins salé, mais pas mauvais.

Elle s'essuya le ventre avec son tee-shirt et s'allongea sur le sol, les yeux au plafond. Nom de Dieu !

Cette première expérience était un remarquable succès ! Tentée de courir chez son frère pour tout lui raconter, elle se ravisa. Chip en serait horriblement embarrassé et plus jamais Chyna ne pourrait le regarder dans les yeux. Peut-être lui demanderait-il un jour si elle avait suivi sa suggestion… elle dirait oui, sans donner de détails. Pour le moment, mieux valait garder le secret.

Elle se releva, ouvrit sa porte, sortit de sa chambre et se dirigea vers la salle de bain du couloir. L'odeur forte du sexe lui monta aux sinus. Chyna tenait à prendre une douche et à se raser avec soin –longue séance qui réclamerait sans doute plusieurs lames de rasoir.

Quand ce fut terminé, elle était lisse et soyeuse de la tête aux pieds. Et il était minuit passé. Libéré de son buisson de poils roux et frisés, son pénis semblait plus long de plusieurs centimètres. Ou peut-être était-ce juste une impression due au fait que Chyna le remarquait davantage depuis son initiation. Qui aurait pu imaginer que cette horreur pouvait offrir tant de plaisir ? Après cette révélation, elle ne put éviter plus longtemps une question dérangeante : serait-ce si terrible de le garder ?

Stupéfaite par ce retournement de situation, elle en éprouva une peur soudaine et des larmes lui noyèrent les yeux. Elle retourna dans sa chambre et se jeta sur son lit. Elle se sentait trahie. Chip devait bien savoir que cette expérience lui troublerait l'esprit, non ? Alors, pourquoi l'avoir suggérée ? Espérait-il la voir changer d'avis sur son opération après avoir confronté la réalité à ses illusions ? Chyna se trompait-elle en espérant voir tous ses problèmes résolus avec la pose d'implants mammaires ? Le conflit n'existait-il en vérité que dans sa tête ?

Au fond, elle ignorait totalement qui elle était, ce qu'elle était.

Elle pleura une bonne partie de la nuit. Au matin, elle avait les yeux battus et le teint brouillé. Lisa lui en fit la remarque. Aussitôt, Chyna demanda à ne pas aller à l'école. Sa mère accepta et lui conseilla de se recoucher avec deux Tylenol. Elle se chargeait aussi de prévenir l'école de son absence.

Avant de se partir, Chip passa voir sa sœur.

— Tu es vraiment malade ou tu fais semblant ?

— J'ai mal à la tête, répondit Chyna d'une voix faible.

Elle avait peur de révéler la vérité. Elle préférait rester à la maison parce qu'elle était au bord des larmes. Elle refusait de s'effondrer à l'école devant tout le monde, et surtout devant Ashley et sa clique toujours aux aguets. Et Luca, hein, que dirait-il de la voir avec des yeux aussi rouges ? Il réclamerait une explication et bien entendu, elle ne pouvait pas partager avec lui sa première expérience sexuelle, pas dans un contexte aussi tordu.

Une fois seule, Chyna dormit jusqu'à midi. À son réveil, elle constata que son nouveau jouet avait durci et réclamait son attention. Dans le passé, elle s'était contentée d'ignorer ces érections matinales, mais depuis la veille, elle connaissait une façon plus agréable de régler le problème. Avec la sensation de trahir tout ce qui était féminin en elle, Chyna serra les doigts sur son pénis et commença à se masturber. Quelque part, elle avait espéré que cela ne fonctionnerait pas aussi bien que la veille. Elle se trompait. Déjà, elle ressentait les premiers frissons du plaisir et se laissa emporter. Avec une étrange pensée en tête : *ainsi, voilà pourquoi tout le monde parle du sexe avec un tel enthousiasme !*

Une pulsation commença au tréfonds de son être et se répercuta dans la moindre de ses terminaisons nerveuses. *Serait-ce mieux avec un partenaire ?* se demanda Chyna. Oui, sans doute. Dix fois mieux. Son imagination s'emballa et se concentra sur Luca. Son orgasme explosa peu après, plus rapidement que prévu.

Chyna se leva, arracha les draps de son lit et passa dans la salle de bain. Après sa douche, elle déposa ses draps dans la machine à laver. De retour dans sa chambre, elle ouvrit les fenêtres et laissa entrer l'air frais. Sa chambre gardait l'odeur du sexe – une odeur que Chyna reconnaissait maintenant. En fait, elle l'avait parfois sentie en entrant à l'improviste chez son frère. Seigneur ! Devenait-elle comme Chip ?

Inévitablement, ses larmes recommencèrent à couler. Chyna réalisa aussi qu'elle se regardait dans la glace à la moindre occasion. Elle cherchait un changement dans son apparence, un signe visible qu'elle avait franchi une frontière informelle et allait bientôt se transformer en garçon. Se masturber devenait sa nouvelle obsession. Prise par la nouveauté de l'expérience, elle voulait découvrir d'autres plaisirs, aussi coupables soient-ils. En même temps, des vagues d'embarras ne cessaient de la traverser et ses joues étaient rouges et brûlantes. Sa culotte de spandex avait du mal à contrôler son érection.

AU FIL de la semaine, Chyna devint de plus en plus distraite. Elle occupait la plus grande partie de ses journées à attendre la tombée de la nuit pour pouvoir s'enfermer dans sa chambre et se masturber. Ce nouveau secret lui semblait être le plus honteux de tous ceux qu'elle gardait. La chose dont elle tenait tant à se débarrasser lui procurait du plaisir – pour une fois ! –, mais éphémère. En émergeant de ses orgasmes, Chyna replongeait dans son désespoir constant : elle s'inquiétait de son avenir et de ce qu'il lui apporterait. Néanmoins, cela ne l'empêchait pas de recommencer tous les soirs ses jeux solitaires.

Pour se rassurer, elle se convainquit que l'expérience était un moyen comme un autre d'atteindre son objectif. Pour grandir, il était impératif de découvrir sa sexualité, non ? C'était une étape nécessaire pour choisir de façon éclairée. Chip avait eu raison : plus question de couper son pénis maintenant qu'elle en connaissait les mérites ! Un clitoris artificiel fonctionnerait-il aussi bien ?

Prise dans la nouveauté de ses expériences, Chyna avait complétement oublié que jeudi soir, elle avait prévu de faire du shopping avec sa mère. Lisa l'entraîna et profita de sa distraction pour lui faire essayer des robes horribles. En se voyant dans la glace dans un affreux rose criard, Chyna sortit de son apathie et poussa un hurlement d'indignation. Qui avait prétendu que le rose seyait aux rousses ? Sans doute un drogué ou un aveugle ! Chyna trépigna et faillit arracher les monstrueux froufrous qui la faisaient ressembler à gigantesque marshmallow. Si Luca la voyait dans cet accoutrement, il lui offrirait une barbe à papa en guise de bouquet.

Elle voulait une robe sexy, avec un bustier peut-être, même si elle ne possédait pas la poitrine avantageuse qu'une telle tenue mettrait en valeur. Lisa finit par lui trouver une robe longue dont le corsage en élasthanne tenait sur le Wonder Bra.

— Dommage, déclara sa mère, que ce noir te donne un teint blafard.

En revanche, Chyna se trouvait superbe : on aurait cru une adulte ! La vendeuse sut les mettre d'accord en leur proposant le même modèle couleur chocolat, une teinte chaude qui flattait la rousseur de Chyna. Comme prévu, Lisa bénéficia de l'escompte réservé aux employés : elle paya la robe sans sourciller.

La mère et la fille continuèrent à arpenter les rayons pour trouver des chaussures assorties.

DU COUP, samedi arriva sans crier gare. Chyna était déjà sur l'I-90 dans la Toyota Camry de Sherry quand elle pensa pour de bon à sa séance photo. Ils arrivèrent juste à temps au studio. Sherry fit promettre à Chip de lui envoyer un texto toutes les heures pour la tenir au courant des progrès de Chyna. Elle proposa de repasser les chercher, à condition d'avoir au moins quatre heures pour sa virée shopping dans Michigan Avenue, la plus belle rue commerçante du centre de Chicago le valait bien. Les boutiques étaient bien mieux achalandées – et donc beaucoup plus tentantes ! – que celles du centre commercial de Schaumburg. Plus Sherry aurait de temps pour jouer les badauds, plus elle serait heureuse.

Au premier abord, l'agence *Elite Plus* n'avait rien d'impressionnant : un bureau petit et encombré, avec trois murs couverts par des couvertures de magazines. Cela ressemblait plus à un cabinet médical qu'à un endroit où les rêves devenaient réalité. Chyna se demanda combien des filles qui posaient sur les couvertures encadrées avaient réellement commencé ici. Un signal sonore annonça leur arrivée et Dan apparut. Il paraissait ravi de voir Chyna. Elle fit les présentations. Très aimable, Dan assura à Chip qu'il pourrait rester avec sa sœur tout le temps de la séance. Ayant l'habitude de travailler avec des mineurs, il comprenait l'inquiétude bien naturelle des parents. Et comme Chip agissait comme le représentant de Chyna, Dan lui assura à plusieurs reprises qu'il ne prendrait aucune photo douteuse ou même simplement équivoque.

Il entraîna Chyna dans un couloir menant à un vestiaire. Il ouvrit la porte et annonça :

— Melinda, je te présente Chyna. Chyna, voici Melinda, notre maquilleuse en chef. Elle gère aussi la garde-robe

Melinda était une superbe asiatique. Ses cheveux, aussi longs que ceux de Chyna, étaient d'un noir si profond qu'ils avaient des reflets bleus sous les lumières des néons. Ses yeux fendus étaient lourdement maquillés et ses lèvres pulpeuses – bien trop pour que ce soit naturel – portaient un rouge violet.

Comment Melinda réussit-elle à fermer la bouche pour cacher ses dents ? se demanda Chyna. Melinda souriait, aussi ne pouvait-elle pas le vérifier pour le moment. Moins grande que Chyna, la maquilleuse était d'une minceur qui confinait à la maigreur et dotée de seins énormes. Chyna aurait tout donné pour lui ressembler !

Dan s'adressa à Melinda :

— Je vais commencer par des photos en buste. Trouve-lui quelque chose de noir avec une encolure dégagée.

Se tournant vers Chyna, il demanda :

— Avez-vous des taches de rousseur sur la poitrine ?

Elle secoua la tête.

— Non.

— Parfait, dit-il avec un sourire.

Puis il reporta son attention sur Melinda :

— Tu lui maquilles les yeux et tu lui relèves les cheveux.

— D'accord. Maintenant, file. Laisse-moi travailler.

Sur ce, elle le poussa hors de la pièce. Une fois la porte refermée, Melinda tendit un peignoir blanc et donna l'ordre que Chyna avait redouté d'entendre :

— Déshabille-toi.

XXIV

— Hum ? Je...

— Mets-toi à poil, petite, je dois savoir avec quoi je travaille.

— Je ne veux pas... bredouilla Chyna. La nudité me gêne.

Melinda leva les yeux au ciel, puis poussa Chyna vers une porte qui menait à une minuscule salle de bain.

— Change-toi là-dedans pour l'instant, mais tu vas devoir oublier ta pudeur si tu veux réussir dans le métier.

Chyna poussa un soupir reconnaissant.

— Merci.

Une fois la porte refermée, Chyna serra le peignoir contre sa poitrine. Comment diable allait-elle pouvoir subir cette séance sans se trahir ? Par chance, elle se souvint que Dan avait déjà remarqué qu'elle était plate comme une limande – son œil expérimenté l'avait remarqué dès leur première rencontre –, aussi Melinda ne serait pas surprise de lui voir porter un Wonder Bra. Par contre, pas question d'enlever la culotte en spandex. Et si ça posait un problème, tant pis, elle laisserait tomber son projet.

Elle ôta son jean et son tee-shirt, puis enfila le peignoir. Quand elle sortit de la salle de bain, Melinda lui prit ses vêtements en silence et les suspendit dans un placard à côté de tenues qui arboraient toutes les couleurs de l'arc-en-ciel. Elle désigna un siège face à un comptoir couvert de flacons, pots, bombes aérosols, fers à friser, sèche-cheveux, bigoudis, brosses de différentes tailles et boîtes transparentes débordant de maquillage. Positionnée derrière Chyna, elle lui massa doucement ses épaules. Dans le miroir, Chyna nota le sourire de la maquilleuse et les dents blanches qui contrastaient avec le rouge à lèvres violet.

— Ça va, mon chou ?

— Oui, je crois, marmonna Chyna, tétanisée.

— Tu n'as pas à avoir peur.

Melinda lui empoigna les cheveux à deux mains et les tordit de façon experte en un gros chignon au sommet de la tête. Elle garda une mèche de chaque côté et les enroula sur son fer à friser, bavardant tout en travaillant.

— Tu as de beaux cheveux, dit-elle.

— Vous aussi ! s'empressa de répondre Chyna.

Libérés du fer, ses cheveux s'enroulèrent joliment en encadrant ses oreilles.

Melinda hocha la tête.

— Mes cheveux sont ce que j'ai de mieux, mais le noir est bien plus banal que ton adorable or rouge. Est-ce vraiment naturel ?

— Oui.

— Tes parents sont roux ?

— Oui, mon père.

Chyna savait que ces questions étaient destinées à la mettre à l'aise et elle était reconnaissante à Melinda de ses efforts.

— As-tu un surnom ?

— Pardon ?

— C'est souvent le cas pour les roux, on hérite de surnoms comme Poil-de-carotte ou la rouquine, en fonction de si on est appréciée ou pas.

Chyna secoua la tête.

— Les autres élèves le font peut-être dans mon dos, mais je ne suis pas au courant. En général, on m'appelle juste Chyna.

— C'est un prénom très original. Il te va bien.

— Merci. Je l'aime aussi.

— C'est bien normal.

Melinda fit pivoter le siège et souleva le menton de Chyna pour inspecter son visage.

— On voit à peine tes pores et tu n'as pas de taches de rousseur. C'est incroyable ! Quand Dan m'a dit que nous aurions une rousse aujourd'hui, j'étais certaine qu'il me faudrait au moins un pot de fond de teint pour cacher ça.

— J'ai de la chance, je suppose.

— Ça, c'est sûr, dit Melinda, qui l'étudiait avec intérêt. Tu t'épiles les sourcils ?

— Juste un peu.

— Qui t'a appris à le faire ?

— J'ai lu un article dans *SELF*.

— La plupart des filles de ton âge ont tendance à trop en enlever et redessiner les sourcils n'a rien de facile, même pour une maquilleuse professionnelle. Par chance, tu n'as pas abimé les tiens !

— En toute honnêteté, c'est parce que je n'y pensais pas. J'ai bien d'autres soucis en tête concernant mon apparence.

— Ta poitrine plate, par exemple ?

Chyna redressa vivement la tête, avant de réaliser que Melinda plaisantait.

— Euh…

— Ne t'en fait pas, mon chou. J'ai connu ça, moi aussi.

— Vous ?

Melinda ouvrit tout grand ses yeux chargés de mascara et prit sa poitrine à pleines mains.

— Hé, ne me dis pas que tu les croyais naturels !

Elle déboutonna son chemisier et révéla deux globes lourds et parfaitement proportionnés. Elle ne portait même pas de soutien-gorge pour les soutenir.

— Waouh ! s'exclama Chyna, émerveillée.

— Vu ce qu'ils m'ont coûté, ils ont intérêt à attirer l'attention !

— Je veux les mêmes !

— Si tu coopères, je te rendrai si belle qu'ils te supplieront de signer un contrat.

— D'accord, déclara Chyna.

— Tu vas devoir ôter ton peignoir. Je vais te mettre des paillettes sur le sternum. Ça rend très bien en photo.

— Je peux garder mon soutien-gorge ?

Melinda hésita.

— Montre-le-moi d'abord.

Le visage de Chyna dut refléter sa détresse, car Melinda lui pinça gentiment la joue.

— Fais-moi confiance, mon chou, insista-t-elle. J'ai tout vu.

D'instinct, Chyna la crut, sans trop savoir pourquoi. Elle laissa le peignoir glisser de ses épaules et ne chercha pas à empêcher Melinda de lui enlever son soutien-gorge. Après l'avoir lancé sur un autre siège, la maquilleuse examina calmement sa poitrine plate.

— Je vais utiliser de l'adhésif chirurgical pour créer un effet de profondeur.

— Oh. C'est possible ?

— Chérie, je peux tout faire.

Melinda sortit d'un tiroir un rouleau de ruban et se mit à emmailloter Chyna comme une dinde de Thanksgiving. Quand ce fut fini, elle sélectionna dans sa garde-robe un tee-shirt en spandex noir au col échancré et à manches mi-longues. Deux poches étaient cachées à l'intérieur, dans

185

lesquelles Melinda inséra deux prothèses souples donnant une impression de seins petits, mais naturels. Et comme promis, le ruban adhésif creusait le décolleté.

Melinda recula et regarda Chyna avec un sourire approbateur.

— Alors ? Qu'en penses-tu ?

Sidérée, Chyna admirait son reflet.

— Je ne sais pas quoi dire sauf… waouh !

— Je t'avais bien dit de me faire confiance.

Chyna hocha la tête.

— Je ne l'oublierai plus.

— D'accord, maintenant, occupons-nous de ton visage.

Pour protéger le tee-shirt noir, Melinda posa une serviette éponge sur les épaules de Chyna, puis elle fit mousser sur ses joues et son front de la crème nettoyante qu'elle essuya ensuite avec un mouchoir en papier. Ensuite, elle imbiba une boule de coton d'astringent et la lui passa sur le visage. Chyna sentit sa peau la picoter, mais déjà, Melinda l'oignait de crème hydratante, puis d'un léger fond de teint. Elle termina son maquillage d'un nuage de poudre qu'elle appliqua avec une grosse brosse moelleuse. Les particules de poudre s'envolèrent. Chyna éternua.

Melinda lui tendit un mouchoir.

— Ne me dis pas que tu es allergique à la poudre !

— Non, je ne crois pas.

— Alors, cesse d'éternuer, je ne veux pas de morve sur ton visage.

Chyna ressentit pour la maquilleuse un élan de respect teinté d'affection.

— Oui, madame.

Melinda porta ensuite son attention sur ses yeux. Quand elle se redressa, Chyna avait tout d'une créature exotique sortie tout droit du magazine *Vogue*.

— C'est génial ! On dirait un top model !

— Tu ressembles un peu à Nicole Kidman ! s'exclama Melinda d'un ton admiratif. Dan va craquer en te voyant.

— J'espère qu'il sera content.

— Dans le cas contraire, il serait difficile ! Maintenant, debout, enfile-moi ce jean noir. Tu tiens vraiment à garder ta culotte ? Les lignes, tu sais, ça n'est pas à la mode – sauf les blanches qu'on sniffe en soirée privée.

Chyna ne comprenait plus rien.

— Pardon ?

Melinda secoua la tête.

— Rien, excuse-moi. J'avais oublié ta jeunesse.

— C'est à cause de ma taille.

— Je suppose. Maintenant, revenons-en à cette culotte : tu serais d'accord pour l'enlever ?

La réponse de Chyna fut prompte et catégorique :

— Non.

Melinda baissa les yeux et fixa longuement le sous-vêtement incriminé. Chyna retint son souffle, espérant qu'elle n'aurait pas à s'en aller alors qu'elle était si près du but.

Melinda finit par lui tendre le jean.

— D'accord, fais comme tu veux. Garde-la et enfile ça. Je reviens.

Elle disparut dix bonnes minutes pendant lesquelles Chyna eut largement le temps de finir de s'habiller. Elle se regarda dans le miroir en pied : quelle transformation ! Melinda avait mis ses atouts en valeur, faisant de Chyna une créature magnifique. Même elle le reconnaissait. Et personne ne pouvait deviner que ses seins étaient factices. Chyna se demanda si elle réussirait à utiliser la même technique pour le bal à l'école.

Puis Melinda revint.

— Quelle est ta pointure ? demanda-t-elle.

Chyna baissa les yeux et réalisa qu'elle ne portait pas de chaussures.

— Taille quarante-deux.

— Ben dis donc ! Essaie ceux-là, ils devraient t'aller.

Elle tendait des stilettos noirs avec une lanière sur le dessus.

— Je ne saurai pas marcher avec, déclara Chyna.

— Tu apprendras.

— D'accord.

Elle les enfila et fit quelques pas maladroits, puis trouvant son équilibre, elle traversa la pièce sans tomber.

Melinda hocha la tête d'un air approbateur.

— Bravo ! Bon, on y va.

Elle conduisit Chyna jusqu'au studio principal. Les spots étaient nombreux, de toutes les tailles et formes, et les décors de toutes les couleurs de l'arc-en-ciel. En guise d'accessoires, il y avait des chaises, des échelles, des tabourets, et même une fausse voiture. Quand les deux femmes entrèrent dans la pièce, Dan et Chip discutaient. Ce dernier émit un sifflement bruyant.

— Chyna, tu es magnifique !

Chyna sourit, ravie de l'admiration qu'elle voyait dans tous les yeux posés sur elle. Dan la scruta de haut en bas, puis avança pour la prendre par la main et la placer devant un écran noir.

— Nous allons commencer ici.

LES DEUX heures suivantes s'écoulèrent à toute allure. Chyna fut positionnée d'un endroit à l'autre, debout, assise ou même couchée sur le sol. À un moment, Melinda ôta les épingles qui retenaient ses cheveux et brossa leur lourde masse pour que leurs reflets d'or roux contrastent avec le noir du tee-shirt.

Après d'innombrables photos, Dan demanda à Chyna de retourner au vestiaire et d'enfiler une longue robe violette. Melinda l'aida à se changer sans déplacer le ruban adhésif de son décolleté. Par chance, elle n'évoqua plus la culotte.

Quand Chyna retourna au studio, elle ressemblait à une star de cinéma. Elle sut qu'elle n'était pas la seule à le penser en voyant Chip écarquiller les yeux.

Finalement, Dan décida avoir tout ce qu'il lui fallait et Chyna s'écroula dans un fauteuil, épuisée et affamée. Jamais elle n'aurait imaginé que poser puisse être aussi drainant ! Pire encore qu'une exhibition sportive de cheerleader ! Bien sûr, l'inexpérience n'arrangeait rien. Une fois habituée, sans doute Chyna trouverait-elle plus facilement son rythme, mais pour le moment, elle n'était qu'un paquet de nerfs.

Elle retourna se changer. Quand elle revint dans le bureau, tous étaient attablés devant plusieurs cartons de pizza et un assortiment de sodas. Ils mangèrent avec appétit en attendant que Dan regarde ses photos et prenne une décision quant à l'avenir professionnel de Chyna. Il les convoqua enfin devant son ordinateur, il paraissait très excité, et même enivré.

Les jumeaux se penchèrent sur les différents écrans qui montraient le visage de Chyna sous tous les angles possibles. En vérité, Chyna avait du mal à croire que cette superbe créature était bien elle. C'était de la magie due à la baguette de la fée Melinda. Absorber ce qu'elle voyait lui prendrait du temps.

Quant à Dan, il était enthousiaste et bien plus sûr de lui qu'en abordant Chyna devant l'école.

— Je peux t'assurer que tu seras réclamée à cor et à cri dès que je ferai connaître ces photos !

— Vraiment ?

— Ta vie ne sera plus jamais la même, affirma-t-il. Je veux rencontrer tes parents au plus vite et leur faire contresigner ton contrat.

— Qu'est-ce que ça impliquerait au juste ? demanda Chip. Si je suis au courant, je pourrais tout expliquer aux parents.

— Nous demandons trois ans d'exclusivité, répondit Dan. Bien entendu, Chyna devra déménager à New York City, avec un chaperon.

— Et pour l'école, comment fera-t-elle ? insista Chip. Elle vient d'entrer en première année.

—Nous avons l'habitude. En général, nous engageons des professeurs à domicile pour nos mannequins mineurs. Ils ont un emploi du temps à la fois assez chargé et flexible. Je peux d'ores et déjà t'assurer que ta sœur sera très demandée.

— Combien gagnera-t-elle ?

— Ce sera précisé dans le contrat, répondit Dan.

— Je peux l'emporter avec moi ?

— Non, je le ferais expédier au domicile de tes parents par porteur spécial.

— Bon, on a fini alors ? demanda Chip.

— Juste… un dernier point.

Dan articula si lentement que Chyna sentit ses appréhensions renaître.

— Lequel ? demanda-t-elle.

Dan inspira un grand coup et se tourna vers elle.

— Ne le prends pas mal, Chyna, mais Melinda et moi sommes dans le métier depuis bien longtemps. La beauté, c'est banal. Le seul moyen de rester au top, c'est de capter l'intérêt du public, de lui fournir une forme d'unicité. Tu en as le pouvoir, d'après moi, mais pour ça, il faudrait dire la vérité sur ton sexe.

Chyna sentit monter une nausée. Comment Dan avait-il deviné ? Elle tourna un regard accusateur vers Melinda.

— Il n'y a pas de quoi avoir honte, dit doucement la maquilleuse, qui la regardait avec sympathie.

— De quoi parlez-vous ?

Son cœur tambourinait dans sa poitrine. Chyna dut faire un effort pour rester assise et ne pas céder à son envie de s'enfuir en courant.

— Je t'ai parlé de mon opération mammaire, confia Melinda. Je ne t'ai pas dit le reste.

— C'est-à-dire ?

189

Sans la moindre hésitation, Melinda ouvrit son jean et le baissa, exhibant la culotte en spandex qu'elle portait en dessous – la même que celle de Chyna.

— Tu vois, nous n'avons pas que de beaux cheveux en commun.

— Oh, putain ! marmonna Chip.

Chyna se leva brusquement, convaincue que si elle ne partait pas sans attendre, elle allait s'évanouir ou se mettre à crier.

Elle sortit sans se retourner, Chip sur ses talons.

Dan cria dans son dos :

— Tes parents recevront le contrat ces jours-ci, Chyna. Tu verras comment tu veux procéder.

XXV

UNE FOIS dans la rue, Chip envoya un texto à Sherry pour lui demander de venir les chercher. Elle le rappela immédiatement en indiquant qu'elle en avait encore pour une bonne heure de shopping. Il lui annonça donc que sa sœur et lui prendraient le train. Chyna étant déjà au bord de l'hystérie, il préférait ne pas lui imposer en plus une longue attente sur le trottoir. Non loin d'eux, un panneau indiquait l'entrée d'une station de métro. Chip saisit la main de sa sœur et l'entraîna dans cette direction. Ils s'apprêtaient à descendre les marches quand Melinda les rejoignit en courant. Elle posa la main sur le bras de Chyna.

— Je dois te parler.

— Laisse-moi tranquille, garce.

— Mon chou, je t'en prie. Écoute-moi.

— Tu as tout fichu en l'air ! hurla Chyna.

Elle s'effondra en sanglots. Chip passa le bras autour de sa taille, écarta Melinda et grogna :

— Laissez-nous passer. Nous rentrons à la maison.

— J'ai quelque chose à montrer à Chyna, insista Melinda. Ça l'aidera peut-être à me pardonner.

— Je ne veux pas voir ta queue ! s'exclama Chyna, les yeux fous.

Melinda secoua la tête.

— Bien sûr. Il ne s'agit pas de ça. Suis-moi, donne-moi dix minutes, le temps de t'expliquer.

— Une autre fois peut-être ? suggéra Chip. Pour le moment, elle n'est pas en état de vous écouter.

— Je veux juste lui faire comprendre que Dan et moi ne sommes pas ses ennemis, mais pour le lui prouver, j'ai besoin d'un support visuel.

Chip jeta un coup d'œil à sa sœur. Elle avait les cils trempés de larmes.

— Tu veux bien les écouter, Chyna ?

— Pour qu'ils se rient de moi ?

— Non ! s'écria Melinda. Ce n'est absolument pas notre but.

— Alors, pourquoi Dan a-t-il fait cette horrible suggestion ? Je suis une fille, bon sang !

Melinda soupira.

— Nous aimerions t'épargner bien des souffrances.

— En révélant la vérité au monde ?

— Non, plutôt en te racontant mon histoire afin que tu comprennes ce que nous avons traversé.

QUAND MELINDA revint accompagnée des jumeaux, Dan sembla soulagé. Il leur proposa un siège et des boissons fraîches. Puis Melinda se lança dans les explications promises :

— Pour commencer, laissez-moi vous dire que Dan et moi sommes ensemble depuis longtemps.

— Vous possédez l'*Elite*, c'est ça ? demanda Chip.

— Oui, répondit Dan, l'une des rares agences au monde à employer des mannequins transsexuels.

— Je ne suis pas transsexuel, déclara Chyna sur la défensive. Mais intersexué.

— Tu es spéciale, murmura Melinda. Peu importe l'étiquette que tu te donnes. De toute façon, la société et le corps médical passent leur temps à en changer pour parler des gens comme nous.

— *Les gens comme nous* ?

— Ceux qui, pour une raison ou une autre, ne sont pas conformes aux normes sexuelles habituelles, ou qui ne se reconnaissent pas dans le genre qu'ils ont reçu à la naissance. En un mot, ceux qui refusent de vivre dans un corps qui n'est pas le leur.

Cette fois, Chyna baissa la tête.

— Comme moi.

— Et comme moi, dit Melinda. Je ne connais pas ton histoire, chérie, mais je t'assure que Dan et moi sommes prêts à te protéger des connards qui chercheront à s'en prendre à toi sous prétexte que tu es différente.

— Ils n'en sauront rien si vous gardez mon secret, s'entêta Chyna.

— Dan a tout deviné le jour où il t'a rencontrée.

Éberluée, Chyna se tourna vers le photographe.

— C'est donc si évident ?

— Oui, quand on sait où chercher.

— Qu'est-ce qui m'a trahie ?

— Ta taille, pour commencer, bien qu'il existe des femmes aussi grandes que toi.

— Alors, quoi d'autre ?

— Ta silhouette. La graisse corporelle se répartit différemment chez les hommes et chez les femmes, et un œil exercé comme le mien le remarque au premier abord. Et si j'avais gardé un doute, cette séance photo me l'aurait enlevé. En fait, non, depuis le début, je savais exactement ce que tu étais.

— Un monstre !

Melinda lui prit la main et la serra doucement.

— Non, toi et moi ne sommes pas des monstres, bébé, nous sommes juste différents.

Chyna l'ignora et continua à s'adresser à Dan :

— Pourquoi pensez-vous que j'aurais besoin d'être protégée si je deviens mannequin ?

— Parce que c'est un milieu exténuant et très difficile. Tu seras souvent nue au milieu d'une foule de gens. Certains mannequins – pour des présentations de mode, par exemple – doivent se changer en quelques minutes. La pudeur n'a pas sa place dans notre petit monde. Tu ne pourras pas éternellement cacher ton corps et ses spécificités. Donc, mieux vaut te présenter sous ton vrai jour, à mon avis, pour qu'on ne puisse pas t'accuser de tricher, ou pire, te faire chanter ou abuser de toi.

— Pourquoi chercher à me faire chanter ?

— Pour t'extorquer de l'argent.

— Je n'en ai pas.

— Un top model gagne vingt millions de dollars par an.

— Nom de Dieu !

Dan hocha la tête.

— Bien entendu, Cela n'arrive pas du jour au lendemain. C'est une combinaison de nombreux facteurs. Tu as de la chance : d'abord, le prince Harry a remis les roux à la mode, ensuite, le look androgyne est très demandé.

— Androgyne ? Ça veut dire quoi ?

Dan s'approcha de son ordinateur et afficha quelques photos sur son écran. Il en sélectionna une et cliqua pour la zoomer. Un être blond apparut, les cheveux aux épaules, dans un costume Armani. On aurait juré une femme, mais la veste entrouverte révélait un torse nu et masculin.

— Voici Andrej Pejic, expliqua Dan, l'un des mannequins les mieux payés au monde. Il peut tout porter – robe, costume à fines rayures, sari pourpre ou boa de plumes – et tout lui va de façon sublime.

Sidérée, Chyna releva les yeux sur Dan.

— Mais il n'a pas de seins !

— Non.

— Et ça ne gêne personne ?

Dan sourit.

— Non.

Melinda intervint :

— Andrej est un transsexuel. Il a récemment annoncé être devenu une femme.

— Peu importe, répliqua Dan. Il y a d'autres cas.

— Montrez-les-moi ! s'écria Chyna avec empressement.

Dan fit défiler d'autres photos de mannequins androgynes, indiquant leurs noms et leurs statistiques. Chyna les étudia les unes après les autres avec attention. Certains avaient des seins, d'autres étaient aussi plats qu'elle. Dans l'ensemble, ils étaient tous d'une beauté extraordinaire, chacun à leur manière, et leurs antécédents biologiques n'étaient même pas mentionnés.

— Je ne savais pas, murmura-t-elle.

— Tu as beaucoup à apprendre, dit gentiment Melinda, et nous voulons t'aider à atteindre les plus hautes marches de la gloire et la fortune sans que tu te perdes en chemin.

Chyna se tourna enfin vers elle et reprit un ton respectueux :

— C'est ce qui vous est arrivé ?

— Oui, j'ai été honteusement exploitée avant de rencontrer Dan. Avec lui, j'ai rencontré l'amour.

Chyna ouvrit de grands yeux.

— Quoi ? Vous êtes *ensemble* ?

Les lèvres épaisses s'ouvrirent en un grand sourire.

— Oui.

Chyna se tourna vers Dan.

— Alors, vous êtes gay ?

Il pencha la tête.

— Pourquoi cette étrange question ?

— Parce que Melinda a un… euh, vous savez… Bon, laissez tomber, je…

Chyna s'interrompit, ne sachant comment continuer.

— Elle est ma femme et je l'aime.

— Donc, vous êtes gay.

Dan poussa un soupir exaspéré.

— Écoute, Chyna, tu peux t'accrocher aux étiquettes si tu y tiens, mais crois-moi, ça ne t'aidera pas à retenir le bonheur quand tu le trouveras sur ta route.

Sans pouvoir s'en empêcher, Chyna fixa l'entrejambe de Melinda.

— Euh, en pratique, ça se passe comment ?

Sous le choc, Chip s'en étrangla presque.

— Chyna ! Merde, quoi, ça ne te regarde pas !

Chyna piqua un fard.

— Excusez-moi. C'est juste… euh, c'est la première fois que je rencontre quelqu'un comme moi.

Melinda sourit.

— Je comprends. Pourquoi ne fais-tu pas partie d'un groupe de soutien psychologique ?

Chyna leva les yeux au ciel.

— Parce que dans la famille, je suis la honte qu'on cherche à oublier ! J'ai demandé un million de fois à maman de me prendre rendez-vous chez un endocrinologue. Elle s'y refuse !

Étonné, Dan se tourna vers Chip.

— C'est vrai ?

— Je suis désolé de l'admettre, mais oui, c'est vrai. Nos parents appliquent la politique de l'autruche. Ils refusent d'envisager que Chyna a un problème.

— C'est absurde, sinon abusif.

— Je sais, déclara Chip. Nous avons décidé de prendre rendez-vous directement, nous irons ensemble. Nous espérons des réponses.

— Quel genre de réponses ? demanda Dan.

— J'aimerais me faire opérer, répondit Chyna. Je veux savoir quand ce sera possible.

— Tu parles de tes implants mammaires ? demanda Melinda.

— Oui, mais pas seulement.

Dan s'assombrit.

— Je vois.

— Melinda a des seins, protesta Chyna. Pourquoi pas moi ?

— Chacun est libre, répondit Dan. C'est ta vie, c'est ton corps, c'est ton choix.

— Mais d'après vous, je ne devrais rien faire ? insista-t-elle.

— Je n'ai pas à te dire ce que tu peux faire ou pas, Chyna. Au mieux, je peux te donner tes options. Comme tu as pu le constater sur les photos que je t'ai montrées, les seins ne sont pas essentiels pour devenir mannequin. Certains couturiers préfèrent de la poitrine chez leurs modèles, d'autres s'en moquent. Tu sembles beaucoup tenir à tes implants, mais tu pourrais tout aussi bien réussir en restant comme tu es.

— C'est bon à savoir.

— Quant à la reconstruction génitale, il se répand sur la question beaucoup trop d'idées archi-fausses, aussi te conseillerais-je fortement d'en apprendre autant que possible avant de te lancer dans une action drastique.

— Ça risque de modifier radicalement ta vie, ajouta Melinda. Parfois, réaliser son vœu le plus cher vous *coupe* du vrai bonheur, si tu me pardonnes ce jeu de mots douteux. Si tu veux mon avis, vivre une relation sexuelle satisfaisante est bien plus important que correspondre à la fausse image de soi-même qu'on a en tête.

— Et si je ne trouve jamais un homme aussi compréhensif que Dan ? demanda Chyna.

— Tu trouvas celui qui t'aimera telle que tu es, affirma Melinda. Fais-moi confiance.

— Comment pouvez-vous en être aussi sûre ?

— Parce que bien de gens dans notre situation sont en couple.

Chyna fit une moue de dégoût.

— Certainement pas à Barrington ! Pour rencontrer des gens évolués, il faut que j'aille à New York !

— Tu n'en sais rien, déclara Dan.

— Je préfère ne pas courir le risque, rétorqua Chyna.

— Je te trouve bien pessimiste. As-tu un petit ami ?

— Je ne sais pas encore.

Chip tressaillit et lui jeta un coup d'œil de côté.

— Ne me dis pas que tu penses à Luca !

Chyna haussa les épaules.

— Pourquoi pas ?

— Parce que ça ne ferait que te créer de nouveaux problèmes ! déclara Chip.

Chyna se tourna vers Dan.

— Vous voyez ? C'est toujours comme ça à la maison !

Chip se sentit tenu de défendre sa réaction :

— Je veux juste lui éviter du chagrin ! Si je sortais avec une fille et que je découvrais qu'elle a une queue, je crois que... je le prendrais très mal.

— J'en doute, le contredit Dan, tu serais bien placé pour comprendre, mais sinon, tu as raison : la plupart des adolescents ne seraient pas aussi ouverts.

Chyna s'emporta :

— Alors, pourquoi ne pas faire couper cette chose une bonne fois pour toutes ? Ça réglerait pas mal de mes problèmes, non ?

Dan se tourna vers Melinda.

— Je vais te laisser lui répondre.

Melinda reprit les mains de Chyna dans les siennes et les serra fermement.

— Dan et moi ne comptons pas te dire ce que tu dois faire. Notre but est simplement de faire de toi un mannequin dans le meilleur contexte possible. Sur un plan personnel, je peux seulement te répéter ce que j'ai entendu de personnes ayant vécu une castration suivie d'une chirurgie reconstructrice. Oh, la science a fait de grands progrès, mais la procédure n'est pas encore parfaitement au point. Perdre un organe aussi vital changerait toute ta vie sexuelle.

Chyna resta muette. Mais pas Melinda.

— Connais-tu le plaisir, Chyna ? demanda-t-elle.

Sans répondre, Chyna baissa la tête. Melinda la secoua.

— Voyons, ce n'est pas le moment d'être timide. As-tu déjà eu un orgasme ?

— Oui, marmonna Chyna d'une voix à peine audible.

— Et c'est une sensation divine, tu es bien d'accord ?

Chyna acquiesça, sans relever la tête.

— Eh bien, enchaîna Melinda, d'après ce que j'en sais, tout cela disparaît le plus souvent après une opération.

Cette fois, Chyna se redressa.

— Mais pas toujours ?

— Es-tu prête à courir le risque ?

— Il faut que je réfléchisse, admit Chyna. Et en ce qui concerne mon contrat, où en sommes-nous ?

— Tu dois déterminer tes priorités, en discuter avec tes parents, consulter un médecin si tu tiens vraiment à une reconstruction, puis nous téléphoner. Nous patienterons le temps qu'il faudra.

— Quoi ? Il n'y a pas de délai ?

— Nous aimerions recevoir ta réponse dès que tu auras pris ta décision.

— Cela peut prendre des semaines ! gémit Chyna.

Compatissant, Dan hocha la tête.

— Des semaines, ça va. J'espère qu'il ne te faudra pas des mois…

Le regard de Chyna passa de l'un à l'autre, puis se fixa sur Melinda.

— Merci d'avoir été aussi patiente avec moi, malgré ma crise d'hystérie.

Melinda sourit.

— J'ai l'habitude, tous les mannequins sont de vraies *drama queens* ! Bon, comment comptez-vous rentrer chez vous, jeunes gens ? Voulez-vous que je vous raccompagne ?

— Oui, répondit Chip. Merci.

Melinda récupéra son sac à main.

— Alors, allons-y.

XXVI

MELINDA BAVARDA avec Chip tout le long du trajet sur l'I-9. La conversation roula essentiellement sur le football. Elle semblait s'y connaître, autre aspect surprenant d'une personnalité aux multiples facettes.

Chyna n'avait jamais rencontré quelqu'un comme elle. Le lien spécial qui les unissait lui permettait de mieux se détendre et d'apprécier la conversation sans le nœud qui d'ordinaire lui tordait l'estomac. Sa tête bourdonnait de questions. Certaines attendraient sa consultation médicale, mais les plus importantes – comment vivre avec un secret, comment être acceptée, comment trouver l'amour ? – demandaient une personne ayant connu les mêmes épreuves.

Melinda se gara devant la maison et retint Chyna pendant que Chip commençait à descendre.

— Je dois parler à Chyna, d'accord ? dit-elle au garçon.

Elle lui parlait comme à un adulte, une autre de ses caractéristiques qui plaisait beaucoup aux jumeaux et attirait leur confiance.

— Bien sûr, répondit Chip. Merci de nous avoir raccompagnés.

— De rien.

Quand il referma sa portière, Melinda se tourna vers Chyna et sourit.

— Tu as un frère génial.

— Oui, je sais.

— J'ai préféré ne pas parler devant lui parce que j'ignore ce qu'il connaît de ton état.

— Tout, répondit Chyna. Nous prenions des bains ensemble étant petits.

— Très bien. J'aimerais te poser quelques questions. Je peux ?

— Oui, allez-y.

— Au studio, tu as dit être intersexué. Je ne connais pas ce mot. Peux-tu m'expliquer à quoi il correspond ?

— Je suis née avec un pénis plus petit que la moyenne et pas de testicules. J'avais quelques jours à peine quand j'ai subi une chirurgie d'urgence parce qu'on craignait une hernie inguinale et un éventuel étranglement. En fait, c'était un de mes testicules qui descendait du mauvais côté, d'où la grosseur à mon aine. Pour l'opération, ils m'ont ouvert le ventre et là, ils ont découvert que j'avais aussi des trompes de Fallope et un utérus.

— C'est intéressant, déclara Melinda. As-tu un vagin ?

— Non.

— Donc, pas de règles ?

— Non, je n'ai pas d'ovaires.

— Et ton corps a-t-il changé depuis ta naissance ?

— Mon pénis a grandi, ça, c'est sûr, et mes testicules sont « descendus ».

— As-tu encore tes organes féminins ?

— Oui.

— Et tes chromosomes, que disent-ils ? Biologiquement, es-tu un homme ou une femme ?

— Un homme.

— Alors, pourquoi es-tu élevée en tant que femme ?

— C'est une bonne question. Je l'ai souvent posée à ma mère, sans jamais recevoir de réponse sensée. Je sais juste que Chip et moi sommes nés d'une fécondation in vitro. Maman a eu beaucoup de mal tomber enceinte et quand cela lui est enfin arrivé, un abruti à l'échographie lui a annoncé qu'elle attendait un garçon et une fille. Après notre naissance, elle a découvert qu'elle avait en fait eu deux garçons et ça l'a rendue un peu folle. Quelques jours plus tard, les docteurs lui ont appris ma condition et la très forte probabilité que je sois stérile en atteignant l'âge adulte, alors elle a considéré que c'était un signe : j'aurais dû être la fille qu'elle attendait.

— Et ton père n'a pas eu son mot à dire ?

— Peut-être ne voulait-il pas d'un fils avec un tout petit pénis.

Melinda ricana.

— Peuh ! La réputation des grosses queues est surévaluée. À plus de quinze centimètres, c'est plus douloureux que jouissif. La taille idéale, c'est entre douze et quatorze centimètres.

— Je n'en sais rien, reconnut Chyna.

— As-tu récemment tenté de mesurer ton pénis ?

— Non ! Je m'en contrefous !

— Ne parle pas trop vite, dit Melinda. Bon, oublions cette digression et revenons-en au sujet en cours. Si je comprends bien, tes premiers jours ont été marqués par pas mal de drames et de chocs, et ton extrait de naissance indique que tu es une fille, c'est ça ?

— Oui.

— Mon Dieu ! On t'a privée de tous tes droits !

— Que voulez-vous dire ? s'étonna Chyna.

— La vie d'un bébé est en principe une toile vierge, répondit Melinda. En grandissant, il y peint ses choix et ses ressentis pour créer un tableau unique, le sien. Mais toi, tu n'as pas eu cette option, parce que ta mère a pris à ta place une décision fondamentale. Né avec des chromosomes XY et des organes génitaux masculins, tu aurais dû être un garçon sur ton certificat de naissance. Et si par la suite, tu étais devenu *drag queen*, ça aurait été ton choix ! Il ne faut pas tout mélanger, le genre sexuel est établi par la biologie, c'est un fait. En revanche, l'identité sexuelle reste une notion psychologique. À présent, comment savoir si tu te sens femme à cause du forcing de ta mère ou parce que cela te correspond vraiment ? Tu n'as jamais eu l'occasion d'expérimenter la vie que la nature avait prévue pour toi.

Chyna secoua la tête.

— J'aurais détesté être un garçon, j'en suis certaine !

— Ça reste à voir, dit Melinda. Mais si tu es comme moi, je te comprends tout à fait. J'ai toujours su que j'étais né dans un corps qui n'était pas le mien.

— Oh. Vous avez été élevé en garçon ?

Melinda s'attrista aussitôt.

— Oui ! J'ai dû utiliser les toilettes des hommes jusqu'à seize ans. Après, je me suis enfuie de chez moi.

— Pourquoi ?

— Pour la raison habituelle : c'était soit fuir, soit mourir. Mes parents étaient homophobes, je n'avais aucune chance de les convaincre que mes parties génitales ne me correspondaient pas. Mon père s'apprêtait à m'envoyer dans un de ces pensionnats réacs où les homosexuels sont remis « dans le droit chemin » à la manière forte.

— Vous êtes gay ?

— J'ai toujours été attirée par les hommes, mais je ne me considérais pas comme gay puisque dans ma tête, j'étais une femme. Aimer un homme me semble aussi naturel que respirer.

— Ça me déroute un peu.

— C'est bien normal, acquiesça Melinda, les transsexuels sont peu connus et mal compris. Mais assez parlé de moi. Revenons-en à toi.

— D'accord.

— Chip parlait d'un certain Luca. C'est ton petit ami ?

— Il est à l'école avec moi. Il me plaît, mais j'ai peur qu'il me rejette quand il saura la vérité.

— C'est possible, bien sûr, reconnut Melinda, mais si tu as de la chance, il sera aussi compréhensif envers toi que Dan l'a été envers moi.

— Savait-il que vous étiez un homme quand il a commencé à sortir avec vous ?

— Non. Quand je l'ai rencontré, j'étais déjà mannequin, j'avais déjà mes implants. Il n'avait aucune raison de douter de ma féminité.

— Comment avez-vous fait ?

— Tu veux savoir comment j'ai pu coucher avec lui sans qu'il me tue pour l'avoir trompé sur la marchandise ?

Chyna esquissa un sourire triste.

— Oui.

— J'ai attendu qu'il soit amoureux avant d'enlever mon pantalon.

— Je ne comprends pas.

— Voyons, Chyna. La plupart des gars ne veulent que tirer un coup sans se soucier de qui est leur partenaire. J'ai commencé par séduire Dan avec ma bouche. Quand il a voulu passer à l'étape supérieure, il était déjà éperdument amoureux. Il a été surpris de découvrir la vérité, je te l'accorde, mais il l'a plutôt bien pris.

— Il est gay ?

— Non ! Tu reviens toujours à cette question, chérie. Dan n'est pas gay ; il aime les femmes.

— Mais vous avez un…

Elle s'interrompit en rougissant.

Melinda sourit.

— Vas-y ! Prononce le mot démoniaque.

— Vous avez un pénis.

— Oui. Et Dan a fini par l'accepter – et même l'aimer – parce que ma queue fait partie de moi.

— Je ne sais pas…

Melinda lui prit la main.

— Mon chou, tu es encore trop jeune pour le savoir, mais le sexe n'est pas noir ou blanc, il prend toutes les teintes, tous les goûts et toutes les formes. C'est fou, primaire et instinctif, et ça varie en fonction des couples. Certains hommes aiment à la fois les femmes et les queues. Je te le certifie.

Chyna restait sceptique

— Dans un univers parallèle, peut-être…

Melinda eut un petit rire.

— Comment est-il ce Luca ? Intransigeant ou plutôt cool ?

— Il a été élevé par deux pères gays, donc, en principe, il possède plus d'ouverture d'esprit qu'un quaterback ordinaire. On traite si souvent les footballeurs de néandertaliens !

— Jusqu'où es-tu allé avec lui ?

— Vous plaisantez ? Nous n'avons même pas encore échangé un baiser.

— Oh, mon chou ! Un baiser est la meilleure chose qu'on puisse espérer d'un petit copain.

— Vraiment ?

— Oui, tu peux l'embrasser à en perdre le souffle sans courir de risque. Veille simplement à ce qu'il garde ses mains au-dessus de ta taille. Toi, en revanche, n'hésite pas à être plus hardie et à le découvrir.

— Il va voir que je n'ai pas de seins !

— Distrais-le avec ta bouche.

— Vous êtes merveilleuse ! J'aimerais tant que vous soyez ma sœur !

— Considère-moi comme une sœur d'adoption, déclara Melinda. Après tout, nous sommes déjà sœurs de cœur puisque nous partageons le même calvaire.

— Vous croyez ?

— Bien sûr. Maintenant, file. Dan doit m'attendre et il devient grincheux quand je suis en retard.

— Merci pour tout, dit Chyna avant de quitter la voiture.

— N'oublie pas de nous tenir au courant, lança Melinda. Et téléphone-moi si tu as besoin de parler. Et va consulter le plus vite possible. Seul un professionnel pourra répondre à certaines de tes questions.

— D'accord.

EN REGARDANT la voiture s'éloigner, Chyna se sentit de nouveau à la dérive. Sous l'égide de Melinda, être intrépide semblait facile, mais seule, c'était différent. Puis Chyna se secoua, déterminée à suivre les conseils qu'elle venait de recevoir. Elle entra dans la maison pour affronter sa mère. Par chance, Lisa était déjà là. Chyna n'était pas en état de supporter une longue et stressante attente.

— Bonjour, mère, dit-elle fraîchement.

— Comment ça s'est passé ? demanda Lisa.

— La séance photo ? Très bien. Ils vont me proposer un contrat, mais avant, j'ai quelques trucs à régler.

Lisa se méfia aussitôt.

— Lesquels ?

— Mon corps, pour commencer.

— Que veux-tu dire ?

— Savais-tu que les mannequins androgynes réussissent très bien dans la profession ?

— Que diable cherches-tu à me dire ?

— J'ai vu des photos de personnes à la fois homme et femme, ce qui leur permet de tout porter. Les designers adorent leur look et leur polyvalence. En fait, c'est très à la mode ces temps-ci.

— Mais que sont-ils au juste ? insista Lisa. Des hommes ou des femmes ?

— Il y a des deux et c'est sans importance, maman. Ils sont magnifiques, un point c'est tout. Je n'ai peut-être pas besoin d'implants mammaires si je signe mon contrat en tant qu'intersexué.

— Tu n'es pas sérieuse !

— Si, et j'aimerais que tu cesses de mentir et de te cacher la tête dans le sable.

— Ne prends pas ce ton avec moi, ma fille !

Chyna décrocha le téléphone et le tendit à sa mère.

— Appelle le cabinet et prends-moi un rendez-vous.

Lisa semblait prise de panique.

— Quel docteur veux-tu voir ?

— Un endocrinologue.

— Il nous faut un accord préalable de l'assurance maladie pour consulter un spécialiste.

— Fais-le maintenant, mère, insista Chyna en haussant le ton.

Chip les rejoignit, l'air inquiet.

— Que se passe-t-il encore ?

— Elle refuse d'appeler le médecin ! tonna Chyna.

— Il est presque dix-sept heures, répliqua Lisa. Le cabinet est probablement fermé.

— Dans ce cas, tu laisseras un message en donnant mon numéro de portable, suggéra Chip. J'irai avec Chyna au rendez-vous si tu travailles ce jour-là.

— Non, déclara Lisa, vous êtes mineurs. Je dois être présente.

— Si tu ne passes pas ce coup de fil, je contacterai l'Association du droit des Familles pour porter plainte contre toi, menaça Chyna

Devenue blême, Lisa recula d'un pas.

— Pourquoi dis-tu ça ?

— Je pense que tu le sais.

— Je n'ai voulu que ton bien, dit plaintivement Lisa. Je t'aime, ma fille.

— Ta décision m'a privée du droit de choisir ma vie, déclara Chyna, citant Melinda.

— Ce n'est pas vrai !

— Si ! Tu m'as déclarée comme une fille alors que je suis un garçon, aussi bien physiquement que biologiquement, c'est un abus de droit, mère, même si tu te cherches des excuses depuis quinze ans.

— Chyna, qu'est-ce qui te prend ? Pourquoi fais-tu ça ?

— Parce que je veux des réponses ! hurla Chyna.

Chip s'avança et récupéra le téléphone que sa sœur tenait toujours. Puis il se tourna vers Lisa.

— Quel est le numéro du cabinet, maman ?

Lisa ouvrit son portable avec des mains tremblantes et parcourut le répertoire en cherchant le numéro demandé. Elle le trouva et pressa le bouton d'appel, puis remit le téléphone à son fils. Chip tomba sur un message d'accueil et laissa un message guindé, demandant un rendez-vous et donnant son numéro. Puis il rendit son téléphone à Lisa.

Il s'adressa ensuite à Chyna.

— Voilà, c'est fait. Tu es contente ?

— Oui, merci.

XXVII

LES JOUEURS restèrent au bord du terrain de football après l'entraînement pour écouter le dernier discours d'encouragement de Taggart avant le grand match du lendemain. La plupart des garçons, déjà euphoriques, n'avaient guère besoin d'être remontés, mais l'entraîneur préférait en faire trop que pas assez. Le moral de ses troupes devait être au plus haut.

Luca n'écoutait pas. Il venait d'être interpellé par le nom de Chyna mentionné par un trio de cheerleaders. Entendre les filles colporter des ragots n'avait rien de nouveau, mais là, elles s'en prenaient à quelqu'un qui lui était cher. Il avait déjà remarqué que les deux sexes ne résolvaient pas leurs différends de la même manière : les garçons agissaient de face, sur le vif, tandis que les filles avaient tendance à prendre leur temps et à attendre les moments les plus inappropriés pour se venger. Une mentalité que Luca ne comprenait pas du tout. Était-ce une caractéristique féminine générale ou réservée aux cheerleaders ? se demandait-il. Ayant assez peu fréquenté le beau sexe, sa mère et sa sœur, Gemma y comprises, il ne trouvait pas de réponse à sa question. En vérité, il passait l'essentiel de son temps avec ses pères et ses oncles. Pourtant, il savait que Chyna n'était pas aussi vindicative. Alors, cette mesquinerie venait peut-être juste d'Ashley et de sa clique. En tout cas, elles semblaient prendre un malin plaisir à pourrir la vie de celles qui ne faisaient pas partie de leur petit clan. Pire encore, elles en voulaient tout particulièrement à Chyna, considérant sa désertion de l'équipe comme une trahison. Luca n'y comprenait rien. Pourquoi ne pas respecter le choix de Chyna et rester amies avec elle ?

— Cette salope va payer, déclara Ashley.

En entendant cette menace, Luca se rapprocha davantage de la clôture. Il tournait le dos aux filles, mais il entendait parfaitement.

— Qu'as-tu prévu ? demanda une autre voix.

— Je peaufine encore mon plan, répondit Ashley sombrement.

Luca ignorait ce qui s'était passé au juste avant l'incident du casier. Chyna aurait-elle provoqué Ashley d'une façon ou d'une autre avant l'altercation, ou s'agissait-il simplement d'une méchanceté gratuite de la part de la cheerleader ? Presque certain que tout était de la faute d'Ashley, Luca était bien décidé à protéger Chyna d'un autre « accident ».

Il quitta le terrain peu après et trouva Chyna qui l'attendait. Une vague de chaleur monta en lui, assortie d'un profond désir de défendre la jeune fille. En plus, elle paraissait plutôt triste aujourd'hui. L'une des garces lui aurait-elle fait de la peine ?

Il la rejoignit et laissa tomber son sac de sport sur le béton.

— Hé, ça va ?

— Oui, bien sûr. Pourquoi cette question ?

— Je me demandais si les filles s'étaient montrées méchantes envers toi

— Ne t'inquiète pas pour moi, rétorqua Chyna. Je sais me défendre.

— Le problème vient d'Ashley. Elle crève de jalousie.

Chyna ouvrit de grands yeux.

— Vis-à-vis de moi ? Pourquoi ?

— Euh…

Déjà, Chyna enchaînait :

— Elle est bien mieux foutue que moi et elle dirige l'équipe des cheerleaders de première année. Pourquoi diable serait-elle jalouse de moi ?

Avec un sourire, Luca enroula une longue mèche de cheveux roux autour de son index.

— Peut-être parce que le quarterback s'intéresse à toi et pas à elle.

Chyna baissa vite la tête, mais il eut le temps de remarquer qu'elle paraissait à la fois ravie et embarrassée. Luca préféra changer de sujet :

— Ça te dit de venir prendre un Blizzard avec moi ? En nous dépêchant, nous arriverons avant la fermeture. Je suis accro à leur Butterfinger.

Le glacier Dairy Queen n'était pas loin de l'école et une bonne glace valait bien la peine de marcher un peu.

— Ah, c'est vrai qu'ils ferment plus tôt à partir d'octobre.

— Exactement.

— D'accord, allons-y.

Galamment, il prit le sac à dos de Chyna avec le sien et les passa tous deux par-dessus son épaule. Ils se mirent à marcher côte à côte. Luca était tenté de prendre la main de Chyna, mais s'en abstint, craignant de l'effaroucher. Ses sentiments étaient si nouveaux qu'il ne savait pas trop comment les gérer. Il se sentait maladroit, bien conscient que les autres garçons de son âge faisaient bien plus avec leur copine que lui tenir la main. Mais jusqu'à ce jour, Luca n'avait jamais ressenti d'attirance aussi forte –

sauf pour Chip. Et il avait toujours su qu'avec son meilleur ami, c'était sans espoir. Chip étant hétéro, Luca avait enfoui ses désirs au tréfonds de son être, refusant de regarder un autre élève, garçon ou fille.

Et voilà qu'il éprouvait une attirance aussi soudaine qu'irrésistible pour une fille qu'il connaissait depuis des années – la jumelle de Chip ! Sa position était des plus inconfortables. Luca ne savait pas comment procéder.

Pour aggraver la situation, Chyna était aussi innocente que lui. Si elle avait eu de l'expérience, il lui aurait volontiers cédé les rênes de leur relation, mais ce n'était pas le cas. Il savait pertinemment qu'elle n'était jamais sortie avec un garçon avant lui. Une attitude surprenante en ces temps sexuellement libérés, mais plutôt rassurante pour un néophyte comme Luca : s'il l'embrassait gauchement, elle ne se moquerait sans doute pas de lui.

En arrivant au Dairy Queen, Luca constata qu'ils n'étaient pas les seuls à avoir eu envie d'une glace par ce chaud après-midi. Une longue file d'attente serpentait autour du bâtiment. Chyna et lui s'y ajoutèrent, ils n'étaient pressés ni l'un ni l'autre.

Pendant qu'ils patientaient, Luca demanda à nouveau à Chyna si tout allait bien.

— Tu me parais un peu triste, confia-t-il.

Surprise, elle cligna des yeux.

— Tu es très observateur !

Il sourit.

— C'est parce que je te regarde tout le temps. Tu es si belle !

— Tais-toi, marmonna-t-elle.

Mais le compliment lui avait fait plaisir, ses joues rouges l'indiquaient.

— Dis-moi ce qui ne va pas, s'il te plaît.

— J'ai été voir un médecin aujourd'hui, ça m'a secouée.

Luca la regarda, alarmé.

— Tu es malade ?

— Non… Oui. Ça dépend.

— De quoi ?

— Je ne veux pas en parler.

Il sentit qu'elle avait envie de se confier, mais hésitait, pour une raison inconnue. Peut-être était-ce un problème d'ordre intime ? Néanmoins, Luca aurait souhaité que Chyna lui fasse confiance et lui révèle ses secrets. En fait, il en connaissait un bout sur les maladies féminines, car sa mère, infirmière, n'avait jamais hésité à parler librement de tout ce qu'elle subissait.

Luca remarqua des larmes dans les yeux de Chyna. Il fit une nouvelle tentative :

— Je ne prétends pas tout savoir, mais je sais écouter.

— Je te le dirai peut-être, mais plus tard, quand j'aurai un peu digéré.

Luca lui posa un bras sur l'épaule et l'attira plus près.

— Je suis de ton côté, quoi qu'il arrive. J'ai toujours trouvé que cela me soulageait de discuter d'un problème avec un proche. Si tu ne peux parler à Chip ou à ta mère, je suis là. Je te servirai de mur des Lamentations ou même de punching-ball, ajouta-t-il avec un sourire. Tout ce dont tu as besoin.

Elle le regarda dans les yeux.

— Voilà une proposition que tu risques de regretter un jour.

— Là, tu commences à me faire peur. Ne me dis pas que tu as un cancer ou une autre maladie mortelle ?

Elle rit à travers ses larmes.

— Non, un cancer serait sans doute plus facile à guérir.

Luca ouvrit de grands yeux.

— Chyna… tu n'es pas enceinte, quand même ?

Elle leva les yeux au ciel.

— Non ! Je t'ai déjà dit que j'étais vierge.

— Si tu veux que j'arrête de t'embêter, dis-moi ce que tu as.

— Pas aujourd'hui, d'accord ?

— Pourquoi ?

— Parce que je préférerais que nous soyons en tête-à-tête…

— D'accord, si tu n'es pas en danger de mort, je peux attendre… je suppose.

— Je ne suis pas en danger de mort, affirma-t-elle.

— Promis ?

— Juré craché !

Ils échangèrent une poignée de main pour sceller le serment. Elle esquissa enfin un sourire.

— D'accord, céda enfin Luca, mais ne me fais pas attendre trop longtemps.

Elle hocha la tête.

Leur tour arriva enfin. Luca commanda et paya deux Blizzards, qu'ils emportèrent jusqu'à un des bancs en bois installés devant le magasin.

Chyna avait choisi un M & M médium, lui, un Butterfinger XL. Pendant une dizaine de minutes, ils dégustèrent leur glace en silence.

Luca, perturbé par leur récente conversation, pensait aux médecins. Il finit par lancer d'un ton soigneusement contrôlé :

— Tu sais, Tito Jody dirige le service des urgences à l'hôpital de Barrington. Si tu as besoin d'un second avis, il pourrait t'aider.

Chyna cligna plusieurs fois des yeux pour retenir ses larmes.

— Je m'en souviendrai. C'est gentil de ta part de me proposer les services de ton oncle alors que tu ne sais même pas ce que j'ai.

— C'est un excellent médecin et il sait aussi très bien écouter. Lil, mon père, lui parle souvent de son angoisse de vieillir. Et je te rappelle que tout ce qu'on raconte à un médecin est confidentiel.

— Merci, Luca.

Il attendit, espérant qu'elle lui révélerait enfin ce qui la tracassait, mais elle garda le silence. Luca se résigna donc à changer de sujet.

— As-tu trouvé ta robe pour le bal ?

Elle hocha la tête avec enthousiasme.

— Oui, chez *Marshalls*, c'est là que maman travaille. Elle a pu bénéficier d'un rabais personnel. C'est une robe longue avec un bustier.

— De quelle couleur est-elle ?

— Marron.

— Clair ou sombre ?

— Noix de muscade.

Luca fit la grimace, il n'avait aucune idée de la couleur d'une noix de muscade.

— Je ne connais pas, reconnut-il.

— Alors, chocolat au lait.

— Oh, d'accord. Ça doit très bien aller avec ton teint et tes cheveux.

— C'est ce que maman trouve aussi.

Luca saisit une mèche de cheveux roux et l'enroula autour de son doigt.

— Je suis certain que tu seras superbe, dit-il doucement. Tu veux toujours tes fleurs autour du poignet ?

— Oui, ce sera plus facile, je pense.

— Pour moi, c'est sûr. Si j'avais dû épingler une broche sur ta robe, j'aurais fini par te piquer. Je suis si maladroit !

Chyna rit.

— Et toi, que vas-tu porter ? Un smoking ?

— Oui, je pense. Et une ceinture de soirée assortie à ta robe.

— J'ignorais que tu étais aussi branché !

— C'est à cause de Lil. Il tient beaucoup à l'élégance et aux accessoires.

— Il a raison. C'est juste inhabituel chez un garçon de ton âge, surtout chez un joueur de football. Chip ne remarque jamais ce que je porte !

— Mon éducation m'a rendu plus attentif.

— C'est chouette, je trouve.

En jouant avec sa cuillère, elle fit couler de la glace sur son menton. D'instinct, Luca essuya les gouttes avec son pouce. Puis il glissa son doigt dans sa bouche.

— C'est bon ? demanda Chyna.

Il sourit.

— Oui.

— As-tu déjà reçu un baiser glacé ?

— Non. Ni glacé ni autre.

Chyna se pencha et l'embrassa. Ses lèvres douces et froides avaient un goût de sucre et de vanille, son haleine tiède était enivrante. Ébloui, Luca ferma les yeux pour mieux absorber les différentes sensations. Puis Chyna glissa sa langue dans sa bouche et Luca se mit à bander. Jamais il n'aurait cru qu'un simple contact produise un tel effet ! Seigneur ! Il était aussi excité que si elle l'avait caressé entre les jambes ! Pourtant, il ne s'écarta pas, au contraire, il pressa sa langue contre la sienne. Et la réponse de Chyna le rassura : elle le prit par la nuque pour rapprocher encore sa tête. Sous l'effet de ce baiser à la fois brûlant et glacé, Luca eut la sensation que son cerveau se dissolvait.

Il revint à la réalité en entendant une voix venimeuse grogner : « c'est indécent ! » À son grand regret, il rompit enfin le baiser et regarda autour de lui. Ashley les regardait d'une table voisine, l'air furibond. Sans doute ne lui avait-elle pas pardonné d'avoir refusé la fellation proposée en début d'année dans les vestiaires. Et par ricochet, elle en voulait mortellement à Chyna d'avoir su attirer son attention.

Luca se pencha et pressa son front contre celui de Chyna.

— Ashley ne semble guère apprécier de nous voir ensemble ! murmura-t-il.

— Je m'en fiche. Je suis trop bien. Rien de ce qu'elle peut dire ou faire ne me gâchera ce moment.

Luca sourit.

— Une date mémorable à marquer sur nos agendas.

Chyna sourit.

— Oui. Notre premier baiser. Un peu collant, dit-elle en passant sa langue sur ses lèvres, mais super chouette.

— Chouette ? Non, c'était divin !

XXVIII

L<small>UCA RACCOMPAGNA</small> Chyna chez elle et lui tint la main tout le long du chemin. Elle se demandait un peu comment elle avait trouvé le courage de faire le premier pas. Sans doute y avait-elle été poussée par la réflexion de Melinda sur les avantages du baiser. Que risquait-elle si elle veillait à ce que Luca ne laisse pas glisser ses mains sous sa taille et évite sa poitrine plate ? Et quel meilleur endroit qu'en public, devant le glacier, pour garantir un baiser à peu près chaste ? Cette démonstration semblait avoir désinhibé Luca : une fois chez les Davidson, quand il réalisa qu'ils étaient seuls dans la maison, il l'attira Chyna contre lui et planta un autre baiser sur ses lèvres entrouvertes. Cette fois, il lui saisit la taille à deux bras sans hésitation.

N'ayant jamais été embrassée avant ce jour, Chyna n'avait aucun moyen de jauger sa réaction envers Luca. Son enthousiasme passionné venait-il de la nouveauté de l'expérience, d'une simple curiosité sexuelle, ou existait-il entre eux une véritable connexion ? Ses bras nus se couvrirent de chair de poule, son estomac se contracta et une douce chaleur se répandit dans son bas-ventre. Le spandex de sa culotte se resserra pour contrôler son érection. Puis Luca s'enhardit et la prit aux fesses, qu'il malaxa avec entrain.

Inquiète à l'idée qu'il se plaque à elle et sente un renflement suspect, Chyna fit pivoter ses hanches de côté et recula la tête pour le regarder. Les yeux fermés, Luca respirait plus lourdement, sans cacher son excitation. Il était temps de calmer les choses.

— Luca, arrête.

Il ouvrit les yeux, l'air inquiet.

— Je m'y prends mal, c'est ça ?

Elle secoua la tête.

— Non, au contraire.

— Alors pourquoi as-tu reculé ?

— Nous sommes seuls. J'ai peur que nous nous emballions… une bêtise est vite arrivée.

— Quelle importance ?

213

— Je te rappelle que nous n'avons échangé que deux baisers. Je ne veux pas… aller trop vite.

Il inspira un grand coup et chercha à se contrôler. Il y parvint, à grand-peine. Elle comprenait ses difficultés, car elle avait le même problème à remettre au pas ses hormones déchaînées qui réclamaient l'assouvissement.

Au bout d'un moment, Luca lui sourit et tira une mèche de ses cheveux.

— C'est de ta faute, tu sais, tu es irrésistible !

Elle lui rendit son sourire.

— La faute est partagée ! Tu n'as rien d'un troll. Je suis terriblement tentée de te sauter dessus et d'oublier mes bonnes intentions.

— Je ne t'en empêcherais pas !

— Tu pourras m'embrasser au bal.

Luca fit semblant d'être horrifié

— Devant Chip et Megan ?

— Je suis certaine que tu trouveras le moyen de leur fausser compagnie.

— Comptes-y, répliqua-t-il, avec assurance.

Il récupéra son sac à dos et se prépara à quitter la maison. À la porte, il s'arrêta pour demander :

— On se voit demain au match ?

— Bien sûr.

Une fois seule, Chyna se rendit directement dans sa chambre et en verrouilla la porte. Elle ôta son jean et sa culotte, avec un peu de difficulté, car son érection se mettait en travers du chemin. D'une main preste, elle trouva le soulagement dont elle rêvait depuis la première caresse de Luca. Elle était surprise – et rassurée – qu'il ait cherché à lui toucher les fesses et non les seins. C'était très positif, si leur relation devait évoluer. Si la poitrine d'une fille ne l'intéressait pas tellement, peut-être ne réaliserait-il pas que Chyna en manquait. En revanche, il piquerait sans doute une colère noire s'il découvrait une bosse inattendue.

Le matin même, Chyna avait passé pas mal de temps sur le web à regarder des photos de mannequins androgynes. Autant connaître la compétition qui l'attendait dans la profession. Ces hommes et femmes étaient stupéfiants de beauté, c'était incontestable. Chyna aurait surtout aimé pouvoir décrocher son téléphone et s'entretenir avec l'un d'entre eux.

Étaient-ils heureux ? Leur vie était-elle aussi sublime qu'elle le paraissait ? Qu'avaient-ils souffert et traversé avant de posséder cette assurance qui transparaissait sur leurs photos ? Chyna aurait-elle seulement envisagé de devenir mannequin sans son désir éperdu de gagner l'argent nécessaire à sa chirurgie mammaire ?

Elle avait du mal à s'imaginer un jour aussi sûre d'elle-même, pas après avoir passé sa vie à s'entendre dire qu'elle était différente. Certes, elle avait un joli visage, mais sa mère lui avait constamment seriné que le monde n'était pas prêt à accepter une femme avec un pénis. Le message sous-entendu était clair : Chyna était une anomalie, un monstre. L'indifférence de son père n'avait fait que renforcer ses complexes d'infériorité. Se déshabiller devant des étrangers, aussi tolérants soient-ils, serait pour elle terriblement difficile. Pourrait-elle surmonter ce handicap ? Ou opterait-elle pour une reconstruction génitale pour se débarrasser une fois pour toutes de son problème ? Mais dans ce cas, connaîtrait-elle encore le plaisir ? Après avoir découvert les sensations exquises que lui procurait cet appendice honni, comment y renoncer ?

Ayant pris à cœur les conseils de Melinda et de Chip, Chyna se familiarisait avec son pénis. Pour commencer, il n'était pas si petit qu'elle l'avait longtemps cru. En pleine érection, il faisait presque quinze centimètres – plus, selon Internet, que la moyenne. Elle n'avait pas à avoir honte. Elle ne comptait certes pas participer à une exhibition ou un concours, mais elle aurait bien aimé démontrer au crétin de docteur présent à sa naissance qu'il s'était trompé dans ses pronostics. Annoncer à ses parents, juste après le choc de son intersexuation, qu'elle avait un trop petit membre les avait troublés sans raison.

En fait, Chyna restait hantée par une question primordiale : elle était attirée par Luca, d'accord, mais était-ce en tant qu'homme ou en tant que femme ? Voulait-elle *vraiment* être un homme ? Et un gay, en plus ? Sincèrement, rien ne l'attirait dans le monde des hommes. Elle le trouvait incolore et ponctué d'éclats de testostérone qui produisaient en général des yeux pochés et des jointures écorchées. Bien sûr, certains homosexuels avaient le sens des couleurs et de la mode. Peut-être était-elle gay, finalement… Dans ce cas, Luca accepterait-il mieux son état ? Serait-il attiré par un homme ? En principe, l'idée ne devrait pas le choquer : ses pères étaient gays, après tout.

Était-elle gay ? se demanda-t-elle, encore et encore. Peut-être n'était-ce au fond qu'une nouvelle étiquette qu'elle n'avait pas encore envisagé de porter. Déjà, elle sentait une évolution dans sa façon de penser. Jamais Melinda ne saurait combien elle avait réussi à l'influencer ! Si elle n'avait pas rencontré la maquilleuse, jamais Chyna n'aurait tant insisté pour consulter ce docteur. Au cabinet, elle avait reçu un choc terrible en apprenant de nouveaux mensonges de sa mère, c'était complètement irresponsable !

Chyna revint à cette heure surréaliste passée avec son jumeau au cabinet médical.

LE DR Andrews avait été le seul endocrinologue disponible pour un rendez-vous d'urgence. Il fut surpris de voir la patiente, une mineure, se présenter sans un de ses parents. Néanmoins, Chip était avec elle, comme promis. Il remit au médecin l'autorisation manuscrite de Lisa concernant la consultation.

Après l'avoir lue, le Dr Sean Andrews fronça les sourcils.

— C'est plutôt inhabituel.

— Ma mère travaille. Elle n'a pas pu se libérer.

Le médecin consulta son dossier et déclara :

— Vous avez quinze ans, Miss Davidson.

— Oui.

— Je ne peux soigner un mineur sans autorisation parentale.

— Mais justement, maman vous donne son autorisation ! Je viens de vous la remettre.

— Elle n'est pas rédigée sur un document officiel, cependant… dans certaines circonstances, un mineur de plus de douze ans est parfois autorisé à consulter sans consentement parental.

— Je l'ignorais.

— Cela ne veut pas dire que nous acceptons n'importe qui. Vu le prix d'une consultation, il faut un accord préalable de l'assurance maladie et des critères spécifiques.

— Par exemple ?

— Pourquoi ne pas commencer par m'exposer votre problème ? J'aimerais savoir dans quoi je m'engage.

— Je voudrais un nouveau traitement hormonal pour bloquer la puberté.

Le praticien feuilleta à nouveau le dossier, l'air perplexe.

— Un *nouveau* ? Que voulez-vous dire ? D'après ce que je vois, vous n'en suivez aucun.

216

Chyna se mit en colère.

— Qu'est-ce que vous racontez ? Je prends des pilules tous les jours depuis que j'ai onze ans.

Il secoua la tête, de plus en plus éberlué.

— Des pilules ? Voyons, Chyna, c'est impossible ! Ce genre de traitement est généralement administré par injection.

— Alors, qu'est-ce que ma mère m'a donné ?

— Je n'en ai aucune idée, dit-il, le visage très grave. Je ne vois dans vos antécédents aucun trouble de la personnalité ni remise en cause d'identité sexuelle, des symptômes courants pour ce type de traitement. Que se passe-t-il ? Pourquoi tenez-vous à bloquer votre puberté ? Auriez-vous du mal à vous accepter en tant que femme ? Avez-vous vu un psychiatre ou suivi une thérapie ?

Chyna secoua la tête.

— Non.

— Alors, pourquoi cette demande ?

— Je suis né avec des chromosomes XY. Biologiquement, je suis un homme.

— Pardon ?

Sous le choc, le Dr Andrews resta figé quelques secondes. Puis il feuilleta une fois encore le dossier de Chyna.

— Je pensais que vous le saviez, docteur.

Le docteur la regarda avec méfiance.

— Vous êtes bien Chyna Davidson ?

— Oui.

— Vous êtes bien née le 12 septembre

— Oui.

— De Lisa et Jack Davidson ?

— Oui.

— Et vous avez un frère jumeau nommé Charles.

Cette fois, ce fut Chip qui répondit.

— Oui, docteur, c'est moi. Et je vous confirme tout ce qu'elle vous a dit. Si nous sommes venus aujourd'hui, c'est pour avoir des réponses. Nos parents nous les refusent. Nous ne savions même pas que la situation de Chyna n'était même pas répertoriée dans son dossier médical. Elle est née intersexuée et vous n'êtes pas au courant ?

— Non, absolument pas.

Chyna se pencha en avant et demanda :

217

— Vous ignorez donc que j'ai un PMDS ?

Le Dr Andrews secoua la tête.

— Effectivement. Je suis désolé, Chyna. Ce dossier a été rempli par votre mère et il ne contient donc que les informations qu'elle nous a transmises. Votre frère et vous n'êtes pas nés dans ce cabinet, je n'ai donc que votre date de naissance et les dates de vos différentes vaccinations. Rien d'autre.

— Je ne comprends pas ! s'exclama Chip en élevant la voix. Une simple auscultation vous aurait montré que ma sœur avait un pénis !

— Chyna n'a jamais consulté un praticien de ce cabinet, répéta le médecin.

Il paraissait de plus en plus perturbé.

— Ne faut-il pas un examen médical pour entrer à l'école ? insista Chip.

Le Dr Andrews s'adressa aux jumeaux :

— C'est une bonne question. Vous avez bien été vaccinés ?

— Oui, répondit Chip.

— Non, dit Chyna en même temps. Jamais.

Chip se tourna vers elle, interloqué :

— C'est impossible ! J'ai eu je ne sais combien de piqûres ! Pourquoi pas toi ?

Le Dr Andrews intervint :

— J'ai peut-être une explication.

— Laquelle ?

— Il est possible que votre mère ait délibérément menti pour éviter que le cas de Chyna soit examiné de trop près. Dans ce cas, elle vous aurait fait vacciner sous le nom de votre sœur.

Chip en resta bouche bée.

— Vous voulez dire que j'ai été piqué deux fois et Chyna jamais ?

— Je vais devoir creuser la question avant de pouvoir vous donner une réponse étayée. Il me manque peut-être des informations, des documents.

— Non ! s'écria Chyna. Je ne suis pas folle, docteur, si j'avais été vaccinée, je m'en souviendrais ! Cela m'est peut-être arrivé étant bébé, mais pas depuis que j'ai... disons quatre ans. Je déteste les piqûres ! Je n'aurais pas pu oublier !

Chip était toujours sous le choc. Se reprenant, il exprima à haute voix ce que tout le monde pensait :

— Ma mère est folle ! Ma sœur est scolarisée. Elle aurait pu attraper toutes les maladies ! Et les transmettre !

— C'est exact, confirma le Dr Andrews. La vaccination existe pour une bonne raison et Chyna devra faire mettre à jour ses vaccins le plus tôt possible. Mais une fois encore, ne mettons pas la charrue avant les bœufs. Il s'agit peut-être d'un simple malentendu.

— J'en doute, dit Chip. Et qu'est-ce qu'ils vont dire, à l'école ? N'est-ce pas illégal d'aller en cours sans être vacciné ?

— Si, mais les vérifications sont rares. Le personnel est surchargé et il arrive que des certificats de vaccination s'égarent. Un parent obstiné peut sans difficulté contourner le règlement.

— Et mettre un enfant en danger ? demanda Chip. C'est inconscient !

— Il existe de nombreuses raisons, déclara le Dr Andrews. L'ignorance par exemple. Beaucoup de gens croient encore les vaccins inutiles. D'autres n'ont pas d'assurance maladie et les trouvent trop coûteux. Quant aux immigrants clandestins, ils craignent tellement la paperasserie qu'ils inventent les excuses les plus invraisemblables pour justifier de ne pas avoir un certificat valide. C'est triste, mais c'est comme ça.

— Nous n'entrons dans aucune de ces catégories, déclara Chip, pensif. Donc, notre mère est encore plus folle que je le pensais.

— Je savais déjà qu'elle ne tournait pas rond ! cracha Chyna. Alors, que décidez-vous, Doc ? Allez-vous me donner un traitement hormonal ou pas ?

Le Dr Andrews la regarda avec compassion, mais ça ne l'empêcha pas d'être ferme.

— Comme je vous l'ai déjà dit, il y a un processus à suivre avant un tel traitement. Pour commencer, vous devez consulter un psychiatre qui évaluera votre cas et la validité de vos arguments. Bien des garçons avec un problème d'identité sexuelle sont gays une fois devenus adultes et oublient cette phase de vouloir changer de sexe.

— Personnellement, ma mère ne m'a pas laissé le choix. J'ai grandi en croyant être une fille dans le corps d'un garçon. Je préfère en rester là. C'est un scénario que je connais.

— C'est possible, mais nous aurons besoin d'une confirmation professionnelle. Vu que vos antécédents médicaux ont été faussés ou falsifiés, il serait inconscient de ma part de vous prescrire un traitement avant un bilan complet. Je vais vous faire une ordonnance pour des examens.

— D'ici là, répliqua Chyna avec amertume, je devrais me raser tous les jours et je ressemblerai de plus en plus à mon frère. Donnez-moi au moins d'autres pilules comme celles que je prends depuis des années !

— Justement, j'aimerais en savoir davantage sur ce traitement. À quoi ressemblent ces pilules ?

— Elles sont toutes petites et conditionnées par plaquette de trente.

— Ah. Sans doute un traitement contraceptif.

— Ça peut bloquer la puberté ? s'étonna Chyna.

Le docteur secoua la tête.

— Jusqu'à un certain point, oui, mais ce n'est pas leur vrai rôle. D'ailleurs, cela explique pourquoi votre corps se rebelle déjà. Maintenant que je suis au courant de votre état, je détecte chez vous des caractéristiques masculines secondaires.

Alarmée, Chyna se redressa.

— Lesquelles ?

— Votre pomme d'Adam et une ombre sur la lèvre supérieure.

— Merde ! grogna-t-elle, écœurée. Et encore, vous n'imaginez pas ce qui se passe en bas...

Elle désignait son bas-ventre.

— Chyna, ça suffit ! la réprimanda Chip. Il n'y est pour rien.

Le médecin lui jeta un coup d'œil assorti d'un sourire reconnaissant. Puis il reporta son attention sur sa jeune patiente :

— Avez-vous des émissions nocturnes ?

— Des... *quoi ?*

— Vous arrive-t-il d'éjaculer pendant votre sommeil ? C'est assez commun chez les adolescents.

— Ah, bon ?

Elle se tourna vers Chip et demanda :

— Ça t'est déjà arrivé ?

Il devint écarlate.

— C'est à toi qu'il a posé la question !

Elle haussa les épaules.

— Je voulais juste savoir. Non, ça ne m'est jamais arrivé.

— Avez-vous déjà eu une érection ?

— C'est une question plutôt intime...

— J'aimerais surtout savoir si vous êtes attiré par les hommes ou bien par les femmes.

Elle baissa la tête.

— Les hommes. Exclusivement.

— Je vois.

— Pouvez-vous m'aider ? cria-t-elle. J'ai une vie à mener, des projets à réaliser !

— Qu'attendez-vous de moi ?

— J'aimerais être aussi normale que possible malgré les circonstances.

— Et pour votre pénis ? Envisagez-vous une fois majeure de procéder à une chirurgie de réassignation sexuelle ?

— J'hésite toujours... D'après ce que j'ai entendu dire, ça ne fonctionne pas à tous les coups.

— Ça dépend de ce que vous attendez de cette opération.

— Je voudrais pouvoir jouir, répondit-elle, sans prendre de gants. Sinon, pourquoi voudriez-vous que j'envisage de garder cette chose ?

Le Dr Andrews posa son stylo et referma le dossier de Chyna.

— Chaque situation est particulière, Chyna, avec des avantages et des inconvénients, c'est bien pourquoi nous proposons un traitement hormonal aux enfants atteints de dysphorie sexuelle au lieu d'une chirurgie trop précoce. Nous voulons leur donner le temps de prendre la décision qui convient le mieux à leur cas. La puberté est souvent stressante, mais surtout pour les adolescents qui, comme vous, n'acceptent pas leur corps. Bloquer la progression naturelle des caractéristiques sexuelles secondaires vous donnerait effectivement une certaine latitude pour réfléchir à vos options sans avoir à affronter un changement physique. Vous auriez dû être suivie bien plus tôt.

— Je suis bien d'accord, rétorqua Chip. Malheureusement, ça n'a pas été le cas et maintenant, la situation devient urgente. Pouvez-vous nous aider ?

Le Dr Andrews soupira.

— Bien sûr, je vais essayer, mais je ne peux pas accepter ces dissimulations. Si mes soupçons sont avérés, j'aurai peut-être à prévenir les Services sociaux.

— Quels soupçons ? s'inquiéta Chyna.

Que les jumeaux jugent leur mère folle était déjà pénible, mais c'était bien plus effrayant encore d'en avoir la confirmation avec ce dossier médical bidon. Malgré tout, Chyna ne voulait pas voir leurs problèmes familiaux réglés par des étrangers, surtout pas avant d'avoir eu l'occasion de parler à sa mère et d'en obtenir une explication.

— Je crains que votre mère ait délibérément falsifié votre dossier médical pour éviter d'affronter la vérité. En n'étant pas vaccinée, vous risquez gros et vous mettez en danger vos camarades de classe. Dans le meilleur des cas, votre mère s'est montrée irresponsable. Elle doit se faire soigner. Je vois mal comment lui laisser la garde de deux mineurs. Avant de porter l'affaire devant qui de droit, je vais avoir besoin de preuves pour étayer mon jugement.

Chyna se redressa.

— Comptez-vous prévenir les Services Sociaux dès que nous aurons tourné le dos ?

— Non, affirma, le Dr Andrews. Je ne condamnerais certainement pas une inconnue sans lui laisser une chance de présenter sa défense. Si les Services Sociaux étaient impliqués, la situation m'échapperait, vous et votre frère entreriez dans le système fédéral et je ne pourrais plus rien faire. Je préférerais éviter une solution aussi drastique. Chyna, accepteriez-vous que je vous ausculte ? Je voudrais aussi pratiquer des examens sanguins et un bilan complet.

— Pas aujourd'hui, répondit-elle en se levant. J'aimerais d'abord discuter avec mon père de ces révélations.

Le Dr Andrews lui tendit sa carte.

— Vous avez là mon numéro. N'hésitez pas à m'appeler si vous ressentez le besoin de parler. Si je suis en consultation, laissez-moi un message et je vous rappellerai dès que possible. Votre cas me préoccupe beaucoup. Je voudrais vous aider.

— Merci, déclara Chyna. Vous garderez cette visite confidentielle, j'espère ? Si j'ai bien compris, un médecin ne peut révéler ce que lui confie un patient ?

— C'est exact. Je ne ferai rien avant de vous avoir revue.

Elle lui fut sincèrement reconnaissante de sa coopération.

— Merci, Doc !

— J'attendrai votre coup de fil.

Le Dr Andrews était très sombre en raccompagnant les jumeaux à la porte.

Revenant au présent, Chyna ferma les yeux pour tenter de bannir la voix du docteur qui résonnait encore dans sa tête. En sortant du cabinet, les jumeaux étaient tombés d'accord : il leur fallait parler à leur mère avant de prendre une décision. À l'avance, Chyna redoutait déjà cette confrontation. Elle avait passé la plus grande partie de la journée dans le brouillard à ressasser ce qu'elle avait appris. Elle en voulait terriblement sa mère et éprouvait un plaisir malsain à l'imaginer punie d'avoir enfreint la loi. Elle en voulait aussi à son père de les avoir abandonnés aux mains d'une folle.

Mais au final, Lisa s'était-elle tellement trompée ? Chyna persistait à se sentir une fille, non ? Sa mère lui avait peut-être simplifié la vie en l'enregistrant dès la naissance de sexe féminin. Melinda avait mentionné le calvaire administratif qu'elle avait dû subir pour changer officiellement de sexe sur son certificat de naissance. Dommage que Lisa n'ait pas aussi bien assuré par la suite. Était-ce dû au manque d'argent ou avait-elle craint de commettre une erreur ? Pourquoi ne pas avoir présenté Chyna aux pédiatres ? Était-ce pour la protéger des regards indiscrets ou plutôt pour éviter à Lisa des sermons répétitifs sur la décision contestable prise à la naissance de son enfant intersexué ? Leur père avait-il quitté sa famille suite à cette colossale erreur de jugement ? Parce que de là datait quand même la première brèche dans la relation de Jack et de Lisa. S'il avait été d'accord avec le choix de Lisa, sans doute le couple aurait-il fait front commun pour prendre les mesures nécessaires et aider Chyna durant sa transition.

À l'heure actuelle, Chyna craignait surtout d'empirer la situation. Réparer les dégâts lui paraissait plus important que désigner un coupable ou déterminer la date exacte de l'erreur la plus fatale. Si ses parents acceptaient de laisser le Dr Andrews guider Chyna dans cette phase essentielle de son traitement, aussi tardif soit-il, elle pouvait espérer trouver enfin un semblant de normalité. Dans ce cas, elle réfléchirait à tête reposée au contrat de l'agence *Elite*. Dans ce moment de crise, le monde de la mode n'était qu'un rêve brumeux, un univers parallèle où les gens différents étaient acceptés sans se faire insulter.

Elle prit son téléphone et appela Melinda, qui répondit presque immédiatement.

— *Salut, ma belle. Quoi de neuf ?*

Sa voix était aussi cordiale que d'habitude.

— Je suis allé voir un endocrinologue aujourd'hui.

— *Très bien. Que t'a-t-il dit d'utile ?*

— Il m'a confirmé que vous aviez vu juste, répondit Chyna, amère. Mes parents m'ont menti et maintenant, je ne sais plus quoi faire.

— *Raconte-moi tout,* ordonna Melinda.

XXIX

Il était presque vingt-trois heures quand Chyna entendit la clef de Lisa tourner dans la serrure. Elle somnolait sur le canapé, la tête de Chip sur ses genoux. Son frère, allongé de tout son long, ronflait doucement. Après avoir partagé une pizza pour dîner, ils avaient tenté de rester éveillés, malgré l'overdose de glucides, pour affronter leur mère. Malheureusement, Lisa travaillait en soirée ce jour-là, aussi l'attente avait-elle été plus longue que prévue.

Sa mère entra dans le salon, accompagnée d'une forte odeur d'alcool. Chyna réveilla Chip d'un coup de coude. Il se redressa, les yeux embrumé, manifestement mécontent d'être arraché à son premier sommeil. Son expression devint meurtrière quand il sentit l'odeur de bière dans l'haleine de leur mère. Lisa titubait. Elle laissa tomber son sac à main sur la table basse et passa côté cuisine, elle ouvrit le réfrigérateur et fouilla son contenu. Elle trouva la seule Bud qui restait de sa dernière cuite et eut un gloussement de satisfaction. Elle arracha la languette de sa bière et en engloutit la moitié d'une seule lampée.

— Tu ne crois pas avoir assez bu ? demanda Chip avec dégoût.

— Tu es mon f-fils, tu n'as p-pas à me donner d'ordres !

— Tu as conduit dans cet état ?

— Bien sûr ? Sinon, comment serais-je revenue à la maison ?

— Tu aurais pu prendre un taxi.

— Je suis *farpaitement* sobre, mentit Lisa.

— Non. Tu es saoule.

— Tu vas me coucher. Je ne suis pas d'humeur à subir un ser… un sermon.

Toute la journée, Chyna avait senti sa colère bouillonner. Pas question de patienter une seconde de plus pour balancer à sa mère tout ce qu'elle avait sur le cœur. Elle retint Lisa par le bras, sans douceur.

— Tu vas pourtant m'écouter, mère ! Papa est-il au courant de tes manigances ? Sait-il que tu me mens depuis des années ?

— Hein ? Mais quesse… qu'est-ce que tu racontes ?

— Je parle de ces pilules de merde que tu m'as collées ! Combien de temps pensais-tu t'en sortir avec tes conneries ? Comment as-tu osé jouer avec la santé de ton enfant ?

Lisa se dégagea et contrattaqua d'un ton lourd de mépris :

— Des questions, toujours des questions, toujours des revendications ! Tu ne sais que te plaindre et pleurnicher. Tu pourrais me dire merci, pour changer !

Chyna en resta éberluée.

— Merci ? De quoi ? De m'avoir pourri la vie ?

— Elle a raison, intervint Chip avec un calme dangereux. As-tu réalisé que tu mettais en danger d'autres personnes, pas seulement tes gosses ?

Lisa se tourna vers lui.

— Qu'est-ce que c'est encore que cette histoire ?

— Je te parle des vaccins de Chyna, maman.

Lisa pâlit et commença à reculer.

— J'ai agi comme je le devais.

— Qui cherchais-tu à protéger au juste ?

— Ta sœur, qui d'autre ? Je ne pouvais pas laisser les médecins l'examiner, encore et encore, en faire un rat de laboratoire ! Ils auraient tenté de réécrire notre histoire familiale, d'annuler ma décision d'il y a quinze ans, de faire de ta sœur un garçon ! Ils auraient tout gâché.

— Papa est-il au courant ?

— Jack nous a abandonnés. Il se fiche bien de ce qui nous arrive !

— Tu ne sais pas ce que tu dis, maman, dit tristement Chip. Je crois qu'il vaudrait mieux continuer cette conversation quand tu seras sobre.

— C'est la première chose intelligente que j'entends depuis que je suis revenue. Dire que je suis restée debout pendant huit heures pour payer une fichue robe à cette ingrate !

Elle tourna les talons et fit un pas vers sa chambre. Mais Chyna la rattrapa une fois de plus.

— Tu ne manquerais pas d'argent si tu n'avais pas poussé papa à te quitter.

Lisa se débattit, sans réussir à se dégager de l'étreinte féroce de sa fille.

— Tu ne sais pas de quoi tu parles !

— Je sais juste qu'il ne supporte plus ta présence, mère. Pourquoi ? Qu'as-tu fait de si grave qu'il refuse de te pardonner ? Il n'est ni cruel ni froid. Il traite très bien sa nouvelle famille. Alors, pourquoi a-t-il quitté ses enfants encore bébés ?

— Parce qu'il ne supportait pas d'avoir un enfant anormal !

— Je suis tout à fait normale !

— Tu l'es maintenant, et c'est grâce à moi ! se vanta Lisa. À la naissance, tu étais une anomalie génétique.

— Est-ce que tu t'entends parler ? Tu es folle !

Lisa libéra enfin son bras et s'éloigna.

— N'importe quoi !

— Non, tu es vraiment folle. Comment as-tu pu me coller des pilules contraceptives en espérant que ces hormones stopperaient ma puberté ?

Lisa haussa les épaules.

— Ça marchait très bien jusqu'à l'année dernière.

— Non, j'ai juste eu une puberté tardive ! Le Dr Andrews affirme que ces pilules n'ont eu aucun effet.

— Qui est le Dr Andrews ?

— L'endocrinologue que nous avons consulté aujourd'hui.

Avec un ricanement, Lisa revint sur ses pas et affronta Chyna nez à nez.

— Je n'ai pas besoin des toubibs ! Je sais mieux qu'eux ce qu'il faut à ma fille. Que ce foutu Andrews garde ses avis pour lui ! Je te signale que ses pareils ont provoqué ton anomalie génétique ! Je t'ai réparée !

— Faire de moi une femme est un processus compliqué, mère. Toi, tu n'as fait que cocher une fausse case sur un certificat de naissance.

— Fausse ? hurla Lisa. Non ! *Tu es une fille.*

Les yeux vitreux, elle vacilla sur place, mais sans plus chercher à fuir. Sans doute, malgré son état d'ivresse avancé, avait-elle réalisé que la confrontation était dorénavant inévitable.

Chyna étouffa l'élan de pitié qu'elle éprouvait.

— J'aimerais que tu dises vrai, mère, mais biologiquement, je suis un homme.

— Tu es intersexué, s'entêta Lisa. Les médecins n'ont pas pu me garantir que tu serais un homme opérationnel, alors, j'ai opté pour la meilleure solution. Si tu veux un enfant un jour, la science te permettra de le porter. En tant qu'homme, tu aurais été stérile !

— Non, rien n'est certain dans ce domaine. D'après le Dr Andrews, bien des hommes sont opérés peu après la naissance pour faire descendre leurs testicules et ça n'influence pas forcément leur fécondité, surtout quand l'opération est précoce, comme dans mon cas. Ils t'ont certainement tous conseillé de m'élever comme un garçon ! Pourquoi n'as-tu écouté ni les médecins ni papa ?

— Tu voudrais vraiment oublier Chyna et devenir Chandler ? Si tu étais un homme, tu serais gay, tu en es consciente ? Tu serais stigmatisée !

— De nos jours, être gay n'est pas une infamie. Je ne veux pas devenir Chandler, mais je ne voulais pas non plus d'une vie à devoir me cacher comme un monstre, mère ! Tu ne m'as pas laissé le moindre choix !

— Je savais avoir raison, trancha Lisa, catégorique.

Chyna comprit alors que c'était sans espoir : sa mère avait perdu contact avec la réalité au cours des dernières années, sans que son frère et elle le remarquent. Peut-être était-elle depuis toujours un peu instable, peut-être était-ce la principale raison du départ de leur père. Mais dans ce cas, comment avait-il pu laisser deux bébés à sa charge ? Sa tête était douloureuse de questions qui vrombissaient comme des voitures sur l'autoroute. Chyna avait la sensation d'être au milieu des voies, juste avant d'être écrasée. Elle était en colère, bouleversée et surtout effrayée, mais elle perdait son temps en tentant de faire entendre raison à sa mère, aussi bien ce soir que demain ou plus tard.

Pour les conseils dont elle avait besoin, Chyna devait s'adresser à d'autres adultes. Pourquoi ne pas commencer par interroger son père ? Que ça lui plaise ou non, Jack était son géniteur et elle comptait bien le placer devant ses responsabilités.

Sa mère ne lui apportait que du chagrin. Chyna, dans son état actuel de frustration, risquait de se défouler sur elle. Elle s'imagina arracher les yeux de Lisa, ou la gifler jusqu'à la faire taire. Une réaction satisfaisante à court terme, certes, mais qui lui créerait vite de nouveaux ennuis. Chyna risquait d'être déclarée violente, caractérielle et dangereuse. Des étiquettes dont elle n'avait pas besoin au moment où elle espérait reprendre sa vie en main.

Elle repoussa Lisa et se retira dans sa chambre. Elle en verrouilla la porte et se jeta sur son lit.

Penser à l'avenir l'empêcha de dormir. Durant sa longue insomnie, elle pesa ses options. Si son père refusait de l'aider, elle insisterait pour qu'il l'autorise à devenir mannequin et à vivre à New York. S'il cherchait à lui mettre des bâtons dans les roues, elle prendrait un avocat et demanderait son émancipation. Depuis que Melinda lui avait parlé de ses droits, Chyna se sentait prête à tenter sa chance. Elle n'avait pas peur, surtout pas après avoir été trahie par ses parents, chacun à leur manière. Dans ces conditions, couper décisivement le cordon ne serait pas une si grande perte.

Bien sûr, Chip lui manquerait terriblement, mais il serait le premier à conseiller à sa sœur de vivre au grand jour, sans secret. Si elle gagnait bien sa vie – ce que lui garantissaient Dan et Melinda –, elle prendrait à New York de nouveaux médecins. Ils sauraient la guider au cours du délicat processus qui ferait d'elle la femme qu'elle rêvait d'être. En ça au moins, elle était bien décidée. Un seul point restait à régler : son pénis. Devait-elle s'en débarrasser ou bien le garder ? Être entourée de gens partageant ses problèmes lui donnerait sans doute une nouvelle perspective de la situation.

Chyna ne se faisait pas d'illusions. En cours de route, elle rencontrerait des écueils, des décisions douloureuses à prendre. Malheureusement, elle risquait aussi de perdre Luca. Elle ignorait encore sa réaction en apprenant la vérité. Melinda lui avait démontré qu'il était possible de trouver un homme capable de l'aimer telle qu'elle était, mais pour le moment, Chyna n'avait aucune expérience sexuelle. Et Luca était encore un adolescent. Comment pouvait-elle espérer trouver chez lui la maturité nécessaire pour gérer un choc pareil ? Avec un peu de chance, il tiendrait suffisamment à elle pour lui pardonner l'énormité de son mensonge.

Mais comme elle en doutait, elle décida de ne rien lui révéler avant le bal. Ce serait sa dernière chance de participer à une fête en étant une élève parmi tant d'autres. Elle aurait bien besoin de ce souvenir pour la soutenir quand la situation se compliquerait, elle le sentait bien. Elle s'endormit avec cette idée en tête.

Elle se réveilla une heure plus tard environ et alluma son ordinateur portable pour regarder à nouveau le top-modèle qui l'avait tant frappée. Biologiquement, c'était un homme, avec un visage maquillé et superbe. D'après son allure assurée et décontractée, il se savait magnifique. Néanmoins, il révélait dans une interview sur *YouTube* que son succès l'étonnait constamment, tout comme les ravages que provoquait sa beauté androgyne. Chyna regarda d'"innombrables photos de lui en costume, en robe moulante, et d'autres où il était nu, les mains cachant son pénis. Que ne donnerait-elle pour avoir serait-ce que le dixième de son assurance !

Dan pourrait-il lui arranger une rencontre avec Andrej ? Elle aimerait apprendre de sa bouche les écueils qui l'attendaient dans la profession. Oui, recevoir ses conseils serait inestimable. En plus, si Melinda ne se trompait pas, le mannequin australo-bosnien avait décidé de franchir le pas et de devenir une femme. Encore mieux ! Il pourrait donner à Chyna des renseignements de première main sur le processus qui l'intéressait.

Elle écrivit un email à son père pour demander à le rencontrer. Devant sa mère, elle avait affirmé que Jack était très proche de sa deuxième famille, mais avec elle, il gardait ses distances et ne la regardait jamais dans les yeux. Son attitude était éloquente – il ne voulait pas de Chyna dans sa vie –, aussi en sa présence était-elle nerveuse et renfermée. À son grand plaisir, son père lui répondit rapidement, les invitant à dîner Chip et elle.

AU MATIN, quand les jumeaux se levèrent, Lisa dormait encore, ce qui n'avait rien d'étonnant après ses libations excessives. Ils tombèrent d'accord : ce n'était pas à eux de l'aider à gérer sa gueule de bois ni la culpabilité qu'elle ne manquerait pas d'éprouver. Surtout pas après la scène de la veille au soir. Pour éviter de la réveiller, ils préfèrent filer sans prendre le temps de déjeuner. Sur le chemin de l'école, Chyna raconta à son frère qu'elle avait envoyé un mail à leur père et reçu de lui une invitation – pour eux deux.

— J'espère qu'il acceptera de nous aider, déclara Chip.

— À ton avis, est-il au courant de ce que maman a fait ?

— Nous n'en savions rien et nous vivons avec elle. Je doute que papa qui ne la voit jamais ait pu le deviner.

— Elle est folle et nous n'avons rien remarqué. Je trouve ça très étrange. J'ai un peu pitié d'elle.

Chip lui jeta un regard de côté.

— C'est généreux de ta part. Je ne serais pas aussi indulgent à ta place.

Chyna était également surprise de sa réaction.

— Elle a déconné, c'est vrai, mais je pense qu'au départ, elle a cru bien faire. Tu ne peux pas nier qu'elle a été bonne mère, qu'elle nous a aimés. Elle a commencé à changer à ma puberté. C'est à partir de là que tout a déraillé.

Chip secoua la tête.

— Je ne vois pas les choses comme toi.

— Pourquoi ? Tu penses qu'elle aurait dû m'élever comme un garçon ?

— Absolument. J'ai du mal à comprendre pourquoi papa l'a laissée faire sans rien dire

229

— Maman dit qu'il me considérait comme anormale. Si j'avais été un chiot, il m'aurait noyé, ou abandonné dans une ruelle.

— Ne raconte pas de bêtises. À mon avis, papa n'a pas su gérer une femme en pleine dépression. Il a choisi la solution de facilité : il s'est barré.

— Il est aussi coupable qu'elle.

— Bien entendu. Et il le sait. C'est pourquoi il t'évite : il a honte d'avoir failli à son rôle de père.

— As-tu déjà discuté avec papa de mon état ?

— J'ai essayé, mais il a changé de sujet.

— Quel abruti ! Je parle de lui, pas de toi.

— Je suis désolé, Chyna, marmonna Chip. J'aurais dû insister.

Chyna le rassura d'un sourire.

— Ne dis pas ça ! Tu m'as toujours soutenu. Ce sont les parents qui m'ont laissée tomber.

— Je ne comprends toujours pas pourquoi maman refusait de te laisser voir un médecin. Tu crois vraiment que ton certificat de naissance aurait pu être modifié contre son avis ?

— Je crois qu'elle craignait surtout qu'un médecin comprenne qu'elle ne tournait pas rond. Il aurait pu demander à papa d'intervenir ou même s'adresser directement au tribunal pour nous retirer à la garde d'une irresponsable.

— Tu as raison. Maman est du genre à fuir la réalité. Quitte à mettre la tête dans le sable…

— Nous ne saurons jamais ce que je serais devenue si j'avais grandi comme un garçon. J'ai toujours réagi en fille. Je me serais sans doute fait charrier à l'école.

Chip s'arrêta de marcher et la regarda pensivement.

— Tu as été programmée pour marcher, parler et penser comme une fille, Chyna. Autrefois, je te croyais quand tu affirmais être née dans un corps qui ne te correspondait pas, mais maintenant, j'ai un doute. Nous essayons de reconstituer un puzzle impossible, poupée. Ça me fait penser à cette fameuse question : *qui est arrivé le premier, l'œuf ou la poule ?* Et puis, à quoi bon se demander si tu aurais été hétéro ou gay puisque tu n'as pas eu le choix. Je trouve ça impardonnable.

Quand ils se remirent en marche, Chyna prit la main de son frère.

— Tu as raison, je le sais bien. J'ai souvent trouvé épuisant de passer pour une fille avec un corps de garçon. En plus, j'avais la sensation d'être un monstre. À l'agence, quand Melinda m'a montré les photos de ce mannequin androgyne, j'ai été jalouse. Pas parce qu'il est riche et célèbre, mais parce qu'il est libre d'être qui il veut. C'est ça mon rêve, Chip. Je ne suis même plus certaine de vouloir avoir des seins. Certains designers s'en passent très bien.

— Tu as un visage ravissant. Tu n'as rien à envier à ton top-modèle.

— Merci, frangin. Il faut que j'apprenne à m'aimer telle que je suis. C'est ma priorité.

— Une thérapie t'aidera peut-être, comme le disait le Dr Andrews. Espérons que papa acceptera de le comprendre.

— Quelles sont nos chances ?

— Je ne sais pas. En temps normal, je te conseillerais d'être calme en sa présence, mais ce soir, libère ton côté *drama queen*. Si papa réalise combien tu souffres, il se laissera peut-être attendrir.

— Je ne ferai pas semblant, Chip. Je suis aux abois.

— Alors, lâche-toi, ma fille. *Let it go* [6], comme dit la chanson.

Elle ricana.

— C'est quand même attristant qu'un personnage de Disney ait plus de tripes que moi !

— Tu es la personne la plus courageuse que je connaisse, Chyna. Ne te sous-estime pas.

---

6 En français « libérée, délivrée », du film *La reine des Neiges*.

XXX

Luca aussi avait passé une nuit pratiquement blanche, plongé dans de profondes réflexions. Après avoir laissé Chyna chez elle, il était rentré chez ses oncles au pas de course, s'était enfermé dans sa chambre et s'était rendu dans la salle de bain attenante pour donner à son érection douloureuse quelques va-et-vient énergiques. Pendant qu'il se masturbait, il projetait sur son écran mental des images d'une jolie rousse pressant sa bouche contre la sienne. Bien qu'aucune promesse n'ait été échangée, Luca considérait déjà Chyna comme sa petite amie officielle. Il était donc très soulagé de constater que finalement, il n'était pas gay. Il acceptait l'homosexualité, bien entendu, mais la vie d'un hétéro était bien moins stressante – et ses deux pères étaient les premiers à le reconnaître. Luca aimait autant ne pas avoir sans cesse à se battre pour justifier ses choix et/ou ses droits. Quelle liberté de pouvoir prouver son affection à l'élue de son cœur sans avoir à se cacher ! Dorénavant, il n'avait plus à s'inquiéter qu'on lui pose des questions embarrassantes en le voyant refuser les propositions des cheerleaders, qui se montraient de plus en plus agressives à son égard. Ces filles ne l'intéressaient pas le moins du monde. Quand tout le monde se serait fait à l'idée qu'il comptait rester fidèle à Chyna, sans doute cesserait-on de le harceler.

Bien sûr, quelques questions restaient en suspens… Pourquoi Luca avait-il autant pensé à son meilleur ami des années durant ? Pourquoi évoquait-il toujours la verge de Chip pendant qu'il se masturbait ? Il finit par décider qu'il était sans doute bisexuel. Ou alors il avait traversé une phase gay avant sa puberté. Peut-être était-il temps d'avoir un petit entretien avec ses deux oncles, toujours si compréhensifs à son égard.

Il se nettoya rapidement, puis quitta la salle de bain et se rendit dans la cuisine pour voir si c'était bientôt l'heure du dîner.

— Salut, Luca, dirent Jody et Clark à l'unisson.

— Ça sent drôlement bon ! Qu'y a-t-il au menu ?

— Des lasagnes et une salade.

— Et du pain à l'ail ?

Clark poussa vers lui une corbeille garnie de tranches encore chaudes.

— Comment aurais-je pu oublier d'en faire alors que je sais combien tu l'aimes ?

Luca s'attabla avec ses oncles et se servit. Il croqua avidement dans son pain, gémissant presque de plaisir quand les fortes saveurs explosèrent sur ses papilles. Il réclama ensuite une énorme part de lasagne et passa les minutes suivantes à engloutir le contenu de son assiette avec la concentration d'un adolescent en pleine croissance. Quand il eut terminé, il s'essuya la bouche de sa serviette et vida le grand verre de lait posé devant lui. Rassasié, il afficha un air faussement nonchalant et laissa tomber sa bombe :

— J'ai embrassé Chyna aujourd'hui.

Clark haussa les deux sourcils et cessa de manger. Il posa sa fourchette sans avoir touché à ce qu'il s'apprêtait à mettre dans sa bouche.

— Ah, très bien.

— Quel genre de baiser ? voulut savoir Jody.

Bien que manifestement surpris par la question, Luca y répondit en toute sincérité :

— Un *vrai* baiser ! Avec la langue !

Clark et Jody restèrent imperturbables, habitués au fait que Luca aimait partager tous les sujets qui lui passaient par la tête pendant les repas.

— Et alors ? insista Jody. En quoi est-ce un problème ? Au fait, qui a été l'instigateur de ce baiser, elle ou toi ?

Embarrassé, Luca s'agita sur son siège.

— Quelle importance ?

— J'essaie juste de comprendre le contexte.

Sur ce, il se remit à manger. Luca se rassura : la question n'était pas une critique implicite, Jody exprimait juste sa curiosité.

— C'est Chyna qui a commencé, reconnut-il. Mais je lui ai rendu son baiser !

— Et c'était votre première fois à tous les deux, pas vrai ? demanda Clark.

— Oui.

— Dans ce cas, tu ne l'oublieras jamais.

Luca sourit.

— Ça, c'est sûr !

Jody n'avait pas oublié qu'il n'avait pas reçu de réponse à sa question.

— Je vais me répéter, mais en quoi est-ce un problème ?

— Euh... après, je l'ai raccompagnée chez elle et il n'y avait personne dans la maison. Alors, nous avons recommencé à nous embrasser. Et...

233

Il s'interrompit. Jody parla pour lui :

— Laisse-moi deviner. Cette seconde fois a été plus intense, c'est ça ?

Luca acquiesça en silence.

— Et... insista Jody.

— Et puisque j'avais cette... euh, réaction physique... tu sais... ça veut dire que je ne suis pas gay. Tu ne crois pas ?

— Ça veut surtout dire que tu es un adolescent en rut, répondit Jody sans mâcher ses mots.

Luca devint écarlate.

— Tito J !

— J'ai toujours préféré parler franc.

— D'accord.

— Quand même... si je suis attiré par Chyna, c'est que je suis hétéro, non ?

— Un adolescent pubère bande à la moindre opportunité, Luca, même en se frottant à un arbre. Je m'intéresse davantage à tes pensées quand tu te masturbes.

Clark regarda son partenaire, bouche bée.

— Jody ! Tu pourrais montrer un peu plus de tact !

Luca se buta.

— C'est privé, marmonna-t-il.

Loin de se laisser décourager, Jody insista :

— Dis-moi au moins si tu évoques un garçon ou une fille. Si tu es bisexuel, tu explores peut-être toutes tes options. As-tu déjà embrassé un garçon ?

Luca se leva d'un bond.

— Je peux quitter la table ?

— Non, assieds-toi, ordonna gentiment Jody. Le but de mes questions n'est pas de t'embarrasser, c'est juste une déformation professionnelle de ma part, vois-tu, car un médecin ne donne jamais de diagnostic sans avoir récolté le plus d'informations possibles. Je ne veux que ton bien.

Luca se laissa tomber sur son siège. Il se saisit de sa serviette qu'il se mit à plier et à déplier, espérant que ce mouvement répétitif l'aiderait à se calmer. Il se sentait sur la sellette, ce qu'il détestait, mais s'il voulait l'opinion de ses oncles, il devait se montrer franc.

— Je n'ai jamais été avec un garçon, avoua-t-il.

— Mais tu prêtais pourtant une attention particulière à l'un d'eux ?

— Oui, répondit Luca à contrecœur.

Il ne tenait pas à évoquer Chip.

— Ce garçon, tu le vois toujours ?

Luca se contenta de hocher la tête.

— Et tu le trouves attirant ? insista Jody. Tu y penses encore ?

— Oui, je crois… parfois.

— Si tu fermes les yeux et que tu t'imagines en train de l'embrasser, que ressens-tu ?

— Ça n'arrivera jamais, trancha Luca, catégorique.

— Pourquoi ? s'étonna Clark.

— Parce qu'il est hétéro.

— Admettons qu'il soit gay et admettons qu'il tente de t'embrasser, reprit Clark, que ferais-tu ? Le repousserais-tu ?

— Probablement pas, admit Luca. C'est mal, tu crois ?

Jody s'adossa dans son siège et croisa les bras.

— Aucune loi ne te l'interdit. Le choix t'appartient.

— Mais quand même, être hétéro serait plus facile, non ?

— La voie de la facilité n'est pas toujours la meilleure, déclara Jody. En général, les petits chemins de traverse donnent les plus belles vues.

— Si tu veux mon avis, intervint Clark, l'adolescence est le meilleur des âges pour faire des expériences. Tu ne sauras jamais ce que tu préfères tant que tu n'auras pas goûté aux deux.

— N'est-ce pas injuste envers Chyna ?

— Luca, tu n'es pas fiancée avec elle, lui rappela Clark.

— Elle risque d'être choquée si je lui dis que je m'intéresse aussi aux garçons.

— Comment sais-tu qu'elle n'est pas tentée par les filles ? demanda Jody.

— Ça m'étonnerait.

— La plupart des hommes fantasment en imaginant deux filles ensemble, insista Jody.

Luca fit une grimace dégoûtée.

— Quoi ? Non…

Clark paraissait tout aussi horrifié.

— Jody !

Jody éclata de rire.

— Vous faites bien la paire tous les deux ! Aussi pudibond l'un que l'autre !

Il prit la main de Luca, la serra gentiment et enchaîna :

— Ne t'inquiète pas pour un baiser, mon garçon. Profite des bons moments que tu passes avec Chyna et vois où ça te mènera. Si tu finis par tomber amoureux d'elle, ton hétérosexualité sera confirmée. Et nous continuerons à t'aimer tout autant.

— Merci quand même ! lança Luca, amusé. Alors, vous ne m'en voudrez pas si je ne défile pas pour la Gay Pride ?

— Oh, tu le feras, déclara Jody, ne serait-ce que pour soutenir tes deux pères.

Luca eut un petit rire.

— C'est vrai.

— Une dernière chose, dit Jody.

— Hmm ?

— Dois-je te refaire un topo sur le bon usage des préservatifs ?

Luca secoua la tête.

— Non ! Je n'en ai pas besoin, mais merci quand même.

APRÈS LE dîner, il retourna dans sa chambre, heureux de s'en être sorti sans trop révéler à ses oncles son attirance pour Chip. Franchement, cela aurait été trop gênant ! En fait, fantasmer sur son meilleur ami le gênait beaucoup. À douze ans, ça passait encore, mais maintenant qu'il était presque adulte, non. C'était tordu, à tous les points de vue. Pire encore, Chip était le frère de Chyna, sa copine en titre ! Pourquoi diable inventer de telles complications ?

Son téléphone sonna avec la musique de *Teenage Dream*. C'était l'heure habituelle de son père, réalisa Luca. Il accepta l'appel.

— Salut, papa.

— *Non, chéri, c'est moi.*

— Lil ! Comment va ?

— *Beaucoup mieux, bébé,* déclara Lil, d'une voix pleine d'entrain.

— Tant mieux ! Je me suis fait du souci pour toi, tu sais.

— *Et tu n'étais pas le seul. Maintenant que je vais mieux, je comprends pourquoi je vous ai à tous flanqué la frousse.*

— Où est papa ?

— *Il prend une douche, alors, j'ai pensé à t'appeler sans l'attendre.*

— Puis-je te poser une question ?

— *Bien sûr, chéri. Tout ce que tu veux.*

— Crois-tu possible d'être attiré aussi bien par les filles que par les garçons ?

Lil hésita une seconde.

— *Absolument.*

— Et ça ne te paraît pas bizarre ?

— *Sauf si tu les consommes en même temps. Là, ça devient délicat.*

— Lil !

— *Je plaisantais, Luca. Revenons aux choses sérieuses : c'est ton cas ?*

— Oui, c'est normal ?

— *Oui, un adolescent explore à fond sa sexualité. Qu'il soit attiré par les deux sexes n'a rien d'inhabituel.*

— Alors, tu crois que je ne devrais pas m'inquiéter ?

— *Oh, oui !* lança Lil avec conviction. *Tu es bien trop jeune pour te sentir coupable d'éprouver des sensations naturelles.*

— Je crains de manquer de maturité.

— *C'est faux ! Il faut une grande maturité pour gérer un père en pleine crise de la quarantaine. Tu ne t'es jamais plaint du temps que Grier me consacrait, ni que nous soyons partis à l'étranger alors que tu entrais à l'école secondaire, une étape très importance de ta vie.*

— Je t'aime autant que papa, murmura Luca.

— *Ah, merci, bébé. Je suis infiniment touché de l'entendre.*

— Et puis Tito C et Tito J s'occupent très bien de moi.

— *Ils sont adorables, ces deux-là, pas vrai ?*

— Oui. Les meilleurs des hommes !

— *Veux-tu me parler de tes affaires de cœur ?*

— Non, ça peut attendre que papa et toi rentriez à la maison.

— *Sûr ?*

— Sûr et certain.

LE LENDEMAIN, Luca tomba sur Chip et Chyna alors qu'il se rendait en cours. Un incendie le traversa des pieds à la tête … il craignit une combustion spontanée. Il fixait Chyna, mais son imagination lui transmettait aussi des souvenirs de son enfance avec Chip, des images qui lui restaient gravées dans le cerveau. Était-il un pervers de fantasmer ainsi sur les jumeaux ? N'était-ce pas la pire des incongruités ?

Il tenta d'afficher un air naturel, malgré la rougeur qui lui chauffait les joues.

— Comment va ?

— Salut, Luca, répondit Chyna.

Elle souriait, mais ses yeux restaient tristes et Luca le remarqua. Depuis la veille, la mélancolie flottait autour d'elle comme un nuage d'orage. Et de toute évidence, la nuit n'avait pas dissipé ce qui la troublait.

— Tu as quelque chose de prévu ce soir, après la classe, Chyna ?

Si elle était libre, il prévoyait de la raccompagner chez elle. Il ferait aussi un nouvel essai pour lui arracher des confidences. Il détestait la voir souffrir ainsi.

— Chip et moi dînons chez papa.

— Oh.

Chip se pencha et embrassa sa sœur sur la joue.

— À plus.

— Je t'attendrai près du portail après les cours.

— D'accord.

Chip s'en alla après un dernier adieu de la main.

— Une occasion spéciale ? demanda Luca une fois seul avec Chyna.

— Pardon ?

— Je parlais du dîner chez ton père.

— Chip et moi voulons lui parler de mon contrat de mannequin et de divers problèmes familiaux en suspens. Ça va être gai !

— C'est à cause de ces problèmes dont tu parles que tu es aussi triste depuis hier ?

Elle lui lança un regard de côté.

— Oui. Comment le sais-tu ?

— En temps normal, Chip et toi n'allez pas chez votre père pendant la semaine. J'espère qu'il pourra t'aider.

— J'en doute, mais je tiens malgré tout à lui parler. J'en ai assez des non-dits !

— Chyna, pourquoi ne pas te confier à moi ?

Elle secoua la tête.

— Pas encore.

— Même si tu es un vampire ou un loup-garou, je n'en ferai pas un drame, c'est promis, lança Luca avec un clin d'œil.

Sa tentative d'humour arracha enfin un vrai sourire à Chyna.

— Fais attention à ce que tu dis !

— Je te trouve bien plus jolie que Bella.

— Elle est nulle ! répliqua Chyna. Elle a trompé Rob ! Il a intérêt à se trouver une nouvelle chérie.

— Il l'a quittée, d'après ce que j'ai entendu dire. Bien fait pour elle !

— Une rumeur prétend qu'ils sont à nouveau ensemble.

— Kristen ne sourit jamais. Je me demande pourquoi.

— Tiens, c'est vrai.

Luca lui donna un petit coup d'épaule.

— Comme copine, je préfère une superbe rousse, même si c'est une cachotière.

— Laisse-moi un peu de temps, s'il te plaît.

— Je m'inquiète pour toi, admit-il en toute franchise.

— Je m'en sortirai.

— Promets que tu me diras tout très vite.

— Oui.

Au même moment, ils passaient devant la porte d'un local utilitaire. D'un coup d'œil alentour, Luca vérifia qu'ils étaient seuls dans le couloir, puis il ouvrit la porte et poussa Chyna à l'intérieur. La petite pièce sentait le Lysol et les serpillères humides, mais ça n'empêcha nullement Luca de prendre la jeune fille dans ses bras et de l'embrasser.

Quand il releva la tête, il chuchota :

— Je ne pensais qu'à ça depuis mon réveil.

Chyna se frotta contre lui.

— Hmm, tu as un goût de Pop-Tarts.

Il rit.

— C'est le petit déjeuner des champions !

— Je pensais que c'était plutôt les céréales Wheaties ?

— Tais-toi et embrasse-moi.

Il laissa glisser ses mains et la prit aux fesses pour la rapprocher de lui.

— Tu sembles faire une fixation sur mon arrière-train, remarqua-t-elle.

— J'adore les culs.

— Tant mieux, parce que côté seins, je n'ai pas été gâtée par la nature.

— Je m'en fiche.

Il se remit à l'embrasser fébrilement. Il bandait déjà. Il sentit Chyna réagir et remuer les hanches, sans doute pour éviter son érection.

Il s'écarta d'elle à contrecœur.

— Je ferais mieux de te laisser partir avant de faire une folie.

Elle le fixait d'un air rêveur.

— Quel genre de folie ?

— Mettre la main dans ta culotte, par exemple.

239

Elle gloussa.

— Vaudrait mieux pas.

Il rajusta son pantalon et lissa son tee-shirt.

— Viens, poupée, allons-y. Nous continuerons demain.

XXXI

JACK DAVIDSON attendait devant la grille, dans sa Honda Accord bleu marine, en fin d'après-midi quand les jumeaux sortirent de l'école. Surpris de le voir, car il n'avait pas parlé de venir les chercher, ils se précipitèrent pour monter dans la voiture. Chip, arrivé le premier, s'installa à l'avant, sur le siège passager.

— Salut, papa. C'est sympa d'être passé nous prendre.

— J'ai fini plus tôt que prévu, je me suis dit que je pouvais vous faire la surprise.

— Je déteste marcher, marmonna Chyna depuis le siège arrière.

— Vous aurez bientôt votre permis, rétorqua leur père.

— En janvier ! déclara Chip. Je suis impatient d'y être !

— Sherry est allée chercher les filles à l'école. Elle les emmènera au centre commercial, faire du shopping et manger une pizza. J'ai pensé qu'un peu d'intimité serait aussi bien. Elle nous a laissé une cocotte avec du poulet et des brocolis. Nous ne mourrons pas de faim.

— Super, commenta Chip.

Plutôt nerveux quant à l'entretien à venir, il préférait que sa belle-mère n'y assiste pas. Sherry s'était absentée pour laisser les jumeaux seuls avec leur père. C'était sympa et Chip lui en était reconnaissant.

Le reste du trajet s'accomplit en silence.

Puis Jack arriva devant une maison à deux niveaux de style Cape Cod. Le volet roulant du garage était manuel et grinçait horriblement. Une fois le trio sorti de la voiture, les enfants suivirent leur père dans la maison. La cuisine sentait les brocolis et le fromage du ragoût que Sherry avait laissé au four. Père et enfants se chargèrent de dresser le couvert. Jack avait peut-être espéré que manger aiderait à briser la glace, mais ce ne fut pas le cas. Ils avalèrent leur repas rapidement et quand la vaisselle fut rangée, ils n'avaient plus aucune excuse pour procrastiner davantage.

— Bon, je vous écoute, dit Jack d'une voix égale. Lequel de vous deux veut commencer ?

Chip regarda Chyna. Il sentait bien qu'elle tenait à le voir entamer le débat, mais révéler à haute voix que leur mère avait peut-être sombré dans la dépression lui pesait beaucoup. Son père allait-il s'en soucier?

Il inspira un grand coup et se lança.

— Maman s'est mise à boire.

Jack parut surpris.

— Sans blague ?

— Tu savais qu'elle avait pris un job à temps partiel chez *Marshalls* ?

— Non.

Il semblait sincèrement désemparé, alors, Chip continua :

— Chyna doit suivre une thérapie et maman… n'est plus capable de prendre de décision sensée.

Jack jeta un coup d'œil en direction de Chyna et fronça les sourcils.

— Légalement, Lisa et moi partageons votre garde. Si besoin est, je peux intervenir. Pourquoi une thérapie ? Quel est le problème, au juste ?

Chyna posa une question saugrenue :

— As-tu un jour aimé maman ?

— Chyna, je vois mal en quoi ça te regarde. Et encore moins le rapport avec le fait que tu voudrais voir un psy.

— Chip vient de t'annoncer que maman ne tournait pas rond et tu n'as eu aucune réaction. Ça ne me plaît pas. En fait, je crois même que tu te fiches complètement de ce qui lui arrive.

— Aurais-tu demandé à me voir pour décortiquer ma relation avec ta mère ?

— Peut-être aurait-elle commis moins d'erreurs si tu l'avais plus épaulée.

— Je n'apprécie ni tes accusations ni ta façon de me parler.

— Pourquoi nous as-tu abandonnés ? murmura-t-elle.

Il se mit sur la défensive.

— Ne dis pas n'importe quoi ! J'ai toujours veillé à ce que vous ne manquiez de rien.

— Nous avons eu de quoi manger et un toit sur la tête, mais à part ça, je n'ai jamais eu l'impression que tu te souciais de nous.

Jack soupira.

— Je suis ton père, je n'ai jamais cessé de l'être, mais ta mère et moi avons divorcé, point final. Et nous avons trouvé un accord, il y a quinze ans : elle vous éduquerait et je paierais les factures. Je vous ai régulièrement,

Chip et toi, vous m'avez toujours semblé équilibrés et heureux. Comment aurais-je pu deviner que vous aviez un problème avec votre mère ?

— Tu n'as jamais rien demandé, s'entêta Chyna. Tu t'en fichais !

Chip intervint pour remettre la conversation sur la bonne voie.

— J'ai accompagné Chyna chez un médecin hier…

Jack se tourna vers son fils.

— Elle est malade ?

Chyna posa une main sur son bras.

— Je suis là, papa, juste devant toi. Pourquoi ne pas t'adresser directement à moi ?

— Parce que j'ai bien noté ton agressivité à mon égard. Soit tu t'expliques calmement, soit nous en restons là. Je refuse d'accepter tes caprices !

Chyna grinça des dents, puis céda.

— D'accord, alors voilà. J'ai l'âge de la puberté et j'ai besoin d'un traitement hormonal pour ne pas devenir un garçon à part entière. J'ai de plus en plus de mal à garder mon secret. Si je ne suis pas traitée très vite, la vérité va éclater et tout le monde saura que je suis un monstre.

L'expression dégoûtée de Jack était éloquente : il ne voulait plus rien entendre. Et surtout ne pas avoir à s'en mêler.

— Je pensais que ta mère gérait tout ça.

— Ce n'est pas le cas, déclara Chip succinctement.

— Je veux savoir ce qui se passe avec Lisa.

— Ça fait un moment que maman est très déprimée. Depuis que Chyna et moi avons atteint la puberté, elle s'est mise à boire. Elle enfile bière après bière. Elle préfère s'imbiber qu'admettre la vérité : le corps de Chyna est en train de changer. C'est pourtant naturel !

Jack ricana.

— Lisa croyait-elle vraiment que Chyna resterait éternellement une poupée ?

— Papa, intervint Chyna, avec amertume, j'aimerais que tu cesses d'agir comme si j'étais invisible.

— Excuse-moi.

— Hier, Chip m'a accompagnée chez un endocrinologue, déclara Chyna. Ça a été très instructif.

Sur ce, elle fit à ce père un bilan complet de ce que lui avait dit le Dr Andrews. Jack en fut abasourdi.

— Ah, Lisa a commis une terrible erreur il y a quinze ans ! Je l'avais pourtant prévenue qu'un jour ou l'autre, ça lui retomberait dessus.

— Tu parles de me déclarer en tant que fille ? grogna Chyna. Vous avez dû vous mettre à deux pour prendre cette décision !

— La situation n'était pas aussi simple que tu sembles l'imaginer.

— Ça fait des années que j'entends seulement la version de maman. Aujourd'hui, j'aimerais savoir pourquoi tu l'as laissée faire.

— Quel est l'intérêt de rouvrir d'anciennes blessures ? Le passé...

— Non ! coupa Chyna. Pour moi, c'est du présent, papa. J'en souffre tous les jours.

Son père se leva, le visage crispé.

— Merde ! Ça me tue de revenir là-dessus ! J'ai besoin d'un remontant.

Il se leva et alla vers le réfrigérateur d'où il sortit une bouteille de bière. Il revint s'asseoir avec les jumeaux et engloutit une bonne partie de sa bière. Ensuite, plongé dans ses souvenirs, il se lança dans son récit :

— Votre mère et moi nous sommes connus à l'école secondaire. Nous nous sommes aimés, nous avons tout découvert ensemble. Nous savions déjà que nous irions jusqu'au mariage, une fois devenus adultes. Nous avons été heureux. Très longtemps...

— Qu'est-ce qui vous a séparés, alors ? demanda Chip.

— Après notre mariage, nous avons décidé d'attendre avant de fonder une famille, le temps d'être plus à l'aise financièrement... Un jour, nous avons décidé que le moment était venu. Au bout d'un an, rien ne venait, alors, nous avons consulté un spécialiste et nous avons appris que Lisa ne pouvait pas concevoir naturellement. On nous a proposé la fécondation in vitro. Que savez-vous sur le sujet ?

— J'ai cherché sur Internet, mais sans tout comprendre, admit Chip.

— C'est une bénédiction à bien des égards, mais aussi un terrible calvaire, car personne ne prévient les jeunes couples de tout ce qu'ils vont subir. Un parent a en tête un bébé idéal, alors il plonge la tête en avant sans même vérifier s'il y a de l'eau dans la piscine. Dans notre cas, ça a été un sacré cauchemar !

— Parce qu'un de vos jumeaux était anormal ? susurra Chyna.

— Non, Chyna, pas du tout. Je te parlais du processus en lui-même. Comptes-tu me laisser finir ou vas-tu encore te comporter en enfant mal élevée ?

— Désolée, grommela-t-elle.

— Avant chaque tentative, la future mère reçoit je ne sais combien d'injections, des hormones pour la plupart. Les deux parents endurent des examens odieux : tests sanguins, rayons X, piqûres, tubes plantés un peu partout et autres indignités que vous ne pouvez pas imaginer. Et tout ça coûte une fortune ! Notre assurance maladie n'en couvrait qu'une petite partie. Le pire pour moi a été de devoir remplir de sperme un flacon stérile. J'étais enfermé dans une cabine avec des journaux suggestifs à ma disposition, mais je savais qu'on m'attendait derrière la porte et que tout le monde savait ce que j'étais en train de faire… Dans ces conditions, il n'est pas facile d'être performant. Une fois, c'était déjà horrible, mais plusieurs… c'est vite devenu épouvantable !

Il vida la bière et alla en chercher une autre. Quand il reprit son siège, il continua :

— Le stress émotionnel était intense et notre couple en a souffert. Auparavant, nous étions en parfaite symbiose, Lisa et moi, jamais une dispute, mais là, nous nous querellions pour un rien. J'en voulais à votre mère de ce calvaire et elle se sentait coupable de me le faire subir. Chaque fois que tombait le verdict – négatif –, le médecin nous encourageait à faire un nouvel essai. Ensuite, Lisa passait son temps à pleurer et moi, je cherchais comment financer la prochaine fécondation.

Chyna baissa les yeux sur ses genoux

— Je regrette tout ce que nous vous avons coûté, à maman et à toi.

Jack agita la main.

— Oh, non ! À votre naissance, nous étions si heureux ! Vous avoir valait bien tout ce que nous avions enduré.

— Mais ça n'a pas duré…

Jack soupira.

— Non. Notre fragile petite bulle a explosé quand le toubib nous a annoncé qu'un des bébés avait un problème.

Chip intervint :

— Si j'ai bien compris, ils croyaient que Chyna avait une hernie. Elle a été opérée et tout s'est bien passé. Pourquoi avoir modifié le certificat de naissance ? Pourquoi ne pas avoir suivi les avis médicaux et la laisser être un garçon ?

Jack fit la grimace, il paraissait écœuré.

— Je n'ai pas eu mon mot à dire ! Votre mère voulait obstinément une fille, elle en devenait irrationnelle… Pour être franc, j'avais de plus en plus de mal à supporter ses crises hystériques et ses larmes. Quand le médecin a émis des doutes sur la virilité de Chandl… de Chyna, quand il a parlé d'une éventuelle stérilité, Lisa a décidé qu'avec un utérus, sa « fille » pourrait être mère. Elle affirmait qu'une « bonne » décision dès le départ éviterait bien des traumatismes dans le futur. Et moi, j'en avais assez, cette procréation assistée me sortait par les yeux, Lisa m'exaspérait, je… J'ai baissé les bras.

— Quand as-tu réalisé que maman s'était trompée ? demanda Chip à mi-voix.

— La première fois où j'ai dû changer Chyna, reconnut Jack. J'ai tenté de faire revenir Lisa sur sa décision, mais elle refusait d'en discuter et notre mariage n'y a pas survécu.

— N'était-il pas trop tard pour une rectification ? demanda Chip.

— Non, il n'est *jamais* trop tard. Le corps médical aurait fourni tous les justificatifs nécessaires pour étayer notre décision et nous aider à aplanir les obstacles légaux. Ça aurait été long, mais faisable.

Il se tourna vers Chyna :

— En clair, tu es prête à renoncer à ces couillonnades ?

— Pardon ?

Jack leva un sourcil surpris.

— N'est-ce pas pour ça que tu as demandé à me voir ? Ne veux-tu pas devenir un homme ?

— Merde, papa, n'as-tu rien écouté ? Je veux trouver un bon psy qui m'aide pendant ma transition.

Jack plissa un œil méfiant.

— Effectivement, j'avais mal compris. Tu ne regrettes pas d'avoir été élevé en fille ?

— Non. Ce qui me navre, c'est que ni maman ni toi n'ayez jamais envisagé que j'aurais besoin d'aide et d'un suivi psychologique. Faire un vœu en regardant une étoile ne me transformera pas en fille! La magie, ça ne marche que chez Disney.

Jack était manifestement secoué.

— Mon Dieu ! Qu'attends-tu de moi, alors ?

Chyna sentit enfin renaître son optimisme.

— Tu parles sérieusement ? Tu vas m'aider ?

— Oui. J'aimerais me racheter d'avoir été un père aussi nul.

Chyna se leva et se précipita sur son père. Elle jeta ses bras autour du cou et fondit en larmes. Maladroit et gêné, il la serra contre lui. Quand elle cessa de pleurer, il l'écarta doucement.

— Nous allons trouver une solution, promit-il. Pour commencer, je vais appeler ton médecin et prendre un rendez-vous. Ensuite, j'irai voir ta mère. Tout sera arrangé d'ici quelques semaines.

Chyna renifla un peu.

— Ça prendra plus de temps que ça, papa.

— Peu importe, chérie. On va s'en occuper, d'accord ?

— Et mon contrat ? J'aimerais tenter le coup. Elite a l'habitude de travailler avec des mannequins transsexuels. Avec Dan et Melinda, je me sentirais bien encadrée.

— Des transs… Tu parles de gens comme ce RuPaul ? demanda Jack, horrifié.

Chyna le toisa avec réprobation.

— Tu n'y connais rien, papa. RuPaul est une *drag queen*, pas un transsexuel.

— C'est du pareil au même, non ? Des hommes qui se déguisent en femmes.

— Non ! Une *drag queen* est un personnage de scène. La plupart s'identifient comme des hommes. Oui, ils portent une perruque et une robe pendant leurs shows, mais quand les projecteurs s'éteignent, ils redeviennent des hommes. Qu'ils soient gays ou hétéros n'entre pas en ligne de compte.

— Et un transsexuel ? demanda Jack.

— C'est quelqu'un qui change de sexe parce que le corps dans lequel il est né ne lui correspond pas. C'est davantage mon cas. Dans ma tête, je suis une fille, malgré mon sexe d'homme. Tu ne comprends pas ?

— Pas vraiment. Tu envisages une castration ?

— Peut-être.

— Pourquoi cette hésitation ? s'écria Jack. Tu ne peux être une femme si tu gardes un pénis, voyons !

— C'est pour prendre cette décision que j'ai besoin d'un thérapeute. Mon amie Melinda est transsexuelle, c'est une femme et elle a un pénis. Je te garantis qu'elle le vit très bien.

Jack fit la grimace.

— Ne prends pas cet air dégoûté ! cria Chyna.

— C'est contre nature !

— D'après Melinda, chacun a le droit de choisir sa vie. Ce qui se cache sous des vêtements ne regarde personne.

— Je ne prétends pas comprendre ce que tu ressens en vivant dans un corps que tu détestes, admit son père, mais si tu gardes ton pénis, jamais un homme, *un vrai*, ne te considèrera comme une femme. Ça ne marche pas comme ça !

— Tout le monde n'est pas aussi rigide que toi, dit Chyna à mi-voix. Je l'espère, du moins.

— Oublions cette digression et revenons-en au cœur du problème.

Chyna s'énerva.

— Avoir une queue et des couilles fait partie de mon problème !

Devenu pourpre, Jack vida cul sec sa deuxième bière.

— Changeons de sujet, s'il te plaît !

— Tu me laisserais devenir mannequin si j'en ai envie ?

— Oui, peut-être. Mais avant de te donner mon accord définitif, j'étudierai en détail ton contrat. Et je veux en savoir davantage sur tes projets.

— Par exemple ?

— Où vivras-tu ? Où suivras-tu tes cours ? Tu es belle, certes, mais je ne te laisserai pas pour autant abandonner tes études : ce serait inconscient de ma part.

— Tu es sérieux ? Tu me trouves belle ?

Elle paraissait surprise que son père l'ait reconnu à haute voix. C'était bien la première fois !

— Bien sûr. Je t'ai toujours trouvée belle.

— J'aurais aimé que tu me le dises de temps en temps.

— Écoute, Chyna, j'ai commis beaucoup d'erreurs. Je n'aurais pas dû t'ignorer et je ne te promets pas de changer du jour au lendemain, mais je ferai de mon mieux. Ça te suffit pour l'instant ?

— Oui, papa. Merci, c'est plus que ce que j'espérais !

— Hum. Maintenant, allons voir si nous pouvons remettre ta mère sur les rails. J'aimerais autant qu'elle ne devienne pas alcoolique.

— Il est peut-être déjà trop tard, déclara Chip.

— Il n'est jamais trop tard, affirma Jack.

Se tournant vers Chyna, il ajouta :

— Qu'en penses-tu ?

— Tu as raison, papa.

XXXII

CHYNA TEXTA à Melinda sur le chemin du retour, pour lui raconter que la réunion avec son père s'était mieux passée que prévu. Sa nouvelle amie lui répondit par des émoticônes souriantes et la promesse de l'appeler le lendemain.

Jack ne put tenir sa promesse de s'entretenir avec Lisa, car elle n'était pas à la maison quand il s'y arrêta pour déposer les jumeaux. La confrontation attendrait. En revanche, il confirma qu'il appellerait sans faute le Dr Andrews pour prendre rendez-vous et discuter du cas de Chyna.

Malgré ce contretemps, Chyna se sentait presque optimiste maintenant que son père était conscient de la situation. Elle ressentait même de la compassion pour sa mère. Elle essaya de se mettre à sa place, quinze ans plus tôt. Elle s'imagina mariée à Luca et incapable de lui donner lui un enfant... Ne ferait-elle pas tout ce qui était en son pouvoir pour atteindre son objectif et réaliser ses vœux de maternité ? L'échec était difficile à accepter et sa mère avait très probablement perdu un peu plus de sa confiance en elle chaque fois qu'un médecin lui annonçait que ses efforts pour tomber enceinte n'avaient pas abouti. Quand finalement elle avait pu mener une grossesse à terme, quelle plaie que la naissance ne se soit pas bien passée ! Comme Jack l'avait dit, le jeune couple en état de choc n'avait pas pu penser et réagir de façon sensée. S'il fallait à cette tragédie un responsable, Chyna aurait plus volontiers accusé son père. Jack aurait dû apporter à sa jeune femme désemparée plus de compréhension, de soutien... tout ce qu'un mari doit apporter à une mère aux prises à une dépression post-partum.

Malgré tout, Chyna voyait à présent une lueur d'espoir éclairer son futur : sa carrière de mannequin devenait une véritable option. Elle prendrait conseil auprès du Dr Andrews et continuerait son traitement hormonal pendant un an, le temps de décider si elle voulait devenir une femme ou pas. Était-elle un transsexuel ou un homosexuel à l'esprit torturé ? De toute façon, la situation ne pourrait que s'améliorer maintenant qu'elle avait décidé de prendre sa vie en main au lieu de rester piégée dans le marécage asphyxiant de ses doutes. La présence de Luca dans sa vie était un énorme atout. Elle se savait prête à tomber amoureuse de lui : elle l'était déjà plus ou moins. Elle restait néanmoins lucide : ils étaient trop jeunes et inexpérimentés pour s'engager de façon sérieuse… en supposant que Luca ne la rejette pas purement et simplement une fois qu'il saurait la vérité.

Le lendemain matin, elle s'habilla avec un soin particulier, car elle n'aurait pas le temps de rentrer se changer entre la fin des cours et le début du match.

Dans la cuisine, les jumeaux durent se débrouiller seuls, car la porte de Lisa resta close. Chyna devina que leur mère les évitait délibérément. Elle lui laissa donc un mot sur réfrigérateur en lui demandant de prendre contact avec Jack. Elle lui rappela aussi que Chip et elle rentreraient ce soir de l'école plus tard que de coutume, à cause du match.

La journée se traîna interminable. Pour Chyna, le seul moment agréable fut son déjeuner avec Luca. Ils s'entretinrent essentiellement du match à venir – un évènement important pour l'école ! – et ce fut surtout Luca qui parla.

Ils ne remarquèrent pas les trois cheerleaders qui tendaient l'oreille et écoutaient leur conversation. D'ailleurs, même s'ils les avaient vues, qu'auraient-ils pu faire ? Ils étaient dans les jardins de l'école, où chaque élève avait le droit de s'asseoir autour des tables en bois aménagées pour y manger.

Avant de quitter les lieux, Ashley et ses amies entamèrent une chanson de cheerleaders :

— *Attention, nous sommes les meilleurs,*
Personne n'a intérêt à s'opposer à nous.
Les meilleurs ne baissent jamais les bras,
Ils se battent, encore et encore,
Jusqu'à ce que leurs adversaires soient à terre, vaincus.

Chyna reconnut les paroles, bien entendu, mais dans ce contexte particulier, elles prenaient un autre sens, beaucoup plus personnel et menaçant. C'était un avertissement, elle en eut le pressentiment. Elle sentit les cheveux se hérisser sur sa nuque tandis que Luca et elle s'éloignaient du groupe qui hurlait toujours.

Luca émit un ricanement méprisant.

— Je suis bien content que tu ne sois pas dans leur équipe !

— Pourquoi ?

— Parce qu'elles sont odieuses.

— La plupart des garçons les trouvent très belles.

— Elles chantent faux, on dirait des oies dans une basse-cour.

Elle se tourna vers lui avec un grand sourire.

— Tu les as vraiment traitées d'oies !

Il hocha la tête, un peu embarrassé.

— Oui, ça fait des années que j'entends dire ça dans ma famille.

— Oh, les pauvres ! Si elles le savaient, elles seraient dévastées !

— Ne le leur dis pas.

— Bien sûr que non ! Pour qui me prends-tu ?

— Mes coéquipiers aiment bien les regarder s'exhiber, c'est vrai, mais moi, je n'aime pas trop les poupées Barbie.

— En clair, que je sois plate comme une limande ne dérange pas ?

Il lui lança un regard oblique.

— Pas du tout.

— Tu dis ça pour être galant ?

— Non. Mes deux pères prétendent qu'être attirés par les gros seins est souvent une forme de complexe œdipien.

— Je crains qu'ils manquent d'objectivité.

Luca s'arrêta de marcher.

— Tu dis ça parce qu'ils sont gays ? jeta-t-il sèchement. Ça n'en reste pas moins des hommes et ils ont beaucoup d'expérience en ce domaine.

— Je trouve très chouette la façon dont tu parles d'eux sans en avoir honte.

— Être gay n'a rien de honteux !

Elle fut surprise de son agressivité. Combien de fois, se demanda-t-elle, Luca avait-il dû défendre sa famille en grandissant ? Elle était désolée qu'il ait mal interprété ses paroles : elle n'avait pas voulu se montrer offensante. Elle lui prit la main, l'attira vers elle et l'embrassa sur la joue.

— Je sais. Désolée si mes paroles ont dépassé ma pensée. Tes pères sont très sympas et tu as bien raison de prendre leur défense. Jamais un véritable ami ne chercherait à les critiquer devant toi !

Il émit un borborygme et passa le bras autour d'elle.

— Je ne pourrais jamais m'entendre avec quelqu'un d'homophobe, tu sais.

— Ce n'est pas mon cas, affirma Chyna. Je te le promets.

— Tant mieux.

— Et tes coéquipiers, te charrient-ils parfois à ce sujet ?

Luca fronça les sourcils.

— Pas souvent, mais quand ça arrive, je me laisse pas faire.

— Comment réagis-tu ?

— Le dernier qui m'a fait une réflexion désagréable s'est retrouvé dans une poubelle. Je lui ai dit que c'était la vraie place des ordures dans son genre.

— Ça ne doit pas être facile pour toi d'être constamment sur la défensive.

Il haussa les épaules.

— Les gens sont parfois très chiants.

— Je sais.

— Est-ce que ces garces de cheerleaders continuent à te pourrir la vie ?

— Non, reconnut Chyna, pas pour le moment, mais je ne peux pas m'empêcher de penser qu'elles mijotent un mauvais coup dans mon dos. Depuis l'incident du casier, je me méfie d'Ashley.

— Te n'es plus toute seule dorénavant. Je suis là.

— Merci, Luca.

— C'est le rôle d'un petit ami, non ?

Elle le fixa, bouche bée.

— Est-ce ta façon de me demander *officiellement* de sortir avec toi ?

Il sourit.

— Je suppose… alors ? Tu acceptes ?

— Quoi ?

— D'être ma petite amie ?

Dans sa tête, elle avait toujours rêvé d'un tel moment dans des conditions bien plus solennelles, mais en vérité, tout était parfait, aussi n'hésita-t-elle pas.

— Oui.

— Génial !

Ils se remirent à marcher pour retourner en classe, puis Luca demanda :

— Comment ça s'est passé chez ton père hier soir ?

Chyna tressaillit et une sirène d'alarme se déclencha en elle : il lui fallait trouver vite fait une explication plausible. Une fois déjà, elle avait refusé de révéler un de ses secrets à Luca ; mieux valait ne pas recommencer, surtout juste après qu'il lui eut demandé d'être sa petite amie.

— Bien.

— Que pense-t-il de ton projet de devenir mannequin ?

252

— C'est l'idée que j'aille vivre à New York qui ne l'enchante pas, admit Chyna. Il a peur que je laisse tomber mes études.

— Tu vas vraiment déménager ?

— Oui.

— Ça m'enchante pas non plus, souffla Luca. Que va-t-il advenir de nous ?

— Je n'ai pas encore pris de décision, tu sais. Il faut que je réfléchisse.

— New York est si loin !

— Tu ne serais pas prêt à déménager pour jouer au football dans la meilleure des universités ?

— Si, mais ça ne sera pas pour tout de suite. Nous venons d'entrer en secondaire !

— Oui, mais les mannequins commencent très jeunes.

— Et ton diplôme ?

— Ils ont des profs qui viennent donner des cours à domicile. Je passerai mon GED tout en travaillant.

— Et tu ne regretteras pas cet endroit ?

Elle secoua la tête.

— Non, il n'y a que Chip et toi qui me manquerez. Depuis le début de l'année, je ne trouve pas ma place ici. Je me sens seule.

— C'est drôle que tu dises ça. Je me sentais seul aussi puisque Chip passe tout son temps avec Megan.

— Tu n'as pas d'autres amis ?

— Si, mais ce n'est pas pareil. Chip et moi sommes pratiquement en symbiose. Et puis nous avons les mêmes goûts un peu geeks. Les autres gars me traitent de taré quand je refuse de sortir parce que j'ai du travail à finir.

— Ne te plains pas ! lança Chyna. Chip est resté ton ami, même s'il est avec Megan. Regarde ce qui se passe entre Ashley et moi ! Nous étions comme des sœurs jusqu'à l'année dernière. Et maintenant, j'ai l'impression qu'elle me hait.

— Parce que tu n'es pas dans l'équipe des cheerleaders ?

— Oui. Apparemment, c'est tout ce que nous avions en commun.

— J'adore le football, mais ce n'est pas toute ma vie. Voilà pourquoi je garde une certaine distance avec l'équipe. Je ne corresponds pas au quaterback typique.

— Dans quel sens ?

— Je ne traîne pas avec les autres pour parler filles dans les vestiaires.

— Serais-tu contre la fête en général ?

— Non, mais je n'aime pas qu'on cherche à me piéger. Je trouve bizarre d'être censé sauter la première jolie fille qui passe sous prétexte qu'elle est disponible.

— Je ne savais pas qu'entre gars, ça se passait comme ça.

— C'est peut-être juste chez les sportifs, reconnut Luca, mais je préfère le discernement et la discrétion.

— Ça me plaît que tu ne suives pas le troupeau comme un mouton décérébré.

— J'essaie de réfléchir avant d'agir.

— Tu as bien raison.

— Surtout que la moitié du temps, je n'ai pas l'impression d'être dans le même monde qu'eux.

— Et avec moi, tu es à l'aise ?

— Oui.

— D'après mon amie Melinda, chaque bizarroïde rencontre un jour quelqu'un qui lui ressemble. On n'est jamais seul sur Terre.

Luca parut un peu offensé.

— *Bizarroïde* ? Tu me trouves cinglé ?

— Non, idiot. Je disais juste que toi et moi nous avons un point commun : nous sommes différents.

— Je ne connais aucune Melinda…

— Ça ne m'étonne pas, je l'ai rencontrée à l'agence. Elle en possède la moitié et y travaille comme maquilleuse.

— Donc, ce n'est pas vraiment ton amie.

— Si, je la considère comme telle.

— Quel âge a-t-elle ? voulut savoir Luca.

— Elle est bien plus âgée que nous. Au moins la trentaine.

— Merde, c'est vieux !

— Elle est géniale, je t'assure !

— Dans ce cas, j'aimerais la rencontrer.

— Un jour, je l'inviterai peut-être avec Dan pour assister à un de tes matchs. Ensuite, nous irons ensemble prendre une pizza.

Luca paraissait sceptique.

— Tu crois qu'ils viendraient ?

— Pourquoi pas ?

Il haussa les épaules sans répondre.

— Tu es d'un naturel sceptique, enchaîna Chyna.

— Je me demande seulement pourquoi ils voudraient assister à un match scolaire. En première année, qui plus est.

— Pour faire ta connaissance.

— Pourquoi ? Tu leur as parlé de moi ?

— Melinda m'a demandé si j'avais un petit ami.

Il pencha la tête.

— Et t'as répondu quoi ?

— Qu'un garçon m'intéressait…

— Maintenant, tu pourras lui dire qu'entre nous, c'est officiel.

Chyna sourit.

— Je le ferai.

— Ils sont sympas ?

— Melinda et Dan ? Oui, super sympas ! Je n'ai jamais rencontré de gens à l'esprit plus ouvert !

— Si tu le dis.

— Je te promets que tu les apprécieras.

Avant de se séparer, ils convinrent de se retrouver après le match. Les oncles de Luca, qui seraient dans les gradins, invitaient tout le groupe à prendre une pizza. Chip et Megan avaient déjà accepté. Chyna était enchantée à l'idée de faire la connaissance d'une célébrité locale : Clark Stevens, des Chicago Bears. Il serait accompagné son partenaire, le docteur Jody Williams qui dirigeait le service des urgences à l'hôpital.

Quand Chyna approcha des deux hommes, des bavardages frénétiques se répandirent de banc en banc. Tous les yeux étaient fixés sur le footballeur à la silhouette si reconnaissable. La plupart des élèves, ignorant son lien avec Luca, s'interrogeaient sur la raison de sa présence. Un peu de l'attention générale retombait sur Chyna.

— Salut, Chyna, dit Jody. Luca m'a beaucoup parlé de toi.

— En bien, j'espère.

Jody lui adressa un clin d'œil complice.

— Oui, mais il avait oublié de mentionner ta taille.

Malgré son mètre soixante-quinze, il devait lever les yeux vers elle. Elle se mit à rire ;

— Et Chip est aussi grand que moi ! Notre mère se plaint constamment que nous avons à peine le temps de porter les vêtements qu'elle nous achète.

— Ça ne m'étonne pas, répondit Jody. Combien mesures-tu ?

— Presque un mètre quatre-vingt.

— Waouh ! Tu devrais faire du basket.

— Non, merci. Je préfère devenir top-modèle.

Chip les rejoignit et intervint :

— Oui, Chyna est en passe d'obtenir un contrat intéressant. Le problème, c'est qu'il lui faudra déménager à New York.

— Vraiment ?

— Rien n'est encore signé, Dr Williams.

— S'il te plaît, appelle-moi Jody.

— Et moi, je suis Clark, indiqua son compagnon.

Les jumeaux lui adressèrent un sourire ravi.

— Ce contrat doit te faire très plaisir, déclara Jody.

— J'attends de voir si ça se concrétisera, répondit Chyna.

Le silence retomba. Chyna réfléchissait : elle savait que Luca appréciait peu la perspective d'un éventuel déménagement. Quant à elle, elle était aux prises à un dilemme. Luca comptait plus pour elle que sa future carrière. Elle ne voulait pas le quitter avant que leur relation soit bien établie. D'un autre côté, la situation pouvait encore lui exploser au visage. Dans ce cas, elle aurait une parfaite excuse pour quitter Chicago.

L'ÉQUIPE LOCALE gagna le match. Quand Luca vint rejoindre sa famille et ses amis sur le parking, plusieurs élèves et leurs parents l'interceptèrent pour lui taper dans le dos et le féliciter. Enivré par sa victoire, Luca prit Chyna dans ses bras et, devant tout le monde, posa un baiser sur ses lèvres. Elle n'arrivait pas à croire qu'il affiche ainsi leur relation : dorénavant, tous les élèves devaient être au courant. En tout cas, tous les yeux se braquèrent sur Clark et Jody quand ils étreignirent le jeune quaterback avec une affection mêlée de fierté.

En général, les gens souriaient de les voir ensemble, mais quelques visages affichaient une colère haineuse : Ashley et sa clique fixaient d'un œil noir le groupe qui s'entassait dans un gros Suburban noir.

Peu après, la voiture quittait le parking.

XXXIII

LE JOUR du bal des élèves arriva enfin. Clark et Jody ne purent retenir un sourire en voyant Luca devenir comme Lil. Il passa la journée à stresser sur ses cheveux, ses vêtements et ses chaussures. Il ouvrit d'innombrables fois la porte du réfrigérateur pour vérifier l'état des gardénias blancs de son bouquet-bracelet.

— Personne n'y a touché depuis la dernière fois où tu as vérifié, mon garçon, indiqua Jody, très amusé.

Jody et Clark étaient attablés dans la cuisine devant un plat de sandwiches quand Luca refit irruption, manifestement très agité.

— Je voulais juste vérifier qu'ils ne sont pas en train de faner à cause du froid.

— C'est le fleuriste qui t'a conseillé de mettre tes fleurs au réfrigérateur, non ? Il connaît certainement son métier.

— J'espère, grommela Luca, lugubre.

— Viens ici et parle-nous, conseilla gentiment Jody.

Luca tira un siège sur lequel il se laissa tomber.

— Bon sang ! Je suis dans tous mes états.

— J'avais remarqué, gloussa Jody.

— Saurais-tu par hasard faire un nœud papillon ?

Clark le regarda sidéré.

— Ne me dis pas que tu n'as pas loué un nœud tout fait ?

Luca afficha un air horrifié – exactement celui que son père adoptif aurait eu dans la même situation.

— Lil affirme qu'on n'est pas un homme avant de savoir faire un « vrai » nœud papillon !

— Dommage pour toi ! ricana Clark. Parce qu'il n'est pas là et que je ne peux pas t'aider.

Alarmé, Luca se tourna vers Jody.

— Et toi, Tito J ?

Jody haussa les deux sourcils.

— Ça fait quelques années que je ne pratique plus, mais je suis certain que ça me reviendra.

— Tu vas froisser ma cravate !

— Mon chou, respire et détends-toi, lui conseilla Jody. Si tu n'étais pas mineur, je t'aurais proposé une bière pour te calmer.

— J'en aurais bien besoin, reconnut Luca, penaud. J'agis comme si cette soirée était cruciale pour moi.

— C'est le cas, déclara Clark. C'est ton premier bal et ta première sortie publique avec Chyna. Ça compte.

— Tu ne m'aides pas du tout, Tito C.

— Pourquoi ne pas téléphoner à tes pères ? Peut-être sauront-ils mieux que nous quoi te dire pour te détendre.

— Bonne idée ! Je vais le faire dans ma chambre.

Avant de quitter la cuisine, il jeta un coup d'œil au réfrigérateur.

Une fois seul avec Jody, Clark secoua la tête.

— Franchement, on dirait un gay, non ? Ça fait des jours qu'il nous la joue *drama queen* pour cette fichue soirée !

— J'avoue avoir encore quelques doutes quant à son orientation, répondit Jody.

— Mais ce soir, il aura une fille à son bras !

— Et alors ? Combien as-tu eu de conquêtes féminines avant de décider que j'étais l'amour de ta vie ?

— Tu as raison.

— Pourrais-tu me prêter une de tes cravates pour que je m'entraîne à faire un nœud ? Si je froisse celle de Luca, il va nous faire une crise d'angoisse. Et nous n'en avons pas le temps, la limousine passe le chercher dans une heure.

— Tu as bien fait de nous attribuer le rôle de chaperon, souligna Clark. Ça me rassure beaucoup.

— Il y a peut-être une autre explication à la nervosité de Luca. Il trouve peut-être intimidant de savoir que nous surveillerons le moindre de ses mouvements.

— De plus, nous ne sommes pas ses pères.

— C'est vrai, confirma Jody. Maintenant, peut-être s'inquiète-t-il à l'idée de passer à l'acte. Les jeunes font tout un plat de leurs performances.

Surpris, Clark écarta les yeux.

— Tu penses vraiment qu'il compte séduire Chyna ?

— N'est-ce pas dans ce seul but que les ados vont au bal ? Ils espèrent se peloter sur le siège arrière d'une voiture ou s'égarer dans les buissons.

— Sans doute. Cette Chyna est vraiment belle, tu ne trouves pas ?

258

— Oui, si on aime les Amazones.

— Voyons, Jo. Elle est magnifique ! Reconnais-le.

— Je n'ai pas dit le contraire.

— Alors quoi ?

Au début, Jody garda le silence. Comme Clark insistait, il finit par répondre :

— Je suis probablement un peu trop protecteur envers Luca.

— Pourquoi dis-tu ça ?

— Cette fille cache quelque chose, Kit. À la pizzeria, pendant que nous mangions, elle ne m'a pas une seule fois regardé dans les yeux. Ce genre de comportement éveille toujours ma méfiance.

— Peut-être que tu l'intimidais. Peut-être qu'elle a peur des médecins…

Jody haussa les épaules.

— Peut-être.

— Moi, je la trouve gentille et Luca est fou d'elle, de toute évidence.

Jody hocha la tête

— Oui, justement. C'est bien ce qui m'inquiète.

— Il n'échappera pas aux chagrins d'amour. C'est comme ça qu'on grandit.

— Je préférerais que ça ne lui arrive pas sous ma garde.

— Ah, c'est malin ! protesta Clark. Maintenant, tu m'as fichu la trouille !

— Une chance que nous n'ayons pas d'enfants à élever, conclut Jody. Je m'affolerais chaque fois qu'ils mettraient un pied hors de la maison.

— Tu crois ? Moi, ça m'a bien plu d'avoir Luca. Un gosse, ça met de la vie dans la maison. J'aimerais bien en avoir un à nous…

Jody lui jeta un regard appuyé.

— Tu plaisantes, j'espère ?

— Non. Pas vraiment.

— Kit…

— Quoi, Jo ? Tu n'as jamais pensé à fonder une famille ?

Jody prit dans la sienne la main de Clark, beaucoup plus grande, et resserra les doigts.

— Au cas où tu aurais oublié, j'ai le même âge que Lil. Quarante-cinq ans, c'est trop vieux pour avoir des enfants.

— Pas si nous prenions un adolescent. Ou plusieurs.

— Tu parles de les adopter ?

— Non, plutôt de devenir famille d'accueil. Nos gamins seraient déjà dressés.

Jody lui donna un petit coup sur la tête.

— Idiot ! Les enfants ne sont pas comme les chiens !

— Penses-y quand même. Nous avons plus d'argent qu'il nous faut et nous aimons tous les deux interagir avec les jeunes. Nous serons obligés de rendre Luca à Lil et Grier quand ils reviendront. Il me manquera. Ça m'a beaucoup plu de parler avec lui, de lui apprendre des trucs, de l'entraîner au football. Devenir famille d'accueil nous permettrait de nous rendre utiles. En plus, nous aurions des gosses à la maison sans passer par les stades délicats de la petite enfance et de la rébellion infantile des sept ans.

— Nous en reparlerons une autre fois, Kit. Pour ce soir, avec le bal, j'estime que nous avons déjà suffisamment à gérer.

— D'accord. Mais ne pense pas que je te laisserai glisser le sujet sous le tapis.

Jody leva les yeux au ciel.

À L'ÉTAGE, Luca était au téléphone avec Lil et faisait les cent pas dans sa chambre tout en parlant.

— Je crois que Tito J ne sait plus comment on fait un nœud papillon !

— *Chéri, tu es parfaitement capable de t'en sortir seul. Tu l'as déjà fait.*

— Je sais, mais si je rate ?

— *Si tu veux, je vais me connecter sur Skype et je te guiderai.*

— Génial, merci. Je prends une douche, je m'habille et je te rappelle, d'accord ?

— *Non. Allume ton ordinateur et commençons sans attendre.*

— Mais je ne suis pas encore prêt !

— *Luca, du calme !* le sermonna Lil. *D'accord, va prendre ta douche, mais ne traîne pas, pour l'amour du ciel. Ici, il est une heure du matin !*

— Où est papa ?

— *Allongé à côté de moi.*

— Il est réveillé ?

— *Oui.*

— Passe-le-moi, s'il te plaît.

Une seconde plus tard, Luca avait Grier :

— *Salut, fils, comment va ?*

— Mal, je stresse.

— *Pourquoi ?*

— Écoute, je vais te confier un truc hyper privé. Je ne veux pas que Lil entende. Tu réponds juste « oui » ou « non », d'accord ? Sinon il va t'arracher le téléphone.

— *D'accord, je t'écoute.*

— Je me demandais… si par hasard j'arrive à me trouver seul avec Chyna et que je veux essayer… des trucs ?

— *Hmm ?* dit Grier d'un ton endormi.

— Tu crois que je peux ?

— *C'est une question piège ?*

— Non, mais si nous avons envie de… de faire des… euh, des trucs, tu vois, je fais quoi ?

— *Tu fonces.*

— C'est vrai, papa ? Je peux faire tout ce que je veux ?

— *Jusqu'à un certain point.*

— Ne t'inquiète pas, je n'irai certainement pas très loin.

— *Et pourtant, tu es stressé.*

— Oui… j'aimerais que tu sois là !

— *Je suis vraiment désolé de t'avoir laissé à un moment aussi important, mais je suis certain que tu agiras comme il faut.*

— Comment peux-tu en être sûr ?

— *Parce que tu es un brave gamin.*

— Et si tu te trompais ?

Grier réprima un rire.

— *Luca, cesse de te faire du souci ! Habille-toi, sors et amuse-toi. Et si tu meurs d'envie de peloter ta copine, laisse-toi aller. Ça ne déclenchera pas la fin du monde.*

— Bon, je vais prendre une douche maintenant. Empêche Lil de s'endormir.

— *D'accord, mais quand même, dépêche-toi.*

Luca prit une douche si rapide qu'il battit tous les records. Il se séchait encore pendant qu'il allumait son ordinateur et se branchait sur Skype. Il avait déjà mis un boxer et enfilait sa chemise de soirée quand Lil se connecta à son tour

— *Tu es prêt, Luca ?*

— Je transpire comme un cochon, Lil.

— *N'as-tu pas mis de déodorant ?*

— Si ! Bien sûr que si !

— *Alors, pourquoi as-tu une auréole humide sous le bras ?*

— Oh, merde ! Je fais quoi ?

Lil était hilare. La tête de Grier apparut sur l'écran : il avait les sourcils froncés.

— *Prends un sèche-cheveux et utilise-le sur tes aisselles.*

— Bien sûr !

Luca se précipita dans la salle de bain attenante à sa chambre, il récupéra un séchoir et revint le brancher devant son ordi. Le bruit de l'appareil et ses gesticulations, les bras levés, l'empêchèrent d'entendre les hurlements entrecoupés de fous rires hystériques.

— *Arrête ! Arrête !*

Luca finit par couper le séchoir. Il toisa l'écran d'un air méfiant. Lil et Gier riaient toujours.

— Quoi ?

— *Et si nous nous occupions en priorité de ton nœud papillon ?* hoqueta Lil. *Grier et moi aimerions pouvoir nous coucher. Tu te sécheras plus tard.*

Luca céda à contrecœur. Il s'assit devant l'ordinateur et passa sa cravate autour de son cou.

— Après ça, j'ai oublié ce que je suis censé faire.

— *J'en doute,* dit Lil. *Continue.*

Luca saisit une extrémité de soie et – répétant les gestes que Lil lui avait appris – il se lança dans son nœud papillon. En quelques secondes, il l'avait parfaitement réussi. Lil hocha la tête pour marquer son approbation.

— *Tu vois, j'étais certain que tu t'en sortirais.*

— Parce que tu étais là pour me surveiller.

Grier adressa un clin d'œil à son fils.

— *Tu te débrouilleras tout seul avec le séchoir, Luca ?*

— Papa ! Ne te moque pas de moi !

Grier éclata de rire.

— *C'est plus fort que moi. Tu es encore pire que Lil !*

— C'est de sa faute : il m'a appris à être impeccable ! Les chiens ne font pas des chats, papa.

— *Regarde-toi dans un miroir, Luca,* déclara Lil. *C'est à toi-même que tu dois plaire avant tout.*

— Hé, Lil ? Tu crois que papa a raison ? Je deviens comme toi ?

— *Ce n'était pas une critique*, s'empressa de préciser Grier. *Il existe de pires modèles.*

— *Bon, nous autorises-tu maintenant à nous déconnecter et à dormir ?* demanda Lil. *Réussiras-tu à gérer la suite de tes préparatifs ?*

Luca ouvrit de grands yeux.

— Quels préparatifs ?

— *Je demandais juste si tu étais apte à t'habiller seul, chéri. Ça va aller ?*

— Je pense. Merci pour votre aide.

— *Nous serons toujours là pour toi, mon fils,* assura Grier. *N'oublie pas de nous téléphoner demain matin pour nous raconter ta soirée en détail.*

— *Oui, absolument,* insista Lil. *Je veux tout savoir.*

Luca leva les yeux au ciel.

— Tu es vraiment trop !

— *Tu plaisantes ou quoi ? C'est toi qui m'as envoyé un SOS, je te le rappelle !*

Luca sourit.

— C'est vrai. Bonne nuit. Et encore merci.

Il se déconnecta la seconde d'après.

XXXIV

CHEZ LES Davidson, Chyna s'en sortait beaucoup mieux. Melinda était passée l'aider à se préparer et à se maquiller, apportant aussi du ruban adhésif chirurgical. En voyant la robe de Chyna, elle avait froncé les sourcils. Oh, la couleur était parfaite, avait-elle assuré, mais pas la coupe. Pour bien porter un bustier, il fallait une forte poitrine. Pour faire tenir le tout, elle dut épingler le corsage sur un soutien-gorge sans bretelles. Par chance, le tissu était élastique. Melinda usa de toute son expérience et rendit Chyna extraordinairement sexy. Ses longs cheveux cascadaient sur les épaules nues et luisaient sous les lampes comme une mantille d'or rouge. Ses yeux bleus maquillés avec art contrastaient comme des joyaux sur la peau pâle. Délibérément, Melinda avait eu la main légère sur la poudre et le blush, désirant que l'attention se concentre sur les yeux. Niveau couleur, sa seule concession fut une touche de brillant à lèvres et l'effet final s'avéra renversant.

Chip entra dans la pièce et aperçut sa sœur. Il s'arrêta net avec un sifflement admiratif.

— Tu es magnifique !

— C'est vrai ?

— Regarde-toi dans le miroir, poupée. Tu devrais être à la une d'un magazine.

— Ça viendra, assura Melinda. N'en doutez pas.

LISA RESSASSAIT. Silencieuse et renfrognée, elle avait observé le travail de Melinda et le spectaculaire résultat de ses efforts. Elle restait à l'écart, les idées embrumées. Elle avait bu au goulot une bonne partie de la bouteille de vodka qu'elle gardait cachée sous son lit. Elle était passée de la bière à l'alcool fort depuis le passage de son ex, quelques jours plus tôt. Jack était passé pendant que les jumeaux étaient à l'école et lui avait fait une scène à propos du dossier médical de Chyna. La discussion avait vite tourné à l'aigre, pour finir en violente dispute. Jack avait même menacé de faire intervenir un juge des affaires familiales – ce que Lisa craignait depuis toujours. Elle risquait de perdre son droit de garde, elle le savait. Aucun juge ne comprendrait qu'une mère ait refusé de faire vacciner un mineur sous sa garde.

Lisa était enragée et blessée. Quel besoin vraiment de faire tout un drame d'un détail ! Chyna, étant bébé, avait eu ses injections obligatoires. Et par la suite, elle s'en était très bien passée, non ? Elle avait été scolarisée sans jamais attraper la moindre horrible maladie infantile. À quinze ans, sa fille bénéficiait d'une excellente santé.

Et puis ce n'était pas de la faute de Lisa ! Durant les deux premières années, elle avait fait suivre les jumeaux par un pédiatre. Mais elle en avait très vite eu assez de subir à chaque consultation le même sermon interminable sur « l'erreur » commise à la naissance de Chyna. « Vous n'avez pas le droit de traiter en fille un petit garçon parfaitement sain et bien formé », lui répétaient inlassablement les médecins. Les imbéciles ! Ils ne savaient rien, ne comprenaient rien. En tombant sur un dernier praticien particulièrement insistant, Lisa avait été obligée de lui promettre de faire le nécessaire pour rectifier le certificat de naissance de Chyna. Elle avait eu très peur qu'il fasse un rapport aux Services Sociaux. Par la suite, pour éviter ce genre d'ennuis, elle avait décidé que Chyna ne verrait plus aucun médecin, quelle que soit sa spécialité.

Les jumeaux avaient alors trois ans. Consciente que la glace devenait fragile, Lisa avait changé de cabinet pour le suivi de Chip. Pour couper court à de nouvelles interférences, elle laissait Chyna à la maison quand elle devait accompagner son fils chez le médecin pour ses vaccins obligatoires. Après sa première visite, elle avait prétendu avoir égaré la carte de vaccination de Chip. Bien entendu, le cabinet lui en avait établi une nouvelle. La date de naissance de Chyna, le nom de famille et l'adresse étant les mêmes, Lisa n'avait pas eu trop de mal à trafiquer le prénom sur une des deux cartes. Par la suite, elle avait recopié sur la fausse carte les dates des vaccins de Chip, ayant ainsi un document à présenter aux autorités quand elle avait inscrit sa fille dans une nouvelle école, maternelle, primaire, secondaire.

Elle n'avait jamais pensé au fait qu'elle mettait en danger Chyna et ses camarades de classe.

Mais ses mensonges étaient désormais révélés et Jack exigeait qu'elle agisse en conséquence. Malheureusement, il était trop tard. Chyna lui adressait à peine la parole depuis qu'elle avait découvert la vérité. Lisa avait bien tenté de défendre sa position et ses choix, mais Chip l'avait tout de suite interrompue avec des mots très durs. La page était tournée. Puisque ses enfants n'avaient plus besoin d'elle, Lisa pouvait s'en aller, très loin, et recommencer une nouvelle vie, bien à elle.

Un jour ou l'autre, Chyna irait s'installer à New York. En grandissant, peut-être comprendrait-elle mieux Lisa et la remercierait-elle d'avoir forcé la main à mère Nature. À l'heure actuelle, en revanche, il était inutile d'espérer son pardon.

Quand la limousine klaxonna dans la rue, Lisa se leva et s'approcha de sa fille. Elle voulait la tenir dans ses bras une dernière fois.

— Tu es très belle, dit-elle, sincère.

— Merci.

Chyna la fixa droit dans les yeux un très long moment, puis elle se pencha et accepta l'étreinte maternelle. Elles restèrent un moment dans les bras l'une de l'autre sans un mot. Bien trop vite, Chyna s'écarta. Lisa n'était pas encore prête à la lâcher.

— Ma robe est très jolie, maman.

« Maman », pas « mère » ? Lisa sentit les larmes lui monter aux yeux. Elle cligna plusieurs fois pour les empêcher de couler. Elle ne voulait pas que cet ultime moment soit gâché par la tristesse. Se contrôlant à grand-peine, elle répondit d'une voix presque normale :

— Je suis contente qu'elle te plaise. La couleur te sied à merveille.

— C'est vrai.

Lisa se retourna. Chip la regardait sans cacher son mépris. Sans doute devinait-il qu'elle avait bu. Elle décida de ne pas tenter de l'approcher, craignant qu'il refuse son contact. Pire encore, il risquait de l'accuser à haute voix d'être alcoolique. Et elle ne pourrait pas le supporter : elle était déjà à bout de force. Quel dommage d'avoir un fils trop lucide et intelligent ! se lamenta Lisa en son for intérieur. Elle éprouva un vif regret à l'idée qu'elle n'assisterait pas, dans quelques années, à sa remise de diplôme universitaire. Il serait si beau dans sa tenue noire, avec la robe et la toque carrée. Elle était certaine qu'il atteindrait son objectif et réussirait à devenir médecin. Ensuite, il s'appliquerait à aider les autres, ceux qui avaient un problème... comme Chyna.

— Passe une bonne soirée, Chip, se contenta-t-elle de dire.

— J'en ai bien l'intention !

Il lui tourna le dos et quitta la maison sans ajouter un mot.

Luca attendait près de la limousine. À la main, il avait une petite boîte avec le bouquet-bracelet de Chyna. Quand elle apparut, il resta muet, ébloui par la vision qu'elle présentait. Où était l'adolescente dégingandée et un peu timide qui se trouvait la veille à ses côtés ? Ce soir, Chyna était un être éthéré, trop beau pour être touché. Du coup, Luca oublia complètement ses désirs d'ordre charnel, trop impatient de se pavaner avec elle à son bras.

— Tu es merveilleuse, souffla-t-il. Vraiment !

— Merci.

Elle lui adressa un sourire éblouissant. Il y répondit avec enthousiasme, exhibant toutes ses dents. Il ouvrit la portière et aida Chyna à s'installer sur la banquette arrière.

Puis il s'adressa à Chip :

— Tu es pas mal non plus.

— Hé, mon pote, tu t'es mis sur ton trente et un !

— Faut ce qu'y faut, répondit Luca, mais on ne verra que ma cavalière.

Chip ricana.

— Si tu veux mon avis, tu es aveugle.

— Monte, il faut encore que nous passions chercher Megan.

— Où sont tes oncles ? Ne sont-ils pas censés nous chaperonner ?

— Ils prennent leur voiture.

— Tant mieux, c'est plus discret.

— C'est bien pourquoi ils ont opté pour cette solution, précisa Luca.

— Sympa de leur part, convint Chip, avant de monter à son tour.

Megan habitait à quelques rues de là. Quand elle sortit, dans une jolie robe bustier rouge à fines bretelles, les garçons l'accueillirent par des sifflets admiratifs et des applaudissements.

— Les manches sont passées de mode, on dirait, ironisa Chip.

— Veux-tu que j'aille me changer ?

— Hein ? Non !

Elle éclata de rire.

— C'est bien ce que je pensais.

Quand ils arrivèrent au gymnase où le bal avait lieu, tous les yeux se tournèrent dans leur direction. Étant quaterback, Luca avait l'habitude d'attirer l'attention – c'était déjà le cas dans sa précédente école, quand il jouait dans la ligue Pop Warner –, mais depuis qu'il faisait partie de l'équipe première année, sa popularité avait monté d'un cran. En revanche, c'était tout nouveau pour Chyna. Intimidée, elle se pressa contre lui.

Il passa le bras autour d'elle.

— Ça va ? demanda-t-il à mi-voix.

— Oui.

Il la sentit frissonner en regardant droit devant elle. Il chercha ce qui attirait son attention et vit Ashley et sa clique de l'autre côté de la pièce. Chaque fille était au bras du garçon qui l'accompagnait ce soir et riait fort en pointant Chyna du doigt. Sans doute médisaient-elles sur elle, une fois de plus.

Ça commence à bien faire ! pensa Luca. Une sourde colère monta en lui. Cela devenait du harcèlement. Il fut tenté de traverser le gymnase pour confronter le groupe, mais il se retint, conscient que Chyna n'en serait que plus bouleversée. Il préféra la diriger vers la piste de danse, dans la direction opposée. Il eut de la chance : la chanson avait un rythme lent.

Il serra sa cavalière contre lui et chuchota à son oreille :

— Ne les laisse pas te gâcher la soirée.

— Je devrais me ficher de ce qu'elles disent et font, je sais, mais je n'y arrive pas.

— Je suis là. Tu ne risques rien.

— Merci, Luca.

— Et au cas où tu ne le saurais pas, je te signale que tu es infiniment plus jolie qu'elles.

— Tu es sincère ?

— Je dis toujours la vérité.

— Vraiment ?

— Oui. Je mens très mal, c'est pourquoi je préfère ne pas essayer.

Elle rit.

— Alors, je peux prendre pour argent comptant tout ce que tu me dis ?

— Oui, absolument.

— Merci de me trouver plus jolie qu'Ashley.

— Mieux encore, tu es bien plus gentille.

— Euh, tu ne m'as jamais vue en colère.

— Deviendrais-tu un vampire avec de longues dents ?

Elle émit un doux grondement.

— Oui. J'ai aussi des ongles griffus pour écorcher vif mes adversaires.

— J'ai presque envie de te mettre en colère pour voir ça.

— Parlons plutôt de toi : n'as-tu que des qualités ?

— Moi ? Oh, non ! Tu aurais dû me voir tout à l'heure, pendant que je me préparais. Mes pères se sont fichus de moi, ils ont trouvé que j'étais une véritable nouille.

— Tes pères ? Mais je les croyais absents…

— On s'était connecté sur Skype. J'avais besoin de conseils pour mon nœud papillon

— C'est tellement adorable !

— Bon, assez parlé, il est temps de s'amuser, d'accord ?

— Oui.

Sans plus se soucier de ceux qui les regardaient, Luca et Chyna se remirent à danser.

UN LONG moment plus tard, ils décidèrent de sortir prendre l'air. À l'extérieur du bâtiment se trouvaient plusieurs autres couples qui, comme eux, avaient déserté le gymnase à la recherche d'un endroit tranquille, sans doute pour échanger un baiser ou des caresses. Prenant Chyna par la main, Luca l'entraîna vers le parking. Il tenta d'ouvrir la portière du Suburban de Jody et Clark et fut ravi de la trouver déverrouillée. Il attira Chyna avec lui sur la banquette arrière. Dès qu'il se sentit à l'abri des regards indiscrets, il se mit à l'embrasser fébrilement. Elle noua les bras autour de son cou, l'enflammant plus encore.

Luca en oublia toutes ses bonnes intentions.

Très vite, leurs baisers devinrent fiévreux. Gémissant à l'unisson, les deux jeunes gens se frottaient désespérément l'un à l'autre. Puis Luca prit la taille fine à deux mains et demanda :

— Assieds-toi sur moi.

— Tu crois ? C'est sans doute imprudent.

— Je te promets d'arrêter si tu dis non.

Elle lui fit confiance. Elle remonta sa jupe sur ses cuisses et s'assit à califourchon sur les genoux de Luca. Il faisait sombre, mais les yeux de Luca s'étaient ajustés. Il regarda Chyna, admirant ses prunelles mystérieuses et brillantes. Il voulait expérimenter avec elle tous les fantasmes dont il avait rêvé dans l'intimité de sa chambre. Il aurait voulu qu'elle le caresse, mais il n'osait le lui demander. Elle était tellement innocente ! Il ne voulait pas la choquer et casser l'ambiance.

En fait, c'était à lui de faire le premier pas. Il glissa les mains sous sa robe et remonta lentement le long des cuisses souples. Il s'attendait à des protestations, mais Chyna ne disait rien. Au contraire, elle se pencha en avant pour poser sa bouche sur la sienne. Une brulante chaleur traversa Luca, embrasant tous les bons endroits. Il atteignit les fesses de Chyna, les prit à pleines mains et les malaxa doucement. Elle portait une culotte soyeuse, assez fine pour qu'il sente la chair ferme qui se cachait en dessous. Il tremblait de tout son corps. Son sexe érigé lui semblait prêt à exploser.

Il souleva un peu le bassin pour accentuer la friction. Cette fois, Chyna se déroba.

— Non, souffla-t-elle.

Déçu, Luca respira un grand coup et chercha à se calmer. En vain, malheureusement, car son corps échauffé en réclamait davantage. Pire encore, Chyna choisit ce moment-là pour l'explorer d'une main d'abord hésitante, puis de plus en plus audacieuse. Quand elle le caressa entre les jambes, Luca eut l'impression que de la vapeur lui jaillissait des oreilles.

— Chyna, arrête, chuchota-t-il.

Il était pris dans un dilemme désespéré : d'un côté, il voulait qu'elle continue – pour une vierge, elle était merveilleusement douée ! –, de l'autre, il craignait de jouir dans son pantalon. Il aurait l'air fin s'il retournait au bal avec une tache suspecte sur son smoking !

À contrecœur, il finit par repousser sa main.

— Arrête, répéta-t-il. Sinon, je vais me ridiculiser.

Elle n'insista pas et se blottit contre lui, la tête au creux de son cou.

— La prochaine fois, nous irons plus loin, promit-elle d'une voix douce. Je veux que tu m'apprennes à te satisfaire.

— Tu te débrouilles déjà très bien.

— On t'a déjà fait une pipe ?

Luca ferma les yeux. Rien qu'entendre ce mot le rendait dingue. Il bandait déjà si fort, alors imaginer de sa bouche sur lui... Il s'agita, affolé.

— Je crois qu'il vaut mieux changer de sujet.

— Réponds-moi.

— La réponse est non.

— Je veux t'offrir ta première fellation.

Il frissonna involontairement.

— Tu l'as déjà fait ?

— Non.

— Il faudrait peut-être mieux éviter, alors, dit-il à contrecœur.

Sans l'écouter, elle fit descendre la fermeture éclair de son pantalon. À ce moment-là, il comprit qu'il ne rêvait pas : cela arrivait vraiment. Chyna était déterminée et quant à lui, atteignait les limites de sa résistance. Si elle y tenait tant, il allait la laisser faire.

— Ferme les yeux, dit-elle. Je ne veux pas que tu me regardes.

Il était prêt à tout accepter, même de faire le cochon pendu pour qu'elle le débarrasse de la pression qui lui comprimait le bas-ventre. À ses yeux, Chyna était la plus merveilleuse des filles, la plus parfaite des petites amies : elle lisait dans son esprit et réalisait son fantasme le plus secret. Rien de ce qu'il avait imaginé ne valait la réalité. Les sensations les plus glorieuses explosèrent au niveau de son sexe.

Quand ce fut terminé, Chyna était pour lui une déesse.

Ils retournèrent au gymnase en se tenant la main. Luca ne cessait de vérifier que Chyna ne lui en voulait pas. C'était sa première fellation après tout. Il avait un peu honte d'avoir joui dans sa bouche en quelques secondes, mais elle ne semblait pas regretter ce qui s'était passé. Au contraire, elle irradiait de satisfaction.

— Ça va ? demanda-t-il. Je suis le seul à avoir joui, je me sens très égoïste.

— Ne t'inquiète pas pour moi, Luca. Je vais très bien.

Il ne put se retenir plus longtemps :

— Tu as été géniale !

Elle eut un sourire serein.

— Je prends ça comme un compliment.

— Bien sûr, mais… tu as des talents cachés, tu sais. Je ne me doutais pas que tu savais faire ça.

— Moi non plus, avoua-t-elle.

QUAND ILS revinrent au gymnase, Clark et Jody leur firent signe de les rejoindre. Luca s'inquiéta à l'idée que ses oncles risquaient de deviner ce qui venait de se passer. Il avait les joues brûlantes de gêne. Et comme si ça ne suffisait pas, il se sentait incapable de croiser leur regard.

Jody les accueillit d'un sourire.

— J'espère que vous vous amusez bien, jeunes gens.

Chyna et Luca opinèrent à l'unisson, l'air béat.

— Tu es superbe, Chyna !

— Merci.

Clark intervint :

— Une jolie fille comme toi accepterait-elle de danser avec un vieux barbon ?

— Bien entendu, monsieur. J'en serais même très fière.

Clark se tourna vers Luca.

— Je peux t'emprunter ta cavalière ?

— Bien sûr, Tito, dit Luca, ravi.

Au bras de la star des Chicago Bears, Chyna serait au centre de l'attention générale. Pour une fois, Luca était heureux de donner à Ashley et sa clique matière à commérages.

La danse terminée, Clark remercia Chyna et la ramena auprès Luca. Elle était rayonnante, les yeux étincelants de plaisir, Luca en fut tout ému.

Ils décidèrent ensuite d'aller se restaurer et prirent le plus court chemin pour se rendre au buffet : en traversant la piste de danse au lieu de la contourner. Les corps ondulaient, la musique était forte. Heurté de plein fouet, Luca lâcha la main de Chyna. Il l'entendit pousser un cri perçant et se retourna. Son corsage venait de lui être arraché… avec tout ce qui y était épinglé. À moitié nue, Chyna était figée au centre de la foule, exhibant une poitrine plate bandée de sparadrap. Plusieurs téléphones portables furent brandis pour immortaliser cette humiliation publique, des flashes crépitèrent.

Luca réagit instantanément, il ôta sa veste de smoking et la posa sur les épaules de Chyna. Autour d'eux, le brouhaha était indescriptible. « Quelle planche à repasser ! » cria un goujat, traitant en prime Luca d'idiot pour sortir avec une fille pareille. Luca ne put contrôler plus longtemps sa colère : il fonça, les poings en avant. Un violent combat s'ensuivit. Des cris enthousiastes s'élevèrent, la foule appréciant de voir son quaterback mettre son adversaire au tapis.

Clark intervint pour séparer les deux garçons.

— Ça suffit, tonna-t-il.

Tremblant de colère, Luca se débattit pour échapper à la poigne de son oncle, mais il ne faisait pas le poids contre lui. Clark le ramena jusqu'à Jody. Luca lançait des regards frénétiques à gauche et à droite, espérant voir Chyna. Elle avait disparu.

— Où est Chyna ? hurla Luca.

— Je l'ai vu sortir en courant du gymnase, répondit Jody.

Il prit Luca par le menton et lui tourna le visage pour inspecter les dégâts. Il grogna en voyant l'œil tuméfié de son neveu.

— Comment tu te sens ?

— Ne t'occupe pas de moi, Tito J. Il faut retrouver Chyna.

— Que s'est-il passé ?

Sans répondre, Luca se dégagea et tourna les talons. Il courut jusqu'à la sortie et se dirigea vers le parking, ses deux oncles derrière lui.

Ils trouvèrent Chyna assise par terre blottie contre le Suburban. Chip et Megan étaient avec elle et essayaient de la consoler, en vain d'ailleurs. Après ce qu'elle venait de subir, l'adolescente était au désespoir. Elle sanglotait et s'arrachait les cheveux. Le mascara qui coulait sur ses joues blêmes lui donnait l'air d'un raton laveur. Toujours emmitouflée dans la veste de Luca, elle cachait ce qui restait de sa robe déchirée. Le soutien-gorge sans bretelles, encore épinglé à un lambeau du corsage, était tombé sur ses genoux, rappel pitoyable de la mascarade.

Luca la fit se redresser et tenta de la serrer contre lui, mais elle le repoussa.

— Non, dit-elle d'une voix cassée.

— Chyna, je veux juste te consoler.

— Comment peux-tu supporter de me regarder ?

— Tu es ma petite amie.

Chyna le regarda droit dans les yeux et secoua la tête.

— Non. Je ne suis plus rien. D'ailleurs, je ne suis pas une fille.

IV
RÉVÉLATIONS

XXXV

JODY SORTIT son portable et tapa le numéro de Lil sans la moindre hésitation.

— *Quoi de neuf, mes adorables bébés ?*

L'architecte quadragénaire paraissait bien plus optimiste qu'il ne l'avait été depuis des mois.

— Grier et toi devriez rentrer le plus vite possible.

Lil changea aussitôt de ton :

— *Que se passe-t-il ?*

— Nous avons un problème.

— *C'est Luca ? Qu'est-ce qu'il a ?*

Jody soupira.

— Rien, physiquement parlant, mais il a besoin de vous deux.

— *Qu'est-ce qu'il a ?* insista Lil.

— Disons juste que sa première expérience avec une fille a mal tourné.

— *C'est le bal de l'école ? Que s'est-il passé ?*

— Je ne saurais même pas par où commencer ! répondit Jody.

Grier prit la ligne.

— *Que se passe-t-il, Jody ?*

— Désolé de vous demander de raccourcir vos vacances, Grier, mais Luca a un sacré problème. Clark et moi aimerions vraiment que vous rentriez le plus vite possible. Nous sommes capables de gérer, mais nous ignorons ta position sur la dysphorie du genre. Oh, depuis que le corps médical a abandonné l'ancien terme de « trouble de l'identité sexuelle », on parle aussi d'incongruence de genre.

— *Oh, merde !*

— Exactement, remarqua Jody.

— *De qui parles-tu au juste ?*

Jody s'éclaircit la gorge.

— De Chyna. Nous venons d'apprendre qu'elle est le frère jumeau de Chip.

— *Tu te fous de moi, j'espère ?*

— Malheureusement, non.

— *Comment l'as-tu découvert ? Et Luca, dans quel état est-il ? Que s'est-il passé pendant ce foutu bal ?*

— Grier, respire un grand coup et écoute-moi. Nous l'avons su ce soir. Suite à un différend avec Chyna, certains élèves se sont arrangés ce soir pour lui arracher sa robe au milieu de la piste de danse. C'était censé être humiliant pour elle, mais la situation qui en découle est en vérité bien plus grave.

— *Merde… et Luca a pété un câble, je présume ?*

— Oui, il s'est battu. Clark est très vite intervenu.

— *Luca s'en est pris à Chyna ?*

— Non, pour l'amour du ciel ! s'emporta Jody. Tu connais ton fils ! Il s'est jeté sur ceux qui avaient agressé Chyna.

— *Il a été blessé ? Ne me dis pas qu'il est à l'hôpital !*

— Non, il n'est pas blessé, à part un coquard qui disparaîtra d'ici quelques jours. Il souffre cependant et c'est le genre de douleur qui laisse des cicatrices.

Le ton de Grier devint accusateur :

— *Comment as-tu pu être aussi aveugle ?*

— Clark et moi étions loin d'imaginer une histoire pareille !

— *Lil aurait repéré la supercherie au premier regard, j'en suis certain !* hurla Grier.

Jody ne perdit pas son calme.

— Vraiment ? Pourtant, si je me souviens bien, vous connaissez les jumeaux depuis des années puisque Chip est le meilleur ami de Luca.

— *C'est vrai, mais Chyna n'a jamais passé la nuit à la maison, pas plus qu'elle n'est venue camper avec nous. Bon sang, Jody ! Tu aurais dû sentir que quelque chose n'allait pas chez elle.*

— Chyna est ravissante. Elle passe facilement pour une fille… sauf quand on sait où chercher, rectifia Jody.

— *Et pourtant, tu n'as rien vu ? Et Clark non plus !*

— Ne t'en prends pas à nous, Grier. Kit et moi sommes navrés pour Luca, nous aurions tout fait pour lui épargner ça, mais maintenant que le mal est fait, chercher un coupable ne sert plus à rien.

Grier changea de ton.

— *Je sais, excuse-moi d'avoir été odieux. Merde, je me sens si impuissant !*

276

— Je comprends, nous sommes tous en état de choc depuis cette révélation. D'après ce que nous avons appris, Chyna est née intersexuée et sa mère a décidé de la déclarer de sexe féminin.

— *Intersexuée ?* répéta Grier. *Qu'est-ce que ça veut dire ?*

— Qu'elle a des organes génitaux des deux sexes.

— *C'est bizarre, non ?*

— Ça arrive plus souvent qu'on le pense. Une naissance sur cent s'écarte de « la normalité » telle qu'on la conçoit habituellement. Et il y autant de cas différents que d'étoiles dans le ciel.

— *Comment fonctionne ce genre d'anatomie ?* demanda Grier avec curiosité.

Une fois de plus, Jody soupira. La journée avait déjà été très longue et c'était loin d'être terminé.

— C'est trop compliqué pour en parler au téléphone. Quand pouvez-vous rentrer ?

— *Nous réserverons un vol dès que j'aurais raccroché.*

— Très bien.

— *Où est Luca ?* demanda Grier.

— Enfermé dans sa chambre. Il refuse d'en sortir depuis que nous sommes revenus du bal la nuit dernière.

— *Je veux lui parler.*

Jody hésita.

— Je doute qu'il accepte de venir jusqu'au téléphone.

— *Il n'est même pas sorti pour manger ?*

— Non, avoua Jody, nous lui avons laissé des plateaux devant sa porte.

— *Seigneur !*

— Je me fais du souci pour lui. C'est pourquoi j'ai appelé.

— *Bien sûr. Dis-lui que je suis en ligne et que j'insiste pour lui parler.*

Jody était déjà dans l'escalier. Il arriva devant la chambre de Luca et frappa à la porte.

— Laisse-moi tranquille, Tito.

La voix était aussi atone que la dernière fois que Jody avait essayé d'entrer. De toute évidence, le gamin avait encore pleuré. Jody en eut le cœur serré. Comment atteindre Luca et le réconforter ? Son impuissance le frustrait d'autant plus qu'il était médecin et parfaitement capable de gérer une crise, mais c'était son père que Luca voulait à ses côtés, pas lui.

— Grier est au téléphone, Luca, annonça Jody à travers la porte.

— Dis-lui de me rappeler sur mon portable.

— D'accord. Tu ne veux rien, Luca ?

— Non.

— J'aimerais que tu me laisses entrer pour que nous puissions parler.

— Pas encore. Je réfléchis.

— Je peux sans doute t'aider…

Luca ne répondit pas. Jody secoua la tête et enchaîna :

— D'accord alors, je redescends.

— Merci.

S'adressant à Grier, Jody demanda :

— Tu as entendu ?

— *Oui. Je l'appelle tout de suite. Tu es sûr qu'il ne fera pas de bêtises avant notre retour ?*

— Physiquement, il va bien, répéta Jody. Il est très secoué parce qu'il tenait beaucoup à Chyna. À mon avis, il est plus troublé que fâché. Il recommence sans doute à se demander s'il est gay.

— *Et alors ? En quoi est-ce un problème ?*

— Ce n'en est pas un quand on commence une relation en pleine connaissance de cause. Apparemment, ça fait déjà deux ans que Luca lutte contre son orientation sexuelle et voilà qu'il découvre que la première fille qui l'intéresse est en fait… un garçon. De plus, son soi-disant meilleur ami lui ment depuis des années. Luca se sent doublement trahi. Il cherche à le gérer, mais aussi à comprendre *qui* du garçon ou de la fille l'a attiré chez Chyna. Pour lui, c'est encore un mystère.

— *Quel merdier !*

— Oui, acquiesça Jody, c'est une façon de voir les choses. Ce n'est certainement pas la première expérience que je lui souhaitais.

— *Sais-tu s'ils ont couché ensemble ?*

— Je n'ai même pas tenté d'aborder le sujet.

— *Ça valait sans doute mieux,* marmonna Grier.

— Je vous laisserai gérer ça, Lil et toi.

— *Bon Dieu, je voudrais être déjà dans l'avion !*

— Pour l'instant, ton fils va bien et je suis certain qu'il se sentira mieux une fois que tu lui auras parlé.

— *J'ai les tripes nouées,* avoua Grier.

— Ça ne m'étonne pas ! Clark et moi avalons des antiacides depuis hier soir. D'ailleurs, je te suggère de le faire aussi. Ça finira par s'arranger,

Grier. À ce stade, tout le monde aura besoin d'une bonne thérapie, à commencer par ce pauvre gosse.

— *De qui parles-tu au juste ?*

— De Chyna, même si je ne sais pas encore si elle compte garder ce prénom.

— As-tu discuté avec elle… ou plutôt avec lui ?

— Clark s'en est chargé. Il a réussi à lui extirper pratiquement tout ce que nous savons pour le moment. Pour une raison inconnue, elle se sent en confiance avec lui.

— *Tu veux dire qu'il se sent en confiance avec Clark.*

— Je continuerais à la traiter en fille jusqu'à ce qu'elle réclame le contraire.

— *Quel bordel ! Comment mon pauvre Luca s'est-il trouvé impliqué dans une histoire pareille ?*

— Chyna lui plaisait. Tu sais bien qu'une attirance sexuelle n'a pas d'explication rationnelle.

— *Je n'y verrais aucun inconvénient si la donne n'avait pas été faussée depuis le début.*

— Ne m'en parle pas ! Je suis tellement en colère que ça m'étouffe.

— *Pourquoi ? Il y a autre chose ?*

Manifestement affolé, il recommençait à élever le ton.

— Oh, oui ! Le dossier médical de Chyna a été falsifié, ses droits les plus élémentaires bafoués. En clair, elle a été privée de suivi médical et de vaccination au mépris du danger qu'elle représentait pour les autres élèves de sa classe. C'est un cas de mauvais traitement des plus pervers !

— *Que disent les parents pour leur défense ?*

— Les jumeaux vivaient avec leur mère et elle a disparu.

— *Nom de Dieu !*

— Oui. C'est très triste.

— *Qui s'en occupe maintenant ?*

— Leur père ne savait quoi faire d'eux, aussi Clark et moi avons-nous offert de les héberger quelques jours. Nous avons de la place et je préfère les garder sous un même toit. Chyna est extrêmement vulnérable et je ne pense pas qu'il faille la laisser seule.

— *Je n'arrive pas croire que Jack Davidson abandonne ses enfants !*

— Tu le connais ?

— *J'étais à école secondaire avec lui et Lisa.*

— Était-elle déjà instable ? demanda Jody.

— Je n'en sais rien, je la connaissais peu. Attends... Lil vient de me dire qu'il nous a trouvé un vol qui part dans quelques heures.

— Parfait. Veux-tu que je vienne vous chercher à O'Hare ?

— Oui, merci. Je te donnerai notre heure d'arrivée dès que possible.

— Je suis impatient de vous revoir, déclara Jody.

Après avoir raccroché, il partit à la recherche de Clark. Il le trouva dans le salon, devant la télé, occupé à zapper d'une chaîne à l'autre. Non loin de lui, Chyna était lovée dans un fauteuil et enfouie sous une couverture au logo des Chicago Bears.

Clark sourit en le voyant arriver.

— Salut.

— Je viens d'avoir les tourtereaux au téléphone. Ils ont trouvé des places sur un avion qui part de Rome ce soir.

Chyna se redressa brusquement, les yeux écarquillés de terreur.

— Je ne peux pas rester ici ! s'écria-t-elle.

— Bien sûr que si ! la contredit Clark.

— Les pères de Luca vont me tuer !

— Non, la rassura Jody. Ils chercheront à t'aider.

— Pas si Luca me déteste.

— Il ne te déteste pas, affirma Clark.

— Alors pourquoi refuse-t-il de descendre me parler ?

— Il le fera quand il sera prêt, déclara Clark. C'est un très gentil garçon, mais, pour le moment, il a besoin de temps pour faire le tri de ses émotions. Si tu veux mon avis, je doute fort qu'il te déteste.

Elle repoussa en arrière ses cheveux ébouriffés, quitta son fauteuil et se mit à faire les cent pas. Clark lui avait prêté un de ses vieux tee-shirts et un pantalon de survêtement de Luca. La veille, à peine entrée dans sa chambre – Clark avait installé les jumeaux ensemble, à l'étage –, Chyna s'était débarrassée de sa robe déchirée pour la jeter à la poubelle. Depuis lors, elle ne cherchait plus à transformer son apparence. Après tout, la vérité était connue de tous dorénavant. Malgré sa longue et luxuriante crinière rousse et ses traits fins, elle ressemblait beaucoup à son jumeau, taches de rousseur en moins.

Chip ne s'était pas couché. Pour commencer, il avait fait de son mieux pour réconforter Chyna, qui avait longtemps pleuré contre sa poitrine. Une fois sa sœur endormie, Chip était redescendu au salon où Luca attendait, rigide et muet, assis entre ses deux oncles. Chip leur avait donné une version abrégée de l'état de Chyna et de la suite d'événements ayant mené au drame de ce soir. Sans chercher d'excuses aux mensonges de sa sœur, il avait néanmoins rappelé qu'elle était une victime, tout comme Luca.

Mettant de côté ses sentiments avunculaires, Jody l'avait écouté en tant que médecin, pour tenter de comprendre la situation. Il connaissait peu la dysphorie de genre et les intersexués, mais assez pour savoir que les Davidson avaient très mal géré le cas de Chyna dès le départ. Il était outré qu'un jeune garçon ait été confronté à tant de désespoir et de mal-être à cause d'une psychose maternelle. Il avait ressenti la même rage impuissante bien des années plus tôt, la première fois qu'il avait accueilli Clark aux urgences. Le jeune joueur était lui aussi victime de la stupidité bornée de ses parents et, comme Chyna, il restait traumatisé par ce qu'il avait enduré durant son enfance et son adolescence. Dans ce contexte, Jody se sentait prêt à faire tout ce qui était en son pouvoir pour aider Chyna à se reconstruire.

À plusieurs reprises, Chip avait exprimé ses regrets d'avoir impliqué Luca dans leur tragédie familiale. Il avait parlé les yeux noyés de larmes, mais il avait réussi à ne pas les laisser couler jusqu'à la fin de son récit. Ensuite, il était resté assis, stoïque, attendant le verdict de ses trois auditeurs.

Sans prononcer un mot, Luca s'était levé et avait quitté la pièce.

Jody avait posé des questions d'ordre médical, calmement et d'un ton égal. Rassuré de ne pas avoir à affronter colère et reproches, Chip s'était détendu et y avait répondu de son mieux. En son for intérieur, Jody avait décidé que l'absence de Grier était une bénédiction : dès que son fils était concerné, Grier perdait tout sens de la mesure. Seul Lil réussissait à le calmer quand il s'emportait ainsi. Sans interférence, Jody avait pu rassembler la plupart des faits. Il les transmettrait au couple dès que celui-ci rentrerait de ses vacances interrompues.

Il était six heures du matin lorsque la discussion avait pris fin. Chyna était la seule à avoir un peu dormi. Depuis que Luca était monté s'enfermer dans sa chambre, Jody et Clark étaient passés avec Chip dans la cuisine, à consommer cafetière après cafetière.

L'aube se levant, Chip avait annoncé qu'il devait aller aider son père à chercher Lisa. La disparition inexpliquée de sa mère, en plus de tout le reste, était un énorme fardeau sur ses épaules.

Jody et Clark étaient furieux contre Lisa : elle était la mère des jumeaux, ils vivaient chez elle ! Découvrir après le bal qu'elle avait filé sans laisser d'adresse avait ajouté à leur soirée catastrophique.

DES HEURES plus tard, Chip n'était toujours pas revenu. Jody commençait à s'en inquiéter et Chyna était plus désorientée que jamais.

— Pourquoi n'est-il pas encore là ? se plaignit-elle.

— Je suis sûr qu'il a une bonne raison, répondit Jody.

— Je veux qu'il vienne me chercher et me ramène à la maison !

— Lui et ton père ne vont pas tarder.

— Et nous pourrons rentrer chez nous ?

— Ça dépendra de ton père.

— Je ne peux pas habiter chez lui, dit-elle tristement. Il ne veut pas de moi près de mes demi-sœurs.

— Peut-être as-tu mal compris ?

— Non. Je l'ai entendu vous dire hier soir qu'il n'avait pas de place pour nous chez lui.

— Disait-il la vérité ? demanda Jody.

— Non ! Nous y allons tous les quinze jours ! En plus, Chip et moi pouvons partager une chambre, nous l'avons fait pendant des années. Mais papa ne veut pas que mon pathétique problème perturbe son autre famille.

— Un problème dont il est en partie responsable, souligna Jody.

Clark intervint pour apaiser les choses :

— Inutile de se mettre en colère tant que nous n'avons pas toutes les réponses. Pour le moment, le mieux est de patienter dans le calme.

— Je peux demander à Melinda de venir ? demanda Chyna.

— Qui est Melinda ? s'enquit Jody.

— Mon amie. Elle est comme moi.

— Que veux-tu dire ?

— C'est un transsexuel.

Jody parut étonné.

— Je n'avais pas compris que tu envisageais de changer de sexe. Qui s'occupe de ton traitement et de ton suivi ?

— Personne.

Jody fronça les sourcils. Voyant cela, Chyna expliqua :

— Je me croyais sous traitement hormonal, mais j'ai récemment appris que ce n'était pas le cas. J'ignore où j'en suis et qui je suis en ce moment, mais Melinda me comprend. J'ai besoin de son soutien.

Jody hocha la tête.

— Comment l'as-tu rencontrée ?

— Elle et son partenaire possèdent l'agence de mannequins qui m'offre un contrat.

— Je vois. D'accord. Demande-lui de venir.

— Merci.

XXXVI

LUCA LAISSA son téléphone sonner plusieurs fois avant de décrocher à contrecœur. Il savait que c'était son père, mais il n'était pas certain de pouvoir supporter une nouvelle dose de compassion. Tout le monde cherchait à le réconforter, bien sûr, mais ces bonnes intentions l'étouffaient. Il aurait préféré qu'on le laisse tranquille.

— Salut, papa.

— *Comment vas-tu ?*

— Je survivrais.

— *Je suis certain que ton adversaire est dans un pire état.*

Luca grogna.

— Il y a de sales cons dans cette école !

— *Je regrette que Lil et moi ne soyons pas là pour t'aider.*

— Tu ne pourrais rien faire.

— *Si, te serrer dans mes bras.*

— Je ne suis plus un bébé ! protesta Luca. Je m'en sortirai.

— *Nous prenons le prochain avion.*

— Ce n'est pas la peine !

— *Peut-être, mais Lil et moi tenons à être avec toi.*

— Faites comme vous voulez, maugréa Luca, boudeur.

— *Luca, parle-moi,* insista Grier. *Ne te referme pas sur toi-même.*

— Il n'y a rien à dire.

— *Es-tu en colère contre Chyna ?*

— Je ne sais pas trop si je suis en colère ou blessé ou les deux.

— *Tu lui as parlé ?*

— Non.

— *Tu ne penses pas que ça pourrait t'aider à comprendre ?*

— Je ne peux pas la voir pour le moment.

— *Craindrais-tu de laisser échapper des paroles que tu regretterais par la suite ?*

— Elle m'a menti, papa ! s'écria Luca d'une voix brisée.

— *Tu te sentirais peut-être mieux si elle t'expliquait ses raisons.*

— Je l'aimais beaucoup… vraiment beaucoup.

— *Tu peux continuer.*

— Je ne savais pas que c'était un garçon ! Comment j'ai pu être aussi bête ?

— *Luca, tu n'es pas bête. Chyna passe pour une fille depuis des années.*

— Mais moi, je l'ai embrassée… et je… oh, mon Dieu !

— *Tu quoi ?*

— Rien, trancha Luca, catégorique. Je ne veux pas en parler.

— *Je n'insiste pas, mais si tu changes d'avis, je te rappelle que Lil et moi sommes toujours là pour toi.*

— Oui, je sais.

— *Je suis mal placé pour te conseiller de garder ton calme, mais au fil des années, j'ai quand même appris qu'on règle mieux un problème avec la tête froide. Si tu préfères garder tes distances avec elle, fais-le. Parle-lui seulement quand tu te sentiras prêt.*

— Je ne sais pas quoi lui dire, papa. Je ne sais pas comment je me suis laissé berner à ce point.

— *Tu as été guidé par tes sentiments, mon fils, pas par ton cerveau.*

Luca eut un ricanement de dérision.

— Mes sentiments ? Tu parles, c'était ma queue !

Après un bref moment de silence, Grier avoua :

— *Tu n'es pas le premier homme qui a été entraîné par sa queue à faire des conneries et tu ne seras certainement pas le dernier. Il n'y a pas de quoi te mettre la tête à l'envers pour une erreur de parcours.*

— Même si j'ai envie de recommencer ?

— *Tu tiens donc vraiment à elle ?*

— Elle ? Non, papa, ce n'est pas une fille. Je suis gay, c'est évident. Ça te pose un problème ?

— *C'est à toi qu'il faut poser cette question !*

Luca resta si longtemps silencieux que Grier finit par demander :

— *Allô ? Tu es toujours là ?*

— Oui.

— *Concernant Chyna, tu n'es pas obligé de prendre une décision immédiate.*

— Je sais.

— *Et puis Lil et moi t'aimerons toujours, que tu sois gay, hétéro ou bi. Nous voulons ton bonheur avant tout.*

— Je me sens tellement paumé, papa.

— *Je t'accorde que la situation est assez compliquée. Ça fait beaucoup à digérer d'un coup.*

— Merde, j'aurais mieux fait de m'amouracher de Chip !

— *J'en doute. Il est hétéro.*

— Mais lui au moins, il n'est ni menteur ni hermaphrodite.

— *Maintenant que la vérité a éclaté, peut-être le problème s'en trouvera-t-il allégé. Si j'ai bien compris Jody, l'état de Chyna n'a rien d'une maladie mortelle. Vous avez tous les deux besoin d'un ami, alors, si vous entendiez si bien, pourquoi t'obstines-tu à la repousser ?*

— En clair, s'emporta Luca, ça ne te dérange pas plus que ça que la fille qui me plaisait soit en réalité un mec ?

— *Luca...*

— Excuse-moi, papa...

— *Je sens bien ton dilemme et je vais te laisser tranquille, mais avant, laisse-moi te dire un dernier truc : ce qui se passe dans un couple ne regarde personne, c'est strictement personnel. Rencontrer un être qui vous comprend et qui vous plaît, ça n'arrive pas tous les quatre matins, c'est donc important. Je n'ai pas l'intention de te dicter ta conduite, j'espère simplement que tu réfléchiras et que tu réaliseras qu'aimer quelqu'un de... différent, ce n'est pas forcément un drame. C'est seulement un challenge, comme tout ce qu'il y a de meilleur dans la vie.*

— Merci, papa.

Quand Luca raccrocha peu après, les larmes coulaient sur ses joues. Émotionnellement parlant, il était au bout du rouleau. Il était aussi très soulagé – et surpris – que Grier se montre si tolérant envers Chyna. Par-dessus tout, il appréciait de savoir que l'amour de ses deux pères restait inconditionnel. Un fait nouveau commençait à lui apparaître : il n'aurait pas à « choisir » entre être gay ou hétéro, son cœur en déciderait pour lui. Or ce cœur battait plus fort chaque fois que Luca pensait à Chyna... et qu'elle soit un garçon n'y changeait rien.

Il était temps pour lui d'agir en adulte et d'aller discuter avec Chyna, décida-t-il. Il prit une douche rapide, se brossa les dents et enfila un pantalon de survêtement et un vieux tee-shirt. Il prit même le temps de mettre un peu de l'eau de toilette que Lil lui avait offerte pour son dernier anniversaire.

Il se sentait beaucoup mieux en descendant l'escalier.

EN ENTRANT dans le salon, il fut surpris de trouver une inconnue assise près de Chyna sur le canapé deux places. La femme leva les yeux sur lui avec un sourire.

— Tu dois être Luca.

Il acquiesça.

— Oui. Et vous êtes ?

Elle se leva pour lui serrer la main.

— Melinda. J'ai beaucoup entendu parler de toi.

Luca jeta un coup d'œil à Chyna, qui baissait la tête.

— En bien, j'espère.

— Oui, répondit Melinda. Au fait, je suis maquilleuse, j'ai de quoi cacher ton coquard, si tu veux.

— Non, merci. Je m'en fiche.

— Tu es en droit de l'arborer fièrement, reconnut Melinda avec admiration.

Surpris par ce compliment détourné, Luca remercia l'étrangère d'un sourire assorti d'un signe de tête.

La porte d'entrée s'ouvrit alors et les quatre chiens se mirent à aboyer en même temps. Clark les fit taire d'un retentissant : « silence ! ». Les chiens lui obéirent, mais se ruèrent néanmoins sur les nouveaux arrivants en remuant la queue d'excitation. Chip et son père, Jack Davidson, entrèrent dans le salon.

À peine la porte franchie, Chip s'arrêta net, surpris de voir tout le monde rassemblé. Il regarda Luca et dit timidement :

— Salut.

— Salut, répondit Luca.

Il restait une gêne entre Chip et lui, mais cela ne durerait pas, pensa Luca. Il en était infiniment soulagé.

— Où étais-tu ? ajouta-t-il.

— Je cherchais maman.

— Tu l'as trouvée ? intervint Chyna.

Chip secoua la tête. Quant à Jack, il se laissa tomber sur le canapé, la tête dans les mains. Il respira de plus en plus fort, hoqueta, puis à la consternation générale, il éclata en sanglots bruyants. Clark, qui se trouvait à l'autre bout du même canapé, se rapprocha de lui et tenta de le consoler, même s'il ne le connaissait ni d'Ève ni d'Adam.

— Ça ne fait que vingt-quatre heures qu'elle a disparu. Je suis certain que la police finira par vous contacter.

Cessant de pleurer, Jack leva sur lui des yeux rougis et chercha à se reprendre. Son souffle était encore erratique.

— C'est justement ce qui me terrifie. Et si on m'appelle pour aller reconnaître son corps à la morgue ?

Chyna ouvrit de grands yeux affolés.

— Papa ! Tu me fais flipper.

— Il est bien plus probable qu'elle soit en train de se saouler dans un bar, cracha Chip avec dégoût.

— Ne parle pas comme ça de ta mère ! cria Jack.

— Qu'est-ce que ça peut te faire ? Tu l'as abandonnée il y a des années !

— Je ne l'ai pas abandonnée, protesta Jack, nous nous sommes séparés. Ce n'était plus possible... nous nous disputions sans arrêt concernant Chyna.

— Donc, tu as préféré partir au lieu d'assumer, accusa Chip.

— Ta mère refusait d'entendre raison !

— Elle avait besoin de toi, papa, lança Chip. Chyna et moi aussi.

— Tout est de ma faute ! s'exclama Chyna.

Jody la regarda et secoua la tête.

— Non. Tu n'es responsable de rien.

S'écartant de Melinda, Chyna se leva et se dirigea vers Jody.

— Vraiment ? Regardez autour de vous, Dr Williams. Tous ceux qui se trouvent dans cette pièce ont souffert à cause de moi ! On aurait dû me jeter dans un coin et me laisser mourir !

Jack se releva, manifestement excédé.

— Ça suffit ! s'emporta-t-il. Je ne supporte plus tes crises d'hystérie, Chyna ! Je rentre chez moi.

— Et nous, qu'est-ce qu'on devient ? demanda Chip. Que ça te plaise ou non, tu es notre père.

Jack se tourna vers Jody.

— Pourriez-vous les garder un peu plus longtemps, je vous prie ? Je ne peux pas imposer ce merdier à Sherry et à mes filles.

Jody le regarda, éberlué. Sentant son mépris, Jack finit par baisser la tête.

— Désolé, Doc, marmonna-t-il, je sais que c'est beaucoup demander, mais je n'ai pas encore eu l'occasion de parler à ma femme. Elle ignore que Lisa a disparu et si je reviens avec les jumeaux, elle va s'affoler.

Jody fronça les sourcils sans cacher sa désapprobation.

— Je vois.

— Nous les gardons, bien entendu, intervint Clark. Ça ne nous pose aucun problème. Pas vrai, Jo ?

Jody hocha la tête.

— Ils sont les bienvenus chez nous aussi longtemps qu'ils le voudront.

Bien décidé à profiter de sa chance, Jack recula vers la porte.

— Ce sera juste pour quelques jours, vous savez. Dès que Lisa sera rentrée, tout redeviendra normal.

— La situation de ces enfants n'a jamais été « normale » ! lança Jody, le visage sévère. Je ne laisserai pas ces enfants retourner chez leur mère dans ce contexte. Si tant est qu'elle finisse par revenir ! Je vous rappelle que je suis médecin.

— Mais Chyna n'est pas votre patiente, geignit Jack. Cette histoire ne vous regarde pas.

— Je ne compte pas fermer les yeux pour autant. Pour qui me prenez-vous ? Je préviendrais les Services Sociaux si nécessaire.

— Non, grogna Jack. Laisse-les en dehors de nos affaires !

— Vous auriez dû y penser avant de laisser vos enfants à des étrangers.

— Mais vous venez de dire que vous acceptiez de les accueillir !

— C'est le cas, mais ça ne justifie en rien votre attitude irresponsable. Quand je pense au mal que vous vous êtes donné pour avoir ces enfants ! Je présume que vous ne voulez pas les prendre à temps plein ?

Jack se chercha à nouveau des excuses.

— Non ! Nous n'avons pas assez de place à la maison ! Et puis, je ne pourrais m'en sortir avec deux adolescents à problèmes. Quant à Sherry…

— J'en ai assez entendu, coupa Jody. Clark, veux-tu raccompagner M. Davidson, s'il te plaît. Nous serons dans la cuisine, je vais commander des pizzas.

XXXVII

MALGRÉ LA tension des dernières heures, tout le monde avait faim et les pizzas furent dévorées à peine arrivées. Après le repas, Clark défia les trois jeunes au jeu vidéo Halo, aussi allèrent-ils tous s'installer devant la télévision, laissant Melinda et Jody prendre tranquillement leur café dans la cuisine.

La maquilleuse évoqua le contrat de l'agence *Elite*, si Chyna décidait de devenir mannequin.

Jody secoua la tête.

— Médicalement parlant, je ne conseillerais pas de la déraciner avant qu'elle ait résolu ses problèmes d'identité sexuelle. Ça risquerait d'aggraver la situation.

— Pourquoi ? Elle vivrait dans un environnement plus tolérant. Dans la mode, ce qui compte avant tout, c'est le rendu sur papier glacé, pas ce qu'on a entre les jambes.

— Peut-être, mais cette acceptation reste superficielle. Pour s'en sortir dans ce milieu, il faut avoir les idées claires et des racines solides. Gérer célébrité et fortune n'est jamais facile, surtout pour un jeune. Voyez ce qui se passe dans la jetset ! Les dérives se concluent souvent par des overdoses mortelles.

— Ça arrive, admit Melinda. Mais nous nous occuperions de Chyna et pour l'aider dans sa transition, nous l'adresserions aux meilleurs médecins de New York.

— Vivriez-vous à plein temps avec elle ? demanda Jody.

— Non. J'ai peur que ce soit impossible.

— Alors, elle serait entre les mains d'étrangers.

— Elle apprendrait vite à les connaître.

— Et au risque de me répéter, ces relations resteraient superficielles. Voyons, Melinda, soyez réaliste. Chyna a quinze ans ! Vous ne pouvez sérieusement pas espérer qu'elle s'épanouisse dans un milieu aussi électrique et compétitif. Elle a besoin de ses amis et de sa famille pour la soutenir dans un nouveau contexte qui s'annonce difficile. Si j'ai bien

290

compris, ce sera la première fois qu'elle s'affichera en tant que garçon, ce que la nature avait prévu pour elle.

— Elle affirme être une fille.

— Comment pourrait-elle choisir en toute connaissance de cause alors que sa vie a toujours été faussée ? Cette pauvre gosse a été formatée depuis sa naissance, abusée de la pire des façons. Elle me rappelle ces bébés animaux orphelins qui sont élevés par une femelle d'une autre espèce… ils font leur possible pour s'intégrer, mais un jour ou l'autre, leur vraie nature refait surface. Dans le cas de Chyna, je me demande encore si une fois les mensonges dissipés, un beau jeune homme ne sortira pas de sa chrysalide. Je veux l'aider à déterminer qui elle est réellement et comment elle veut moduler son avenir. Je tiens ce qu'elle passe ce cap primordial dans un environnement à la fois accueillant et solide.

— Et comment comptez-vous vous y prendre ? Vous avez entendu Jack Davidson, non ? Il se lave les mains de ce qu'il adviendra aux jumeaux, à Chyna en particulier.

— Oui, c'est tragique, c'est le moins qu'on puisse dire. Et je doute qu'il faille souhaiter le retour de leur mère. Si nous n'intervenons pas, Chyna n'a aucune chance de s'en sortir.

— Comment les aider ? Vous avez une idée ?

— Oui, je vais recueillir Chip et Chyna.

Melinda ne cacha pas sa surprise.

— Pourquoi ? Ils ne vous sont rien.

— Je ne suis pas devenu médecin pour l'argent, Melinda. Je rêvais d'améliorer la vie de mes patients et du genre humain en général, au hasard de mes rencontres. Puisque Chyna a besoin d'aide et qu'elle a croisé notre route, mon mari et moi sommes décidés à intervenir.

— Vous deviendriez famille d'accueil ? Officiellement ?

Jody haussa les épaules.

— Clark et moi devrons encore discuter des détails, mais le connaissant, il commencera à rénover les chambres avant même que la paperasserie soit signée.

Melinda eut un petit rire.

— Ces enfants ont bien de la chance de vous avoir !

— Et c'est également vrai dans l'autre sens.

Melinda se leva pour partir.

— Je suis un peu triste à l'idée que Chyna renonce à conquérir New York, mais je pense que vous avez raison, Dr Williams.

— Merci. Elle aura besoin de tous ses amis pour l'aider à surmonter les prochains mois. Je serais heureux de pouvoir compter sur votre soutien.

— Vous l'avez, assura Melinda. Je connais Chyna depuis peu, mais je tiens déjà beaucoup à elle. Je ferai mon possible pour la rendre heureuse.

— Je vous en suis très reconnaissant.

Avant de quitter la cuisine, Melinda s'arrêta près de la porte et demanda :

— Une dernière question, pure curiosité de ma part, je l'avoue... comment a réagi Luca en apprenant la vérité ?

— Il est actuellement avec elle, non ?

— Donc, tout va bien entre eux ?

— On dirait, se contenta de répondre Jody.

— C'est un jeune homme remarquable.

— C'est vrai.

— J'espère qu'il restera avec elle, quel que soit le chemin qu'elle choisira.

Jody sourit.

— Je suis certain qu'il le fera le bon choix.

UNE FOIS Melinda partie, Jody rejoignit les autres et attendit une pause dans le jeu vidéo. Dès qu'il le put, il aborda un sujet épineux : l'école. Le lendemain, c'était lundi et les trois jeunes gens étaient scolarisés. Malgré les écueils, la vie continuait.

— Je n'y retournerai jamais, s'emporta Chyna.

Chip était furieux.

— Il faut faire payer les coupables.

— Je pense comme toi, dit Luca.

— Nous aussi, déclara Jody. Y a-t-il eu d'autres témoins que Clark et moi ?

— Toute l'école était présente au bal ! dit Luca avec dégoût.

— Mais qui serait prêt à témoigner ?

— Ça dépendra de Coop, dit Luca.

— Qui est-ce ? demanda Clark.

— Le directeur.

Chyna paraissait désespérée.

— Il n'expulsera jamais plusieurs de ses cheerleaders ! Pour l'école, elles sont bien plus importantes que moi.

Luca intervint :

— Mais moins que moi. J'irai m'entretenir avec l'entraîneur Taggart, je lui dirai que si le directeur cautionne une telle ignominie, j'envisagerai de changer d'école. Pour ne pas perdre son quaterback, Coop y réfléchira peut-être à deux fois avant de fermer les yeux.

Chyna le regarda, stupéfaite.

— Tu ferais ça pour moi ? Abandonner le football ?

— Pas vraiment, répondit franchement Luca, puisque je continuerai à jouer ailleurs, mais je ne veux pas rester une école qui tolère ce genre de choses.

— Je te comprends, déclara Clark. Et nous sommes à 100 % avec toi.

— Attendons de savoir ce qu'en diront Lil et papa.

— Ils seront les premiers à te faire changer d'établissement si le directeur ne prend pas de sanctions, affirma Clark.

— À quelle heure arriveront-ils ? demanda Luca.

— Ils quittent Rome ce soir et le vol dure environ huit heures, répondit Jody. Ils seront là demain matin.

Luca sourit.

— Juste à temps pour le bouquet final. Parfait.

Clark souriait lui aussi.

— Ça risque d'être intéressant.

Chyna eut un léger frisson.

— Mon Dieu ! Ils vont me détester !

— Non, dit Luca.

— Tu es sûr ?

— Certain.

BIEN PLUS tard, alors que chacun était remonté dans sa chambre, Jody demanda à Clark :

— Tu parlais l'autre jour de devenir famille d'accueil. Que dirais-tu de commencer avec les jumeaux ?

Clark regarda fixement.

— Tu es sérieux ?

— Oui.

— J'adorerais !

Jody regarda son partenaire et secoua la tête.

— Tu es tellement sentimental parfois !

— Tu peux parler ! Je te rappelle que cette idée vient de toi !

Jody soupira lourdement.

— J'ai dit que je ne voulais pas d'enfants, c'est vrai, mais les jeunes Davidson sont un cas à part. Même si leur mère revient, nous ne pouvons les laisser sous la garde d'une femme aussi instable. Quant au père, c'est un lâche qui ne les mérite pas, alors, quelles options ont-ils ? S'ils entrent dans le système fédéral, nul ne sait où ils se retrouveront, ni même s'ils pourront rester ensemble. Pourtant, je n'hésiterais pas à faire intervenir les Services Sociaux si les Davidson refusent de nous confier leurs enfants. Bien entendu, je ne peux pas prendre cette décision seul. Si tu as des doutes, c'est le moment de les exprimer. Je ne veux pas que mon idée ait un impact sur notre relation.

— Je n'ai aucun doute, affirma Clark.

— Si nous nous occupons des jumeaux, je suivrai Chyna moi-même, médicalement parlant. Ça économisera une fortune à son enfoiré de père.

— Et moi, j'entraînerai Chip au football ! proposa Clark. D'après Luca, il était bon joueur en ligue Warner, mais cette année, il ne s'est pas inscrit dans l'équipe pour se consacrer à ses études et à Chyna. Il s'est sacrifié ! Maintenant que nous sommes là, il aura davantage de temps libre. Tout le monde y gagnera !

— Il nous reste à convaincre Davidson que c'est la meilleure solution. S'il n'est pas complètement décérébré, il en conviendra sans que j'aie à recourir aux grands moyens.

— Avec un peu de chance, déclara Clark, leur folle de mère ne reviendra pas.

Jody paraissait pensif.

— Elle est peut-être morte… si elle revient, jamais un juge ne lui rendra ses enfants quelles que soient les raisons qu'elle inventera. Elle les a abandonnés, c'est impardonnable.

— D'après toi, que va décider Chyna ? Restera-t-elle une fille ?

— Je n'en ai aucune idée, reconnut Jody, mais le jour où elle fera son choix, nous la soutiendrons inconditionnellement.

— Et Luca ?

— Quoi, Luca ?

— Va-t-il rester avec Chyna ?

— Je ne sais pas non plus. Tu sais, j'ai été très soulagé de le voir aussi calme quand il est venu nous rejoindre ce soir. Grier a dû lui donner de bons conseils au téléphone pour l'aider à affronter la situation. En tout cas, le sang n'a pas coulé, c'est déjà ça.

— Luca n'a rien d'un cogneur, déclara Clark. C'est un tendre !

— Il s'est quand même battu deux fois ces trois dernières semaines, souligna Jody. Et il en a récolté deux coquards.

Clark éclata de rire.

— C'est vrai.

— C'est bien le fils de son père !

— Je ne sais toujours pas comment il a récolté son premier œil au beurre noir, reprit Clark. Ça m'intéresserait de l'apprendre !

— Je te parie un massage que Chyna était impliquée, riposta Jody.

— Tricheur ! Bien sûr ! Pour elle, ce garçon devient un noble chevalier combattant pour sa dame.

Jody sourit.

— Il est tellement adorable quand il prend sa défense !

Clark émit un gloussement amusé.

— Ne le lui dis pas, sinon il va vouloir être un ninja.

— Il est tard, Kit, tu devais essayer de dormir. Demain sera encore une longue journée. Je le sens !

Clark roula vers lui.

— Je dormirais bien mieux si tu me massais les pieds, chouchou, ronronna-t-il.

— Pitié, n'abuse pas de ces petits noms idiots ! Ça me fiche la trouille.

— Je sais, reconnut Clark, je voulais te faire rire. Tu prends la vie trop au sérieux !

Il frotta son nez contre le cou de Jody.

Mais ce dernier venait d'être interpellé par une nouvelle idée.

— Dis-moi, tu ne comptes pas demander aux jumeaux de t'appeler papa, j'espère ?

— Bien sûr que non.

Clark roula sur Jody, ses coudes plantés sur le matelas soutenant la majeure partie de son poids. Il fixa les prunelles caramel levées vers lui.

— Que dirais-tu de les laisser choisir le nom qu'ils nous donneront ? enchaîna-t-il.

— D'accord, à condition que ce ne soit pas papa.

— Pourquoi ?

— À cause de Jack Davidson. Je ne veux surtout pas qu'il pense que nous cherchons à usurper son rôle, même s'il l'assume de façon lamentable.

295

J'aimerais qu'il accepte notre proposition et nous transfère ses droits parentaux sans avoir à passer devant le tribunal, ce serait mieux pour tout le monde. Sa coopération est la clé du bonheur de Chyna, tu vois, et je tiens vraiment à donner à cette pauvre gosse une chance de découvrir ce qu'elle attend de la vie. Quant à Chip, ça fait bien trop longtemps qu'il a vis-à-vis de sa sœur des responsabilités d'adulte. Il est temps qu'il retrouve la liberté d'un adolescent. S'il devait choisir entre son père et nous, il risquerait de s'en sentir coupable. Je ferais tout pour éviter d'en arriver là. Bref, nous devons ménager la susceptibilité de Jack. C'est lui qui doit rester le « papa » des jumeaux.

Clark se pencha pour chuchoter :

— Ah, Jody ! J'ai toujours su que tu cachais un cœur d'or derrière ton sourire de star et tes yeux de Chat Potté. Tu es un homme merveilleux, un médecin fantastique, un amant extraordinaire et voilà que tu vas devenir le meilleur père adoptif qu'on puisse imaginer. Je t'aime, Dr Williams.

Jody soupira, le cœur en fête.

— Je t'aime aussi.

Il laissa ses mains s'égarer sur le corps familier de son amant. Très vite, le plaisir lui fit tout oublier, y compris ses futures responsabilités parentales.

Au bout du couloir, Luca réfléchissait allongé sur son lit, sans trop savoir s'il devait s'entretenir avec Chyna dès ce soit ou attendre le lendemain. En descendant tout à l'heure, il s'inquiétait, s'attendant à une scène horrible. Au final, la réunion s'était plutôt bien passée. Et Chyna s'était vite détendue en réalisant que Luca avait retrouvé son calme. Le fait d'être entourés avait également permit de désamorcer la situation. Tous deux savaient bien que leur véritable discussion aurait lieu en tête à tête.

Luca n'avait pas encore pris de décision quand sa porte s'ouvrit. La lumière du couloir éclaira la longue silhouette de Chyna.

— Je peux entrer, Luca ? murmura-t-elle.

— Bien sûr.

Ils allaient être seuls dans sa chambre, libres de reprendre leur relation là où elle s'était arrêtée, le soir du bal. À cette perspective, Luca sentit son pouls s'emballer. Il s'en voulut de penser au sexe, mais sa réaction physique en présence de Chyna restait incontrôlable. Même si son cerveau avait un million de questions, sa queue traîtresse gardait son idée fixe, malgré tout ce qui s'était passé.

— Je suis venue m'excuser, chuchota Chyna. J'aurais dû te confier mon secret depuis longtemps.

— Tu avais peur, murmura Luca. Je comprends.

— J'aurais dû te faire confiance.

Il tendit la main vers elle et l'attira doucement sur le lit. Elle s'assit à ses côtés. Il empila tous ses oreillers derrière eux pour avoir le plus de confort possible pendant cette conversation délicate. Il s'étendit à moitié et leva un bras en la regardant. Sans un mot, elle se blottit contre lui, pressa le visage contre son cou et passa un bras autour de sa taille. Luca était torse nu. Il avait ôté son tee-shirt et son pantalon avant de se coucher, ne gardant que son caleçon en coton. Chyna ne sembla pas s'en soucier.

Nerveux, Luca se mit à jouer avec les longs cheveux roux, enroulant une mèche sur son index.

— Nous devrions parler, tu ne crois pas ? proposa Chyna.

— Si, bien sûr.

— Tu me détestes ?

— Je t'en ai beaucoup voulu au début, je pensais que tu t'étais bien fichue de moi... mais ensuite, j'ai compris que tu ne t'attendais pas à ce que notre... relation devienne si vite aussi intense.

— C'est vrai, admit Chyna. Tu me connaissais depuis des années et tu me voyais à peine.

— C'était pareil pour toi, non ?

— Je ne sais pas. Je t'aimais bien... mais évidemment, ce n'était pas la même chose. Quand j'ai compris que je te voyais différemment, ça m'a fait un choc.

— Qu'est-ce qui t'a fait changer ?

— Aucune idée.

— Pareil pour moi, admit Luca. Tu es passée en quelques jours d'une gamine invisible à une superbe créature qui me faisait bander chaque fois que je l'approchais. C'était sacrément troublant !

Elle se pressa contre lui.

— Tu sais, j'ai rêvé de toi.

— Hmm. Des rêves érotiques ? demanda Luca.

— Oui. C'est dingue, hein ?

En guise de réponse, il l'embrassa sur la tête.

297

— J'aurais fini par te le dire, enchaîna Chyna d'une voix à peine audible.

— Mais ces salopes t'ont prise de vitesse.

— C'était tellement humiliant ! Quelle fichue soirée !

Luca eut un petit rire amusé.

— Elle avait super bien commencé, pourtant ! J'en garde d'excellents souvenirs.

— Oui, grâce au ciel ! C'est grâce à ça que je ne suis pas devenue folle.

— Je n'ai même pas eu l'occasion de te rendre la pareille, murmura Luca.

Chyna se redressa pour le regarder.

— Tu es sérieux ?

Luca acquiesça.

— Oui.

Chyna se laissa tomber contre sa poitrine.

— Waouh ! J'en ai de la chance ! Je me demande bien pourquoi…

— Tu as choisi le bon numéro.

— C'est vrai, dit Chyna en se rapprochant.

— C'est pour ça que tu ne t'es pas inscrite dans l'équipe cette année, hein ? Parce que tu es un garçon ?

— Oui, avec la puberté, j'ai eu de plus en plus de mal à me cacher.

— Alors, c'est vrai ? Tu as une queue, comme Chip et moi ?

— Oui.

— Pourquoi diable tes parents ne t'ont pas laissé grandir comme un garçon normal ? s'écria Luca en colère. Comment ils ont pu te pourrir la vie comme ça ? Ils mériteraient d'aller en prison !

— Nous parlerons une autre fois des « pourquoi » » et des « comment », si ça te dérange pas. Ce qui m'inquiète avant tout, c'est le présent.

— Tu n'as rien à craindre de moi, affirma Luca.

— Si tu veux rompre, je comprendrais. Je ne suis pas vraiment la copine idéale.

Elle paraissait si triste qu'il en eut le cœur serré. Il la tint plus fort contre lui.

— Non ! Je te garde.

— Serais-tu gay, Luca ?

Il haussa les épaules.

— Je le croyais, puis je t'ai remarquée et ta présence me rendait dingue, alors je n'y comprenais plus rien. Et voilà que tu n'es pas vraiment une fille ! En fait, j'en suis presque soulagé. Maintenant au moins, je sais la vérité : oui, je suis gay.

Elle poussa un très long soupir qui sembla dissiper une partie de la tension qui la broyait depuis la nuit fatale.

— Si tu veux, proposa-t-elle, je me déshabille, comme ça tu pourras vérifier.

— Vraiment ? Je ne veux pas que tu t'y sentes obligée.

— Je ferais n'importe quoi pour toi, Luca. Tu devrais le savoir.

En entendant cet aveu, Luca ressentit des éclairs de feu entre les jambes. Il imagina ce qui se passerait s'il acceptait et commença à bander. Il se reprit juste à temps, porté par son bon sens et son instinct.

— Plus tard. Je peux attendre.

— Tu es sûr ?

Il acquiesça malgré sa lutte interne. Il aurait voulu voir Chyna nue, mais il hésitait à accepter. Elle avait déjà subi tellement de pressions et d'abus, il refusait d'en ajouter.

Chyna devina ce qui motivait sa décision. Elle lui sourit :

— Tu as raison, ça peut attendre.

Visiblement détendue, elle lança à brule-pourpoint :

— Je vais peut-être me couper les cheveux.

Il sursauta, horrifié.

— Pourquoi ?

— Pour essayer.

— Essayer quoi ?

— D'être un mec.

— Ah… dit-il peu convaincu.

— Ça ne te gênera pas de t'afficher avec moi si je deviens un gay flamboyant ?

Il secoua la tête.

— Je doute fort que tu y parviennes !

— Ah bon, pourquoi ?

— En tant que fille, tu étais assez discrète. Et pourtant, tu t'es montrée plus agressive que moi.

— Moi, agressive ? Quand ?

Luca sourit.

— La liste est longue ! C'est toi qui as commencé à flirter avec moi, c'est toi l'instigatrice de notre premier baiser, c'est toi qui m'a peloté le cul dans le local utilitaire. Par galanterie, je n'évoquerai pas ce qui s'est passé dans le Suburban de mes oncles et maintenant, tu proposais de te déshabiller…

— Hé, protesta Chyna, en riant. C'est toi qui m'as entraînée dans ce réduit malodorant pour me mettre la main aux fesses ! Et tu m'as fait monter dans la voiture de ton oncle exprès pour m'embrasser.

— Tu crois ? En tout cas, je ne m'attendais pas à recevoir ma première pipe. J'ai été très choqué, mais de la plus délicieuse manière, je l'avoue. N'hésite pas à abuser de moi chaque fois que tu as des idées lubriques. Si tu attends que je me décide, tu seras centenaire.

Elle gloussa.

— Et si je décide de devenir une femme ? Tu l'accepterais ?

— Pour être franc, je ne sais pas.

— Que veux-tu que je sois, Luca ?

— Toi.

— C'est bien le problème : je ne sais pas qui je suis.

— Je n'ai pas la réponse, dit Luca, en toute sincérité, mais je veux que tu saches que tu comptes beaucoup pour moi. Et tu me plais, en jupe ou en pantalon.

— Je ne suis pas certaine de mériter tant de compréhension de ta part.

— Je veux t'aider, Chyna.

— Je ne compte pas changer de nom : Chandler, c'est trop nul !

— Tu peux très bien garder le tien, il s'applique aux deux sexes.

— Je resterai Chyna, affirma-t-elle.

Elle passa une jambe sur la cuisse de Luca et se rapprocha de lui. Cette fois, il sentit un léger renflement pressé contre lui. Chyna ne cherchait plus à cacher sa vraie nature, elle avait renoncé à tous ses artifices. Loin de reculer, Luca bougea les hanches en avant. Puis il empoigna le derrière de Chyna, à travers le coton du pyjama qu'elle portait, et pressa davantage son corps contre le sien. Ils poussèrent ensemble un cri étouffé, puis se jetèrent l'un vers l'autre dans un baiser avide. Ils ondulèrent enlacés et unis par la même extase.

Puis Luca souleva le tee-shirt de Chyna et caressa le torse mince, frottant légèrement mamelons qui s'érigeaient sous ses doigts. Il sourit en entendant Chyna ronronner.

— Je parie que c'est la première fois qu'on te touche la poitrine.

— Ça, c'est sûr ! Melinda m'a déjà vue torse nu et elle m'a aidée à m'habiller, mais ça ne compte pas.

— J'adore tes poils ! Ils sont si doux, si glorieusement dorés !

— Sérieusement ? Je les déteste.

Luca se pencha et frotta son visage sur la fine toison.

— C'est sexy !

— Si tu le dis.

Luca se redressa, l'air grave.

— Il est temps d'établir certaines règles, Chyna.

— Lesquelles ?

— Tu peux te couper les cheveux si tu y tiens, même si je les regretterai terriblement. Tu peux t'habiller en mec, mais je ne vois pas pourquoi tu ne porterais pas des sous-vêtements en dentelle. Je dois avouer que ça me plairait beaucoup. Bref, tu fais ce que tu veux, mais si tu veux rester dans ma vie, j'ai quand même une exigence.

— Je t'écoute.

Luca posa la main sur le sexe érigé de Chyna.

— Ça me plaît. Ne t'en débarrasse pas avant d'être à 100 % certaine que c'est ce que tu veux. Il faut y réfléchir. Je ne sais pas comment je réagirai si tu te fais opérer.

— D'accord, haleta Chyna. S'il te plaît… touche-moi.

XXXVIII

À SEPT heures du matin, Luca ouvrit les yeux. Deux visages inquiets étaient penchés sur lui.

— Salut, dit-il, à moitié endormi. Quand êtes-vous rentrés ?

— Il y a dix minutes, répondit Grier. Lil et moi avons été incapables de fermer l'œil depuis que nous avons appris cette catastrophe.

Le regard de Luca passa de l'un à l'autre. Malgré leurs traits marqués par l'insomnie et l'inquiétude, ses deux pères étaient bronzés et bien plus détendus qu'au moment de leur départ. Surtout Lil. Il semblait rajeuni et heureux.

— Tu es superbe, Lil !

Lil ne cacha pas sa joie devant ce compliment spontané. Ses yeux bleus pétillèrent.

— Merci, bébé.

Luca s'assit dans son lit. Il était toujours torse nu, aussi deux paires d'yeux attentifs repérèrent un gros suçon près de son mamelon gauche.

Chyna était retournée dans sa chambre quelques heures plus tôt et Luca en était très soulagé. Quelle réaction auraient eue Lil et Grier en la trouvant dans son lit ? se demandait-il.

Il tenta de détourner leur attention :

— Alors, racontez-moi vos aventures italiennes.

— Nous préférerions entendre ce que tu as à nous dire.

— Je ne sais pas par où commencer.

Grier désigna le suçon révélateur.

— Pourquoi pas par ceci ?

Luca baissa la tête, les joues écarlates.

— Eh bien…

Il s'interrompit.

— Oui ? insista Grier.

— Ce n'est pas ce que vous pensez ! lança Luca.

Lil faisait de gros efforts pour ne pas sourire.

— Comment sais-tu ce que nous pensons ?

— Je suis toujours vierge !

— Tant mieux, grommela Grier.

— Et Chyna aussi.

Son père approuva d'un signe de la tête

— Encore mieux.

— Nous nous sommes juste un peu embrassés la nuit dernière.

— Je vois, dit Lil. Alors, tu lui as pardonné ?

— Je continue à dire « elle », reconnut Luca. Il va me falloir un moment pour passer au « lui », mais ça change rien, Chyna reste Chyna, c'est tout ce qui compte.

— Bien entendu, dit Lil. Ainsi, Chyna a décidé de devenir un garçon ?

— Ce n'est pas encore très clair. Elle se pose des tas de questions. Elle a accepté de suivre une thérapie pour avoir d'autres éléments avant de faire un choix définitif. En attendant, elle va essayer de vivre comme un mec pour voir si ça lui convient.

— Ça me paraît très sensé.

— Chyna est géniale, surtout quand on pense à tout ce qu'elle a enduré !

— J'aimerais connaître son histoire, déclara Lil.

Grier scrutait son fils.

— Apparemment, apprendre la vérité n'a rien changé à tes sentiments.

Luca se tourna vivement pour scruter le visage de son père, mais il ne lut aucune désapprobation dans ses yeux noirs. Au contraire, l'expression de Grier n'était que compréhension.

Luca se détendit, rassuré.

— Bien sûr que non ! C'est surtout la personnalité de Chyna qui m'a séduit.

— Et son corps ?

Luca baissa la tête.

— Tu me trouves frapadingue d'aimer un gars qui s'habille en fille ?

— Jésus, Marie et Joseph ! murmura Lil.

Luca se tourna vers lui.

— Quoi ? Je trouve ça bandant d'être le seul à savoir ce qui se cache sous ses sous-vêtements vaporeux !

Grier ouvrit de grands yeux.

— Nous te comprenons parfaitement, Luca.

— Ça, j'en doute.

Lil leva les yeux au ciel.

— Plus que tu l'imagines.

Luca quitta son lit d'un bond.

— Je n'ai pas le temps de te demander ce que tu veux dire par là, Lil. Je dois me préparer si je ne veux pas être en retard à l'école. Tu m'expliqueras plus tard, hein ?

— Peut-être dans une dizaine d'années, marmonna Lil.

Grier retint son fils.

— Si j'ai bien compris, maintenant que tu es certain d'être gay, tu comptes l'annoncer à toute l'école ?

— Oui.

Grier le regarda dans les yeux.

— Un coming-out, c'est parfois sacrément difficile. Prépare-toi.

— Je suis prêt, papa.

— Tu ne peux pas résoudre tous tes conflits en te battant, intervint Lil.

— Il a raison, déclara Grier. Tu vas entendre pas mal d'insultes et quand Chyna arrivera habillé en garçon, ce sera encore pire, lui aussi se fera railler. Es-tu prêt à l'accepter sans user de tes poings ?

— Oh, que oui !

Grier hocha la tête.

— Alors, nous te soutenons à 100 %.

— Absolument, appuya Lil.

Luca eut un large sourire.

— Merci !

— Maintenant, sais-tu ce qu'ont prévu Jody et Clark pour faire payer les salauds qui ont gâché votre soirée ? demanda Grier, l'air mauvais. J'exige des sanctions !

BARRINGTON HIGH était très animé en ce lundi matin. Dans les couloirs, les élèves s'agglutinaient par groupe pour parler du bal et regarder sur leurs smartphones les photos de Chyna dans sa robe déchirée. La plupart avaient assisté à la soirée, certains éprouvaient même une certaine compassion, mais bien plus nombreux étaient ceux à se repaître des ragots comme des vautours sur une charogne. Personne ne savait ce qui allait se passer, mais tous étaient conscients qu'il y aurait des répercussions.

Les élèves s'écartèrent pour laisser passer une petite délégation qui marchait en direction du bureau de M. Cooper. Chyna était en tête, flanquée de Chip et de Luca. Derrière eux, Grier et Lil tandis que Clark et Jody formaient l'arrière-garde.

Le groupe évoquait les Avengers – sans costumes bariolés.

Chyna était en jean et en tee-shirt. Elle avait jeté son Miracle Bra à la poubelle avec un chapelet de jurons en guise d'adieux définitifs. Elle craignait un peu la confrontation à venir, mais se sentait bien mieux avec Luca et sa famille dans son camp. Pour la première fois depuis des années, elle n'avait plus à se cacher.

Les longues boucles scintillantes qui flottaient dans son dos continuaient à attirer l'attention. Luca l'avait convaincue de ne pas y toucher, prétextant qu'une transformation complète serait prématurée. Après tout, rien n'était encore décidé et Chyna avait apprécié certains aspects de son imposture. Si dans les mois à venir elle décidait de changer de sexe, autant ne pas regretter à ce moment-là d'avoir sacrifié sa chevelure.

M. Cooper les accueillit dans son bureau. Jack Davidson s'y trouvait déjà, contraint et forcé, et ne cachait pas qu'il aurait préféré être ailleurs. De toute évidence, sa présence n'apporterait rien à la cause de Chyna.

Le groupe s'entassa dans la pièce minuscule. Jody y fit asseoir Chip et Chyna sur les deux chaises devant le bureau.

— J'ai appris ce qui s'est passé samedi, déclara M. Cooper. Je suis consterné.

— Vous auriez dû vous trouver là, dit Luca.

Cooper le toisa, les sourcils froncés.

— Vous vous êtes battu, Dilorio, ce qui va à l'encontre de notre règlement. Si j'en crois le rapport, vous vous êtes jeté sur un de vos camarades.

— Parce qu'il venait d'agresser Chyna ! jeta Luca, en colère. Ce n'est pas moi qui ai commencé.

Cooper reporta son attention sur Chyna.

— Je regrette vraiment que vous ayez été victime d'une mauvaise farce.

Chyna se rapprocha du bord de son siège.

— Une *farce* ? M. Cooper, ça n'avait rien d'une farce !

— Très bien. Appelons ça un incident pour le moment.

— Je veux porter plainte, déclara Chyna.

L'attention générale se concentra sur elle. Ce n'était pas prévu, aussi ses partisans étaient-ils eux aussi surpris par sa déclaration. En fait, réalisèrent-ils instantanément, Chyna avait raison : c'était la meilleure solution.

Bien entendu, le directeur ne partageait pas cet avis. Il parut très contrarié

— Porter plainte ? Vous plaisantez ?

Chip intervint :

— Chyna y sera obligée si les responsables de l'*incident* ne sont pas expulsés. Nous aimerions une réunion du conseil de discipline. Je témoignerai que depuis le début de l'année, Chyna a été constamment harcelée par un petit groupe de cheerleaders. D'ailleurs, nous aurons d'autres témoins. Ce dernier *incident* a été le pire d'une longue série et je n'ose imaginer comment tout cela se serait terminé si Chyna n'avait été soutenue par ses amis et sa famille. Imaginez un peu si vous aviez à répondre d'une tentative de suicide, M. Cooper !

— Ce sont des paroles terribles, Davidson. Je pense que vous exagérez.

Jody avança et se présenta.

— Je suis le Dr Jody Williams, responsable du service des urgences à l'hôpital de Barrington et un bon ami de la famille. Savez-vous, M. Cooper, que le taux des suicides adolescents ne cesse d'augmenter à cause de la pression des médias sociaux ? Je peux vous citer plusieurs cas datant de l'année dernière au cours desquels des jeunes ont été poussés à un acte désespéré après la publication sur Internet d'une vidéo compromettante. Si vous voulez mon avis, Chip n'exagère nullement et Chyna a été poussée à bout. Le harcèlement est un délit qui doit être réprimé le plus vite possible. C'est votre rôle de directeur de sévir. Si les élèves prennent conscience qu'une « farce », comme vous dites, a des conséquences, peut-être réfléchiront-ils à deux fois avant de recommencer.

— Vous avez réellement des témoins ?

— Oui, mon partenaire et moi accompagnions notre neveu, Luca Dilorio, le soir du bal. Nous avons tout vu. Je ne connais pas le nom des élèves incriminés, mais je saurais certainement les reconnaître.

— J'étais là aussi, déclara Luca. C'est Ashley Morris et sa clique qui ont organisé cette vengeance contre Chyna. Toute de l'équipe des cheerleaders était au courant et pas une d'entre elles n'est intervenue.

Cooper se tourna vers Chyna.

— Ashley Morris était déjà impliquée quand vous avez eu les doigts pris dans la porte d'un casier. Si je comprends bien, ce n'était pas un accident, mais un geste de malveillance délibérée ?

Chyna acquiesça.

— Oui, monsieur. Je suis désolée d'avoir prétendu le contraire, mais je ne voulais pas rapporter. Et puis, j'ai cru qu'Ashley s'en tiendrait là. Je me trompais.

— Vous auriez dû me parler franchement.

— Je sais, reconnut Chyna, pleine de remords. J'aurais dû agir différemment sur bien des points.

— Pourquoi Miss Morris vous en veut-elle à ce point, Miss Davidson ? Que lui avez-vous donc fait ?

Ce fut Luca qui répondit d'un ton plus que vif :

— J'espère que vous n'insinuez pas que Chyna mérite ce qui lui est arrivé !

— Certes, M. Cooper, ne nous trompons pas de victime, intervint Jody.

Devant la sécheresse de sa voix, le directeur fit aussitôt machine arrière.

— Bien sûr, bien sûr. J'essaie simplement de comprendre pourquoi ces jeunes filles si proches ces dernières années sont devenues ennemies.

— Le motif de cette agression est sans importance, trancha Jody. Ce qui est compte, c'est la façon dont vous comptez gérer la situation.

— Je comprends. Je peux vous assurer que vous obtiendrez satisfaction.

— Nous voulons la justice, M. Cooper, déclara Chyna.

— Et vous l'aurez aussi. Auriez-vous autre chose à me dire ?

Chyna regarda autour d'elle, dévisageant l'un après l'autre ceux qui lui offraient leur soutien. Luca sourit et hocha la tête, donnant à Chyna la confiance dont elle avait besoin pour franchir ce dernier obstacle. Pour finir, elle se tourna vers Chip, qui lui prit la main et la serra doucement.

— Vas-y, murmura son frère. Ça ira.

Jody et Clark approuvaient pleinement la décision des jumeaux. Ils le marquèrent d'un signe de tête. Lil et Grier restèrent immobiles et muets, conscients de ne pas connaître tous les tenants et aboutissants du drame ayant couvé ces dernières semaines. Néanmoins, ils épaulaient Luca et, par ricochet, Chyna.

Quant à Jack, il ne surprit personne en s'éclipsant sans attendre la révélation.

Chyna le vit s'en aller, ce qui cimenta sa décision de rester avec Jody et Clark pour les douze mois à venir : eux au moins tenaient à elle.

Elle inspira un grand coup et lâcha :

— Je m'appelle Chyna Davidson et à ma naissance, j'étais un garçon...

XXXIX

Trois mois plus tard...

Les gradins étaient combles malgré le froid. Les amis et la famille de Luca occupaient toute une rangée, bravant les éléments pour encourager le jeune quaterback pendant ce match de championnat. Melinda et Dan partageaient une couverture avec Megan. La jeune fille était devenue une passionnée de football depuis que Chip était entré dans l'équipe en cours d'année, après s'être remis à niveau avec Clark. Taggart avait cédé aux supplications de Luca, qui affirmait avoir besoin de Chip pour couvrir ses arrières comme au cours des années précédentes. L'entraîneur était bien conscient que Chip Davidson, suite à ses circonstances familiales, méritait un passe-droit. Le corps professoral avait unanimement appuyé sa décision. L'école en avait été amplement récompensée, car l'équipe de première année avait brillé durant les matchs éliminatoires et, pour la première fois depuis des années, elle était en bonne position pour gagner la coupe.

Sur le terrain, les cheerleaders faisaient de leur mieux pour entretenir le moral d'une foule qui, dans son immense majorité, regrettait de ne pas se trouver devant un feu de cheminée. Dans le groupe, il était facile, même du haut des gradins, de repérer Chyna, grâce à sa taille. Deux garçons avaient été intégrés dans l'équipe après l'expulsion d'Ashley Morris et de ses complices. Le double scandale – la vérité concernant Chyna et la révélation de la perversité des cheerleaders – avait fortement secoué l'école, mais le calme s'était peu à peu rétabli, comme toujours. L'entraîneuse des cheerleaders s'était montrée très compréhensive en apprenant pourquoi Chyna avait dû renoncer à un sport qui lui plaisait. Elle lui avait offert une place – en pantalon – dans l'équipe. Chyna avait accepté. De plus, sa nouvelle tenue correspondait à son désir de s'afficher désormais en tant que garçon. Elle avait même obtenu le droit de garder ses longs cheveux, après avoir promis de les tenir attachés. Luca en était particulièrement heureux : il adorait cette toison rousse et aurait beaucoup regretté de la voir disparaître.

Le contrat de mannequinat était en stand-by pour les douze mois à venir. L'agence *Elite* respectait les vœux de Jody qui tenait à offrir à Chyna un environnement calme pour lui permettre de gérer tous ces changements. Néanmoins, Chyna correspondait régulièrement avec Melinda, par téléphone ou par texto, chaque fois que surgissait une question à laquelle seul un transsexuel pouvait répondre.

Lisa Davidson n'était jamais revenue et les recherches pour la retrouver avaient pratiquement cessé. Elle n'avait pas été mise en accusation et aucune action en justice n'était intentée contre elle. Les jumeaux, fatalistes, considéraient cette désertion comme un signe de plus que leur mère avait perdu la tête depuis des mois.

Quant à Jack, il n'avait toujours aucune envie de gérer une situation aussi complexe. Enchanté d'avoir un moyen d'esquiver ses responsabilités sans (trop) perdre la face, il s'était empressé d'accepter la proposition de Clark et de Jody, et signé le transfert de ses droits parentaux pour les douze mois à venir. D'après Jody, un an de thérapie devrait suffire à Chyna pour faire son choix : rester un homme ou devenir une femme.

La maison où Lisa avait vécu avec ses enfants était restée au nom de Jack après le divorce. Il décida de la vendre et de placer l'argent dans un fonds de fiducie destiné aux études universitaires des jumeaux. Chip voulait toujours devenir médecin, aussi en aurait-il besoin. Quant à Chyna, son avenir restait pour l'instant en suspens, mais une certaine indépendance financière ne faisait jamais de mal. Cela lui donnerait plus d'options qu'elle n'en avait jamais eues.

Chyna parlait de moins en moins d'une reconstruction chirurgicale. D'après Jody, c'était un signe que sa relation avec Luca se passait bien. En vérité, les deux tourtereaux ne se quittaient presque jamais. Les coéquipiers de Luca, une fois remis du choc d'apprendre que leur quarterback était gay et que sa « copine » était en réalité son mec, avaient fini par accepter la nouvelle donne.

Jody brandit un thermos de café dans lequel il avait ajouté une bonne dose de whisky pour réchauffer un Californien pure souche qui détestait presque autant le froid que le vieillissement.

Lil en accepta une tasse avec gratitude.

— Merci, Jodes.

Après avoir siroté sa boisson chaude, il soupira et lança :

— Pourquoi Luca n'a-t-il pas opté pour les échecs, hein ? Quel temps épouvantable ! Je suis congelé !

— Cesse de geindre ! Tu aimes le football presque autant qu'eux !

Il désignait Clark et Grier, qui aidaient sur le terrain. Quand ils s'étaient portés volontaires, Taggart avait sauté sur l'occasion.

— À condition de regarder le match chez moi, bien au chaud et dans mon canapé !

— Ton fils fera carrière dans le football, Lil. Tu as intérêt à t'habituer aux gradins.

— Je suppose.

— Et tes attaques de panique ? continua Jody. Nous avons à peine eu le temps d'en discuter depuis que Clark et moi sommes devenus parents adoptifs.

— Je compatis. Tu dois te faire des cheveux blancs avec deux adolescents sous ton toit.

— Ce sont de braves gosses. Ils sont très faciles à vivre, même si Chyna nous fait une petite crise de temps à autre.

— Ah bon, pourquoi ?

— Il n'aime guère les piqûres. Mettre à jour ses vaccins a été assez éprouvant.

— J'imagine !

— Je crois aussi que sa mère lui manque, enchaîna Jody. Lisa le câlinait au moindre petit souci. Chip est beaucoup plus autonome. Il ne parle jamais de sa mère.

— Je ne comprends pas que Chyna regrette cette femme après ce qu'elle lui a fait subir !

— Tu n'imagines pas le nombre d'enfants maltraités qui s'obstinent à aimer leurs parents, aussi abusifs aient-ils été.

— Pauvre gosse !

— Son psy est très optimiste.

— Tu penses qu'il finira par opter pour une transition ?

— Il est encore trop tôt pour le dire, reconnut Jody. Tout ce que je sais, c'est que grâce à Luca, Chyna apprécie enfin d'être un homme. D'ailleurs, il ne prend aucun traitement hormonal.

— Ah, le pouvoir miraculeux du sexe ! s'écria Lil avec un sourire.

— Au cas où tu t'inquiéterais, nous avons établi des limites.

— Par exemple ?

Lil était très amusé de voir Clark et Jody devenir des parents aussi impliqués après toutes ces années passées sans avoir d'enfants à la maison.

— Eh bien, Luca n'est autorisé à entrer dans la chambre de Chyna que si Chip et Megan y sont aussi.

Lil éclata de rire.

— Comme si ça m'aurait arrêté !

Jody se renfrogna.

— Tout le monde n'est pas aussi exhibitionniste que toi !

— Voyons, Jodes, détends-toi. Au moins, Chyna ne risque pas de tomber enceinte.

— Pas sans assistance médicale, c'est vrai.

Lil sembla surpris.

— Tu veux dire que s'il le voulait, il pourrait porter un bébé ?

— Il a un utérus.

Lil secoua la tête.

— Le genre humain ne cessera jamais de m'étonner ! Peut-être que dans cent ans, nous serons tous intersexués.

Jody haussa les épaules.

— Peut-être. Maintenant, parlons de toi, mon ami. Continues-tu à imaginer le pire ?

— Non. Ce voyage en Italie m'a énormément aidé. Oh, j'ai toujours un élan d'anxiété quand je me découvre une nouvelle ride, mais la plupart du temps, je me sens bien. T'ai-je raconté que pendant nos vacances, j'ai même accepté de monter derrière Grier sur une Ducati ?

— Tu te moques de moi ?

— Pas du tout. Nous avons passé quelques jours à arpenter l'arrière-pays avec cette moto. C'est l'expérience la plus sensuelle que j'ai jamais connue, mais ne le dis surtout pas à Grier, sinon il m'achèterait illico une Harley.

Jody éclata de rire.

— Comment peux-tu trouver « sensuelle » une machine pétaradante ?

— Oh, mon Dieu ! Tu n'imagines pas les sensations que ça peut procurer, surtout quand on confie sa vie à un homme vêtu de cuir noir qui fonce à toute allure dans des virages en épingle à cheveux. Grier est un remarquable pilote !

— Tu avais fumé la moquette ou quoi ?

— Si j'étais shooté, c'était aux phéromones.

— Tu n'as pas eu besoin de tes petites pilules bleues, alors ?

— Tu plaisantes ! Mon époux est l'homme le plus sexy de la planète. Même sans sa moto, Grier exsude la testostérone ; avec cette machine rugissante entre les cuisses, son sex-appeal atteint la stratosphère. Je n'ose pas te révéler combien de fois je lui ai demandé de s'arrêter pour des galipettes dans les buissons… hmm…

Le regard brumeux, Lil se remémora leurs ébats dans la campagne italienne.

— Vous avez eu de la chance de ne pas vous être faits arrêtés par la police !

— Nous aurions pris notre pied en prison, voilà tout. J'ai vu d'innombrables pornos qui se passent en cellule.

Jody sourit.

— Tu me raconteras ces détails salaces dans notre prochain bain bouillonnant.

— Comment serait-ce possible avec des ados dans la maison ?

— Ils passent un week-end sur deux chez leur père.

Lil parut surpris.

— Ah. Je croyais que Jack Davidson ne voulait pas s'en occuper ?

— Clark et moi l'avons pris entre quatre yeux pour lui expliquer la chance qu'il avait d'avoir des enfants aussi extraordinaires. Chip travaille très bien, il excelle au football et il soutient constamment Chyna. Seigneur, c'est pratiquement un saint ! Ça me tue de le voir sous-estimer par son père !

— Il t'a maintenant, Jodes. Je suis certain que tu lui répètes régulièrement qu'il est formidable !

— Je fais de mon mieux, mais Chip serait très sensible à un compliment provenant d'un père qui s'est toujours montré indifférent.

— Et Chyna ? Quelles sont ses qualités ?

— Il a un sourire capable d'illuminer une pièce ! Je suis certain qu'il deviendra top-modèle, si c'est la carrière qui l'attire.

— Homme ou femme ?

— Chyna.

— Luca en est dingue, fit remarquer Lil.

— C'est toujours si important, l'amour chez les jeunes !

Lil leva un sourcil.

— Chez les adultes aussi, si on s'en donne la peine.

— Oui. Grier et toi en êtes l'exemple le plus frappant.

Lil pensa une fois de plus à leur dernier voyage.

— Nous nous entendons très bien, malgré quelques ornières. J'ai cessé de m'inquiéter concernant l'avenir et je me concentre sur le présent. Du coup, je me sens libre, pour la première fois depuis des années. Nous avons passé un merveilleux séjour, nous sommes allés sur une plage nudiste, nous avons exploré les ruines de Pompéi – ce qui, étrangement, m'a beaucoup aidé à calmer mes anxiétés.

— Les ruines ?

— Plutôt ces gens recouverts de cendres… Ils sont morts pendant leurs tâches quotidiennes. Ça m'a rappelé que mieux valait vivre chaque jour comme un cadeau. Chaque seconde compte ! Qui sait, je serai peut-être submergé par un tsunami l'an prochain, hein ? Eh bien dans ce cas, je mourrai heureux en sachant que j'ai fait tout mon possible pour profiter de mon temps sur Terre.

— Tu vis au milieu des États-Unis, Lil. Je doute qu'un tsunami arrive jusqu'à Chicago.

— Grier et moi venons d'acheter une copropriété dans les Keys. Il faudra venir nous voir en Floride.

— Quand auras-tu le temps de faire du dériveur ?

— Je m'arrangerai.

— Bonne chance ! se moqua Jody.

— Considère-toi comme invité permanent, ainsi que la grosse brute que tu appelles ton mari.

— D'accord, à condition de pouvoir aussi emmener les chiens et les garçons.

Lil éclata de rire.

— Non, mais écoute-toi ! Un vrai père de famille !

— Je sais, admit Jody. Et j'adore ça.

MICKIE B. ASHLING est l'alter ego d'une femme aux multiples facettes élevée par une mère célibataire et passionnée de lecture. En trouvant le même intérêt chez son aînée, elle l'encouragea à collectionner les livres de poche. Ses préférés étaient les romans d'amour, surtout historiques.

Quand Mickie se découvrit aussi le goût d'écrire, la cruelle réalité se mit en travers de ses aspirations, car sa priorité était de gagner sa vie et d'élever ses quatre fils. Plus tard, elle connut le syndrome du nid vide au moment de l'avènement des livres électronique. Ses rêves enfouis ressuscitèrent et la romancière se mit à écrire.

Elle tomba en 2002 dans le monde des hommes qui aiment les hommes. Depuis lors, elle trouve son inspiration dans leur quête constante du bonheur et de l'égalité de droit dans un monde trop souvent injuste et intolérant. Ses romans ont gagné des prix littéraires et été qualifiés de « déchirants, audacieux, inspirants ». Elle admet être exigeante avec ses personnages et leur faire subir bien des épreuves avant une fin heureuse dans les dernières pages.

Mickie aime voyager. Après avoir vécu aux Philippines, en Espagne et au Moyen-Orient, elle réside actuellement dans la grande banlieue de Chicago.

E-mail : mickie.ashling@gmail.com
Site Web : mickieashling.com
Blog : mickiebashling.blogspot.com
Facebook : www.facebook.com/mickie.ashling

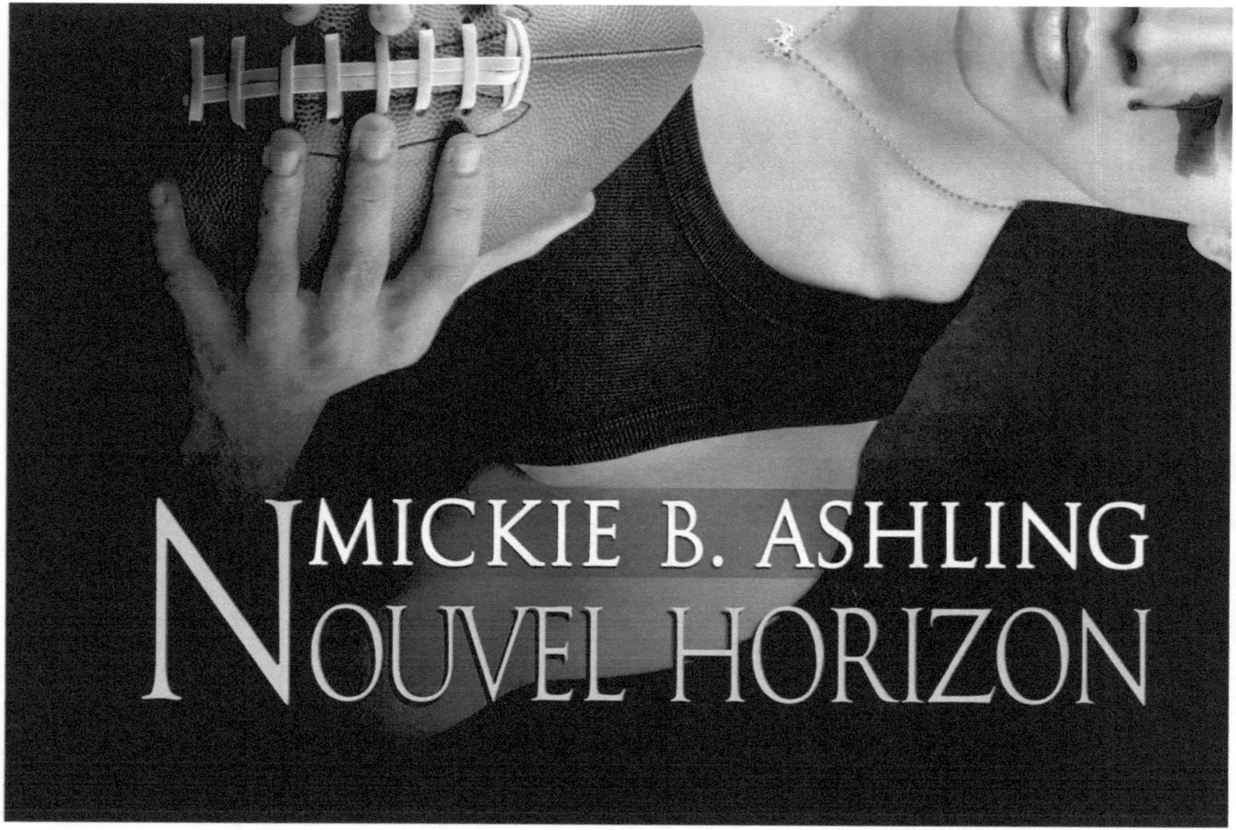
MICKIE B. ASHLING
NOUVEL HORIZON

Perspectives, tome 1

Clark Stevens joue au football à l'université au poste de wide receiver.
Exceptionnellement doué, il a de bonnes chances d'être recruté par la NFL –
la Ligue Nationale du Football – mais il a aussi quelques handicaps à gérer :
une compagne trop possessive, un père manipulateur et étroit d'esprit, un
déficit de l'attention et une attirance inattendue, mais très forte, envers le
médecin – un homme ! – qui le traite aux urgences pour un bras cassé après
un accident au cours d'un match.

Le Dr Jody Williams reçoit du joueur des signaux conflictuels. Il ne
peut ignorer son désir pour Clark, parce qu'il lui paraît évident que le jeune
homme ressent la même chose. Le médecin étant gay et fier de l'être, la
solution à ce dilemme lui semble très simple. Mais pas pour Clark, très loin
de là ! Après une enfance consacrée à surmonter de graves difficultés, le
joueur vit depuis des années dans le déni. Et ni sa famille ni le monde du
football n'acceptent l'homosexualité.

La situation, quel que soit l'angle d'approche, s'annonce comme le
Super Bowl des désastres. Clark devra décider s'il vaut mieux pour lui s'en
tenir à la vie qu'il connaît… ou au contraire tenter sa chance de découvrir
avec Jody un nouvel horizon.

www.dreamspinner-fr.com

LE GOÛT DU RISQUE

MICKIE B. ASHLING

Perspectives, tome 2

Quand Lil Lampert rencontre Grier Dilorio au Festival du Goût de Chicago, cette aventure censée n'être qu'un bref intermède passionné devient vite plus profonde. Lil est architecte, il vit à San Francisco, il n'est là que pour quelques jours d'une visite à ses bons amis, Jody William et Clark Stevena. Il n'avait pas prévu de s'attacher à un homme plus jeune que lui, même s'il partage son intérêt pour l'art du bâtiment et la décoration intérieure. Mais dès que Lil découvre le fétichisme secret que Grier cache sous ses airs de mauvais garçon, il en veut davantage.

Extérieurement, le jeune homme affiche ses tatouages, sa Harley, sa passion du cuir et de la vitesse, mais Lil découvre en lui d'autres aspects : un homme tendre et aimant, un père responsable. Le petit Luca va bientôt avoir sept ans et Grier aimerait faire officiellement reconnaître ses droits. Il en rêve sans oser se lancer dans la bataille juridique. L'amour et les conseils de Lil l'aideront à faire des choix qui lui permettront d'envisager un avenir commun, mais aussi de réclamer la garde partagée de son fils.

www.dreamspinner-fr.com

MICKIE B. ASHLING

PÈRE ET FILS

Suite de *Le goût du risque*
Perspectives, tome 3

Six mois après leur première rencontre au Festival du Goût de Chicago, Lil Lampert et Grier Dilorio vivent ensemble. Leur relation est plus forte que jamais, mais le couple réalise très vite qu'il faut plus que du sexe et trois mots magiques pour réussir une vie à deux.

Comme tout néophyte, Grier doit apprendre à gérer sa nouvelle vie. Il pensait ses problèmes résolus après avoir obtenu la signature de Jillian lui reconnaissant enfin ses droits de père biologique de Luca et l'opportunité de poursuivre une carrière d'architecte d'intérieur. Il réalise au contraire être toujours hanté par d'anciennes terreurs et mauvaises habitudes.

Quant à Lil, il trouve difficile de devoir s'ajuster à l'étroitesse de son nouvel appartement, au terrible hiver de Chicago, et à la compagnie d'un jeune particulièrement entêté. Sa position de 'beau-père' de Luca est délicate : Lil doit trouver le juste équilibre entre agir selon ses convictions et se soumettre aux huit ans d'expérience de Grier en tant que père.

Alors que leur vie est déjà stressante, Lil et Grier font face à une nouvelle complication : l'intolérance d'une institution aussi puissante que tentaculaire. Luca est en danger. Aussi bien sa sécurité que le bonheur de la petite famille nouvellement constituée dépendront de la parfaite compréhension qu'a Lil de la nature humaine et du désir d'apprendre de Grier.

www.dreamspinner-fr.com

Par MICKIE B. ASHLING

PERSPECTIVES
Nouvel horizon
Le goût du risque
Père et Fils
Qui es-tu, Chyna ?

Publié par DREAMSPINNER PRESS
www.dreamspinner-fr.com